REINMAR

Lieder

NACH DER WEINGARTNER LIEDERHANDSCHRIFT (B)
MITTELHOCHDEUTSCH / NEUHOCHDEUTSCH

HERAUSGEGEBEN,
ÜBERSETZT UND KOMMENTIERT
VON GÜNTHER SCHWEIKLE

PHILIPP RECLAM JUN. STUTTGART

Universal-Bibliothek Nr. 8318

Durchgesehene und bibliographisch ergänzte Ausgabe 2002
Gesamtherstellung: Reclam, Ditzingen. Printed in Germany 2002

ISBN 3-15-008318-4

www.reclam.de

HERRE REINMAR

Abbildung Seite 3:

Herre Reinmar. Miniatur der Weingartner Liederhandschrift

Inhalt

Vorwort

Diese Ausgabe bietet zum ersten Mal eine größere Zahl von Liedern Reinmars in einer selbständigen Publikation (mit Übersetzung) an. Im Unterschied zu den unhistorischen und methodisch bedenklichen Reduktionen der Dichtung Reinmars, wie sie in *Des Minnesangs Frühling* (MF) angeboten wurden, oder zu einer denkbaren Auswahl unter neuzeitlichen Aspekten soll hier ein Textcorpus vorgestellt werden, wie es einem Literatur-Liebhaber im 13. Jahrhundert im Bodenseeraum vor Augen kommen konnte, d. h. also eine authentisch mittelalterliche Auswahl. Der mittelhochdeutsche Text folgt der Weingartner Liederhandschrift (B), die mit 31 Liedern (in MF stehen 60 bzw. 68) einen bestimmten Entwicklungsstand der Reinmarschen Lyrik festhält.
Bemerkenswert ist, daß mit dieser Sammlung ein Großteil der Lieder Reinmars angeboten werden kann, die schon für das Mittelalter bedeutsam gewesen sein dürften, wie ihre Mehrfachüberlieferungen dokumentieren. Ergänzt wird dieser in B erhaltene Kernbestand an Reinmar-Liedern durch Zusatzstrophen aus den anderen Handschriften. Diese Liederweiterungen und Textvarianten können in gewissem Rahmen einen Blick auf die mittelhochdeutsche Vortragsszene eröffnen, in welcher ein Dichter nicht immer mit einem festen Repertoire aufgetreten sein wird, sondern mit (nach Strophenbestand, Strophenfolge oder Textfassungen) wechselnden Programmen. Mittelhochdeutsche Lyrik kann damit auch als Dichtung im Prozeß vorgeführt werden.
Zur Vervollständigung des Gattungsspektrums sind außerdem im Anhang die beiden unter Reinmars Namen in der Großen Heidelberger Liederhandschrift überlieferten Kreuzzugslieder aufgeführt.
Reinmar kann neben Neidhart als ein ›Hauptforschungsgeschädigter‹ gelten, was sich einmal in den erwähnten, von der

früheren Forschung sogar als ›höhere Kritik‹ ausgegebenen Unechtheitserklärungen verrät, zum andern darin, daß manche Überlegungen zu Person und Werk von Vorstellungen diktiert waren, die einem klassizistischen Dichtungsverständnis und einem romantisch idealisierten Mittelalterbild entsprangen.

Die Beurteilung von Person und Werk soll in dieser Ausgabe enger auf überlieferten Daten gründen; dabei soll das Wißbare vom Spekulativen getrennt, von unzulänglichen oder gar falschen Schlußfolgerungen befreit werden.

Die Ausgabe basiert auf dem von mir entwickelten Überlieferungsmodell: Die divergierenden Textzeugen werden dabei nicht auf einen einzigen Ausgangspunkt, ein vermutetes dichterisches Original oder einen erschlossenen Archetypus, zurückgeführt, sondern auf mehrere unterschiedliche, möglicherweise durchaus authentische Fassungen (vgl. die Abschnitte »Zum mhd. Text – Texteinrichtung« und »Überlieferung« sowie die Kommentare zu den Liedern IV und XXXI; im übrigen verweise ich auf meine diesbezüglichen Publikationen).

Der Kommentarteil wird vielleicht etwas ausführlich erscheinen. Aber außer zu Fragen einer (problematischen!) Textherstellung und Formauffassung (vor allem Reimassoziationen, Strophenfolge) gibt es noch recht wenige philologische Erläuterungen zu den Texten. Daß trotzdem manche Frage offengeblieben sein mag, ist mir durchaus bewußt – zumal einige Abschnitte (vor allem die metrischen Erläuterungen im Kommentar) mit Rücksicht auf den vorgegebenen Umfang des Bändchens stark gekürzt werden mußten. Prinzipiell gleicht eine solche Ausgabe ihrem Gegenstand, der mittelhochdeutschen Lyrik und deren handschriftlichen Sammlungen: Man kommt damit eigentlich nie zu einem endgültigen Ergebnis.

Danken möchte ich zum Schluß dem Reclam-Verlag für die Bereitschaft, eine solche Ausgabe zu ermöglichen, meinen

Mitarbeiterinnen Sigrid Noelle, Gudrun Kainz, Gabriele Schad und Elisabeth Utz, weiter Sonja Mohles und Kurt Rauscher für ihre geduldige Mithilfe bei der Anfertigung der Druckvorlage und beim Korrekturlesen – und wie immer meiner Frau.

Stuttgart, Pfingsten 1985 *G. Sch.*

Einleitung

Zur Person und zu den literatur- und zeitgeschichtlichen Umständen Reinmars

Der Name. In der gesamten mhd. Überlieferung wird der Dichter nur ›Reinmar‹ genannt, meist mit dem Attribut *her* (*herre*): Hs. C *Her Reinmar der Alte* (Miniaturseite, Bl. 98^r^), *(h)er reimar* (Textvorschrift), *Her Reimar der alte* (Inhaltsverzeichnis); Hs. B *Herre Reinmar* (Miniaturüberschrift, S. 60); Hs. A *Reimar* (Textüberschrift, Bl. 1^r^); Hs. E *her reymar* (Liedüberschriften). Die Schreibformen *Reimar* (Hs. A und C) oder *Reymar* (E) entsprechen lautgeschichtlich jüngeren Stufen (Assimilation von *n* an *m* und Konsonantenvereinfachung; *ey* ist eine graphische Sonderform, die im 14. Jh. aufkommt).

Nur in der Großen Heidelberger Liederhandschrift (C) ist Reinmar ein Beiname zugelegt: ›der Alte‹[1], offenkundig zur Unterscheidung von dem nur in Handschrift A vertretenen Reinmar dem Jungen (evtl. auch von weiteren Trägern dieses Namens wie Reinmar der Fiedler, Reinmar von Brennenberg, Reinmar von Zweter).

Diese offenbare Verlegenheitsbenennung sollte zu denken geben: Der Sammler der Hs. C scheint keine andere Möglichkeit gefunden zu haben, Reinmar genauer zu kennzeichnen als durch eine relative Altersbestimmung. Wäre Reinmar von bemerkenswerter Herkunft, wäre er adlig oder ›ritterbürtig‹ gewesen, hätte ein Sammler wie der von C, der (wie allenthalben festzustellen ist) bestrebt war, die hochmittelalterliche Zeit nostalgisch zu verklären, zu ›verrittern‹, dies gewiß vermerkt.

Auch die im Elsaß entstandene Hs. A, welche, evtl. aus lokalen Gründen, ein besonderes Interesse an dem Dichter bekundet – Reinmars Liedercorpus eröffnet die Sammlung –, überschreibt dieses nur mit *Reimar*, obwohl in der Eingangs-

1 So auch in der Miniatur zu Klingesor von Ungerlant: *Her Reiman der Alte.*

zeile für einen längeren Eintrag durchaus Platz gewesen wäre.
Eine ständische Einordnung Reinmars auf Grund der handschriftlichen Daten ist nicht möglich: Der ›Titel‹ *her* ist in den Minnesang-Handschriften zunächst einmal Höflichkeitsattribut, nicht unbedingt Standesbezeichnung. Das in den Miniaturen in B und C aufgeführte (in beiden Hss. struktural und farblich ähnliche) Wappen entpuppt sich – wie bei vielen Wappen in BC zu beobachten (vgl. Walther von der Vogelweide) – als Phantasieprodukt: Es ist für keines der in der Forschung erwogenen Geschlechter nachzuweisen.
Aus den handschriftlichen Befunden kann also mit einiger Wahrscheinlichkeit geschlossen werden, daß Reinmar keinem Adelsgeschlecht oder auch nur einer Familie, die sich nach einer Stadt benannte, angehört haben kann.
Dies sollte beachtet werden, wenn eine weitere Apostrophierung Reinmars für die Frage nach seinem Namen herangezogen wird: In der berühmten Literaturstelle im *Tristan* Gottfrieds von Straßburg werden als führende Lyriker der Zeit im Rahmen einer Nachtigallen-Metaphorik *diu von Hagenouwe* und *diu von der Vogelweide* gepriesen (Ausg. F. Ranke, V. 4779 ff.). Nach allgemeiner Übereinkunft wird die ›Nachtigall von Hagenau‹ mit Reinmar gleichgesetzt.
Diese Benennung wurde von der Forschung einerseits als Orts- und Herkunftsbezeichnung auf die elsässische Stadt Hagenau bezogen (Haupt), andererseits auch als Geschlechtsnamen Reinmars aufgefaßt (Ch. Schmidt, E. Schmidt), obwohl, wie schon erwähnt, eine Namensform ›Reinmar von Hagenau‹ nirgends in der Überlieferung auftaucht.[2] Diese Tatsache wurde mit Vermutungen abgetan, die jeder mittelalterlichen Bezeichnungsgepflogenheit widersprechen: Nicht erklärt blieb angesichts so vieler genauer

2 Vgl. dazu und zum Folgenden Günther Schweikle, »War Reinmar ›von Hagenau‹ Hofsänger zu Wien?«, in: *Gestaltungsgeschichte und Gesellschaftsgeschichte. Fritz Martini zum 60. Geburtstag*, in Zsarb. mit Käte Hamburger hrsg. von Helmut Kreuzer, Stuttgart 1969, passim.

Bewahrungen von Namen selbst weniger bedeutender Dichter, wie dieser zweite Teil einer angeblich ursprünglichen Namensform Reinmars verlorengegangen sein sollte.
Die Singularität der Bezeichnung *von Hagenouwe* ist aus der Bildstruktur der Literaturstelle zu erklären. Gottfried verknüpft offensichtlich doppelsinnig mit *Vogelweide* den Aufenthaltsort der *nahtegal von der Vogelweide* und ordnet im Rahmen seines Bildschemas der *nahtegal* Reinmar analog *Hagenouwe* zu, vermutlich in Erinnerung an einen Aufenthalt Reinmars in Hagenau, der damals bedeutendsten Pfalz der Staufer. Gottfrieds Preisung bezieht sich also offensichtlich allein auf eine akzidentielle, vorübergehende Position Reinmars, auf einen Ort, an dem Reinmar weitreichenden Ruhm erworben haben konnte.
Aus den Überlieferungskonstellationen wird deutlich: Einen Beinamen ›von Hagenau‹ hat Reinmar selbst nicht geführt. Er gehörte in die Schar derjenigen mhd. Sänger, die auf Grund ihrer Herkunft und ihres Standes nur eine schlichte Namensbezeichnung trugen, so wie Neidhart[3] oder Tannhäuser, Steinmar, Rubin u. a. Und Reinmar brauchte wohl auf Grund seiner einmaligen künstlerischen Persönlichkeit im Unterschied zu anderen gleichnamigen Sängern seiner Zeit auch keine zusätzliche Kennzeichnung: Reinmar war der eine Reinmar, der Zeit- und Kunstgenosse Walthers von der Vogelweide.
Wirkungsorte. Die bei Gottfried von Straßburg angedeutete Beziehung Reinmars zu Hagenau als einem wichtigen Ort seines künstlerischen Wirkens wurde für ihn noch kaum in Erwägung gezogen, da er schon früh von der Forschung nach Wien verpflanzt worden war. Hagenau kommt als die bedeutendste staufische Kaiserpfalz der Zeit jedoch durchaus auch als Sangeszentrum in Frage: Ihrer Bedeutung gemäß wurden hier lange Jahre die Reichskleinodien aufbewahrt;

3 Auch ihn erheben manche Forscher bis heute durch die Kombination seines ebenfalls allein bezeugten Namens Neidhart mit dem seiner Kunstfigur (von Reuental) zu einem doppelnamigen ›Ritter‹.

hier soll sich nach dem Zeugnis Gottfrieds von Viterbo, des Kaplans Friedrichs I., die bedeutendste weltliche Bibliothek befunden haben. Die Pfalz lag inmitten ausgedehnter Wälder, war damit Ort jagdlicher u. a. höfischer Feste, ein Ort mithin, der seit seiner Etablierung als höfisches Zentrum Künstler angezogen haben könnte, etwa Friedrich von Hausen, Bligger von Steinach, Bernger von Horheim, Ulrich von Gutenburg, Heinrich von Rugge, Hartmann von Aue u. a.[4] Vor allem aber Reinmar könnte hier zeitweilig aufgetreten sein und mit seiner Kunst Triumphe gefeiert haben. Sein Ruf mochte dann auch den heimatlos gewordenen Walther von der Vogelweide an diesen Ort gelockt und so die Begegnungen eingeleitet haben, denen wir die Gedichte verdanken, welche in der sogenannten Reinmar-Walther-Fehde eine Rolle spielen.

Dagegen liest man in den Literaturgeschichten mit hartnäckiger Einhelligkeit, Reinmar sei ›Hofdichter‹ zu Wien gewesen. Diese Angabe ist durch keinerlei direkte Zeugnisse gestützt. Sie basiert auf einem Irrtum in der Frühgeschichte der Germanistik und einer spekulativen (auch textphilologisch bedenklichen) Interpretation vor allem eines einzigen Gedichtes: Melchior GOLDAST (1578–1635), ein Schweizer Polyhistor, der sich um 1600 an Hand der Großen Heidelberger Liederhandschrift vornehmlich aus rechtshistorischem Interesse mit mhd. Lyrikern beschäftigt hatte, hielt Reinmar den Alten und Reinmar von Zweter für Vater und Sohn. Diese Auffassung vertrat auch noch Friedrich Heinrich VON DER HAGEN in seiner umfassenden Ausgabe *Minnesinger*, 1838. Da ein Gedicht Reinmars von Zweter (1. Hälfte 13. Jh.) angibt (Ausg. G. ROETHE, Nr. 150), er sei *von Rîne ... geborn, in Ôsterrîche erwahsen*, wurde zwangsläufig der Vater mit dem vermeintlichen Sohn nach Österreich ver-

4 Vgl. Günther SCHWEIKLE, »Der Stauferhof und die mittelhochdeutsche Lyrik, im besonderen zur Reinmar-Walther-Fehde und zu Hartmanns *herre*«, in: *Stauferzeit. Geschichte, Literatur, Kunst*, hrsg. von Rüdiger Krohn [u. a.], Stuttgart 1979, S. 248 f. und 254; vgl. auch Hau UB, S. 19 f.

pflanzt, und da blieb er, auch als der Irrtum längst erkannt war. Denn inzwischen glaubte man, für den Wirkungsort Wien flankierende Stützen gefunden zu haben, die zugleich die Vorstellung Reinmars als eines »österreichischen Hofdichters« (BURDACH, Reinmar und Walther, S. 367) begründeten. Sie wurden aus der Totenklage MF 167,31 (Lied XVI) herausinterpretiert, dem einzigen Lied Reinmars, das einen Namen (B *herre liutpolt*) enthält. Was zunächst als »ansprechender Gedanke« erwogen wurde – hinter dem Namen den babenbergischen Herzog Leopold V. zu sehen (gestorben Silvester 1194), das Lied mithin als fiktive Klage seiner Witwe Helena zu verstehen –, verfestigte sich immer mehr zur Tatsache, zusammen mit der daraus gefolgerten Behauptung, Reinmar müsse in seiner Eigenschaft als Hofdichter in »einer vieljährigen festen Stellung am Hofe der Babenberger« (RU II, S. 5) dieses Lied als offizielle Totenklage verfaßt haben.

Selbst wenn vorausgesetzt wird, mit dem genannten *Liutpolt* sei der babenbergische Herzog Leopold V. gemeint, kann das e i n e Lied auf Grund des einen Namens ohne weitere Zeugnisse nicht so extensiv ausgelegt werden. Nicht gedeutet, ja übersehen wird dabei die Überlieferungskonstellation: zwei zweistrophige Fassungen, BC und A (letztere anonym), die nur in einer Strophe übereinstimmen, außerdem in Perspektive und Klagegestus leicht differieren (vgl. Komm. zu Lied XVI). Nicht gedeutet wird der jahreszeitliche Bezug der Strophe mit dem Namen *Liutpolt* (auf den Sommer) und deren distanzierende, objektivierende Klageaspekte. Bei dem zeitlichen Abstand zum Todesdatum (Winter 1194) kann die Fassung BC kaum als eine offizielle Hofklage gedeutet werden. Wäre eine solche nicht unmittelbarer nach dem Trauerfall zu erwarten? Wenn also die zweistrophige Totenklage BC, welche allein den Namen *Liutpolt* nennt, sich auf Leopold V. von Österreich bezöge – was denkbar ist –, kann aus dem Lied nur gefolgert werden, daß Reinmar im Sommer 1195 in Wien war, dort diese Klage verfaßt und wohl auch vorgetragen hat,

vielleicht umgearbeitet aus einer älteren, die im Anhang der Hs. A anonym überliefert ist. Nicht gefolgert werden kann daraus eine Stellung Reinmars als eine Art ›etablierter‹ Hofdichter, der dazuhin »fast all seine Kunst ein und derselben Dame (der Herzogin Helena) gewidmet habe« (RU II, S. 5). In die forscherliche Minnesangvorstellung paßte dieser Gedanke jedoch nur allzu gut – mit der Folge, daß VOGTS Warnung in MFV (1920, S. 415), es bestehe »durchaus keine Veranlassung, weil Reinmar Anfang 1195 in Beziehung zum österreichischen Hof stand, ihn für die ganze Zeit seines Lebens oder Dichtens dort festzunageln«, in den folgenden MF-Ausgaben gestrichen wurde.
Eine weitere Bestätigung der Hofpoetenthese sah man in Walthers Werben um den Wiener Hof. Walther von der Vogelweide mußte bekanntlich nach dem Tode seines Gönners, des österreichischen Herzogs Friedrich (gestorben 1198 in Ungarn auf der Rückkehr von einer Bußfahrt für seinen Vater Leopold V., s. Komm. zu Lied XVI), Wien verlassen, wie er in einer Strophe des Ersten Philippstones klagt (*Dô Friderich ûz Ôsterrîch also gewarp*, L 19,29). In einem Zirkelschluß wurde nun der Grund darin gesehen, daß Reinmar eben die von Walther lebenslang erstrebte Position innegehabt habe und seine, Reinmars, Partei es gewesen sei, die Walther aus Wien vertrieben habe (so noch DE BOOR, Lit.-Gesch. II, 1953, S. 289). Besonders aus der Tatsache, daß eine der Werbestrophen Walthers um den *wünneclîchen hof ze Wiene* (L 84,1) im selben Ton (Leopoldston) verfaßt ist wie seine Nachrufstrophen auf Reinmar (L 83,1), folgerte man, daß Walther nun endlich nach Reinmars Tod den Weg frei sah, sein Lebensziel (d. h. die Hofpoetenstelle) zu erreichen. Da jedoch im Leopoldston auch Strophen stehen, die nichts mit Reinmar oder dem Sehnsuchtsverhältnis Walthers zu Wien zu tun haben, kann auch eine – übrigens oft zu beobachtende – Tongleichheit bei unterschiedlichen Themen keinesfalls zu solch weitgehenden Schlüssen berechtigen (so

schon WILMANNS[5]). Außerdem ist in allen, auch späteren Klagen, die um diesen offensichtlichen Lebenstraum Walthers kreisen, keine Stelle, die auch nur andeutungsweise auf einen glücklicheren Rivalen hindeutete. Walther nennt immer nur den Herzog Leopold VI. (den Bruder und Nachfolger seines verstorbenen Gönners Friedrich), der ihm seine Gunst vorenthalte (L 35,16 u. a., L 31,33; 34,34 und 84,1), und prangert das kärgliche und unhöfische Gebaren am Wiener Hof an (L 23,33; 25,26; 84,10). Da Walther andererseits stets offen und frontal angriff, wenn es galt, sein Ansehen, seine Würde, seine Rechte zu verteidigen, wäre gerade ein doppelter Konkurrent – als Sänger und ›Stelleninhaber‹ – eine willkommene Zielscheibe für seine Angriffe auf Wien gewesen – wenn Reinmar ihm dort im Wege gestanden hätte.

Da sich auch die Reinmar-Walther-Fehde nicht in dieser Richtung auspressen läßt, sollte also, solange sich keine neuen Zeugnisse finden, die so hartnäckig gehegte Vorstellung der Wiener Hofpoetenwürde Reinmars endlich und endgültig ins Arsenal wissenschaftlicher Legenden verwiesen werden. Nach allem, was aus den wenigen Daten geschlossen werden kann, und nach allem, was vor allem auch die handschriftliche Überlieferung der Gedichte Reinmars verrät (die Hss. spiegeln z. T. auch die räumlichen Wirkungsbereiche der Sänger), liegt die Annahme nahe, daß Reinmar wie Walther von der Vogelweide als fahrender Sänger von Hof zu Hof, von Stadt zu Stadt, auch von Kloster zu Kloster zog und sich mit seinem Sang seinen Unterhalt verdiente, je nach Gelegenheit hier kürzer, dort länger verweilend – und stets um die Gunst vermögender Herren bemüht; unterschieden also von Sängern wie etwa Friedrich von Hausen oder Bernger von Horheim, die als Ministerialen, Diplomaten oder Inhaber anderer Hof- oder Verwaltungsämter ihre Liedkunst nur im ›Nebenberuf‹ pflegten.

5 *Walther von der Vogelweide*, hrsg. und erkl. von Wilhelm WILMANNS, Bd. 2, 4., vollst. umgearb. Aufl. bes. von Victor MICHELS, Halle (Saale) 1924, S. 309.

An den damaligen Kommunikations- und Rezeptionszentren traf Reinmar vermutlich auch mit anderen Sängern zusammen – und eben auch mit Walther von der Vogelweide, wobei sich zwischen den beiden bedeutendsten Lyrikern ihrer Zeit (als solche rühmt sie Gottfried von Straßburg, *Tristan*, V. 4751 ff.) ein besonderes Verhältnis entwickelt haben mochte, das sich sowohl in den sogenannten Fehde-Konstellationen greifen läßt als auch in dem dichterischen Nachruf, den Walther dem toten Sangesrivalen widmete. Es ist der einzige erhaltene dichterische Nachruf Walthers in jenen Jahren (erst zwei Jahrzehnte später verfaßt er einen weiteren auf den Erzbischof Engelbert von Köln, ermordet November 1225).

Das Ergebnis der lyrischen Kontroversen zwischen Reinmar und Walther wird unter dem Stichwort ›Reinmar-Walther-Fehde‹ zusammengefaßt. Sie wurde in der Forschung als geradezu ritualisiertes Kampfspiel um Form- und Minneauffassungen gesehen, dem ein Zyklus von Liedern beider, entstanden in festgelegter Reihung aus Angriff – Antwort – Gegenantwort usw., entsprungen sei, eine »Fehde-Kette« (HALBACH), an deren Aufdeckung, Sublimierung, Umstellung, Einschränkung und Ausweitung ganze Forschergenerationen arbeiteten.[6]

Die Fehde dürfte sich indes kaum in Form fester Veranstaltungen und, wie weiter postuliert wurde, nur an einem bestimmten Ort (Wien) und wegen Walthers Wanderleben nur zu gewissen Zeitpunkten (vor 1198 und um 1203) abgespielt haben. Sie war eher ein Dauerzustand, der aus fortwährenden Konkurrenzsituationen zweier fahrender Sänger heraus dann immer wieder aktualisiert werden konnte, wenn sie irgendwo zusammentrafen – motiviert nicht zuletzt durch die

6 Vgl. die Darstellung bei Kurt Herbert HALBACH, *Walther von der Vogelweide*, 4. Aufl., durchges. und erg. von Manfred G. SCHOLZ, Stuttgart 1983 (Sammlung Metzler, 40), S. 65–94; vgl. auch Helmut BIRKHAN, »Reimar, Walther und die Minne. Zur ersten Dichterfehde am Wiener Hof«, in: Beitr. (Tüb.) 93 (1971) S. 168–212.

Konkurrenz um die Gunst der höfischen Würdenträger und des Publikums, das, als Teil einer Gesellschaft, in welcher Kampf und Turnier zum Alltag gehörten, auch für solche literarischen Waffengänge ein naheliegendes Interesse entwickeln konnte. Hinzugekommen sein mag bei den Dichtern auch ein sportives Element, ein Kräftemessen auf ästhetischem Feld und eine – vielleicht nur für wenige in ihrer vollen Bedeutung verstehbare – existentiell-ethische minneideologische Auseinandersetzung. Es konnte natürlich auch indirekte Bezugnahmen gegeben haben, da sowohl die Kontrahenten als auch das Publikum an den Vorstellungs- und Bildsphären der höfischen Dichtung und insbesondere des Minnesangs teilhatten. Solche Polemik in absentia konnte sich aber wohl nur an allgemein bekannten, berühmten Liedern entzünden, setzt zudem den Anschluß an eine unmittelbar vorausgegangene persönliche Begegnung voraus.

Die ›Pfeile‹ waren (in wechselnden Konstellationen) teils versteckte Anspielungen auf jeweils vorgetragene Lieder, teils unmittelbare Bezugnahmen, teils auch wörtliche Zitate, Abwandlungen oder Erweiterungen von Texten des ›Gegners‹. Vor allem aber gerieten die Konkurrenten aus einem ästhetischen und ideologischen Wettbewerb heraus mit ausdrücklichen minnekonzeptionalen Gegenpositionen in eine unmittelbare Polemik, wie sie z. B. in Reinmars Frauenpreislied X (MF 165,10) *Swaz ich nu niuwer mære sage* und Walthers mutmaßlicher Gegenrede L 56,14 *Ir sult sprechen willekomen: der iu mære bringet, daz bin ich* zum Ausdruck kommt, oder in Reinmars Lied XI (MF 159,11) *Ich wirbe umbe allez, daz ein man* und Walthers auch in der Hs. C bezeugten ausdrücklichen Bezugnahme (s. Komm. zu Lied XI) in L 111,23 *Ein man verbiutet âne pfliht.*

Der Aggressor dürfte Walther gewesen sein, der auch sonst gerne zu Attacken aller Art aufgelegt war, wie vor allem seine politische Lyrik verrät. Er dürfte gegen den älteren und vielleicht bisher erfolgreicheren Kollegen angetreten sein, zunächst wohl am Stauferhof – vielleicht in Hagenau –, wo

Walther 1198 auftauchte (*mich hât daz rîche und ouch diu krône an sich genomen*, L 19,36). Walthers Angriffe auf Reinmar, der sich meist nur (vornehm) zurückhaltend zur Wehr setzt, mochten nicht ganz ohne Auswirkungen auf das persönliche Verhältnis geblieben sein, wie man aus den Versen in Walthers Nachruf *dêswâr Reimâr, dû riuwes mich michel harter danne ich dich* oder *dich selben wolt ich lützel klagen* (L 83,1f.5) herauslesen könnte. Allerdings dürfen die beiden Nachrufstrophen nicht so ohne weiteres als Zeugnis eines radikalen Zerwürfnisses zwischen den beiden Dichtern ausgewertet werden, wie manchmal geschehen. Dagegen spricht einmal der in Walthers Dichtung und in der Dichtung der Zeit singuläre Nachruf auf einen Sängerkollegen (vgl. S. 20), dagegen spricht in gewissem Sinne auch, daß Walther immerhin Reinmars Dichtung rückhaltlos rühmt (*Reimâr, waz guoter kunst an dir verdirbet – ich klage dîn edelen kunst – mich riuwet dîn wol redender munt und dîn vil süezer sanc*), vor allem durch das wörtliche Zitat eines zentralen Verses Reinmarscher Kunst- und Minnekonzeption (*hetst anders niht wan eine rede gesungen, ›so wol dir, wîp, wie reine ein nam‹ . . .*). Daß andererseits die Verse mit den Anspielungen auf Reinmars Person auf gewisse Animositäten und Empfindlichkeiten hindeuten könnten, wie sie auch aus manchen Passagen der Fehdelieder sprechen, ist jedoch nicht gänzlich von der Hand zu weisen. Aus den Dichtungen spricht zumindest ein temperamentvoller Walther, dem Reinmar meist nur eine gewisse Wehleidigkeit entgegensetzt, die Walther ebenso gereizt haben mochte wie die in manchen Liedern Reinmars zur Schau getragene demütige Leidensbereitschaft.

Zeitliche Einordnung. Für Reinmars Lebenszeit fehlen urkundliche Zeugnisse, wie auch sonst oft bei Dichtern dieser Zeit. Sie ist nur aus indirekten Hinweisen zu erschließen. Diese ergeben sich etwa aus der Literaturstelle im *Tristan* Gottfrieds von Straßburg, in welcher Reinmars Tod beklagt wird. Da Gottfrieds *Tristan* um 1210 angesetzt wird,

dürfte Reinmar im ersten Jahrzehnt des 13. Jh.s gestorben sein. Erst damit lassen sich auch Walthers Nachrufstrophen ungefähr datieren: Sie werden von der Forschung, allerdings ohne konkrete Belege, auf die Jahre 1208/09 festgelegt.
Ein zweites Datum könnte die sogenannte Witwenklage (Lied XVI) liefern, wenn der erwähnte *Liutpolt* der Ende 1194 gestorbene Leopold V. von Österreich ist. Reinmar wäre dann 1195 in Wien zu fassen.
Ferner zeigen sich in der Hs. C Überlieferungsverflechtungen zwischen den Liedern Reinmars und Heinrichs von Rugge. Im Kreuzleich dieses Ministerialen des Pfalzgrafen von Tübingen erhalten wir einen weiteren datierbaren Anhaltspunkt: Rugge beklagt hier den Tod Friedrichs I. Barbarossa im Jahre 1190. Der Text verrät, daß er noch während des Kreuzzuges verfaßt wurde. Auch nach anderen Kriterien wird Heinrich von Rugge der Lyrikergeneration um 1190 zugeordnet. Wenn nun die Vermischung der Strophen Reinmars und Rugges nicht (wie in der früheren Forschung angenommen) eine bloße Überlieferungspanne ist, sondern von einer zeitweiligen Gemeinschaft der beiden Sänger zeugte, könnte man Reinmars Anfänge als Dichter in die Zeit um 1190 setzen. Dafür sprächen gerade auch Form und Inhalt der Lieder, die in der Hs. C teilweise unter beiden Namen aufgeführt sind. (Die Lieder des sogenannten ›Reinmar-Rugge-Liederbuches‹ sind nur in der Hs. C überliefert. Sie bleiben demnach in dieser auf B basierenden Ausgabe beiseite.)[7]
Aus diesen recht spärlichen Daten ließe sich mithin folgern, daß Reinmar im letzten Jahrzehnt des 12. und im ersten des 13. Jh.s gedichtet hat, also um 1170 geboren sein könnte. Gewisse sprachliche Eigenheiten in den Texten (z. B. 2. Pers. Pl. Ind. Präs. auf *-ent*) weisen ihn, sofern diese auf ihn zurückgehen, dem alemannischen Raum zu. Er wirkte also während der Regierungszeit Heinrichs VI. (1190–97), der sich selbst mit einigem Erfolg als Minnesänger versucht hat,

7 Vgl. dazu auch Schweikle, Habil.-Schr.

und in der seines Bruders, Philipp von Schwaben (1198 bis 1208). Es sind dies die Jahre, in denen die staufische Reichspolitik einen Kulminationspunkt erreicht (größte Machtausdehnung der Staufer unter Heinrich VI.). Flankiert und markiert ist jene Zeit durch mehrere Kreuz- und Kriegszüge. Am Beginn steht der dritte Kreuzzug unter Friedrich I. Barbarossa, den dieser zusammen mit dem französischen König Philipp II. und dem englischen König Richard Löwenherz (1189–92) unternommen hatte, gegen Ende der ebenfalls wenig ruhmvolle vierte Kreuzzug (1202–04). Einschneidende Kriegszüge waren die Italienfahrten Heinrichs VI. zur Sicherung des normannischen Erbes seiner Frau. Die Jahre nach Heinrichs Tod 1197 sind geprägt durch den sich über Jahre hinziehenden Krieg zwischen den beiden Thronprätendenten Philipp von Schwaben und Otto von Poitou (später Kaiser Otto IV.). Kontrapunktisch dazu entfaltete sich in dieser Zeit eine Hochblüte staufischer Kultur.
In den literarhistorischen Darstellungen bleibt allerdings der Stauferhof als kulturelle Institution im Hintergrund, wohl deshalb, weil er sich nicht mit einer noch heute erlebbaren historischen Stätte verbinden läßt wie etwa der Thüringer Hof mit der Wartburg (die freilich zur Zeit Reinmars und Walthers noch nicht thüringische Residenz war) oder der österreichische Hof mit Wien. Gerade ein so mobiles, überregional agierendes Reiseunternehmen wie der Stauferhof bot am ehesten Gelegenheit zu weitergespannten Kontakten mit neuen literarischen Strömungen, auch solchen jenseits der Grenzen: Mit der Regierungsübernahme durch Friedrich I. Barbarossa setzt der Umschwung von der vormals primär geistlichen Literatur zu einer weltlich-›ritterlichen‹ ein. War doch Barbarossas zweite Frau Beatrix die Erbin der Freigrafschaft Burgund, durch welche sich ebenfalls in mehrfacher Weise die Tore zur höheren höfischen Kultur der Romania geöffnet haben konnten. Beatrix wurde allgemein als Mäzenin gefeiert. Der altfranzösische Dichter Gautier d'Arras widmete ihr seinen Versroman *Ille et Galeron* (entstanden

zwischen 1167 und 1184), wohl ein sichtbares Zeichen für das literarische Engagement der neuen Kaiserin. Denkbar, wenn auch nicht bezeugt, wäre, daß durch sie Ansätze zu einer deutschsprachigen weltlich-höfischen lyrischen und epischen Dichtung eine wenigstens indirekte Förderung erfuhren.
Diplomatisch-politische Beziehungen der Staufer erstreckten sich bis zum französischen Königshof und – für die literarische Entwicklung wohl wichtiger – zu einigen der glanzvollen kunstinteressierten Fürstenhöfe wie dem der Gräfin Marie de Champagne[8] oder dem des Grafen von Flandern. An beiden Höfen wirkte Chrestien de Troyes, der Schöpfer des Artusromans, an beiden lebten zeitweilig die berühmten nordfranzösischen Lyriker Conon de Béthune, Gace Brulé, Guiot de Provins u. a.[9]
Das Interesse an Kunst – offensichtlich an bestimmten französischen Höfen zentriert – mochte auch an deutschen Höfen den Wunsch geweckt haben, eine ähnliche – auch den Mäzen in ein höheres Licht stellende – literarische Wirksamkeit zu fördern. Für die Lyrik greifbar werden solche Anstöße etwa bei dem staufischen Diplomaten Friedrich von Hausen.[10] Sie entfalteten sich fortan in eigenständiger Entwicklung zu einer immer esoterischer werdenden Minnelyrik, die im letzten Jahrzehnt des 12. Jh.s in die Phase des sogenannten Hohen Sanges mündete, deren bedeutendste Vertreter Reinmar und Heinrich von Morungen wurden. Abgeschlossen und überwunden wurde dieser Typus der höfischen Lyrik dann durch Walther von der Vogelweide vor allem mit seinen Mädchenliedern.
In jenen Jahren entstanden ferner die Artusromane und Legendendichtungen Hartmanns von Aue, den man ebenfalls

8 Eine Tochter der Eleonore von Aquitanien, welche – zunächst mit dem französischen König Ludwig VII., seit 1151 mit dem nachmaligen englischen König Heinrich Plantagenet verheiratet (und Mutter von Richard Löwenherz) – in Frankreich und England ebenfalls kunstfördernde Höfe unterhielt.
9 Vgl. Joachim Bumke, *Mäzene im Mittelalter*, München 1979, S. 148 ff.
10 Vgl. Hau UB, S. 17 ff., 43 ff.

mit dem Stauferhof in Verbindung bringen kann. In gewissem Sinne könnte dafür der viel umrätselte *herre* sprechen, den Hartmann in zwei seiner Lieder beklagt.[11] Dort am Stauferhof konnte Hartmann vielleicht auch am ehesten Beziehungen zu dem damals bedeutendsten französischen Epiker, Chrestien de Troyes, knüpfen und dessen Anregungen in mhd. Werke umsetzen.

Im ersten Jahrzehnt des 13. Jh.s sind dann der *Parzival* Wolframs von Eschenbach, das Hauptwerk der mhd. Epik, und der *Tristan* Gottfrieds von Straßburg entstanden. Entstanden ist in jener Zeit wohl auch die älteste literarische Fassung des Nibelungenliedes, die man mit dem Passauer Bischof Wolfger von Erla in Verbindung zu bringen pflegt. In dessen Reiseabrechnungen besitzen wir überdies das einzige urkundliche Zeugnis zu Walther von der Vogelweide. Darin ist belegt, daß während der Rückreise Wolfgers von der Hochzeit Leopolds VI. von Österreich in Zeiselmauer am Tag nach dem Martinsfest (11. November 1203) dem *cantor Walther de Vogelweide* Geld zu einem Pelz geschenkt wurde. Dadurch wird wahrscheinlich, daß Walther im Gefolge Wolfgers 1203 in Wien war. – Als weiteren großen Mäzen kennen wir durch eigene Aussagen Walthers (L 20,4; 85,17) den Landgrafen Hermann von Thüringen, an dessen Hof Walther, Wolfram u. a. weilten. Und immer wieder wäre der staufische Hof zu nennen, an dem Walther zur Zeit Philipps von Schwaben aufgenommen wurde (L 19,29) und wo er wohl die Anregung zu einer der folgenreichsten literarischen Neuerung jener Zeit – zur politischen Lyrik – fand, deren erste Höhepunkte eben für Philipp von Schwaben Partei nehmen (gegen Otto von Poitou, den welfischen Gegenspieler, den vom englischen König unterstützten Sohn des alten Widersachers der Staufer, Heinrichs des Löwen).

Zu den Beziehungen dieser Dichter untereinander gibt es nur innerliterarische Andeutungen. Reinmar und Walther neh-

11 Vgl. Schweikle (Anm. 4), S. 255–259.

men, wie erwähnt, in Liedern aufeinander Bezug, auch Wolfram von Eschenbach greift in der sogenannten Selbstverteidigung (*Parzival* 115,5 ff.) mutmaßlich in deren Mattsetzungsstreit mit den Versen ein *Sîn lop hinket ame spat, / swer allen frouwen sprichet mat / durch sîn eines frouwen* (»dessen Lob leidet am ›Spat‹ [einer Pferdekrankheit], / der alle Damen mattsetzen will / um seiner einzigen Dame willen«).
Alle Dichter dieser Zeit waren aber, jeder auf seine Weise, daran beteiligt, Dichtung nicht nur zu einem Bestandteil höfischer Feste auszugestalten, sondern vor allem auch zu einem Gefäß für die sprachliche Umsetzung des spannungsgeladenen, gebrochenen Lebensgefühles jener Zeit (s. S. 39 ff.).

Dichtung

Reinmars Lyrik stellt den Höhepunkt einer poetischen Entwicklung dar, die mit dem sogenannten donauländischen Minnesang zu Beginn des staufischen Kaisertums nach 1150 einsetzte. Diese älteste aufgezeichnete weltliche Lyrik war Liebeslyrik, in welcher sowohl männliche als auch weibliche Rollensprecher wechselseitige Hoffnungen, Wünsche, Sehnsüchte und Enttäuschungen äußern und beklagen.
Am Anfang der ersten Phase des Minnesangs steht wohl Der von Kürenberg mit seinen überwiegend einstrophigen Liedern in paargereimten Langzeilen. In dieselbe Zeit gehört etwa auch Meinloh von Sevelingen, bei dem neben die Rolle eines selbstbewußten Ritters auch schon die auf spätere Entwicklungen vorausweisende Rolle eines Werbenden tritt, welcher der Dame seinen Dienst anbietet und der aus einer solchen Bindung eine Steigerung seiner selbst erhofft.
Der kulturgeschichtliche Hintergrund wird bei diesen Liedern noch durch äußere Versatzstücke wie *zinne* und *îsengewant* markiert. Der männliche Protagonist wird mit einem neuen Begriff (*ritter*) belegt, welcher, wie die Lautform ausweist, aus dem Niederfränkischen stammt und der eine realitätsüberhobene, überständische Idealfigur anbietet, mit welcher sich alle Mitglieder der sich konstituierenden höfischen Gesellschaft identifizieren konnten. Die didaktisch-ethische Funktion dieser Identifikationsfigur tritt besonders in den ›Ritter‹-Romanen hervor, welche aus der Artussage entwikkelt wurden (Chrestien de Troyes, Hartmann von Aue, Wolfram von Eschenbach).
Die mhd. Minnelyrik entfaltete sich im 12. Jh. auf zwei Ebenen, auf einer formalen und einer inhaltlichen. Sie geht von heimischen Traditionen aus, nimmt aber auch immer wieder formale und thematische Anregungen aus den westlichen Nachbarländern auf, in denen die geistesgeschichtlichen und literarischen Entwicklungen, welche die Voraussetzungen

für die neue Literatur bildeten, schon ein halbes Jahrhundert früher eingesetzt hatten – mutmaßlich im Gefolge der geographischen und geistigen Horizonterweiterungen, welche während des ersten Kreuzzuges (1096–99) den Blick für die höhere Kultur des Orients öffneten.

Die Strophen-, Vers- und Reimformen fächerten sich von paargereimten Lang- und Kurzzeilen, die vom Prinzip der Vierhebigkeit ausgehen, seit etwa 1170 auf zu immer stärkerer Differenzierung, aus welcher sich schließlich die Stollenstrophe herausschälte, die zum vorherrschenden Formgefäß der hochmittelalterlichen deutschen Minnelyrik wurde. Die formgeschichtliche Wende wird im Werk Friedrichs von Hausen, dem Hauptvertreter der zweiten Phase des mhd. Minnesangs, des sogenannten rheinischen Minnesangs, bemerkbar, und bei ihm zeigt sich auch zum ersten Mal eindeutig die eigentümliche gehaltliche Prägung des Hohen Minnesangs als einer lyrischen Proklamation absoluter Dienstergebenheit einer höheren Instanz gegenüber, die im Bildrahmen der Minnelyrik als unerreichbare *frouwe*, als Minneherrin, auftritt.

Mit dieser Entwicklung geht eine Abstrahierung von äußeren Realien und eine Verinnerlichung der Thematik einher. Dies wird wiederum zuerst bei Friedrich von Hausen offenbar. Bedeutsam wird nun die innere Haltung des Werbenden, seine Dienstbereitschaft: Der lyrische Protagonist wird jetzt aus einer eigenwertigen Position in eine abhängige versetzt, dem Grundprinzip der lehnsrechtlich organisierten Feudalgesellschaft gemäß. Die Kernwörter benennen deren zentrale Werte: *dienen, stæte, triuwe.*

Es wäre allerdings eine Verengung des geistigen Gehaltes des Minnesangs, würde er einseitig (wie in literatursoziologischen Deutungen üblich geworden) nur aus der Perspektive des Ministerialenstandes gesehen. Das Dienen gehörte, zusammen mit der *triuwe* des Partners, die Belohnung und Schutz einschloß, zu jeder Stufe der Lehnspyramide.

Die Tendenz zu einer zunehmenden Abstraktion des Minnesangs in dieser Phase wird besonders sichtbar im Wandel der Bezeichnungen für die Mitwelt. Bei Kürenberg wird sie noch durch personenbezogene Begriffe wie *merkære* (›Aufpasser‹), *lügenære* (›Verleumder‹) repräsentiert. Bei Hausen tritt an ihre Stelle die abstrakte *huote* (›Aufsicht‹). Diese Tendenz zum Rückzug aus einer wenn auch nur angedeuteten Realität setzt sich in der dritten Phase des mhd. Minnesangs fort, als deren Hauptrepräsentant Reinmar gilt. Ein Wort wie *ritter* begegnet bei ihm gerade noch in traditionellen Gattungen wie dem Wechsel (Lied II) oder einer konventionellen Minneklage (Lied I).

Kann im frühen Minnesang noch primär der ungebrochene Ausdruck eines Liebesbedürfnisses gesehen werden, so spalten sich seit Friedrich von Hausen die Texte immer häufiger in mehrere Sinnebenen auf. Sie erhalten Tiefendimensionen, die oft geradezu bestimmend für ein Gedicht werden können, so daß das Vordergrundthema sekundär erscheinen mag. Diese Art Minnesang ist in ihrem Bedeutungsspektrum etwa den räumlichen Dimensionen eines Theaters vergleichbar: Manche Lieder können nur auf der Vorderbühne der eigentlichen erotischen Beziehungen spielen, andere greifen auch in die (existentiell bestimmte) Hinterbühne aus, einige sogar in den Zuschauerraum. Unbildlich gesagt: Manche Lieder meinen mehr, als der unmittelbare Wortsinn besagt, als ihre Oberflächenstruktur ausweist.

Der Minnesang bleibt prinzipiell Liebesdichtung, welche den stärker bewußt gewordenen innerweltlichen Empfindungen und den damit verbundenen Sensibilisierungen Ausdruck verleiht, andererseits aber, gerade als M i n n e lyrik (*minne* umfaßt *liep unde leit*), ist sie eine Dichtung, in welcher individuelle Gefühlsregungen transzendiert wurden zu überindividueller, transpersonaler, allgemein existentieller Gültigkeit. Diese Dichtung ist nicht bloßes Abbild realhistorischer ›biographischer‹ oder sozialer Verhältnisse, auch nicht Gefäß individueller Bekenntnisse, sondern entwirft Verhaltensnormen, die idealisiert, ja ideologisiert werden. Sie ist da-

mit letztlich gesellschaftliches Psychogramm, Mentalitätsspiegel.
Der Minnesang ist poetische Fiktion. Die Szene ist nur andeutungsweise mit der Realität entlehnten Requisiten, mit Orts- oder Zeitbestimmungen ausgestattet (so noch im frühen Minnesang), wird dann immer leerer, immer irrealer: Zwei Personen, oft sogar nur eine, bewegen sich in feststehenden Ritualen auf ihr – vor einem im Unbestimmten verschwimmenden Hintergrund.
Ebenso realitätsenthoben sind die Personen selbst: Im frühen Minnesang noch typisiert (*ritter*, *magetin*), werden sie immer mehr zu überindividuellen gestaltlosen Funktionsträgern. Selten wird z. B. das Äußere der Dame geschildert, meist nur ein pauschales, idealisierendes Lob formuliert (*schœne*). Ebenso werden die inneren Qualitäten beider Protagonisten mit stets denselben Attributen stereotyp umschrieben: *guot*, *stæte*, *triuwe*.
Ganz offen bleibt im Hohen Minnesang auch die soziale Fixierung. Dies festzustellen ist wichtig, da sowohl die biographistische Minnesangforschung des 19. Jh.s als auch die literatursoziologische der letzten Jahrzehnte glaubte, aus den Gedichten realhistorische Bezüge herauslesen zu können. Tatsächlich fehlen solche in den Texten so gut wie vollständig. So hat die gerne angeschnittene Frage, ob die Dame verheiratet sei oder nicht, keinerlei Relevanz. Das in den Liedern angesprochene Gegenüber besitzt keine wirklichkeitsbezogene und -beziehbare Existenz, es ist Fiktion, Idee.
Bildstruktur und Wertvorstellungen sind zwar durch die Anschauungen des Feudalsystems (dem das Publikum angehörte) geprägt, das darin vorgeführte Minneverhältnis ist aber fingiert, ist Metapher, mit welcher ein spezifischer innerseelischer Erfahrungsbereich, der Bereich existentieller Leiderfahrung, tragischer Verstrickungen, zum Teil auch Zeit- und Weltkritik, formuliert wird.
Durch die Minnefiktion ist der Themenrahmen begrenzt. So wird ein relativ kleiner Bestand an Motiven und Themen,

z. T. toposhaft vorgeformt (wie überdies auch bestimmte Formelemente), in variationsreicher Artistik kaleidoskopartig immer wieder neu kombiniert, ebenso in immer neuen Argumentationsfolgen eine gedankliche Kombinatorik gepflegt, auf neue Pointen hin ausgerichtet – und in neue Strophenformen (und evtl. auch Melodien) gegossen.
Gemeinsam ist allen diesen lyrischen Situationen die Leidthematik. Sie sind jeweils am Anfang oder (seltener) am Ende einer Beziehung angesiedelt. Insofern bestimmen Werbung und Abschied die minnesängerische Thematik. Werbung ist in der Regel mit Leid verbunden, sei es äußerer Hindernisse wegen (die Gesellschaft: *merkære*, *huote*), sei es innerer Widerstände wegen (Nichtbeachtung oder Ablehnung des Werbenden); ebenso der Abschied, der, im 12. Jh. vor allem mit den konkreten Kreuzzugs- (oder auch allgemein der Kriegszugs-) Unternehmen verbunden, zum Konflikt zwischen zwei Verpflichtungen, dem Frauendienst und dem Ritterdienst, wird (vgl. dazu besonders Friedrich von Hausen, Heinrich von Rugge, Albrecht von Johansdorf und Hartmann von Aue, die Vertreter des Minnesangs aus der Zeit vor und während des dritten Kreuzzugs 1189–92).[12]

*

In einem so entwickelten Minnesangpanorama nimmt Reinmar, wie gesagt, auch schon nach mittelalterlicher Auffassung (s. Gottfrieds von Straßburg Literaturstelle), eine zentrale Position ein. Er führt die im rheinischen Minnesang, vor allem bei Friedrich von Hausen angelegten gehaltlichen und formalen Strukturen zu einem Höhe- und in gewissem Sinne auch zu einem Endpunkt. Nach ihm schlägt dann bei Walther von der Vogelweide die Entwicklung um, nicht zuletzt wohl im Zuge der Auseinandersetzung der beiden um

12 Auch unter Reinmars Namen sind zwei Kreuzzugslieder überliefert, allerdings nur in der Großen Heidelberger Liederhandschrift. Sie folgen deshalb gesondert im Anhang.

die rechte Art des Minnesangs und Frauenpreises im Rahmen der sogenannten Reinmar-Walther-Fehde (s. S. 20).
Die von Ludwig UHLAND geprägte Kennzeichnung Reinmars als eines »Scholastikers der unglücklichen Liebe« hat insofern ihre Richtigkeit, als Reinmars Lyrik in ihrem Wesen Gedankenlyrik ist, die um die Grundklage unerfüllter Kommunikation kreist. Ich wähle das Wort ›Kommunikation‹ bewußt, weil *minne* gerade bei Reinmar mehr meint als nur das Verhältnis zwischen Mann und Frau.
Innerhalb der überkommenen Minne-Ideologie bedeutet sein Werk die letzte Konsequenz. Er stößt am radikalsten zu immer größerer Spiritualisierung und Abstrahierung vor. Zwar bewegt auch er sich in dem traditionsgegebenen und -gebundenen Spektrum von Themen und Motiven, aber er entwickelt in seinen zentralen Gedichten eine ganz spezifische Haltung, die ihm die zitierte Charakterisierung zu Recht einbrachte. Reinmar ist Spiritualist – im Unterschied zu dem anderen bedeutenden Repräsentanten dieser dritten Phase, Heinrich von Morungen, dem Sensualisten, der sich einem neuzeitlichen Lyrik-Verständnis weitaus leichter öffnet.[13]
Ein fast stereotyper Klageton durchzieht Reinmars Lieder. Seine Leiderfahrung gründet, zur Minnesangkonzeption gehörend, auf einer letztlichen Unerfüllbarkeit der Minne (vgl. etwa IV,2,8; VII,3; XI,2.4; XIV,4), auf dem Bewußtsein eines aussichtslosen Dienstes. Erhörung oder gar Gewährung sind, stärker als etwa bei Walther, n u r als theoretisches Modell (VI; XI,3), als Gedankenspiel, Reflexion, Vision – oder als Wunschäußerung formuliert.
Diese existentielle Leiderfahrung wird nun bei Reinmar zum Teil noch auf komplizierte Weise potenziert: Entsprechend der Hohe-Minne-Konzeption sieht auch er eine ethische

13 Dies zeigt sich etwa auch darin, daß in neuzeitlichen Anthologien meist mehr Gedichte Morungens als Reinmars angeboten werden, obwohl von Reinmar etwa doppelt so viele Gedichte überliefert sind als von Morungen (vgl. schon ganz auffällig bei Ludwig TIECK (s. S. 72): Morungen 63 Strophen, Reinmar 28 Strophen).

Kompensation für den aussichtslosen Dienst im gesellschaftlichen Ansehen, in der sittlichen Läuterung des Werbenden und einer daraus fließenden *fröide* (VII,3; XI,5). Keinesfalls faßt er sie aber gewissermaßen als Äquivalent für den Verzicht auf (wie etwa Johansdorf MF 93,12; SchM XIII). Reinmar empfindet vielmehr leidvoll die Aporie, die Unvereinbarkeit der beiden glückverheißenden Lebensziele *minne* und *êre* (XV,2; XI,5; XII,3 und 4). Das Akzeptieren der Zurückweisung, das Bewußtsein, das Minne-Ideal niemals zu erreichen, erkennt er als die schmerzlich empfundenen Bedingungen für eine gesellschaftliche Erhöhung. Die Minne wird dadurch für ihn zu einem Mittel, was ihrer idealen Natur widersprechen muß. Eine Umkehrung ist unmöglich: Für Reinmar, anders als später für Walther von der Vogelweide, ist Liebe außerhalb der gesellschaftlichen Werte nicht vorstellbar (X,4; XI,1; XXIX,4). Vgl. dagegen z. B. Walther von der Vogelweide: *minne entouc niht eine, / si sol sîn gemeine, / sô gemeine daz si gê / dur zwei herze und dur dekeinez mê* (L 51,9 f.; »Minne hat allein keinen Sinn, sie muß gegenseitig sein, so sehr gegenseitig, daß sie durch zwei Herzen geht und sonst durch keines mehr«), oder auch: *minne ist zweier herzen wünne* (L 69,10).

Um diese existentielle Betroffenheit, dieses Leid, auch die darin liegende Spannung aushalten zu können (*tæte ich nâch leide als ichz erkenne, / siu liezen mich* . . ., XIV,3), erhebt Reinmar das *trûren* zur Kunst: Er ästhetisiert seinen Schmerz, stilisiert ihn um in eine weitere, ihn, den Leidenden, über die Gesellschaft erhebende Tugend, in die Tugend des ›schönen‹ (in vollendeter höfischer Haltung vorgeführten) Trauerns:

> *Wan daz ich leit mit zühten kan getragen,*
> *ich enkunde niemer sîn genesen* (XIV,3),

und

> *Daz lob wil ich, daz mir bestê*
> *und mir die kunst diu werlte gemeine gebe:*
> *daz nieman sîn leit so schône kan getragen* (XIII,5),

oder *daz [leit] truog ich alsô, daz mîn ungebærde sach lützel iemen* (XIV,4).

Dieses Zentralthema umkreist Reinmar immer von neuem, lotet es aus, entdeckt aus anderer Perspektive leidvolle Paradoxa: Paradox ist im feudalen Verständnis der Dienst ohne Lohn. Paradox ist das gesellschaftliche Ansehen, ist die ethische Läuterung, welche ungelohnter Dienst – auf der ›eigentlichen‹, wörtlichen Bezugsebene damit wertloser Dienst – einbringe. Paradox ist der Schmerz als Freude (*daz ich ir haz ze froiden nime*, XIII,5; XI,2; XIV,5; XVIII,4; XX,2), das Leid als einziger tatsächlicher Erfahrungsbereich (*ich wæne ieman lebe, er hab ein leit*, XXIX,3).
Verbunden damit thematisiert Reinmar immer von neuem die Frage der Redlichkeit des Werbens: Ist es Dienst um des Dienstes willen – Dienst an einer utopischen Idee (die sich niemals erfüllen wird) – oder ist es, wie ihm die *hôchgemuoten* vorwerfen (X,2), Dienst des Ansehens oder gar des selbstverliebten Spiels wegen, das dem Künstler durch die Sublimierung in der Kunst bleibt (X,5; XII,3; XXIII,2.3)?
Reinmar stellt alle diese Fragen von einem dialektischen Ansatz aus. Er beschwört Gegenpositionen zu vertrauten Ansichten, sei es durch den männlichen Sprecher selbst, sei es durch eine weibliche Gegenstimme – so besonders ausgeprägt im Wechsel oder im Kontrapunkt des Frauenliedes. Eine Synthese bleibt meist unausgesprochen, wird negiert (XXIV) oder ins Utopische entrückt (*tuot got lîht ein wunder*, XXIX,3).
Außer diesen zentralen, minnetheoretischen Texten schuf Reinmar auch Lieder, in denen er weitere minnesängerische Aspekte thematisiert: so den Frauenpreis. Aber selbst das enthusiastische Lob (X) bleibt abstrakt-ideell, äußere Attribute der Frau tauchen so gut wie nie auf, beschworen wird vor allem ihre Wirkung – das Glück, das schon ihr Anblick oder gar ihr Gruß bereitet (VIII,1; X,4; XIII,4; XIX,3 u. a.), meist

aber das Leid, die *nôt*, der *kumber* (dies findet sich in fast allen Liedern).

Ein häufiges, für Reinmar typisches Thema ist die Problematik des ›richtig‹ eingesetzten Redens (VII; XII,1.2; XIV) bzw. Schweigens (IV,1; VII,1; XIV,6). Hier erscheint die Leidthematik bisweilen mit Selbstbewußtsein gepaart (*Daz beste, daz ie man gesprach*, XII,1; VII,2 u. a.). Bitterkeit steht neben Sarkasmus oder Ironie in den Strophen, die den glücklich und den unglücklich Werbenden nebeneinanderstellen (VII,1.4; VIII,1; IV,1; V,2; X,1; XV,5; u. a.), ebenso Bitterkeit neben Humor in Strophen, die das paradoxe Verhalten der Frauen schildern (XIII,3; XV,5; XX,3; XXIV,3). Neben Strophen, die den (Minne-)Dienst zur existentiellen Frage erheben (*stirbet si, sô bin ich tôt*, VIII,2, aber auch X,1; XIV,1.2; XX,5; XXI,5; XXIII,5), stehen solche, die diesen Dienst als Spiel zeigen (XXII), den Werbenden als Minnetoren hinstellen (I,3; VII,3; XII,1; XX,5). Gerade diese Spielarten zeigen deutlich, daß alles nur Fiktion ist, Spiel mit Vorstellungen, Wünschen, Motiven, daß die zugrunde liegenden, ins Bewußtsein gehobenen Leiderfahrungen durch Ästhetisierungen und Sublimierungen ertragbar gemacht werden sollen.

Viele Strophen Reinmars enthalten höfische Minneregeln und allgemeingültige Lehren über den ›Umgang mit Menschen‹ (I,2.3; XIII; XX,3; XXII,1. 2). Es gibt aber auch Lieder, die nur die gängigen Minnesangtopoi variieren, einem höfischen Kunstritual genügen, der bloßen Unterhaltung dienen mochten.

Auch bei nur kursorischer Betrachtung oszilliert Reinmars Werk nicht nur auf Grund einer der Lyrik inhärenten Ambiguität. Bei mittelalterlicher Lyrik müssen außerdem die wechselnden Darbietungsformen berücksichtigt werden, die jeweils andere Akzente setzen konnten, etwa durch Textänderungen, Auslassungen, Strophenumstellungen usw. (wie noch in den Handschriften faßbar), und die jeweils, wenn auch nicht mehr nachweisbar, im gesungenen Vortrag, auch gestisch unterstützt, nochmals variieren konnten.

Immer bleibt Reinmar aber der Sänger des Leids, der Künstler, der dieses Leid hochstilisiert zu einer besonderen Tugend. Damit wird Reinmar zum zentralen Künder des Grundgefühls einer lehnsrechtlich organisierten Gesellschaft, deren Fundament der Dienst bildete, der, wie die Realhistorie allenthalben zeigt, eben nur idealiter mit der *triuwe* des Dienstherrn, mit Lohn und Schutz verbunden war. So gesehen wird auch verständlich, warum ein Lyriker wie Reinmar zu seiner Zeit so erfolgreich werden konnte, warum gerade seine programmatischen Lieder – die in der Neuzeit meist auf Unverständnis stießen – ein solch (überlieferungsgeschichtlich bezeugtes) breites Interesse fanden.

Ein mittelalterliches Publikum war schon von der Bibelexegese her gewohnt, einen Text in mehreren Sinnebenen, in ›mehrfachem Schriftsinn‹ zu erfassen, ganz entsprechend einem die mittelalterliche Weltauffassung prägenden Analogiedenken. So schloß wohl auch die vordergründig ausgebreitete Liebesthematik weit darüber hinausgreifende, soziale, ja existentielle Problembereiche mit ein: Reinmars *frouwe* war eine Gestalt, mit der alle leidvollen Vorstellungen und Erfahrungen in Verbindung gebracht werden konnten, sie war, wie gesagt, gesichtslos, war überpersönlicher Natur, wobei natürlich nicht auszuschließen ist, daß Reinmar bei Gelegenheit einem Lied auch eine aktuelle (personale) Zielrichtung und Meinung gegeben haben konnte, so wie jeder mittelalterliche Hörer oder Leser in den Gedichtstimmungen Analogien zu eigenen Problemen finden konnte. In ihrer Unnahbarkeit und Gleichgültigkeit war die *frouwe* letztlich Frau Welt, das Fatum – mit Glück und Leid in Händen.

Durchaus im Rahmen seiner Minnebildlichkeit wendet sich Reinmar gegen altbekannte gesellschaftliche Störfaktoren wie Neid, Haß, Mißgunst, Unbarmherzigkeit usw., beschwört und deutet Ängste, Sehnsüchte, Hoffnungen, die über eine eventuell gewünschte Minnebindung hinausführen. Viele Gedichte lassen sich auch als Plädoyers gegen Willkür lesen. Niemals aber wird ein subjektives Gefühl als solches geäußert, stets wird es in ein Verhalten in und vor der Gesellschaft umgesetzt. Insofern ist Minnesang Gesellschaftskunst.

Als Gesellschaftskunst ist Minnesang Rollenlyrik. Zwar setzen viele Strophen mit ›ich‹ ein (33 Strophen von insgesamt 115 im Liedercorpus der Hs. B), dennoch spricht keinesfalls – oder nur bedingt – der Autor, sondern die lyrische Figur, die er vorstellt.

Rollenlyrik sind vor allem dann die Frauenstrophen und Frauenlieder. Hier stellt Reinmar die Liebesproblematik von der Gegenseite her dar: Auch auf seiten der Frau besteht der Wunsch nach Erfüllung – meist (als männliche Wunschprojektion) deutlicher ausgesprochen als in den männlichen Minneklagen, diese aber zum Teil dadurch (vielleicht augenzwinkernd) relativierend – auch dies wiederum ein Zeichen des Spielcharakters des Minnesangs. Bei den Wechseln wird eine Wunschhaltung von zwei Seiten aus gespiegelt. Auch der Stimmungswandel, der in manchen Gedichten strophenweise auftritt, dürfte seinen Grund darin haben, daß die Mehrgesichtigkeit der Phänomene aufgezeigt werden soll. Und schließlich ist auch die Witwenklage ganz eindeutig Rollenlyrik, gibt wohl kaum Einblick in die eigene, Reinmarsche Gefühlslage beim Tode eines mutmaßlichen Gönners.

Keineswegs darf Reinmar also als historische Person mit diesen Figuren seiner Gedichte ungebrochen gleichgesetzt werden, eine Gefahr, die in der Forschung besonders dann nahelag, wenn man ihn in Wien zu Füßen der dortigen Herzogin und späteren Herzoginwitwe festsetzte.

Die Lieder lassen sich deshalb auch nicht, wie von derselben Forschung versucht wurde, in einen biographisch fortlaufenden Zyklus ordnen. Sie bilden vielmehr einen konzentrischen Kreis mit der fiktiven Figur der *frouwe* als thematischem Zentrum. Sie wurden nicht für ein und dasselbe Publikum (etwa

in Wien) geschaffen, sondern an wechselnden Orten, unter wechselnden Konstellationen und in immer wieder wechselnder Auswahl vorgetragen.
Ein offenbar gleichbleibendes Zeitgefühl bereitete den Boden für den anhaltenden Klageton, der auf manche neuzeitlichen Interpreten so ›frustrierend‹ oder langweilig wirkt. Bei solchen Urteilen ist nicht bedacht, daß diese Lieder nicht für eine fortlaufende Lektüre konzipiert wurden, auch keinen Minneroman (so v. KRAUS) darstellen sollen, sondern über Jahre sich hinziehende, immer erneuerte Gesellschafts- und Gefühlsdiagnosen sind, die, zeit- und menschenbedingt, zu immer wieder denselben Ergebnissen kommen mußten.
Sicher steht Reinmars Lyrik nicht beziehungslos neben Person und Leben des Dichters. Aber seine uns unbekannte Biographie lieferte allenfalls Material (Elemente der Realität und seiner Erfahrung), aus dem er die eigengesetzliche Welt seiner Lyrik schuf, unverwechselbar und doch auf den Minnesangtraditionen des 12. Jh.s fußend.

*

Um den eigenartig pessimistischen Stimmungsgehalt der Reinmar-Lieder, ihre über die Darstellung der ritualisierten Liebesenttäuschungen hinausführende prinzipielle Zeitkritik und Weltklage voll verstehen zu können, sollte man sich die Lebensumstände zur Zeit seines Wirkens vor Augen führen. Die S. 23 f. umrissene Epoche war geprägt von erbitterten Machtkämpfen. Die Kreuzzüge und Kriegsfahrten erpreßten Opfer an Menschenleben und materiellem Gut. Die Regierung Heinrichs VI. war überschattet von Akten barbarischer Grausamkeit. Hier war kein Raum für die Verwirklichung der Idee einer reinen Humanität, wie sie vor allem im 19. Jh. mit dem Mittelalter und insbesondere mit der Stauferzeit verbunden wurde.
Ein symbolhaftes Bild für das Grundgefühl jener Zeit liefert das berühmte Mainzer Hoffest 1184, an dem all das wie im Brennspiegel gebündelt zusammentraf, was an latenten Zwei-

feln und Ängsten die Menschen jener Zeit gefangenhielt: Hinter der höfischen Selbstdarstellung, dem zur Schau getragenen Prunk und Glanz wurden Rankünen und Feindseligkeiten (Rangstreitigkeiten unter den höchsten Würdenträgern u. a.) offenbar, Unfälle und ein furchtbares Unwetter zerstörten die prätendierte Harmonie und bestätigten das Gefühl der Unsicherheit, des Ausgeliefertseins an nicht faßbare Gewalten. Dem gibt etwa Walther von der Vogelweide in einer Strophe des Wiener Hoftons plastischen Ausdruck:

Nû wachet! uns gêt zuo der tac,
gein dem wol angest haben mac
ein ieglich kristen, juden unde heiden.
wir hân der zeichen vil gesehen,

. . . .

Diu sunne hât ir schîn verkêret,
untriuwe ir sâmen ûz gerêret
allenthalben zuo den wegen:
der vater bi dem kinde untriuwe vindet,
der bruoder sînem bruoder liuget,
geistlich leben in kappen triuget,
die uns ze himel solten stegen:
gewalt gêt ûf, reht vor gerihte swindet . . .

(L 21,25 ff.)

Solche Zeit- und Gefühlsdiagnosen sind auch Reinmars Gedichte. Sie sind integraler Bestandteil einer disparaten, in ethisch-moralische und emotionale Bereiche ausgreifenden Welterfahrung, die ästhetisch bewältigt wird. Eben solche Zeit- und Gefühlsdiagnose ist die höfische Epik eines Hartmann von Aue, Wolfram von Eschenbach oder Gottfried von Straßburg, deren Artus-Utopie sich als ebenso trügerisch erweist. Auch hier geht es um die Diskrepanzen zwischen Wunsch und Wirklichkeit, zwischen Verheißung und Erfüllung, zwischen vermeintlichem Anspruch und tatsächlich Gewährtem.

Liep âne leit mac niht sîn, in diese Formel faßt schon Dietmar von Aist die Ambivalenz des höfischen Seinsgefühls. Zugleich aber war der ästhetische Raum der Kunst jener Bereich der Bannung und einer Gegenwelt, einer Utopie, in der Wünsche möglich und wahr wurden. Der Raum, in dem die Ängste vergessen, die Spannungen gelöst werden konnten. Das Auftreten der Sänger, der Liedvortrag bedeutete *fröide* (XXVII,3.4), war die Quelle, aus der die Kräfte zum Bestehen der Wirklichkeit erwachsen konnten: So empfand es schon der Pfaffe Lamprecht, der im *Alexanderlied* (nach 1150) die Wirkung des Gesangs der Blumenmädchen umschreibt:

ih und mîne helede balt
vergâzen unse herzeleit
und der grôzen arbeit
und alliz daz ungemah
und swaz uns leides ie gescah.

(Ausg. K. Kinzel, V. 5220–24)

*

Zum Stil. Reinmars Lieder, wie sie sich in der Sammlung B darbieten, sind ganz entsprechend ihrer Thematik, der weitgehenden Einseitigkeit des Werbens, zum größten Teil Minneklagen. Daneben finden sich nur ganz wenige optimistisch gestimmte Lieder (VI; IX), ferner als spezifische Gattung der Wechsel, d. h. ein Gedicht, in welchem strophenweise Mann und Frau übereinander, nicht wie im Dialog miteinander reden (Lied II; III; XXI; vgl. auch IV,[9], V,[5]). Seine Fortbildung ist das Dialoglied, bei Reinmar als *frouwe*-Boten-Dialog ausgeprägt (Lied XXVII). Reine Frauenlieder sind der Botenauftrag einer *frouwe* (Lied XXVIII) und die Witwenklage XVI, zugleich Beispiel einer Totenklage. Als Anti-Tagelied kann die Minneklage V klassifiziert werden. Kreuzzugslieder sind in der Sammlung B nicht überliefert.[14] Alle

14 Siehe aber Anhang.

diese Liedtypen sind geprägt von einer einheitlichen Stilhaltung, die zur komplizierten Denkstruktur Reinmars paßt. Seiner Gedanklichkeit, die das stets neu erlebte Leid nur mit gedachten Alternativen konfrontiert, vom Wunsch zur enttäuschenden Wirklichkeit schweift, das Ersehnte durch das Tatsächliche als irreal entlarvt, entsprechen komplizierte Konditionalgefüge, entspricht als Aussagemodus der Konjunktiv (meist Prät., vgl. die zahlreichen *bedæht er, gehôrt ich, spræch er, daz wære, solt ich . . .*).
Die Wünsche, ja oft auch die direkten Bekenntnisse werden verklausuliert, scheinbar umständlich vorgebracht: *Möhte si mich daz lâzen gesehen, wære ich ir liep, wie si mich haben wolte* (XV,4), *daz ich niht bin langer frô wan unz ich lebe* (II,2, vgl. ferner V,4; VII,3; VIII,2 u. v. a.); oft wird das rhetorische Mittel der Revocatio, die Zurücknahme des eben Gesagten, angewendet (sie prägt bes. Lied XII, aber auch XXII,3 u. a.).
Andererseits neigt Reinmars Stil zu Emphase und Hyperbolik; häufig benutzt er den von der Rhetorik bereitgestellten Unsagbarkeitstopos (IX und vor allem X,3: *dîn lop mit rede nieman wol vol enden kan*), versteigt sich aber auch sonst oft zu extremen Beteuerungen, vgl. die von Walther aufgespießten Wendungen *stirbet si, sô bin ich tôt* (VIII,2) und *si ist mîn ôsterlîcher tac* (XIX,3) oder die Hingabe eines Auges für Erhörung durch die Dame (VIII,4), die berühmte Mattsetzung aller anderen Damen (XI,1, ähnlich XIX,1) oder die Verquickung des Liebesglücks mit dem Seelenheil (XXII,4.5).
Vor allem charakteristisch ist aber die unsinnliche, abstrakte Aussageweise Reinmars. Seine Sprache ist fast ohne Bilder, ohne anschauliches Kolorit. Dies fällt um so mehr auf, als die beiden Zeitgenossen Reinmars, Heinrich von Morungen und Walther von der Vogelweide, oft auch die sinnlich erfahrbare Schönheit, etwa der Dame, beschwören, vgl. Morungen MF 122,1 (*vil rôt ist ir munt, ir zene wîz ebene*), 143,22 (*lîp . . . wîzer danne ein snê*), 141,1 u. a. oder Walther, der die *frouwe*

von Kopf bis Fuß schildert (L 53,25) oder in ihrem Auftreten beschreibt (L 46,10). Bei Reinmar erfährt man gerade einmal, daß die Dame einen Mund hat (XI,3,2), der allerdings nicht etwa als süß oder rot oder als lächelnd bezeichnet wird, sondern mit einem (für Reinmars unsinnliche Haltung) typischen *wol redend.* Auch in seinem berühmten Frauenpreislied X geht es Reinmar nicht um die sinnliche Schönheit einer Frau, sondern ausdrücklich um den *namen*, den innerseelische Tugenden implizierenden Begriff des ›Weibtums‹.
Selbst wo konkrete Dinge oder Sachverhalte angeführt sind, werden diese nicht metaphorisch eingesetzt: Das bleiche Aussehen der Liebe (XIII,1), die Frage nach dem Alter der Dame (XV,6) oder die Anspielung auf die grauen Haare (XXI,4) sind nur Anlaß für einen dialektischen Gegenschlag. Ebenso ist der Gesang der Vögel, sind die Erwähnung von Winter und Sommer oder der heraufziehende Morgen (V) nur funktionsbedingt gewählte Gegenpositionen zu einer abstrakt formulierten Aussage. Die bei Reinmar relativ häufig erwähnten *ougen* sind bis auf eine Stelle (wo sie – verweint oder *dicke rôt* – der sehnsüchtigen Dame zugesprochen werden, XVII,2) nur ein Organ, durch das der Werbende sein Glück oder Leid erfährt. Konkrete, metaphorisch verwendete Bilder sind (in der Slg. B) allein die hinter der Tür sich verbergende Gnade (XII,5) oder der Falke und der Aar in den Liedern VI und XXIX,6. Der bekannte, als vorsichtiger Wunsch (*unde ist, daz mirs mîn sælde gân*) formulierte und von Walther parodierte Kußraub in XI,3 steht als witzige Pointe etwas für sich.
Insgesamt ist Reinmars Stil in seiner ambivalent verklausulierten Gedankenführung (mit ihren Widersprüchen und Bedenklichkeiten) spröder, härter, gedrängter (zumal auch die in der mhd. Lyrik zur rhythmischen Glättung gesetzten Füllwörter bei ihm weitgehend fehlen), schwieriger als etwa der weiche, melodische Stil Morungens.

*

Zur Form. Die in den Reinmar-Liedern dieser Sammlung vorherrschende Strophenform ist die sogenannte Stollenstrophe, die seit Friedrich von Hausen zunehmend zum formalen Kennzeichen der mhd. Lyrik wurde, wobei ihre große Variationsfähigkeit vielfältige kunstvolle Formen hervorbrachte.

29 (bzw. 30) der 31 Reinmar-Lieder der Sammlung B sind Stollenstrophen. Nur Lied VI (eine Einzelstrophe) ist als Periodenstrophe angelegt. Lied XXX zeigt ebenfalls keine eindeutige Stollenstruktur, könnte aber auf eine solche zurückgehen (s. Komm.).

Zur Grundstruktur der Stollenstrophe gehört die Zweiteilung in Aufgesang und Abgesang, wobei der Aufgesang wiederum zweigeteilt ist in zwei metrisch (und musikalisch) gleiche Stollen, während der Abgesang frei gestaltet werden kann (einfachstes Grundschema: AAB, Reimschema: ab ab / cc). Frei sind die Verszahl einer Strophe, die metrische Struktur, Länge und Kombination der Verse (isometrisch, heterometrisch – gleich oder verschieden lang), im Abgesang auch die Versgruppierung und die Anordnung der Reime.

Die Länge der Strophen bewegt sich zwischen 6 und 16 Zeilen. Die Hälfte der Lieder (15) bestehen jedoch aus 7- und 9-Zeilern (acht 7-Zeiler, sieben 9-Zeiler). Nur vier Lieder zeigen noch die 6zeilige Grundstruktur, je vier Lieder sind in 8- bzw. 10-Zeilern abgefaßt. Vereinzelt sind die 16zeilige Großstrophe von Lied XII und die 11zeilige Strophe, die auch thematisch aus der Sammlung herausfallende Witwenklage (XVI).

Entsprechend dem Gesamtumfang der Strophen bestehen die Aufgesänge überwiegend aus 2zeiligen Stollen mit Kreuzreim (ab ab); nur die 10-, 11- bzw. 16zeiligen Strophen XXVI, XVI und XII haben 3zeilige Stollen mit erweitertem Kreuzreim (abc abc).

Ebenso bewegen sich die Abgesänge zwischen 2 Zeilen (1 Reimpaar, cc, in den Liedern mit 6zeiliger Grundstruktur) und 10 Zeilen (Lied XII, Abgesang als kunstvolle Periode mit

6 Reimklängen). Charakteristisch für die 3- und 5zeiligen Abgesänge ist die Waisenterzine (cxc). Sie bildet den Abgesang bei den 7zeiligen und, zusammen mit einem vorangestellten Reimpaar (cc dxd), bei den 9zeiligen Liedstrophen und der 11zeiligen Strophe XVI.

Bisweilen kann ohne Melodie nicht entschieden werden, ob eine Schlußperiode als Waisenterzine (cxc) oder als Kurzzeile + zäsurierter Langzeile interpretiert werden solle, vgl. etwa Lied I: 4c + 4 – 6c und Versgliederung in MFK. Ebenso kann es fraglich werden, ob Kurzzeilen oder Verse mit Mittelreim anzusetzen seien (etwa in Lied XII). Die übrigen 3-, 4-, 5- und 6zeiligen Abgesänge bestehen aus Dreireimen (ccc: XXII; XXIII; XXIV), Paarreim + Dreireim (cc ddd: XI), Paarreim + umschließendem Reim (cc deed: III; VII), freier Reimperiode (ccddc: XXIX) oder Paarreimen (ccdd: IV; IX; XIV; XXVI), Kreuzreim (cdcd: II) und Paarreim + Kreuzreim (cc dede: VIII).

Insgesamt finden sich 3- bzw. 5zeilige Abgesänge je achtmal, 2zeilige viermal, 4zeilige fünfmal, 6zeilige dreimal, 10zeiliger Abgesang einmal.

Charakteristisch ist die heterometrische Strophe (aus Versen verschiedener Länge). Nur neun Lieder haben wenigstens isometrische Stollen (Vierheber, Fünfheber); ihre Abgesänge sind aber jeweils heterometrisch. Weitgehend isometrisch sind nur zwei Lieder (XIX und XXVIII), bei denen nur ein (etwas) längerer Vers herausfällt.

Die Hebungszahl der Verse schwankt zwischen zwei und acht. Der Grundvers bleibt jedoch, wie auch sonst in der Dichtung dieser Zeit, der Vierheber; häufiger sind auch Fünf- und Sechsheber. Ein Achtheber erscheint nur einmal im Abgesang von Lied XIV; auch Siebenheber tauchen nur in den Abgesängen auf. Ebenso sind Zwei- und Dreiheber seltener: ein- bzw. zweimal in den 3zeiligen Stollen (Zweiheber: XXVI; Dreiheber: XII; XVI) und vier- bzw. sechsmal in den Abgesängen der Lieder XII und XXIX (Zwei- und Dreiheber), III, XI (Zweiheber), I, II, V, X (Dreiheber).

Es läßt sich eine Tendenz zu geraden Hebungszahlen der Verse und zu gewissen Entsprechungen bei gleichgeordneten Versen beobachten. Oft bestimmt eine gewisse Reihenstruktur die Strophen, d. h., zwei aufeinanderfolgende Verse bilden eine Reihe (oder Kleinperiode).

Daraus erklärt sich die Versgrenzenverschiebung innerhalb einer solchen Reihe (vgl. Komm. zu II,3; IV; V; X,4; XI,5; XXIV,3): ein auffallendes Phänomen, das auch bei anderen Lyrikern dieser Zeit begegnet (z. B. Friedrich von Hausen) und das in der früheren Textphilologie wegkonjiziert worden ist.

Die metrischen Strukturen der Strophen sind in den Hss. A, B und C meist auffallend gut bewahrt, weniger in E, evtl. eine Folge mehrerer Abschreibestufen, bei denen nur noch die Schrift-, nicht mehr die Gehörform realisiert wurde.

Dieser günstigen Überlieferungssituation gemäß liegt die Strophenstruktur meist offen zutage. Es gibt aber auch Lieder, etwa XIII, deren Form sich etwas unklarer darbietet. Man sollte dann allerdings nicht gleich Überlieferungsverderbnis annehmen, vollends nicht, wenn sich die verschiedenen Handschriften in dieser Hinsicht entsprechen. Letzte Auskunft über die ›originale‹ Form könnte hier jeweils die Melodie bringen; indes, auch die Melodien könnten bisweilen eine ähnlich offene Form gehabt haben.

Die Strophenform scheint keine starre Größe gewesen zu sein. Offensichtlich konnten die Strophen zweier Lieder mit verwandter Struktur durchaus ausgetauscht werden: Faßbar wird dies z. B. in der Hs. C, in der zwei Strophen des Tones von Lied XIII bei Lied X stehen oder die Einzelstrophe IX als Strophe von Lied XIV auftaucht, obwohl ihre Strukturen nur ähnlich sind. Mutmaßlich konnten sie also auch zur Melodie des Liedes X bzw. XIV gesungen worden sein. Anscheinend bildete in diesen Fällen die gleiche Aufgesangstruktur den Ansatzpunkt für die sekundären Zusammenstellungen. Vermutlich waren auch die Melodien so variabel, daß Adaptionen auf dieser Basis möglich waren.

Auch innerhalb eines Tones scheint es eine gewisse Variationsbreite gegeben zu haben: Dies zeigen die vage ausgeprägten Strophenstrukturen etwa von Lied XIV und dem schon erwähnten Lied XIII (s. Komm.), aber auch die Fassungen der Lieder IV, XI oder XXXI und die (z. T. variierten) Übernahmen der jeweiligen Töne in den Walther-Parodien (L 71,27; L 111,23; L 72,31).

Versbau. Der Vers Reinmars zeigt eine zeittypische Tendenz zur Alternation, zum regelmäßigen Wechsel von Hebung und Senkung. Diesem Prinzip widerstreitet eine – auch bei anderen Dichtern der Zeit zu beobachtende – Neigung zur Durchbrechung der Regelmäßigkeit, vor allem an expressiv ausgezeichneten Stellen, offenbar auch, um Gleichförmigkeit zu vermeiden, eine gewisse Versbeweglichkeit zu wahren.

Diese Beweglichkeit des Versganges wird erreicht durch einsilbige und dreisilbige Takte[15] (s. etwa Lied III). Wie variabel ein Vers zu lesen sei, ist eine offene Frage, die evtl. nicht einmal die Melodie beantworten könnte. Variationen im Versablauf sind im Rahmen der mhd. prosodischen Regeln möglich: 1. durch Elision (Wegfall eines unbetonten auslautenden *-e*), z. B. I,1 *klagẹ ich*[16]; 2. durch Synalöphe (Verschmelzung zweier voller Vokale in der Wortfuge), z. B. V,3,5: *si ist* > *sist*; wo diese Möglichkeit etwa der Alternation wegen nicht angesetzt werden kann, entsteht 3. Hiat, z. B. XV,4 *wære'ich* oder XXIII,3 *verlüre'ich*; 4. durch Kontraktion (Zusammenziehung zweier Silben zu einer), z. B. XVIII,3: *leit* < *legit*, oder 5. durch Krasis (Fusion von zwei nebentonigen Wörtern), z. B. XVIII,3,1 *dâst* < *daz ist*, XV,2,7 *diech* < *die ich*.

15 Takt, versmetrischer Begriff nach Andreas Heusler, bezeichnet den auf eine Hebung folgenden Versteil.

16 Elisionspunkte im Text sollen nur anzeigen, wo Möglichkeiten einer alternierenden Lesung bestehen; ebenso sollten die Akzentzeichen nur als Vorschläge verstanden werden; besonders bei überfüllten Versen sind jeweils auch andere Akzentuierungen denkbar.

Auffällig ist, daß bei Reinmar sogenannte mhd. Daktylen fehlen, die u. a. bei Friedrich von Hausen oder Heinrich von Morungen begegnen.

Wie der Vers ist auch der Auftakt variabel gestaltet (und meist nicht konsequent durchgeführt). Er ist in der Regel einsilbig, seltener auch zweisilbig (z. B. XX,4,7). Im Prinzip auftaktlose, trochäische Strophen sind in B die Lieder XXIV; XXV; XXVI; XXVII; XXIX.

Reinmar hat eine eindeutige Vorliebe für männliche Kadenzen (d. h. einsilbige oder zweisilbige Wörter mit kurzer offener Tonsilbe als Versschluß: z. B. *man* = x́, *sagen* = ◡́◡). Dies könnte, etwa im Vergleich mit Heinrich von Morungen, auch ein Indiz für die geringere Musikalität seiner Verse sein.

Bei den weiblichen Kadenzen (zweisilbige Wörter mit langer Tonsilbe: *singen, wâren*) besteht gelegentlich die Wahl zwischen eintaktiger (x́x) oder (häufiger) zweitaktiger (klingender) Lesung (–́x̀). Eine Entscheidungshilfe liefert hier meist (trotz fehlender Melodie) das Strophenschema und die übliche Parallelordnung der Verse.

Reinmars formgeschichtlicher Stellung gemäß, ist der reine Reim bei ihm die Regel. Ausnahmen sind in dieser Sammlung Lied XII,3,2/5 *hâr* : *gar* (quantitativer Halbreim), XXIX,3,7/8 *darumbe* : *wunder* (gestörter Reim); im selben Lied stehen auch rührende Reime: XXIX,3,6/9 (*mac* : *mac*) und XXIX,5,6/9 (*ich* : *ich*). Reimkünste erscheinen (etwa im Vergleich mit dem älteren Friedrich von Hausen) eher zufällig. So bestimmen zwei Reimbänder in Lied VIII lediglich eine Strophe (1), Mittelreim begegnet in den Versen 9 und 12 in Lied XII, Kornreim in den Strophen 1–3 in Lied V, Pausenreim in Lied XXI,1,3, Anfangsreim in XVI,1,6/7, übergehender Reim in XVI,1,7/8.

Verhältnis von Reim und Syntax. Reinmar orientiert sich syntaktisch meist an den Versstrukturen. Strenger Zeilenstil herrscht etwa in Strophe I,1, freier Zeilenstil in Strophe I,3.

Auch die Grenze zwischen Aufgesang und Abgesang oder

zwischen einzelnen Abgesang-Perioden wird oft respektiert, (Ausnahme etwa Lied II,1.2). Enjambements sind dementsprechend selten und haben deshalb meist expressiven Wert: z. B. Lied XVIII,4,2/3 oder Lied XXVI,1,4/5; 2,2/3; 3,5/6; 4,4/5.

Die Zahl der Strophen je Gedicht variiert in der Überlieferung beträchtlich. Auf der Entstehungsstufe von B (und damit in dieser Ausgabe) ist allerdings eine klare Präferenz für die Dreistrophigkeit zu beobachten. In den anderen Handschriften sind diese dreistrophigen Lieder nicht selten auf vier (Lied III) oder fünf (Lied V) und sechs (Lied XIII) Strophen erweitert. Nur einmal bewahrt B mehr Strophen als andere Handschriften (Lied XXIX).

Strophenfolge. Die Strophe bildet auch bei Reinmar meist noch eine in sich geschlossene Sinneinheit. Die Strophen eines Liedes müssen also nicht unbedingt mit vorausgehenden oder folgenden zu einer logisch fortschreitenden, einmaligen, unveränderbaren Reihe verknüpft sein. Auch bei gleichem Strophenbestand können deshalb in verschiedenen Handschriften die Strophen unterschiedlich gereiht sein (vgl. etwa Lied XI). Das kann z. T. zu ganz anderen Sinnpointierungen führen, einem Lied einen mehr expressiven oder resignativen Charakter verleihen, vgl. Lied XIII (und Komm.).

Die frühere Forschung hat auch diese Unterschiede auf Willkür oder Fahrlässigkeit der Schreiber zurückgeführt. Mir scheint es realistischer, darin das Resultat einer z. T. erst allmählichen Aus- und Umgestaltung der Lieder zu sehen, die bei einer offenen Vortragspraxis mannigfachen authentischen Variierungen unterworfen sein mochten: so konnte auch ein Berufssänger wie Reinmar ein begrenztes Strophenrepertoire multiplizieren.

Demgemäß ist es auch müßig, unter den überlieferten Fassungen nach der einen authentischen zu suchen, da unter Umständen alle überlieferten Fassungen authentisch sein können. Ein neuzeitlicher Interpret kann also bestenfalls ein

ästhetisches Urteil über die verschiedenen Fassungen abgeben, keinesfalls aber ein Authentizitätsurteil fällen.
Nur zu Lied XXVII (MF 177,10) sind in der Hs. M Neumen (Melodiehinweise) überliefert (s. Komm. und ebd. Anm. 16: Aarburg, S. 380 f.). Die Kontrafakturforschung konnte für Reinmar (etwa im Unterschied zu Friedrich von Hausen) in der romanischen Liedkunst keine unmittelbaren formalen Parallelen aufdecken. Inhaltliche Bezüge finden sich lediglich zu zwei romanischen Strophen: Den Kußraub in XI,3 formuliert ähnlich, wenngleich viel knapper, der Trobador Peirol; eine Minnelehre wie in XIII,2 enthält auch ein Lied des Trouvère Gace Brulé (vgl. jeweils Komm.). Dieser Tatbestand kann ein Beleg für die weitgehende Eigenständigkeit der Liedkunst Reinmars sein.

Überlieferung

Die Lieder Reinmars sind im wesentlichen, wie diejenigen Walthers von der Vogelweide, in vier Handschriften überliefert.
Reinmar ist nach Walther derjenige mhd. Lyriker aus der Zeit um 1200, der in den Hss. B und C mit der größten Lied- und Strophenzahl überliefert ist. In der Hs. E ist ihm nach Walther von der Vogelweide ein eigener Abschnitt gewidmet. Dies bezeugt Reinmars Rang im Minnesang seiner Zeit, so wie er auch in Gottfrieds von Straßburg Literaturstelle (V. 4751 ff.) und durch Walthers Nachrufstrophen (L 82,24 ff.) dokumentiert ist (vgl. S. 14 f., 20, 22).[17]
Die Reinmar-Sammlungen der einzelnen Handschriften zeigen, ihrem Gesamtumfang entsprechend, unterschiedliche Strophenzahlen.

Die *Kleine Heidelberger Liederhandschrift* (**A**) enthält 34 Dichtersammlungen mit rund 800 Strophen (darunter keine Autoren des frühen Minnesangs). Sie wird eröffnet durch das Liedercorpus Reinmars mit 70 Strophen (=19 Lieder), das an Umfang nur noch von der Sammlung Walthers von der Vogelweide (151 Strophen) und der des Truchsessen von St. Gallen (Ulrich von Singenberg; 118 Strophen) übertroffen wird. Diese in der äußeren Aufmachung recht bescheidene Handschrift gilt als die älteste Minnesang-Sammlung. Sie entstand Ende des 13. Jh.s im Elsaß.
Die *Weingartner* (*oder Stuttgarter*) *Liederhandschrift* (**B**) umfaßt, beginnend mit Kaiser Heinrich, 31 Dichtersammlungen, überwiegend von Autoren aus dem Ende des 12. und Anfang des 13. Jh.s (den Abschluß bilden die Lieder Frauenlobs). Sie bietet 115 Reinmar-Strophen (= 31 Lieder) in zwei Teilen, einem namentlich ausgewiesenen von 28

17 Zu weiteren rühmenden Nennungen Reinmars vgl. *Dichter über Dichter in mittelhochdeutscher Literatur*, hrsg. von Günther Schweikle, Tübingen 1970.

(35) Strophen (B, an 13. Stelle nach Heinrich von Veldeke) und einem namenlosen Nachtrag von 87 Strophen (b, an 16. Stelle nach Heinrich von Morungen). Die kleinformatige, aber sehr sorgfältig geschriebene und mit 25 Miniaturen geschmückte Handschrift entstand um 1300 in der Bodenseegegend (Konstanz?). Sie liegt dieser Ausgabe zugrunde.

Das *Budapester Fragment* (**Bu**) vom Ende des 13. Jh.s wurde erst 1985 aufgefunden (jetzt: Széchényi-National-Bibliothek Budapest, cod. germ. 92). Es umfaßt 3 Pergamentblätter. Bl. 1 enthält Strophen von Kürenberg, Bl. 2 von Regensburg (Rietenburg), Bl. 3^v unter Namen (und Miniatur) *Der vogt von Rotenburch* (Bl. 3^r) 5 Strophen: Davon gehören die Str. 1–3 nach dem Hss. ACE Reinmar (in MF Rugge zugeschrieben), ebenso Str. 4 (MF 150,10/I.2). Nur Str. 5 ist eindeutig Rudolf von Rotenburg zuzuordnen (Hss. AC). Die entsprechenden Texte stehen Hs. B nahe. Vgl. dazu András Vizkelety in: Beitr. 107 (1985) S. 366–375 und Beitr. 110 (1988) S. 387–407, weiter Johannes Janota, »*Der Vogt von Rotenburch* im Budapester Fragment«, in: AbäG 38/39 (1994) S. 213–222.

Die *Würzburger Handschrift* (**E**) ist der um 1350 geschriebene zweite (allein erhaltene) Band des sogenannten ›Hausbuches‹ des Würzburger Protonotars Michael de Leone. Überliefert sind hier im 24. Kapitel Lieder Walthers von der Vogelweide, im 25. Kapitel 141 (+ 23) Reinmar-Strophen = 30 (+ 6) Lieder (die eingeklammerten Zahlen beziehen sich auf Texte, die nicht eindeutig zuzuordnen sind). Zwischen der Sammlung Walthers und der Reinmars klafft durch den Verlust mehrerer Blätter eine Lücke, die nochmals etwa 50 Strophen oder etwa 11 Lieder enthalten haben könnten. Neben den beiden Lyrikern enthält die Handschrift vor allem didaktische Werke (Mären des Stricker, Freidanks *Bescheidenheit* u. a.).

Die *Große Heidelberger (oder Manessische) Liederhandschrift* (**C**) enthält 140 Sammlungen mit etwa 6000 Strophen, beginnend wie B mit Kaiser Heinrich und bis in die Zeit um 1300 (Frauenlob, Hadloub) reichend. Der großformatige, reich illustrierte Prachtcodex wurde nach 1300 in Zürich angelegt, vermutlich im Auftrag des Patriziergeschlechtes der Manesse, vgl. dazu das Lied *Wâ vund man sament sô manic liet* (SMS XXVII,8) des Züricher Minnesängers Hadloub. Diese Handschrift bietet die umfangreichste Reinmar-Sammlung: 262 Strophen (= 64 Lieder), die eine ganze Lage (X) einnehmen. In den beiden vorhergehenden Lagen stehen u. a. die Lieder Kürenbergs und Dietmars von Aist, zwei Vertretern des frühen Minnesangs, weiter Heinrichs von Morungen, des Zeitgenossen Reinmars, und Ulrichs von Winterstetten, eines Sängers aus der Mitte des 13. Jh.s. Die drei folgenden Lagen enthalten Texte u. a. von Burkart von Hohenvels, Friedrich von Hausen, Heinrich von Rugge, Meinloh von Sevelingen und dann Walther von der Vogelweide.

In der Reinmar-Sammlung ist zwischen den Strophen ab und zu Platz für weitere (insgesamt neun) Strophen ausgespart; überdies blieben vor dem nächsten Autor, Burkart von Hohenvels, drei Seiten leer – auch dies ein Hinweis darauf, daß solche Handschriften ›Sammel‹-Handschriften im Wortsinne waren, angelegt auf Zuwachs. Die Sammler wußten offensichtlich von weiteren Strophen, die ihnen allerdings oft nicht mehr erreichbar waren.

Streuüberlieferung. Einige wenige Einzelstrophen finden sich anonym in einzelnen Handschriften versprengt. Es sind dies:

Hs. **i**, die *Parzival*-Handschrift von Claus Wisse und Philipp Colin (heute Fürstlich Fürstenbergische Hofbibliothek Donaueschingen), geschrieben zwischen 1331 und 1336. Reinmars Str. XIII,4 findet sich hier auf Bl. 115^{v} neben 6 Strophen anderer Dichter zwischen dem *Parzival* Wolframs von Eschenbach und der Bearbeitung des 14. Jh.s.

Hs. **M**, Handschrift der *Carmina burana* (heute Bayerische Staatsbibliothek München), entstanden im 13. Jh.; enthält

vornehmlich mlat. Vagantenlyrik, darunter auch einige volkssprachliche (mhd. und afrz.) Texte, so Reinmars Str. XXVII,1 (Bl. 60v).
Hs. **p**, eine Sammelhandschrift aus der Mitte des 14. Jh.s (Burgerbibliothek Bern), die neben lat. Werken 36 mhd. Strophen, teils mit Namensbezeichnung (Morungen, Neidhart), teils anonym bewahrt, unter letzteren Reinmars Str. XXIX,1.3.4 (Bl. 235v).
Hs. **s**, die sogenannte Haager Liederhandschrift (Königliche Bibliothek Den Haag), entstanden um 1400; sie überliefert Lyrik und Minnereden in niederdt. Sprachfassung, darunter anonym Reinmars Str. XXIX,4 (Bl. 20v).
Schließlich sind Str. XXXI,1.3 innerhalb der handschriftlichen und gedruckten Überlieferung der Möringerballade (in diese integriert) vielfach und teilweise verändert überliefert.

Doppelzuschreibungen. Von sechs der in B bewahrten Lieder tauchen einzelne Strophen in anderen Handschriften unter anderen Namen auf: So stehen in der Hs. A Str. IV,5 unter Walther von der Vogelweide (zusammen mit der nur in CE bewahrten Str. IV,[9]), Str. XVIII,1.3 unter Niune, Str. XXVI,1 unter Reinmar dem Fiedler. – In C erscheint Str. IV,5, wieder zusammen mit IV,[9], nochmals unter Walther von der Vogelweide. Schließlich bewahrt die niederdt. Hs. m Str. XV,5 (zusammen mit der nicht in B [sondern CEA] stehenden Str. XV,[6]) unter Walthers Namen, Str. XXVIII,1.2 (zusammen mit der unter CE stehenden Str. XXVIII,[4] und den nur in E bewahrten Str. XVIII,[5].[6]) unter van Nyphen (wohl Gottfried von Neifen; Bl. 3rv). In der Hs. B stehen überdies Str. I,2.3 in dem versehentlichen Einschub in der Hausen-Sammlung.
Solche Doppelzuschreibungen einzelner Strophen sind sicher Reflexe einer austauschenden Vortragspraxis, wobei in den hier aufgeführten Fällen Reinmar der Gebende gewesen zu sein scheint.
Ein Sonderfall sind die im ersten Teil der Reinmar-Samm-

lung der Weingartner Liederhandschrift stehenden Strophen B 24 bis 30[18], welche in anderen Handschriften anderen Dichtern zugeteilt sind: In C stehen B 24 – 27 unter Dietmar von Aist (MF 36,5), B 28 – 30 unter Walther von Mezze (KLD 62, VI), B 26, eine Einzelstrophe, erscheint in C noch ein zweites Mal unter Spervogel (MFK, S. 362) und taucht weiter in der Hs. A in der Sammlung ›Der junge Spervogel‹ auf, außerdem in der Freidank-Sammlung h.
Für die frühere Forschung war dieser Tatbestand offensichtlich nicht mehr als ein weiterer Beleg für die Unzulänglichkeit mittelalterlicher Überlieferung, und man hat, wie bei ähnlichen Handschriftenkonstellationen auch, die Strophen entweder einem der genannten Dichter zugeschlagen oder aber für unecht erklärt. Im vorliegenden Fall wurden B 24, 25 und 27 zunächst Dietmar von Aist zugesprochen, dann (nach Burdach u. a.) durch v. Kraus einem ›Pseudo-Reinmar‹ zugewiesen. In MFMT sind sie in die Rubrik ›Dietmar zugeschriebene Lieder‹ eingereiht. B 28–30 stehen in KLD unangefochten unter Walther von Mezze. In der fünfmal überlieferten Str. B 26 sah man eine anonyme »jüngere Fortbildung des echten Spervogeltones« (MFK, S. 360). Sie wurde in MF nur in den Anhang aufgenommen, in MFMT fehlt sie ganz, und das, obwohl sie immerhin unter fünf verschiedenen Namen überliefert ist (Dietmar von Aist, Spervogel, der junge Spervogel, Reinmar und Freidank). Auch wenn sich nicht mehr ausmachen läßt, wer diese Strophe gedichtet habe, so zeigt doch die Überlieferungshäufigkeit und -streuung, daß es sich um eine sehr ›erfolgreiche‹ Strophe gehandelt haben muß, deren Thematik auf eine breite Resonanz gestoßen sein dürfte. Diesem Tatbestand zumindest wurde die bisherige textkritische Behandlung der Strophe nicht gerecht.
Bei diesem Stropheneinschub wurde nun vermutet, daß die Strophen auf einem gesonderten Blatt beisammen standen

18 Eine Aufnahme dieser Strophen in einem Anhang dieses Bändchens scheiterte an der vorgegebenen Umfangsbegrenzung.

und daß dieses versehentlich in die Reinmar-Sammlung geraten sei, wie ähnlich ein Einzelblatt (mit Strophen Reinmars, Hohenburgs u. a.) in die Hausen-Sammlung B fälschlich eingelegt wurde (B 12–23, vgl. SchM, S. 480 f.; Hau UB, S. 50 und 139 f.).
Bei dieser Annahme einer mechanischen Verwechslung geht aber möglicherweise eine historische Aussage verloren. Denn der Einschub in der Hausen-Sammlung ist mit dem hier vorliegenden Sachverhalt aus einem entscheidenden Grund nicht vergleichbar. Der Hausen-Einschub (der ebenfalls gerade die Vorder- und Rückseite eines Blattes in der Größe der Hs. B ausgefüllt haben kann) trennt ein Hausen-Lied in der Mitte (Lied MF 47,9 B 10, 11 und B 24, 25), während der Einschub in der Reinmar-Sammlung die Reihe nicht unterbricht.
Daß die Texte auch nicht einfach verwechselt wurden, läßt sich weiter daraus schließen, daß sie unter den verschiedenen Namen teilweise auch kennzeichnende Textänderungen aufweisen, so, wenn der Minnemonolog unter Dietmar von Aist nun unter Reinmar als Wechsel erscheint (vgl. SchM, S. 401).
Von der Thematik der Strophen her ist es durchaus vorstellbar, daß sie nicht aus Versehen, sondern bewußt aus einer gewissen Motivverwandtschaft heraus in die Reinmar-Sammlung aufgenommen wurden, trotz den formalen Eigenheiten (B 27) und trotz einer für Reinmar nicht gerade typischen Sprachgestaltung (B 28).
Daß ein Sänger auch fremde Texte vortragen konnte, bezeugt in gewisser Weise etwa Kaiser Heinrich (vgl. MF 5,20; SchM I,15 *swer nû disiu liet singe vor ir, ... der habe si gegrüezet von mir*), bezeugen ferner indirekt die angeblichen Schreiberverwechslungen (SchM, S. 21 ff. und 48 f.) und etwa Sammlungen wie die Niunes. Gerade die Überlieferungsverhältnisse sprechen dafür, daß nicht nur sogenannte Nachsänger wie Niune, sondern auch originale Sänger wie Reinmar solche Adoptionen vorgenommen haben. Dabei

läßt sich durchweg beobachten, daß Adoptionen fremder Lieder gelegentlich auch in die eigene schriftliche Tradierungsreihe der Sänger gelangen konnten. Wenn also auch für die Strophen Reinmars Autorschaft nicht behauptet werden kann, so ist zumindest nicht von vornherein von der Hand zu weisen, daß er sie zeitweilig in seinem Repertoire führte und neben eigenen Schöpfungen vorgetragen hat.

Das Werk eines mhd. Lyrikers war keine abgeschlossene Einheit, stellt sich auch in der Überlieferung nicht als solche dar: Von einem lyrischen Werk waren jeweils unterschiedliche Sammlungen in Umlauf, die einen Umfang von einem Blatt bis zu Heften aus mehreren Blättern haben konnten. Solche Kleinsammlungen zeichnen sich auch im Reinmar-Corpus der Hs. B ab: Es lassen sich mindestens drei solcher Kleinsammlungen ausmachen: Eine erste (B 1–35), in welche ein Blatt mit Texten anderer Autoren eventuell versehentlich eingelegt war – eventuell stehen aber diese Strophen dort auch absichtlich (B 24–30) –, eine zweite b 1–19 (b^1) und eine dritte b 20–87 (b^2).

Nach der ersten b-Sammlung sind unten am Blatt vier Zeilen leer – zu wenig für eine nachzutragende Strophe; sie markieren vielmehr wohl den Neubeginn einer weiteren Sammlung.

Am Schluß dieses zweiten b-Eintrages wurden, abweichend vom Usus bei den anderen Sammlungen dieser Handschrift, immerhin fünf weitere Seiten frei gelassen: Offensichtlich wollte der Schreiber, nachdem er den ersten Eintrag (B) zu knapp kalkuliert hatte, bei weiteren erwarteten (aber nicht erhaltenen) späteren Textsammlungen nicht noch einmal ins Gedränge kommen.

Die Reinmar-Sammlungen der Hs. B enthalten – im Gegensatz zu derjenigen der Hs. C – vor allem solche Lieder, die als die erfolgreicheren Texte Reinmars gelten, wenn man ihre Überlieferung als Kriterium zugrunde legt: 11 der hier notierten Lieder sind insgesamt viermal überliefert, 8 dreimal, 10 zweimal; nur zwei Lieder sind nur einmal (wie eine Großzahl in C) in B bezeugt (Lied XXX und XXXI). Von den früher als ›echt‹ eingeschätzen Liedern fehlen in B das sogenannte Kreuzlied MF 181,13, das Frauenlied MF 186,19, weiter die Minneklagen MF 187,31; 189,5; 190,3, die Einzelstrophe MF 194,34 ferner MF 195,10; 196,35; 197,15, alles Gedichte aus dem letzten Teil der Reinmar-Sammlung in C, deren z. T. singuläre Überlieferung eventuell auf eine spätere Entstehung hindeutet und damit wohl auch darauf, daß diese Lieder nicht (mehr) sehr lange in Reinmars Repertoire standen.

Die Textfassungen der Hs. B sind, sowohl im Wortlaut als auch in der metrischen Form, gut erhalten. Sie gehen offensichtlich auf schriftliche Vorlagen zurück. Niederschriften aus einem erkennbar schlechten Gedächtnis, wie sie z. B. am Schluß der Hs. A stehen, finden sich in B (mit Ausnahme vielleicht der Einzelstrophe XXX) nicht. Die B-Texte stimmen in Wortlaut und Strophenfolge sehr häufig mit C überein. – Kennzeichnende Gemeinsamkeiten zeigen, daß die Hs. E meist aus demselben Quellenbereich wie A schöpft. Allerdings sind die Textfassungen in E durch eine eventuell längere Tradierung, bei der möglicherweise auf die ursprüngliche Form nicht besonders geachtet wurde, gelegentlich verworfen (vgl. z. B. Lied XII), zumal die Texte auch in ihrer lautlichen Ausprägung z. T. stark von denen anderer Handschriften abweichen (aus der Umsetzung in die Laut- und Schriftformen der Mitte des 14. Jh.s könnten sich abweichende Lesarten und Versformen erklären). Bei fehlerhaften Einträgen ist nicht immer auszumachen, ob der Schreiber der jeweiligen Handschrift in diesem Falle fahrlässig arbeitete oder ob er einen bereits fehlerhaften Text abschrieb.

Die Hss. B und C sind recht sorgfältig geschrieben und weitgehend auch auf Schreibfehler hin durchkorrigiert. Die Einträge in A verraten dagegen geringere Sorgfalt. Gelegentlich sind deren Texte, die an sich auf eine gute Textfassung zurückgehen, lückenhaft. In der Hs. E fehlt, wie bereits angedeutet, oft beides, in sich stimmiger Text (oder Vorlage) und sorgfältiger Eintrag; vgl. dazu etwa E 218, wo ein ungenau gewordener Reim [*were* : *enper*] nicht korrigiert ist, dagegen E 221, wo *gêt* des Reimes wegen in *gât* [auf *hât*] geändert ist. Dies gilt auch für die meisten weiteren Texte dieser Handschrift, was angesichts des hochgestellten Auftraggebers einigermaßen verwundert: Offenbar ist die Handschrift eher das Produkt eines mehr antiquarischen Interesses als einer lebendigen Werkpflege.

Obwohl keine authentischen Zeugnisse über den Modus der Weitergabe von Liedern nach der Vortragspublikation durch die Sänger existieren, lassen sich aus dem, was die Handschriften an indirekten Hinweisen enthalten, doch gewissen Vorstellungen gewinnen: Neben der Vortragsszene muß es von allem Anfang an den Bereich der schriftlichen Aufzeichnung gegeben haben, so daß prinzipiell zwei Überlieferungsstränge und -ebenen, die mündliche und die schriftliche Überlieferung, zu unterscheiden sind, die (weitgehend unabhängig) nebeneinander herlaufen. Für beide Überlieferungsreihen kann es nicht nur einen Ausgangspunkt gegeben haben (wie in der LACHMANN-Philologie vorausgesetzt), vielmehr konnte jede Vortragsfassung zur Basis einer schriftlichen und mündlichen Tradition werden. Zu trennen sind dabei 1. eine unmittelbar vom Autor ausgehende schriftliche Tradierungsreihe, die dann meist auch mit seinem Namen verbunden blieb, 2. eine Überlieferung, die sich vom Autor löste, dadurch in der Regel in die Anonymität geriet oder unter einem anderen Namen fortgeführt wurde.

Es sind auch Querverbindungen denkbar: Aus längerer mündlicher Überlieferung können gelegentlich einzelne Strophen in die Handschriften gelangen; davon zeugen manche ›zersungenen‹ Texte. Die Gegenbewegung ist nicht nachweisbar, dürfte aber ebenso vorhanden gewesen sein: daß nämlich Lieder nach handschriftlichen Aufzeichnungen memoriert und vorgetragen, von einem bestimmten Zeitpunkt ab auch nur mehr mündlich weitergegeben (und wohl dabei auch entsprechend verändert) wurden. Niederschriften mhd. Lyrik waren allem Anschein nach in der Regel auf Texte beschränkt. Es ist auffallend, wie wenig Melodieaufzeichnungen zur mhd. Lyrik erhalten sind (von Reinmar ist z. B. keine Melodie erhalten, von Walther von der Vogelweide aus dem Hochmittelalter nur eine einzige unter seinem Namen). Minnesang war also wohl nicht nur gesungene Vortragslyrik, sondern immer auch schon Leselyrik. Auf diese Basis gehen zu einem ganz wesentlichen Teil die erhaltenen Handschriften zurück.

Faksimiles

A Die Kleine Heidelberger Liederhandschrift in Nachbildung. Mit Geleitw. und Verz. der Dichter und der Strophenanfänge hrsg. von Carl von Kraus. Stuttgart 1932.

Die Kleine Heidelberger Liederhandschrift. Cod. Pal. Germ. 357 der Universitätsbibliothek Heidelberg. Bd. 1: Faksimile. Bd. 2: Einf. von Walter Blank. Wiesbaden 1972. (Facsimilia Heidelbergensia. 2.)

B Die Weingartner Liederhandschrift in Nachbildung. Begleitw. von Karl Löffler. Stuttgart 1927.

Die Weingartner Liederhandschrift. Bd. 1: Faksimile. Bd. 2: Kommentare. Hrsg. von Otfried Ehrismann. Stuttgart 1969.

C Die Manessische Liederhandschrift. Faks.-Ausg. Einl. von Rudolf Sillib, Friedrich Panzer, Arthur Haseloff. Leipzig [1925–]1929.

Die Große Heidelberger »Manessische« Liederhandschrift. In Abbildung hrsg. von Ulrich Müller. Mit einem Geleitw. von Wilfried Werner. Göppingen 1971. (Litterae. 1.)

Codex Manesse. Die Große Heidelberger Liederhandschrift. Faks.-Ausg. [in 12 Lfg.] des Codex Pal. Germ. 848 der Universitätsbibliothek Heidelberg. Lfg. 1 ff. Frankfurt a. M. 1975 ff. – Kommentarbd. hrsg. von Walter Koschorreck und Wilfried Werner. Kassel 1981.

E Die Lieder Reinmars und Walthers von der Vogelweide aus der Würzburger Hs. 2° Cod. ms. 731 der Universitätsbibliothek

München. Mit einer Einf. von Gisela KORNRUMPF. Wiesbaden 1972.

Das Hausbuch des Michael de Leone (Würzburger Liederhandschrift) der Universitätsbibliothek München 2° Cod. ms. 731). In Abbildung hrsg. von Horst BRUNNER. Göppingen 1983. (Litterae. 100.)

i Walther von der Vogelweide. Die gesamte Überlieferung der Texte und Melodien hrsg. von Horst BRUNNER, Ulrich MÜLLER, Franz Viktor SPECHTLER. Göppingen 1977. (Litterae. 7.) [S. 248, Nr. 144: Hs. i, Bl. 115v.]

M Carmina Burana. Faksimile der Benediktbeurer Liederhandschrift M. Bd. 1: Text. Bd. 2: Einf. von Bernhard BISCHOFF. München/Brooklyn (N. Y.) 1967.

s Die Haager Liederhandschrift. Faks. des Originals mit Einl. und Transkr. hrsg. von Ernst-Ferdinand KOSSMANN. Den Haag 1940.

m SCHMEISKY, Günter: Die Lyrik-Handschriften m (Berlin, Ms. germ. qu. 795) und n (Leipzig, Rep. II fol. 70a). Zur mittel- und niederdeutschen Sangverslyrik-Überlieferung. Abbildung, Transkripition, Beschreibung. Göppingen 1978.

Diplomatische Abdrucke

A Die Alte Heidelberger Liederhandschrift. Hrsg. von Franz PFEIFFER. Stuttgart 1844. (Bibliothek des literarischen Vereins. 9,3.) Nachdr. Hildesheim 1962.

B Die Weingartner Liederhandschrift. Hrsg. von Franz PFEIFFER und F[erdinand] FELLNER. Stuttgart 1843. (Bibliothek des literarischen Vereins. 5a.) Nachdr. Hildesheim 1966.

C Die Große Heidelberger Liederhandschrift. In getreuem Textabdruck hrsg. von Friedrich PFAFF. Heidelberg 1909. 2. Aufl. von Hellmut SALOWSKY 1984.

Ausgaben

Minnesinger. Deutsche Liederdichter des 12., 13. und 14. Jahrhunderts aus allen bekannten Handschriften und früheren Drucken gesammelt und berichtigt [...] von Friedrich Heinrich VON DER HAGEN. Tl. 1. 3. Leipzig 1838.

Des Minnesangs Frühling. Nach Karl LACHMANN, Moriz HAUPT und Friedrich VOGT neu bearb. von Carl VON KRAUS. Leipzig 1940. [Seitdem unveränd. Nachdrucke, seit 1959 ohne Anmerkungen; letzter Nachdr.:] 35. Aufl. Stuttgart 1970.
36., neugestaltete und erw. Aufl. Bearb. von Hugo MOSER und Helmut TERVOOREN. Bd. 1: Texte. Bd. 2: Editionsprinzipien, Melodien, Handschriften, Erläuterungen. Stuttgart 1977. – Bd. 1. 38., rev. Aufl. 1988.

Auswahlausgaben

Deutsche Lyrik des frühen und hohen Mittelalters. Edition der Texte und Kommentare von Ingrid KASTEN. Übersetzungen von Margherita KUHN. Frankfurt a. M. 1995. (Bibliothek des Mittelalters. 3.) [Reinmar: S. 290–391: Texte; S. 810–907: Kommentare.]

Frauenlieder des Mittelalters. Übers. und hrsg. von Ingrid KASTEN. Stuttgart 1990. [Reinmar: S. 82–103: Texte; S. 245–256: Kommentare.]

Zum mhd. Text – Texteinrichtung

Diese Ausgabe basiert auf einer grundsätzlich anderen Einschätzung der Überlieferung, als dies in der Lachmann-Philologie üblich ist: in der Beurteilung der handschriftlich überlieferten Texte, deren Wortlaut, ihren jeweiligen Varianten, ihren Formeigenheiten, der Schreibung und der Zuordnung zu mittelalterlichen Autoren.

Die Lachmann-Philologie ging von der Annahme einer einzigen authentischen Textfassung der Dichter aus, die im Verlaufe einer mündlichen oder auch schriftlichen Weitergabe (dies wird meist nicht weiter differenziert) mehr und mehr verändert, d. h. in der Regel ›verderbt‹ und über diesen ›natürlichen Verfallsprozeß‹ hinaus oft auch von Schreibern willkürlich und unverständig manipuliert worden sein soll.

Im Unterschied dazu gehe ich von der Vorstellung aus, daß die Lieder nicht immer einer einmaligen Inspiration zu verdanken seien, daß sie (wie auch in der Neuzeit zu beobachten) gerade auch in der Hand des Autors oft einen längeren Entstehungsprozeß durchlaufen konnten (der von größeren und kleineren Textumarbeitungen bis zu Strophen-Umstellungen und Lied-Erweiterungen durch neue Strophen usw. reichen konnte). Vor allem die historische Vortragssituation legt – neben den handschriftlichen Befunden – die Annahme nahe, daß ein Dichter die Lieder seines Repertoires bei wechselnden Gelegenheiten und einem sich eventuell über Jahre erstreckenden Gebrauch immer wieder auch neuen Situationen, Erfahrungen, Einfällen anpassen konnte. Der Lachmann-Hypothese eines einmaligen konstanten Textes wird hier die eines in gewissen Grenzen v a r i a b l e n T e x t e s schon auf der Ebene des Dichters entgegengesetzt, variabel in Textfassung, Strophenzahl und -folge, z. T. sogar im Metrum.

Solche gleichermaßen authentische Fassungen konnten jeweils schriftlich fixiert worden sein, und eine jede dieser Aufzeichnungen konnte Ausgangspunkt für eine schriftliche

Überlieferungskette werden. Wie die Handschriften zeigen, haben die mittelalterlichen Schreiber die Texte um einiges sorgfältiger weitergegeben, als dies in der LACHMANN-Philologie angenommen wird.

Nach diesem hier verkürzt skizzierten Überlieferungsmodell lassen sich alle vorkommenden Varianten und Besonderheiten der Überlieferung ohne Pressung logisch und sachlich erklären. Die vorliegende Ausgabe bietet den Text e i n e r Handschrift als dem letzten Zeugen einer solchen vermuteten, in sich geschlossenen schriftlichen Überlieferungskette. Als Maxime für eine historisch orientierte Philologie sollte gelten, daß ein überlieferter Text so lange unangetastet bleiben sollte, solange er in Aussage, Sprache und Form in sich stimmig ist.

Hier wurde die Weingartner Liederhandschrift (B) gewählt als Beispiel einer mittelgroßen Sammlung von Reinmar-Gedichten in einer historisch gegebenen Auswahl. Ergänzend wurden jeweils die Zusatzstrophen aus anderen Handschriften aufgenommen (die Strophennummern dieser Texte stehen in Klammern, der Kommentar gibt die handschriftliche Reihung an), zur Erhellung literarhistorischer Zusammenhänge auch einige Texte, welche in die Walther-Überlieferung hineinreichen (Lied XXXI).

Texteingriffe erfolgten nur dort, wo ein klar ausgeprägtes Versschema dies erforderte. Denn bei aller zu erkennenden und anzuerkennenden Sorgfalt der Niederschrift in B sind doch gelegentlich Wörter vergessen worden, sind spätere Lautformen oder Kurzformen gesetzt, wo aus metrischen Gründen ältere oder Vollformen naheliegender schienen. Der offenbaren Tendenz zur Alternation steht aber ebenso erkennbar das Streben nach einem bewegteren Versgang gegenüber. Deshalb habe ich es unterlassen, konsequent eine generelle Alternation herzustellen, auch wo sie sich aus den überlieferten Texten hätte gewinnen lassen.

Dem metrischen Verständnis sollen Akzentzeichen und Elisionspunkte dienen. Sie sind Vorschläge, denen schon deshalb keine Verbindlichkeit zukommen kann, weil die Melodien als Hauptbasis für eine Rhythmisierung fehlen. Die Texte sind ursprünglich gesungen vorgetragen worden. Inwieweit manche rhythmischen Härten, die im Sprechvortrag stören könnten, im Gesang ausgeglichen wurden, läßt sich nicht mehr klären.

Über jeder mhd. Strophe sind, der üblichen Zitierweise folgend, die Seiten- und Zeilenzahlen der Erstausgabe der grundlegenden Edition von Karl Lachmann und Moriz Haupt, *Des Minnesangs Frühling* (1857), angegeben, danach die gebräuchlichen Siglen der Handschriften mit den jeweiligen Strophenziffern. Die Siglen stehen in der Reihenfolge der Bedeutung der Handschriften für diese Ausgabe. Somit steht an erster Stelle die dem Text zugrunde liegende Hs. B(b). Frauenstrophen sind durch einfache Anführungszeichen (‘ ’) ausgewiesen. Herausgeber-Konjekturen sind kursiv gesetzt, sofern sie die Sinnstruktur betreffen; lautlich-graphische Normalisierungen sind jedoch nicht besonders gekennzeichnet. Teilweise sind sie im Apparat aufgeführt.

Textstellen, die sich einem nhd. Sprachverständnis nicht unmittelbar erschließen, habe ich nicht durch Konjekturen aufgehellt. Entsprechende Konjekturvorschläge der älteren Forschung sind m. E. oft vorschnell auf eben dieses moderne Sprachverständnis hin vorgenommen worden, mit der Folge, daß eventuell typische mhd. Wendungen und Formen in der mhd. Grammatik nicht erfaßt und so bis heute nicht gedeutet worden sind.

Entgegen neueren Usancen wurden durchweg Längezeichen gesetzt, da sie für die prosodische Wertung von Bedeutung sind: Bei der Binnentaktfüllung etwa für die Frage, ob Hebungs- oder Senkungsspaltung anzusetzen sei (*sagen daz* = ◡́◡x; *maneger* = x́◡◡), vor allem aber für die Kadenzgestaltung: Wörter mit langer Haupttonsilbe können klingend gelesen werden (*wâren* = x́x oder –́x̀), dagegen sind Wörter mit kurzer offener Tonsilbe nur männlich einsilbig zu werten (*sagen* = ◡́◡ = x́).

Den bei mhd. Ausgaben üblichen textkritischen Apparat habe ich aufgeteilt, so daß er, wie ich hoffe, leichter benützbar wird.
Im ersten Apparat (a) stehen längere eigenständige Textvarianten.
Im zweiten Apparat (b) sind einzelne Wort- und Formvarianten (austauschbare, kommutative Varianten) aufgeführt, die den Wortlaut oder auch die Form betreffen. Hier stehen die bewußten oder unbewußten Austauschvarianten von Wörtern desselben Sinnbezirks, die nicht immer auch die Bedeutung der betreffenden Passagen tangieren, z. B. BAE *genædeclîchen hine gât,* C *genædeclîch zergât* (VIII,1,1). Es erscheinen hier aber auch kürzere gewichtigere Varianten wie bCA *liep*, E *wîp* (XI,2,7) oder bA *fröiden*, C *frowen* (XI,4,8). Die Grenzen zwischen diesem und dem ersten Apparat sind in solchen Fällen fließend. Beide zeugen gleichsam vom Leben eines Textes in der Vortragswirklichkeit.
Im dritten Apparat (c) sind für den Sinn irrelevante Schreib- und Lautvarianten registriert (sinn-neutrale Varianten), z. B. B *sende*, C *senden*, A *seneden*, E *senede zorn* (Lied VIII,1,3). Schreibvarianten sind nur einmal vollständig registriert (Lied X,1), sonst habe ich mich auf gelegentliche kennzeichnende Beispiele beschränkt. (Wer über die Lautung und Schreibung einer Handschrift arbeiten will, wird dazu ohnedies am zweckmäßigsten zu den heutzutage leicht zugänglichen Faksimiles greifen.) Außerdem habe ich hier Verschreibungen und gegebenenfalls auch deren Korrekturen notiert. An diesen kann deutlich werden, in welchem Maße ein Text doch ›mit Verstand‹ niedergeschrieben worden ist.
Das Ziel der Ausgabe ist ein in Wortlaut und Form lesbarer Text mit erkennbarer historischer Legitimation.

Literatur

SCHWEIKLE, Günther: Vom Edieren mittelhochdeutscher Lyrik. Theorie und Praxis. In: Beitr. (Tüb.) 104 (1982) S. 231–255.
– Zur Edition mittelhochdeutscher Lyrik. Grundlagen und Perspektiven. In: ZfdPh. 104 (1985) Sh.: Überlieferungs-, Editions- und Interpretationsfragen zur mittelhochdeutschen Lyrik. S. 2–18.

Zur Schreibung

In den Hss. A, B, C und E (und auch in anderen) zeigen sich auf Grund des zeitbedingten und regionalen Sprachstandes, modifiziert z. T. durch lokale Schreibtraditionen, jeweils unterschiedliche Laut- und Schreibformen. Sie können naturgemäß nur bedingt etwas über die Sprache zur Zeit Reinmars aussagen, da zwischen dieser und den ältesten uns erhaltenen Zeugnissen rund ein Jahrhundert sprachlicher Entwicklung liegt.

Für die Ausgaben mhd. Handschriften wurden in der Germanistik bestimmte normalisierte Schreibformen herausgebildet, die im wesentlichen dem Lautstand der Lemmata in Matthias Lexers *Mittelhochdeutschem Handwörterbuch* entsprechen und etwa einen sprachgeschichtlichen Mittelwert der Zeit um 1200 repräsentieren. Dieses normalisierte Mhd. habe auch ich für diese Ausgabe gewählt, habe allerdings die Systematisierung der Schreibungen nicht überanstrengt, entsprechend den allenthalben zu beobachtenden offenen Formen bei der Lautwiedergabe in jener Zeit.

Aufgelöst wurden die in den mhd. Handschriften benützten Kürzel, etwa *dc* = *daz*, *wc* = *was*, ˢ = *er(re)*, *vn̄* = *und(e)*, *vv* = *wu*, *v̊* = *uo*; *f* steht jeweils vor oder nach Konsonant, sonst *v* (*fragen*, aber *varn*). Die *s*-Laute, welche in den Handschriften um 1300 nicht mehr getrennt wurden, sind dem Lautstand um 1200 entsprechend wiedergegeben, der noch die lautgesetzliche Herkunft verrät: also ursprüngliches germ. *s* erscheint als *s*, ursprüngliches germ. *t* (in der 2. Lautverschiebung zu z, zz gewandelt) als *z* (*was* = nhd. ›war‹, aber *daz* und *waz* = nhd. ›was‹). Handschriftliches *e* wird immer dann als *æ* wiedergegeben, wenn lautgesetzlich Umlaut von *â* (= *æ*) vorliegt, z. B. C *were*, B *węre* (3. Pers. Opt. Prät., ahd. *wâri*) = *wære*, nhd. ›wäre‹.

Diakritische Zeichen wurden verdeutlicht: *uͥ* = *ü*; *oͤ* = *œ* (lang) oder *ö* (kurz), *e* oder *aͤ* = *æ* (s. o.). Vor allem wurde

jeweils angegeben, wo Kurz- oder Langvokal zu lesen sei, da die Unterscheidung von Länge und Kürze ein konstitutives Kennzeichen des mhd. Vokalismus ist.
In den mhd. Lyrikhandschriften finden sich in der Regel keine syntaktisch gliedernden Interpunktionen, sondern nur Reimpunkte. Im mhd. Text wurde, entsprechend seiner offenen Struktur, nur zurückhaltend interpungiert; die Übersetzung folgt den heutigen Interpunktionsregeln.
Vgl. im übrigen meine Ausführungen in SchM, S. 11 f. und 36 ff., sowie in Hau UB, S. 58 f.

Zur Übersetzung

Bei synoptisch dargebotenen Texten will eine Übersetzung kein mehr oder weniger gelungener Ersatz für ein nicht präsentes Original sein. Sie hat nur die Aufgabe, Verstehenshilfen für das Original zu liefern, das die alleinige Rezeptionsmitte bildet.
Für solche Übersetzungen gibt es zwei prinzipielle Möglichkeiten: 1. die Paraphrase, d.h. eine Übersetzung, die lediglich eine sinngemäße Wiedergabe des originalen Textes beabsichtigt, 2. die Metaphrase, d.h. eine dem Original Wort für Wort folgende Umsetzung, die damit auch dessen syntaktische Struktur aufschließen will. Beide Möglichkeiten haben ihre Vor- und Nachteile. Für das Verständnis mhd. Texte sehe ich die Nachteile einer Paraphrase darin, daß sie einmal den Text nicht in seinen sprachlichen Eigenheiten aufhellt, zum andern, daß in sie stärker als in eine Metaphrase bereits eine bestimmte Interpretation einfließen kann, daß also eine einschichtige Deutung präjudiziert wird. Dies scheint mir aber gerade bei mhd. lyrischen Texten, deren Sinnkonturen relativ offen sind, fragwürdig. Deshalb habe ich hier die Metaphrase, die Wort-für-Wort-Umsetzung, gewählt. Ich habe mich zwar bemüht, keine bloße Interlinearversion anzubieten, die nhd. Metaphrase lesbar zu halten, habe aber doch bewußt an einer zeilengleichen Übersetzung festgehalten und dabei auch gewisse sprachliche Härten in Kauf genommen. Diese sollen den Leser davon abhalten, sich allein mit der Übersetzung zufriedenzugeben, die ja auch die spezifischen klangsinnlichen Mittel (Wort- und Reimklang, Rhythmus) notwendig vernachlässigen muß.
Besondere Schwierigkeiten ergaben sich

1. bei stark gewandelten Wortbedeutungen, sei es, daß a) im Nhd. keine genauen Korrelate mehr vorhanden, andere Sinnbezirke und Wortfelder entstanden sind, etwa bei *minne*,

huote, *hôher muot*, b) die ursprüngliche Bedeutung abgeblaßt ist, etwa *leider*, mhd. ›zu meinem Leid, zu meinem Bedauern‹, oder c) daß im Nhd. kein verbales Simplex mehr vorhanden ist, vgl. z. B. mhd. *ich . . . bin betaget* (XII,4,1 f.);
2. bei mhd. idiomatischen Wendungen wie etwa *welher tage si sî* (XV,6,5), *daz ist wol kleine – sô grôz alse umbe ein hâr* (XIX,2,7), *mir ist ungelîche deme, der sich . . . fröit* (XXV,3,5 f.);
3. bei syntaktischen Verknüpfungen, die in der mhd. Syntax z. T. freier, z. T. auch gedrängter sind, z. B. a) beim Zusammenfall verschiedener syntaktischer Funktionen (Relativum und Demonstrativum) in einem Pronomen, etwa . . . *danne ez ist, der mit gedanken umbe gât* (XXIV,4,1 f.) oder b) bei Pronomen mit konditionaler Implikation: *sâ denne lâze ich âne haz, swer giht* . . . (XI,4,8 f.);
4. lassen sich auch manche mhd. Bildvorstellungen ohne Umschreibungen nicht mehr wiedergeben, etwa das berühmte Lob *si ist an der stat, dâs ûz wîplîchen tugenden nie fuoz getrat* (XI,1,7 f.) oder *ze hant viel mir der muot von dem herzen ûf die sêle mîn* (XVI,2,11);
5. konnte gelegentlich auch die Satzgliederung Schwierigkeiten bereiten; auch eingeschobene Sätze sperren sich öfters gegen eine flüssige Einfügung in einen nhd. Satz (vgl. etwa XIII,2,1 oder XXVIII,1,5).

Für manche Problemstellen fehlen allerdings auch entsprechende Vorarbeiten zur mhd. Syntax und zum Wortgebrauch, da sowohl die mhd. Grammatik als auch die Wörterbücher vorwiegend auf sogenannten kritischen Ausgaben (z. B. MF) basieren, in denen solche sich einem nhd. Verständnis zunächst verschließende Stellen ›gebessert‹ sind, vgl. etwa beim gegenwärtigen Forschungsstand die Schwierigkeiten mit einer Wendung wie *dâ ist diu mat* (XI,1,9), die immerhin an exponierter Textstelle in zwei Handschriften überliefert ist.
Auf solche Punkte habe ich jeweils in den Anmerkungen hin-

gewiesen, jeweils auch darauf, wo die Übersetzung des gewandelten nhd. Sprachgebrauchs wegen in Tempus und Modus vom mhd. Text abweicht (etwa in VII,4).
Vgl. auch die entsprechenden Ausführungen zu Übersetzungsproblemen in SchM, S. 102–113, mit Lit., sowie in Hau UB, S. 60–62.

Übersetzungen von Gedichten Reinmars

Prosa-Übersetzungen

Deutsche Lyrik des Mittelalters. Ausw. und Übers. von Max WEHRLI. Zürich 1955. [6]1984. (Manesse Bibliothek der Weltliteratur.) [Lied V, X, XVI, XX, XXVIII.]
Epochen der deutschen Lyrik. Hrsg. von Walther KILLY. Bd. 1: Gedichte von den Anfängen bis 1300. Hrsg. von Werner HÖVER und Eva KIEPE. München 1978. (dtv Wissenschaftliche Reihe. 4015.) [Lied V, XI, XVI, XX, XXVII, A II.]
Minnesang. Mittelhochdeutsche Texte mit Übertragungen und Anmerkungen. Hrsg. und übers. von Helmut BRACKERT. Frankfurt a. M. 1983. (Fischer Taschenbuch. 6485.) [Lied X, XI, XIII, XVI, XIX, XXVIII, A II.]

Vers-Übersetzungen

Minnelieder aus dem schwäbischen Zeitalter. Neu bearb. und hrsg. von Ludewig TIECK. Berlin 1803. Nachdr. Hildesheim 1966. [Lied V, VII, XI, XIII, XIV; von manchen Liedern nur einzelne Strophen übers.]
Liedsang aus deutscher Frühe. Mittelhochdeutsche Dichtung übertr. und hrsg. von Walter FISCHER. Stuttgart 1939. [2]1955. (Kröners Taschenausgabe. 158.) [Lied I, IV, VI, XIX, XXVIII.]
Deutscher Minnesang (1150–1300). Einf. sowie Ausw. und Ausg. der mittelhochdeutschen Texte von Friedrich MAURER. Nachdichtung von Kurt Erich MEURER. Stuttgart 1954 [u. ö.]. (Reclams Universal-Bibliothek. 7857 [2].) [Lied XIII, XVI.]

Texte

I

MF 150,1 B 1 C 1 A 44

1 Ein liep ich mir vil nâhe trage,
des ich ze guote *nie* vergaz.
Des êre singe ich unde sage,
mit guoten triuwen mein ich daz.
Si muoz mir iemer sîn vor allen wîben:
an dem múote wil ich manigiu jâr belîben.
waz bedárf ich leides mêre,
wán daz ich si fremede,
daz *klagę ich unde* műeget mich dícke sêre.

MF 150,10 C 2 A 43 (B 15 Friderich von Husen)

2 Ez wirt ein man der sinne hât,
vil lîhte sælic unde wert,
Der mit den liuten umbe gât,
des herze niht wan êren gert.
Diu fröide wendet im sîn ungemüete.
sich sol ein *ritter* flîzen maniger güete.
ist ieman, der daz nîde,
daz ist ein sô gefüeger schade,
den ich für al die werlt vil gerne lîde.

(a) **1**,4 A mit rehten triuwen tuon ich daz
8 f. A wan swenn eht ich si mîden sol,
daz clage ich unde múogèt mich sêre
2,3 ff. B Sô er mit liuten umbe gât,
der herzen niuwen êren gert.
Diu fröide hœhet im sín gemüete

(b) **1**,1 A Mîn liep 2 A zware; CA, B niene 3 A ich singe unde 5 A Si sol 9 CA, *fehlt* B
2,5 B, C Daz wendet, A Diu dewendet eime 6 AB, C man 9 B den vor al der werlte gerne; vil *fehlt* A

(c) **1**,8 C frömde 9 C müet

I

1 Etwas Liebes trage ich tief in mir,
das ich mir zum Besten nie vergaß.
Zu dessen Ehre singe und sage ich,
in fester Treue meine ich das. [Frauen:
Sie muß mir immer (teuer) sein vor allen (anderen)
Bei dieser Meinung will ich viele Jahre bleiben!
Was brauche ich mehr an Leid,
als daß ich ihr ferne bin,
das beklage ich, und es bedrückt mich oft schmerzlich.

2 Es wird ein Mann, der Verstand hat,
sehr leicht glücklich und geschätzt,
wenn er mit den Leuten verkehrt
und sein Herz nichts als Ehre begehrt.
Diese Freude verwandelt ihm seinen Mißmut.
Ein Ritter soll sich vieler edler Taten befleißigen.
Gibt es jemand, der dies scheel ansieht –
das ist ein so geringfügiger Schaden,
den ich der Welt zuliebe gerne ertrüge.

1,4 in aufrichtiger Treue tue ich das
8 f. denn wenn aber ich sie meiden soll –
das beklage ich, und es bedrückt mich schmerzlich
2,3 ff. Wenn er mit Leuten umgeht,
deren Herzen nichts als Ehre begehren.
Die Freude erhöht ihm seinen Sinn.

MF 150,19 C 3 A 45 (B 16 Husen)

3 Ez ist ein nît, der niht enkan
verheln an den liuten sich.
War umbe sprichet manic man:
›wes tœrt sich der?‹ und meinet mich?
Daz kundẹ ich im gesagen, ob ich wolte,
ich enwấnde niht, daz ieman frâgen solte,
er enpflǽge schœner sinne,
wan nieman *in der werlte* lebt,
er envínde wol sî́nes herzen küniginne.

(a) 3,1 f. A Ez ist ein nît, den nieman kan
verheln vor . . .
4 B wes fröit sich der
7 B dehein man, der pflæge rehter sinne

(b) 3,1 B an den liuten verheln 6 B joch wând ich; daz des ieman 8 AB, *fehlt* C 9 wol *fehlt* AB

(c) 3,1 B niht kan 4 A tœret 5 A kund ime ich, B künd; A obe 7 A ern pflâge; A, C schôner

3 Es gibt eine Mißgunst, die sich nicht
verheimlichen läßt bei den Leuten.
Warum spricht mancher Mann:
›Weshalb macht sich der zum Toren?‹ und meint mich?
Das könnte ich ihm sagen, wenn ich wollte,
– ich glaube nicht, daß (das) jemand fragen würde,
außer er hielte sich nicht an höfische Regeln –
denn niemand auf der Welt lebt,
der nicht doch seines Herzens Königin fände.

3,1 f. Es gibt eine Mißgunst, die niemand kann
verbergen vor . . .
4 weshalb freut sich der
7 irgendein Mann, der sich richtig verhielte

II

MF 151,1 B 2 C 4

1 ‘S*i* kómen*t* underwîlent her,
die báz dâ heime möhten sîn.
Ein ritter, des ich lange ger,
bedæht der baz den willen mîn,
Sô wærẹ er zẹ allen zîten hie,
als ich *in* gerne sǽhè.
ówȅ, waz suochent die,
die nîdent daz, ob iemen guot geschæhe.’

MF 151,9 B 3 C 5

2 Mir ist beschehen, daz ích niht bin
langer frô wan unz ich lebe.
Si wundert wer mir schœnen sin
und daz hôchgemüete gebe,
Daz ich ze der wérlte niht getar,
ze rehtẹ alsô gebâren.
nie genám ich frouwen war,
ich was in holt, die mir ze mâze wâren.

(a) 1,8 C . . . ob ieman guoter lieb geschæhe

(b) 1,4 C bedæhte er 6 C, in *fehlt* B

(c) 1,1 C, B Siu komen 2 C, B heinme 5 C zallen 8 C nîden
2,2 C, B wen 8 C ich were

II

1 'Sie kommen bisweilen hierher,
die besser daheim (geblieben) sein sollten!
Ein Ritter, nach dem ich mich seit langem sehne –
bedächte der besser meinen Willen,
so wäre er jederzeit hier,
wenn ich ihn gerne sehen würde.
Ach, was suchen (dagegen) diejenigen,
die es hassen, wenn jemand Gutes geschähe.'

2 Mir ist etwas widerfahren, so daß ich nicht
länger froh bin, als solange ich lebe.
Sie wundern sich, wer mir höfischen Sinn
und das Hochgefühl gebe,
so daß ich vor der Welt nicht wage,
mich entsprechend zu betragen.
Nie nahm ich Damen wahr,
ohne daß ich denen geneigt gewesen wäre, die mir gegenüber sich entsprechend verhielten.

1,8 ... wenn jemand Gutem Liebes zuteil würde

MF 151,17 B 4 C 6

3 Genâde suochet an ein wîp
mîn dienest nû vil manigen tac,
An einen alse guoten lîp
die nôt ich gerne lîden mac.
Ich wéiz wol, daz si mich geniezen lât
mîner stæte. wâ næme si sô *bœsen rât*,
daz si an mir missetæte?

MF 151,25 B 5 C 7

4 'Gnâden ich gedenken sol
an ime, der mînen willen tuot.
Sît er mir getriuwet wol,
sô wil ich hœhen sînen muot.
Wes er mit rehter stæte frô!
ich ságẹ ime liebiu mǽrè,
dáz ich in gelegẹ alsô,
mich dûhte vil, ob ez der keiser wære.'

(b) **3**,3 C durh einen alsô 6 C grôzen stæte 7 C, B bœse ræte
4,8 C dühte ez

(c) **3**,1 C, B Gnâde 2 C dienst
4,3 C Sît daz er 5 C Wese 6 C im

3 Erhörung sucht bei einer Frau
mein Dienst nun schon viele Tage.
Für ein so edles Wesen
kann ich diese Not gerne leiden.
Ich weiß wohl, daß sie mir zugute kommen läßt
meine Beständigkeit.
Woher nähme sie (auch) so schlechten Rat,
daß sie an mir übel handelte?

4 ‘An Erhörung muß ich denken
bei ihm, der meinen Willen tut.
Da er mir aufrichtig treu ist,
so will ich sein Gemüt erhöhen.
Er sei in rechter Beständigkeit froh!
Ich sage ihm angenehme Kunde,
daß ich ihn so bette:
mich dünkte (dies) viel, wenn es der Kaiser wäre.’

III

MF 152,5 B 6 C 8 E 336

1 Ich hân vil ledeclîche brâht
in ir genâde mînen lîp.
Und ist mir noch vil ungedâht,
daz iemer wérde dehéin ander wî́p,
Diu von ir gescheide mînen muot.
swaz diu wérlt mír ze leide tuot,
daz belîbet von mir ungeklaget,
wan ir nîden
mohte ich nie sô wol erlîden.
ein liebez mærẹ ist mir gesaget.

(a) 1,2 E in ir gewalt den mînen lîp
4 f. E daz in der werlde kein ander wîp
Von ir gescheide . . .

(b) 1,3 E doch vil

(c) 1,1 E ledelîchen 2 C, B gnâde 7 von mir *fehlt* E 8 E wenne 9 C moht, E möhtich 10 E mer

III

Ich habe völlig frei
ihrer Gnade mein Leben ausgeliefert.
Und es ist mir jetzt noch ganz undenkbar,
daß es jemals irgend eine andere Frau geben werde,
die von ihr meinen Sinn abwende.
Was immer die Welt mir an Leid antut,
das bleibt von mir unbeklagt;
nur ihr Hassen
könnte ich nie ebenso ertragen.
Eine süße Nachricht wurde mir gesagt.

1,2 ihrer Macht mein Leben
4 f. daß auf der Welt keine andere Frau
von ihr abwende . . .

MF 151,33 B 7 C 9 E 335

2 Mir kumet eteswennę ein tac,
daz ich vor vil gedenken niht
Gesingen noch gelachen mac.
sô wænet maniger, der mich siht,
Daz ich in grôzer swære sî.
mir ist vil lîhte ein fröide nâhe bî.
wíl diu schœne triuwen pflegen
uńd diu guote,
số ist alsô wol mír ze muote,
alse dér bî frouwen hât gelegen.

(a) **2**,5 ff. E Daz ich habe grôze swære
und ist mir lîhte ein fröide nâhen bî.
guot gedinge michn lât
in der swære.
mir ist sorge harte unmære.
mîn herze reht hôhe stât.

(b) **2**,2 niht *fehlt* E 3 E Gesprechen noch gelachen niht enmac 7 C schône triuwe enpflegen

---

(c) **2**,1 C kumt, E kummet; E etswenne 2 CE gedanken 4 C menger 10 C als

2 Für mich kommt ab und zu ein Tag,
an dem ich vor lauter Nachdenken nicht
singen noch lachen kann.
So glaubt mancher, der mich sieht,
daß ich in tiefem Leid sei.
Mir steht (aber) sehr wahrscheinlich eine Freude bevor:
Will die Schöne Treue üben
– und die Gute –,
dann bin ich gerade so hochgemut
wie der, welcher bei einer Frau gelegen ist.

2,5 ff. Daß ich großes Leid habe,
wo mir doch wahrscheinlich eine Freude nahe bevorsteht.
Süße Hoffnung läßt mich nicht
im Leid.
Mir ist Sorge völlig gleichgültig,
mein Herz schlägt zu Recht hoch!

MF 152,15 B 8 C 10 E 337

3 ‘Ich wirde jæmerlîchen alt,
so*l* mich diu werlt alsô vergân,
Daz ich dehéinèn gewalt
an mînem lieben friunde hân,
Daz er tætẹ ein teil des willen mîn.
mich müet und sol ime ieman lieber sîn.
bóte nû́ sagẹ íme niht mê,
wan mir ist leide
und fürhte dés, dáz sich scheide
diu triuwe, der wir pflâgen ê.’

MF 152,24a E 338

(4) Möhtẹ ích der werlte mînen muot
erzeigen als ich willen hân,
Sô diuhtẹ ez si vil lîhte guot,
ob ich durch si iht hân getân.
Nû enwéiz ich, wie ich leben sol
únd gedenke wie getuon ich wol.
wíl diu schœne triuwen pflegen
únd diu guote,
sô ist mir als*e* wol ze muote
als der bî frouwen ist gelegen.

(a) 3,4 E an mînen guoten friunden hân
4,1 f. E Möhte ich der werlte erzeigen als ich willen hân mînen muot

---

(b) 3,6 und *fehlt* E 7/8 niht mê, wan mir ist *fehlt* E 9 E ich fürhte, daz wir sîn gescheiden

---

(c) 3,2 CE, B so; E alsus 3 CE dekeinen 6 CE im; CE, B iemen 7 CE im 8 E ze leide 10 E der triuwen
4,9 E als

3 'Ich werde jammervoll alt,
sollte mich die Welt in der Weise aufgeben,
daß ich keine Gewalt
über meinen lieben Freund habe,
(derart,) daß er einen Teil meines Willens erfüllte.
Mich quält, ob ihm jemand lieber sein könnte.
Bote, nun sage ihm nicht mehr,
als daß mir traurig zumute ist,
und daß ich fürchte, daß sich löse
die Treuebindung, die wir einstmals pflegten.'

(4) Könnte ich der Welt mein Inneres
offenbaren, wie ich willens bin,
dann schätzte sie es vielleicht für gut ein,
wenn ich etwa ihretwegen etwas geleistet habe.
Nun weiß ich nicht, wie ich leben soll,
und denke darüber nach, wie ich richtig handle.
Wird die Schöne ihr Versprechen halten
– und die Gute –,
dann bin ich gerade so hochgemut
wie der, welcher bei einer Frau gelegen ist.

3,4 über meine guten Freunde habe
4,1 f. Könnte ich der Welt zeigen, wie ich es wollte,
meine Gesinnung

IV

MF 153,14 B 9 C 11 A 29 E 285

1 Wie ist íme ze muote wundert mich,
dem herzeclîche liep geschiht?
Er sælic man, da fröit er sich,
als ich wol wæne, ich enweiz ez niht.
Doch sǽhę ich gerne wie er tæte,
ob er iht pflæge wunneclîcher stæte,
diu sol ime wesen von rehte bî.
got gebe, daz ich erkenne noch wie solichem lebenne sî.

MF 153,23 B 10 C 12 A 30

2 Ich weiz bî mir sélben wól, daz ein záge
unsanftę ein sinnic wîp bestât.
Ich sach si, wænę ich, alle tage,
daz mich des iemer wunder hât,
Daz ich niht redete, swaz ich wolte,
als ích sîn beginnen under wîlent solte.
sô geswéig ich, daz ich niht ensprach,
wan ich wol *weste*, daz nieman liep von ir geschach.

(a) 1,5 A Och weste ich gerne . . .
E Doch west . . .
8 A . . . in welhem lebenne er sî

(b) 1,6 E wunderlîcher 7 A rehte wesen; von *fehlt* A
2,1 selben *fehlt* CA 8 A nieman noch

(c) 1,1 A Wiest; C im 2 A herzeclîchez, E herzelîchen liebe 3 A dar vuort er; E dô 4 AE ich weiz 6 A obe; iht *fehlt* E 7 CE im 8 E noch erkenne; C solhem, E sülchem leben
2,5 CA redde 6 A ich ez; A underwîlen 7 A swîget; A deich 8 A westi, BC wisse

IV

1 Wie ist dem zumute, frage ich mich,
dem von Herzen kommende Liebe zuteil wird?
Er, der Glückliche, freut sich da,
wie ich wohl glaube – ich weiß es nicht.
Doch sähe ich gerne, wie er sich beträgt,
ob er etwa wonnereiche Beständigkeit übt;
die sollte ihm von Rechts wegen zugehören.
Gott gebe, daß ich noch erfahre, wie es um ein solches Leben bestellt sei.

2 Ich weiß von mir selbst gut, daß ein Schüchterner
sich schwerlich an eine kluge Frau heranwagt.
Ich sah sie, glaube ich, alle Tage,
so daß es mich immerzu wundernimmt,
daß ich nicht sagte, was ich wollte,
wenn ich bisweilen damit anfangen sollte.
So schwieg ich still und sprach nicht,
denn ich wußte wohl, daß niemand (jemals) von ihr Liebe erfuhr.

1,5 Auch wüßte ich gerne . . .
Doch wüßte ich . . .
8 . . . wie er lebt

MF 153,32 B 11 C 13 E 286

3 Dô sprechens zît was wider diu wîp,
dô warp ich als ein ander man,
Dô wart mir einiu alse der lîp,
von der ich niuwan leit gewan.
Dô wândę ich ie, si wolte ez wenden.
bætę ich si noch, ich kündę ez niht verenden.
nû hân ich mir ein leben genomen,
daz sol, ob got von himel wíl, mir ze bézzern staten komen.

MF 153,5 B 12 C 15 A 28 E 284

4 Gewan ich ie deheinen muot,
der hṓhe stuont, den hân ich noch.
Mîn leben dunket mich vil guot,
und ist ez ṇiht, sô wǽnę ich es dóch.
Ez tuot mir wol, waz wil ich sîn mêre,
und fürhtę unrehten spótt níht ze sêre
und kan wol lîden bœsen haz.
soltę ich sîn álsô die lénge pflegen, ich gérte sîn niemer baz.

(b) **3**,3 E Der wart; E eine sô 5 E Doch 7 E des hân 8 von himel *fehlt* E; E mir noch baz ze staten kummen
4,3 AE sô guot 4 E als ist ez niht 5 A Daz 6 A ich enfurhte, E ich fürhte 8 A ich ez sô, E iz alsô

(c) **3**,1 E die wîp 3 C als 4 C nie wan, E nie niht wanne 5 C woltez, E wöltez 6 C kundez, E köndez 7 E genummen
4,1 E dekeinen 3 E dünket 4 C wæn ichs, A wein ich ez, E ich wenes 5 A ich ez, E iz 8 CAE solt; B lengi; A ine gert ez, E gertes nimmer

3 Als es Zeit war, mit den Frauen zu sprechen,
da warb ich wie andere Männer,
da wurde mir eine (so lieb) wie das Leben,
von der ich nichts als Leid erfuhr.
Damals hoffte ich immer, sie wollte es abwenden.
Bäte ich sie heute noch – ich könnte es nicht zu einem (guten) Ende bringen.
Nun habe ich mir ein Leben erwählt,
das soll, so Gott im Himmel will, mir zu besseren Umständen verhelfen.

4 Erlangte ich jemals einen Gemütszustand,
der mich hochgemut machte – den habe ich noch!
Mein Leben dünkt mich sehr gut,
und ist es das nicht, so glaube ich es doch.
Es behagt mir wohl, was will ich mehr von ihm,
und ich fürchte ungerechten Spott nicht allzu sehr
und kann wohl bösen Haß ertragen.
Sollte ich dies (Leben) in dieser Art weiterhin führen, ich begehrte niemals ein besseres!

MF 152,34 B 13 $C^1$19 E 333 (Walther von der Vogelweide A 26 $C^2$357)

5 Ist daz mich dienest helfen sol,
áls ez manigen hât getân,
Sô gewínnet mir ir hulde wol
ein wille, den ich lange hân.
Der riet mir dáz ich si bæte,
und zurnde sis, daz ich ez dannoch tæte.
nû túon ich ez, swáz sô mir geschiht,
in reiner wîse ein sælic wîp lâzẹ ich sô lîhte niht.

(a) **5**,8 E ein reine wîse sælic wîp enlâzze ich doch sô lîhte niht
AC^2 ein reiniu wîse sælic wîp der lâz (C^2 lâze) ich doch sô lîhte niht

---

(b) **5**,2 E vil manigen, A doch menegen, C^2 doch mangen 4 E hüre, AC^2 hüte 5 si *fehlt* E, AC^2 ir bæte 6 E zürnet siez, A zurnde aber si, C^2 aber si dô daz 7 E wil iz tuon, AC^2 nû wil ich ez tuon; sô *fehlt* EAC^2

(c) **5**,2 C^1 mangen 5 E riete 6 C^1E ichz; E dennoch

5 Verhält es sich so, daß mir der Dienst helfen soll,
wie er manchen geholfen hat,
so gewinnt mir ihre Gunst wohl
ein Wunsch, den ich seit langem hege.
Der riet mir, daß ich sie bäte,
und zürnte sie deshalb – daß ich es dennoch tun solle.
Nun tue ich es, was auch immer mir widerfährt,
eine glückverheißende Frau in reiner Art lasse ich so leicht nicht.

5,8 von einer reinen, weisen, glückverheißenden Frau lasse ich doch nicht so leicht ab
eine reine, weise, glückverheißende Frau, von der lasse ich doch so leicht nicht

MF 154,5 C 16 A 31

(**6**) Mîn herzẹ ist swære zaller zît,
swennẹ ich der schœnen niht ensihe.
Si mugen ez lâzen âne nît,
ob ich der wârheit im vergihe,
Wan si mir wonet in mînem sinne,
und ich die lieben âne mâze minne –
nấher dannẹ in dem herzen mîn.
sine möhte von ir güete mir niht lange frömde sîn.

MF 154,14 C 17 A 32

(**7**) Mich geróu noch nie, daz ich den sin
an éin sô schœne wîp verlie.
Ez dunket mich ein guot gewin.
ir gruoz mich minneclîch enpfie.
Vil gerne ich ir des iemer lône.
si lebt mit zühten wünneclîchen schône,
der tugenden si geniezen sol.
mir gevíel in mînen zîten nie ein wîp sô rehte wol.

(b) **6**,8 A langer fremede
7,5 ir *fehlt* A

(c) **6**,2 CA schônen 4 A obe; A ime 7 A ime herzin 8 A mohte; A guote
7,2 CA schône 4 A minneclîche 6 A lebet 7 A tugende; A geniezel

(6) Mein Herz ist allezeit bedrückt,
wenn ich die Schöne nicht sehe.
Sie können es ohne Mißgunst zulassen,
wenn ich ihm die Wahrheit eingestehe,
denn sie lebt in meinen Gedanken,
da ich die Liebe ohne Maßen minne –
tiefer drinnen als (nur) im Herzen.
Sie sollte ihrer Herzensgüte wegen mir nicht lange fern sein.

(7) Mich reute noch nie, daß ich mein Sinnen
einer so schönen Frau auslieferte.
Dies dünkt mich ein großer Gewinn.
Ihr Gruß empfing mich herzlich.
Gar gerne lohne ich ihr dies immerdar.
Sie lebt auf höfische Art, freudenvoll und geziemend,
dieser Vorzüge soll sie sich erfreuen!
Mir gefiel zeit meines Lebens nie eine Frau so wirklich gut.

MF 154,23 C 18 A 33

(8) Got hât gezieret wol ir leben,
alsô, daz michs genüegen wil,
Und hât ze fröiden mir gegeben
an einem wîbe liebes vil.
Sol mir ir stæte komen ze guote,
daz gilt ich ir mit sem*e*lîchem muote,
und nîde nieman durch sîn heil,
wand ich ze wunsche danne hân der werlte mînen teil.

MF 152,25 C 14 E 332 (Walther A 24 C^2 355)

(9) 'Ich lébte *ie* nắch der liute sage,
wan dáz si niht gelîche jehent.
Als ích ein hôhez herze trage,
und sí mich wolgemuoten sehent,
Des spottet einer sêre,
der ander giht, mir sî diu fröide ein êre.
nûn wéiz ich, wem ich volgen sol.
hét ich wîsheit unde sin, sô tæt ich gerne wol.'

(b) 8,1 A wol gezieret
9,1 A E C^2, ie *fehlt* C 2 E sagen 3 E Sît ich; E sô hôhez 5 E Daz schiltet, A C^2 Daz hazzet 7 A wenne 8 E wanne het; sô *fehlt* E; E ich tete gerne

---

(c) 8,2 A mich ez 4 A einen 6 mit *fehlt* A; CA semlîchen (C ē) 7 A dur 8 A wan; A ze wünsche
9,2 E wenne 3 A Alse ich, C^2 Als i ein 4 E sehen 6 diu *fehlt* E A C^2 7 E nû enweiz, A nû weiz; E weme 8 A hette ich; A tete

(8) Gott hat ihr Leben wohl ausgezeichnet,
so daß ich mich damit wohl zufrieden geben will,
und hat zur Freude mir gegeben
viel Liebenswertes durch eine Frau.
Wird mir ihre Beständigkeit zugute kommen –
das vergelte ich ihr mit gleicher Gesinnung,
und beneide niemand seines Glückes wegen,
denn ich habe dann nach Wunsch meinen Teil an der Welt.

(9) 'Ich lebte immer nach dem Gebot der Leute,
nur daß sie sich nicht gleich äußern.
So oft ich ein frohes Herz habe
und sie mich wohlgemut sehen,
spottet der eine darüber kräftig,
der andere behauptet, mir gereiche diese Freude zur Ehre.
Nun weiß ich nicht, wem ich folgen soll.
Hätte ich Weisheit und Einsicht, dann handelte ich gerne richtig.'

V

MF 154,32 B 14 C 20 A 1 E 290

1 Sô ez íender nâhet gégen dem tage,
sô getár ich niht gefrâgen ›ist ez tac‹?
Daz kúmet mir vón sô grôzer klage,
daz éz mir niht ze helfe komen mac.
Dóch gedenkę ich wol, daz ich sîn anders pflac
hie vór, dô mir diu sorge niht số ze herzen lac.
íemer an dem mórgen trœstę ich mich der vogele sanc.
mirne kómę ir hél*f*ę an der zît,
mir ist beidiu sumer unde winter alze lanc.

(a) 1,3 ff. A Diz machet mir diu swære klage,
daz mir ze helfe nieman komen mac.
Ich gedenke wol, daz ich es anders pflac,
hie vor dô mir diu sorge sô niht ze herzen wac.
1,4 ff. E daz er mir niht gehelfen mac.
Ich gedenke wol, daz is anders pflac
und mir die grôzen swære ze herzen niht enlac.
immer wider den morgen wol trœste mich der vogel gesanc.

(b) 1,1 gegen *fehlt* AE 2 A sôn getar; E niendert frâgen 3 E daz kummet von der klage 7 A sô trœst mich 9 sô ist mir; A winter und der sumer

---

(c) 1,1 A ienir, E irgen; A deme 7 CA vogel 8 CA mir enkome, E mir enkumme; CAE, B helhe 9 C beide; E winter und summer

V

1 Wenn es irgend auf den Tag zugeht,
dann wage ich nicht zu fragen ›ist es Tag‹?
Das kommt mir von so großem Leid,
daß dies mir nicht zu Hilfe kommen kann.
Doch erinnere ich mich wohl, daß ich es anders hielt,
vordem, als mir die Sorge nicht so auf dem Herzen lag.
Immer des Morgens tröste ich mich (eben) am Gesang der Vögel.
Kommt mir nicht ihre Hilfe zur rechten Zeit,
dauern mir beide, Sommer und Winter, allzu lange.

1,3 ff. Dies bewirkt bei mir die schwere Klage,
daß mir niemand zu Hilfe kommen kann.
Ich erinnere mich gut, daß ich es anders hatte,
damals, als mir die Sorge nicht so auf dem Herzen lastete.

1,4 ff. daß er mir überhaupt nicht helfen kann.
Ich erinnere mich wohl, daß ich es anders hielt
und mir die große Beschwer nicht auf dem Herzen lag.
Immer gegen Morgen möge mich eben der Gesang der Vögel trösten.

MF 155,5 B 15 C 21 E 289

2 Íme ist wol, der mac gesagen,
daz ér sîn liep in senenden sorgen lie.
Nû múoz aber ich ein anderz klagen:
ich gesách ein wîp nâch mir getrûren nie.
Swie lángẹ ich was, sô tet si doch daz ie.
diu nôt mir underwîlent réht*e* án mîn herze gie.
und wærẹ ich ánders íemen alsẹ únmære manigen tac,
deme hét ich gelá̂zen den strît.
diz íst ein dinc, des ich mich niht getrœsten mac.

(b) **2**,1 E vil wol 2 E an 3 E Sô 5 C si was; E doch tet si daz ie 6 E underwiln in mîn 7 und *fehlt* E

(c) **2**,1 E gesAḥẹḥẹṇ·gen (A *korrigiert aus* c) 4 E getrûrn 6 E die; C, B reht 7 CE wær; C ander; E als 8 CE dem; E lazzen 9 E daz; B ọ niht (o *gelöscht*)

2 Dem ist wohl, der sagen kann,
daß er seine Geliebte in liebender Sorge zurückließ.
Nun muß ich dagegen das Gegenteil beklagen:
Ich sah nie eine Frau nach mir sich traurig sehnen.
Wie lange ich auch schon lebe, so tat sie das doch nie.
Dies Leid schnitt mir manches Mal tief ins Herz.
Und wäre ich jemand anderem viele Tage lang ebenso gleichgültig
– dem hätte ich das Feld überlassen.
Dies ist eine Sache, über die ich nicht hinwegkommen kann.

MF 155,16 B 16 C 22 A 2 E 287

3 Diu Liebe hât ir varnde guot
alsô geteilet, daz ích den schaden hân.
Der nam ich mêrę in mînen muot,
dannę ich von rehte solte haben getân.
Doch wǽnę ich, sí ist von mir vil unverlân,
swie lǘtzel ich der triuwen mich anderhalp verstân.
sí was ie mit fröiden, ich muosę in sorgen sîn.
alsṓ vergíe mich diu zît.
ez táget mir léider selten nâch dem willen mîn.

MF 155,27 C 23 A 3

(**4**) Diu werlt verswîget mîniu leit
und saget vil lützel iemer, wer ich bin.
Ez dunket mich unsælicheit,
daz ich mit triuwen allen mînen sin
Bewendet hân, dar ez mich dunket vil
únde mir der besten éine des níht gelouben wil.
ez wart von schulden nieman sô réhte wê.
got hélfe mir, daz ích mich bewar,
dáz ich ûz ir hulden kome niemer mê.

(a) **3**,5 A Und ist ienoch von mir vil unverlân
E Ich wæne, ez ist von mir vil unverlân
7 AE . . . und lie mich in den sorgen sîn

(b) **3**,2 alsô *fehlt* AE; AE sô daz 3 A Des nam ich mir; E mer an 6 E lützel ich mich; AE entstân
4,5 A daz 7 A unschulden

(c) **3**,1 E Die; E varende 4 E denne; A ze rehte; E solt; AE hân 5 C sist 6 CE anderthalp 7 C muos 8 E alsus vergienc
4,3 A unsælikeit 6 A bresten einiu 8 A deich

3 Die Liebe hat ihre bewegliche Habe
so verteilt, daß ich den Schaden habe.
Daraus nahm ich mehr in mein Herz auf,
als ich vernünftigerweise getan haben sollte.
Doch fürchte ich, sie wird (dennoch) von mir wohl niemals verlassen,
wie wenig ich an Treue ihrerseits auch gewärtigen kann.
Sie war immer bei den Freuden, ich mußte in Sorgen leben.
So überging mich die Zeit.
Es tagt mir leider selten nach meinem Willen.

(4) Die Welt verschweigt mein Leid
und sagt immer so gut wie nichts darüber, wer ich bin.
Es deucht mich Unheil,
daß ich in Treue all mein Sinnen
dorthin gerichtet habe, wo es mich viel deucht,
wenn mir auch eine der Besten dies nicht glauben will.
Es wurde mit Grund niemandem so wirklich weh!
Gott helfe mir, daß ich mich vorsehe,
damit ich nie mehr aus ihrer Gnade falle.

3,5 Und ist immer noch von mir nicht aufgegeben
Ich fürchte, es wird von mir nicht preisgegeben
7 . . . und ließ mich in Sorgen leben

MF 155,38 C 24 A 4 E 288

(**5**) ‘Ówê trûren unde klagen,
wie sol mír dîn mit fröiden iemer werden buoz?
Mir tuot vil wế, daz ich dích muoz tragen,
du bist ze grôz, doch ich dich tragen muoz.
Die swære wendet nieman, er entuoz,
den ich mit triuwen méine, gehṓrt *ich* sînen gruoz,
daz er mir nâhen læge, sô zergienge al mîn nôt.
sîn fremden tuot mir den tôt
unde machet mir diu ougen *dicke* rôt.’

(a) **5**,3 E Mîn herze kan dich niht getragen
5 ff. E Die swære entwendet nieman, sie entuoz,
die ich mit triuwen meine, vernem ich îren
(ieren) gruoz,
als ich ir nâhen læge, sô zergienge gar mîn
ir fremden müet mich immer sît. ⌊swære.

(b) **5**,2 E wanne; iemer *fehlt* E 4 E lîden muoz 6 A, ich *fehlt* C 7 A gar mîn 9 E, *fehlt* CA

(c) **5**,1 E trûrn 3 A deich 7 A nâhe 8 A vremeden

(5) 'Ach, trauern und klagen! [werden?
Wie soll ich für dich jemals durch Freude entschädigt
Mir tut sehr weh, daß ich dich ertragen muß,
du bist zu schwer, doch muß ich dich ertragen.
Dieses Leid nimmt niemand von mir, es sei denn, er
den ich in Treue liebe. Hörte ich ihn sagen, [täte es,
daß er bei mir liegen wolle, dann verginge all meine
Sein Fernsein gibt mir den Tod [Not.
und macht mir die Augen oft rot.'

5,3 Mein Herz kann dich nicht ertragen
5 ff. Das Leid wendet niemand, es sei denn, sie täte es, die ich in Treue liebe. Vernähme ich ihre Worte, wenn ich bei ihr läge, dann verginge gänzlich mein Leid. Ihr Fremd-tun quält mich immer seither.

VI

MF 156,10 B 17 C 25

Ich wæne mir líebe geschéhen wil:
mîn herze hebet sich ze spil,
Ze fröiden swinget sich mîn muot,
álse der valkȩ enfluge tuot
Únd der arȩ ensweime.
joch liez ich fríunde da heime.
Wól mich, vinde ich die
wól gesunt alsȩ ich siu lie.
Víl guot ist daz wesen bî ir.
hérre got gestate mir,
Daz ích si sehen müeze
und allȩ ir sorge büeze,
Obe sí in deheinen sorgen sî,
daz ích ir die geringȩ und si mir die mîne da bî.
Sô mugen wir fröide niezen.
o wól mich danne langer naht! wie künde mich der verdriezen.

(c) 4 C als; C influge 5 C insweime 6 C jô 8 C als; C si 13 C Ob 14 C ringe 16 C kunde; der *fehlt* C

VI

Ich glaube, mir wird Erfreuliches widerfahren:
Mein Herz macht sich auf zum Vergnügen,
zu Freuden schwingt sich mein Sinn auf,
wie der Falke im Flug
und der Aar im Dahinschweben!
Fürwahr, ich ließ Freunde daheim zurück:
Wohl mir, finde ich die
wohlbehalten, wie ich sie verließ!
Überaus angenehm ist es, bei ihr zu sein.
Herr Gott, gestatte mir,
daß ich sie sehen werde
und all ihre Sorge von ihr nehme,
falls sie in irgendwelchen Sorgen ist,
daß ich ihr diese verringere, und sie mir dabei die meine.
Dann können wir Freude genießen!
O wohl mir dann der langen Nacht! Wie könnte ich der
überdrüssig werden!

VII

MF 157,1 B 18 C 26 A 11 E 317

1 Ich alte ie von táge ze táge
und bin doch hiure nihtes wîser danne vert.
Und het ein ander mîne klage,
deme ríet ich sô, daz ez der rede wære wert,
Und gib mir selben bœsen rât.
ich weiz vil wol, waz mir den scháden gemáchet hât,
daz ích si nie verhéln kúnde, swaz mir war,
des hân ich ir geseit sô vil,
daz sí ez niht mếre hœren wil.
nû swîgẹ ich unde nîge dar.

(a) 1,7 E daz ich niht verswîgen konde, waz mir ie gewar

(b) 1,5 E Ich gip; E selber; A dekeinen rât 7 A si niht 9 A si daz niemer

---

(c) 1,1 A halte 3 AE Hete ein ander 4 CE dem; A riete; C ez *über der Zeile nachgetragen*, E daz er 5 A gibe 8 E gesaget 9 E siez; E mêr, mêre *fehlt* A

VII

1 Ich werde von Tag zu Tag immer älter
und bin doch heuer um nichts klüger als letztes Jahr.
Und hätte ein anderer meinen Grund zur Klage,
dem riete ich so, daß meine Rede zu etwas nütze wäre,
Und doch gebe ich mir selbst schlechten Rat.
Ich weiß recht gut, was mir den Schaden zugefügt hat:
daß ich ihr nie verbergen konnte, was mich bekümmerte;
davon habe ich ihr so viel gesagt,
daß sie es nicht mehr hören will.
Nun schweige ich und verneige mich vor ihr.

1,7 daß ich nicht verschweigen konnte, was mich jemals belastete

MF 156,27 B 19 C 28 A 10 E 319

2 Sô *vil als* ich gesanc nieman,
der anders niht enhæte wan einen blôzen *wân.*
Durch daz ich nû niht mêre kan,
des wunder niemen, mir hât zwivel, den ich hân,
Allez dáz ich kunde gar genomen.
wénne sol mir iemer spilnde fröide komen?
noch sǽhe ich mich gernẹ in hôhem muotẹ als ê.
mich enschéidẹ ein wîp von dirre klage
und sprechẹ ein wort, daz ich ir sage,
mír ist anders iemer wê.

(a) **2**,1 A Sô vil sô ich gesanc nieman
C Sô vil sô gesanc nieman
3 E Und daz ich joch niht mêr enkan

(b) **2**,1 *nach* E 2 A wan den; C bœsen 3 durch *fehlt* A 5 E daz vil gar; AE benomen 6 *Zeile fehlt* E 8 E dirre nôt 9 E enspreche; A alse ich

---

(c) **2**,1 B Sô lâze ich 2 E wenne; E blôzen; ACE, B wâne 4 A en des enwunder, E des enwundert 6 A wanne; C spilndiu, A spilende 7 A gerne mich; A hôhen 8 CAE, B dierre 9 E als ich ṿͤ ir (vͤ *getilgt*) 10 A mirst

2 So viel wie ich hat niemand gesungen,
der nichts anderes besaß als eine bloße Hoffnung.
Deshalb kann ich jetzt nicht mehr (singen),
darüber wundere sich niemand: mir hat der Zweifel, den ich habe,
alles, was ich wußte, ganz geraubt.
Wann wird mir jemals Liebesfreude zuteil werden?
Noch heute sähe ich mich gerne hochgemut wie früher!
Befreit mich nicht eine Frau von dieser Not
und spricht ein Wort, das ich ihr vorsage,
dann ist mir eben immer weh (ums Herz).

2,1 So viel wie ich hat niemand gesungen
So viel hat niemand gesungen
3 So daß ich fürwahr nicht mehr kann

MF 157,31 B 20 C 29 A 14 E 320

3 Und enwíssẹ ich niht, daz si mich mac
wider ál die werlt wért gemachen, ob si wil,
Ich gedíendẹ ir niemer einen tac,
sus hât si tugende, den ich iemer volgen wil,
Lánger niht wán al die wîlẹ ich lebe,
sô bíttẹ ich si, dáz si mír ein liebez ende gebe.
waz hilfet daz? ich weiz wol, daz siz niht *en*tuot.
nû túo ez durch den willen mîn
und neme mîne rede für guot
und lâze mich ir tôren sîn.

(a) **3**,2 A vor al der werlte wol wert gemachen, obe...

4 A jô hât si tugende, der ich volge unz an daz zil

(b) **3**,1 E West ich 2 E vor aller werlde 3 A niemer mêre tac, E nimmer tac 4 E noch hât; E dienen 5 A Niht langer wan die, E Anders niht die 6 A noch bitte; ein *fehlt* A 7 CAE, B tuot 8 A doch du si, E tuo si 9/10 *in* CAE *umgekehrte Reihenfolge*

(c) **3**,1 C enwesse, A und wiste 2 C machen 3 C gedient 4 E tugenden 6 E bit 7 A si ez 8 CA dur 9 E mîn; C ver, A vur 10 CAE tôre

3 Und wüßte ich nicht, daß sie mich kann
vor der ganzen Welt angesehen machen, wenn sie will –
ich diente ihr nie auch nur einen Tag,
in solchem Grade besitzt sie gute Eigenschaften, denen ich immer nachstreben will,
Länger nicht, als solange ich lebe,
bitte ich sie, daß sie mir ein angenehmes Ziel setze.
Was hilft das – ich weiß wohl, daß sie es nicht tut.
Nun möge sie es meinetwegen so halten
und meine Rede eben hinnehmen
und mich ihren Toren sein lassen.

3,2 vor der ganzen Welt wohl angesehen machen, wenn ...
4 fürwahr, sie hat gute Eigenschaften, sie, der ich nachfolge bis zum Ende

MF 157,11 C 27 A 12 E 321

(4) Ich wânde ie, ez wær ir spot,
die ich von minnen grôzer swære hôrte jehen.
Des engiltẹ ich sêre, semmir got,
sît ich die wârheit an mir selben hân ersehen.
Mir ist kómen an daz herze mîn
ein wîp, sol ích der vol ein jâr unmære sîn,
únde sol daz iemer alse lange stân,
dáz si mîn niht nimet war,
sô muoz mîn fröide von ir gar
vil lîhtẹ ân allen trôst zergân.

(a) **4**,2 E dô ich von minnen hôrte grôze swære jehen

4 E daz ich die worheit selbe hân besehen
7 ff. E sô muoz mîn fraude gar zergân.
swaz ich nû ûf disen tac
ûf wîbes lôn gedienen mac,
daz ist allez in ir namen getân.

(b) **4**,1 E wânde niht ez 3 E Nû engilte; E somir 5 E Jô ist mir kommen in 6 A ich ir volle 7 iemer *fehlt* CE; *Zeile fehlt* A 8 A und daz

---

(c) **4**,1 A were 2 C hôrte sagen jehen (sagen *durchgestrichen*) 3 A engilt 6 E volle 9 E lôn gedienen, *gebessert aus* lange dienen

(4) Ich glaubte immer, es sei ein Scherz,
wenn ich jemand vom großen Leid der Liebe sprechen hörte.
Dafür büße ich schmerzlich, bei Gott,
nachdem ich die Wahrheit an mir selbst erkannt habe:
Mir ist in mein Herz eingedrungen
eine Frau – sollte ich der ein volles Jahr lang gleichgültig sein,
und sollte das jemals ebenso lange sein,
daß sie mich nicht wahrnimmt,
so muß meine Freude durch sie
möglicherweise völlig ohne allen Trost vergehen.

4,2 als ich von der großen Beschwernis der Minne reden hörte

4 daß ich die Wahrheit selbst gesehen habe

7 ff. Dann muß meine Freude ganz vergehen.
Was immer ich bis zu diesem Tag
um den Lohn einer Frau gedient haben mag,
das wurde alles um ihretwillen getan.

MF 157,21 C 30 A 13 E 318

(5) Sît mích mîn sprechen nû niht kan
gehelfen noch gescheiden von der swære mîn,
Sô woltę ich, daz ein ander man
die mîne rede hete zuo der sælde sîn,
Únd iedoch niht an die stat,
dar ich nu lange bittę und hér mit triuwen bat.
dar engán ich nieman heiles, swennę ez mich vergât.
nû gedíngę ich ir genâden wol.
waz si mir âne schulde doch
lánger tage gemachet hât.

(a) **5**,1 E Nû mich mîn sprechen niht enkan
5 E Und doch niht an die selben stat
7 f. E dô engan ich heiles nieman, sît si mich vergât

ja wart ich dô gnâden noch

(b) **5**,2 E von den sorgen mîn 3 E Nû wolt ich 6 E nû bitte und lange her 10 E vil langer

---

(c) **5**,4 A der sælden, E den sælden mîn (mîn *durchgestrichen*) 8 A gnâden

(5) Da mir mein Sprechen nun nicht
helfen kann, noch mich von meinem Leid befreien,
so wünschte ich, daß ein anderer Mann
über meine Sprache zu seinem Heil verfügte,
aber jedoch nicht an dem Orte,
wo ich nun schon seit langem bitte und bisher in Treue bat!
Dort gönne ich niemandem Glück, auch wenn es mir entgeht.
Nun erhoffe ich wohl ihre Gnade.
Was hat sie mir ohne Verschulden
an langen Tagen beschert!

5,1 Nachdem mich mein Sprechen nicht kann
5 jedoch nicht an derselben Stelle
7 f. da gönne ich niemandem Glück, nachdem sie mich verschmäht.
Fürwahr, ich warte da noch auf Erhörung.

VIII

MF 158,1   B 21   C 31   A 15   E 305

1 Vil sælic wart er ie geborn,
dem disiu zît genædeclîchen hine gât,
Ânẹ áller slahte sende zorn,
und ér ein teil darunder sînes willen hât.
Wie dém nû nâhet manic wunneclîcher tac,
wie lützel er mir, sælic man, gelouben mac,
daz ich ûf sorge bin verdâht
und wirdẹ ouch niemer rehte frô.
mich hât ein liep in trûren brâht.
daz íst unwendig, ez sî sô.

(a) 1,1 AE   Wol ime (E im) daz er ie wart geborn
6 E   wie lützel mir ein sælic man gelouben mac
7 A   wan ich nâch fröide bin verdâht
E   wenne ich von fröiden bin verdâht
8 AE   und kan (E enkan) doch niemer (E niht)
10 CAE   nû sî alsô   ⌊werden frô

(b) 1,2 C genædeclîch zergât   4 AE und doch ein   5 nû *fehlt* CAE   9 E wîp in trûrn

---

(c) 1,2 E deme; AE dise; A genediclîch hingât   3 C senden, A seneden, E senede nôt. zorn (nôt *getilgt*)   4 E dorunder   5 A deme; E wunnenclîcher

VIII

1 Sehr glücklich wurde jeweils derjenige geboren,
dem diese Zeit gnadenvoll hingeht,
ohne jede Art von sehnsuchtsbedingter Aufregung,
wenn ihm dabei (wenigstens) zum Teil sein Wille (erfüllt) wird.
Wie dem sich nun manch wonnereicher Tag naht,
so wenig kann er, der glückliche Mann, mir glauben,
daß ich auf Sorge festgelegt bin,
und ich werde auch nie mehr so recht froh.
Mich hat eine Liebe zum Traurigsein gebracht,
das ist unabwendbar – sei es (eben) so.

1,1 Heil ihm, daß er je geboren wurde
6 wie wenig mir ein glücklicher Mann glauben kann
7 wenn ich in Sehnsucht nach Freude mich verliere
wenn ich wegen (erhoffter) Freuden in Gedanken bin
8 und kann doch nie mehr (nicht) froh werden
10 nun sei es eben so

MF 158,21 B 22 C 33 A 17 E 304

2 Ich wil von ir niht ledic sîn,
die wîlẹ ich iemer gérenden múot ze der wérlte hân.
Daz beste gelt der fröiden mîn,
daz lît an ir und aller mîner sælden wân.
Swénnẹ ich dáz verliuse, sô enhân ich niht,
und enrúochẹ ouch für den selben tac, swaz mir geschiht.
ich mac wol sorgen umbẹ ir leben:
stírbet si, sô bin ich tôt!
hât *sí* mir anders niht gegeben,
sô erkénnẹ ich dóch wol sende nôt.

(a) **2**,2 A die wîle und ich der gernden muot ze fröiden hân

---

(b) **2**,3 E der frauwen 5 A ich den; E sô enkan 6 E ichn ruoche 7 AE muoz 9 CA, si *fehlt* B 10 A doch nû sende

---

(c) **2**,2 E wîl; ich *fehlt* E; CE gernden, A gerndin; CE zer 5 C sone hân, A sô hân 6 A och; AE waz 7 C umb, E ümme 10 AE senede

2 Ich will von ihr nicht frei sein,
solange ich jemals sehnsüchtige Erwartungen auf die Welt
Die beste Verwirklichung meiner Freuden – [richte.
die liegt bei ihr, wie auch die Hoffnung für all mein
Wenn ich dies verliere, so habe ich nichts, [Glück.
und es ist mir an diesem Tag auch gleichgültig, was
immer mir geschieht.
Ich muß wohl um ihr Leben besorgt sein:
stirbt sie, dann bin ich tot!
Hat sie mir auch nichts anderes gegeben,
so kenne ich doch wenigstens Liebesnot.

2,2 so lange ich das Verlangen der Sehnsüchtigen nach Freuden habe

MF 158,31 B 23 C 34 A 18 E 303

3 Gnấdẹ ist endelîche dâ!
diu erzéige sich, ob ez an ir genâden sî.
Ich versúoch ez niender anderswâ,
von ír gebote wil ich niemer werden frî.
Daz síu dâ sprechent von verlorner arebeit,
sol dáz der mîner einiu sîn, daz ist mir leit.
ich wânde níht, dô ich sî́n began,
ich gesǽhẹ an ir noch lieben tac.
ist mír da misselungen an,
doch gáb ichz wol als ez da lac.

(a) **3**,2 A diu erzeige sich als ez an mînem heile sî
E sie erzeige sie, swenne ez an mîme heile sî
3 AE Die ensuoche (E gesuoche) ich niender anderswâ
6 E sol der die minne eine sîn, daz . . .
8 A ich engelebte noch an ir lieben tac

(b) **3**,4 A ân ir gebot sô wil, E ich wil von ir gebote niemer
7 E wândes niht dô is began, A ich es

(c) **3**,1 C Genâde; AE endelîchen 3 C versuoche 5 C si, E sie; CA arbeit, E erbeit 7 A ich enwânde 10 E gab iz, A ich ez; A alse; B ez *über der Zeile nachgetragen*; CE do

3 Gnade ist schließlich da!
Die erweise sich, wenn es bei ihr Gnade gibt.
Ich versuche es nirgendwo anders,
von ihrer Herrschaft will ich niemals frei werden!
Was sie da sprechen von verlorener Mühe,
sollte das bei meiner allein zutreffen – das wäre mir leid.
Ich erwartete nicht, als ich damit begann,
daß ich durch sie noch einen freundlichen Tag erblickte.
Ist es mir hier mißlungen,
so gab ich es doch gerne, wie es nun einmal stand.

3,2 die zeige sich, wie es zu meinem Heile dient
sie zeige diese, wenn es Zeit für mein Heil ist
3 diese suche ich nirgendwo anders
6 soll derjenigen die Minne allein gehören
8 daß ich mit ihr noch einen angenehmen Tag erlebte

MF 158,11 C 32 A 16 E 302

(4) Daz ich mîn leit sô lange klage,
des spottent die, den ir gemüete hôhe stât.
Waz ist in liep, daz ich in sage?
waz sprichet der von fröiden, der deheine hât!
Wóltę ich liegen, sôst mir wunders vil geschehen.
sô trǘgę aber ích mich ân*e* nôt, solt ich des jehen.
wan lânt si mich erwerben daz,
da*r* nâch ich ie mit triuwen ranc?
stê íemen dannę ein lachen baz?
daz géltę ein ougę und habę er doch danc.

(a) **4**,10 A daz gelt ein triuren und habe er doch undanc

(b) **4**,1 A nû lange 4 E frauwen 5 AE Wil ich 6 A mich selber; A wolt ich 7 A lât 9 AE zeme iemen

---

(c) **4**,4 AE dekeine 5 AE sô ist 6 E, CA truge; AE, C ân 7 E wenne lânt 8 AE, C da 9 E denne ein 10 E gelt

(4) Daß ich mein Leid so lange beklage,
darüber spotten die, denen ihr Sinn hoch steht.
Was ist ihnen lieb, daß ich ihnen sage?
Was spricht der von Freuden, der keine hat!
Wollte ich lügen, dann ist mir viel Wunderbares widerfahren.
Dann betrüge ich mich aber ohne Not, sollte ich dies behaupten.
Warum lassen sie mich das nicht erwerben,
wonach ich immer in Treue strebte?
Stünde dann jemand ein Lachen besser an?
Das wäre mir ein Auge wert – und er erhielte dennoch [Dank.

4,10 das entschädigte für Trauern, und er würde doch Undank ernten

IX

MF 165,1 B 31 C 55

Ich bin der sumerlangen tage sô frô,
daz ích nû hügende worden bin.
Ouch stất mîn herze únd mîn willę alsô,
ich minnę ein wîp, dâ muoz ich hin.
Díu ist hôhgemuot und niht sô schœne,
daz ích si dấ von vor ándern wîben krœne.
wíl aber ích von ir túgenden sagen,
des wirt sô vil, daz ich sîn niemer darf gedagen.

(a) 5 ff. C Diu ist hôhgemuot und ist sô schœne,
daz ich si dâ von vor andern wîben krœne.
wil aber ich von ir tugenden sagen,

des wirt sô vil, swenne ichs erhebe, dáz ichs iemer muoz gedagen.

(b) 3 C Des stêt; C al mîn 4 C dâ mein ich

IX

Ich bin über die sommerlangen Tage so froh,
daß ich nun hoffnungsvoll geworden bin.
Ebenso steht es um mein Herz und meinen Willen:
ich liebe eine Frau, dort muß ich hin.
Diese ist hochgesinnt, jedoch nicht so schön,
daß ich sie deshalb vor andern Frauen kröne;
wollte ich aber von ihren inneren Vorzügen sprechen –
das würde so viel, daß ich darüber nie mehr zum
Schweigen käme!

---

5 ff. Die ist hochgesinnt und ist so schön,
daß ich sie deshalb vor andern Frauen kröne,
wollte ich überdies von ihren inneren Vorzügen
sprechen –
das wird so viel, wenn ich damit anfange, daß ich
darüber besser schweigen sollte.

X

MF 165,10 B 32 C 56 A 34 E 306

1 Swaz ich nu niuwer mære sage,
des sol mich nieman frâgen: ích *en*bin niht frô.
Die friunde verdriuzet mîner klage,
swes man ze vil gehœret, dem ist állem alsô.
Nú hân ich sîn beidiu, schaden unde spot.
waz mir doch leides unverdienet, daz erkenne got,
und âne schulde geschiht!
ích*n* gelige herzeliebe bî,
ez hât an mînen fröiden nieman niht.

(a) 1,6 A . . . . daz bedenke got
E waz mir dô leides undergienc, daz erkennet allez got

(b) 1,1 nu *fehlt* E 2 C des darf, A des indarf; mich *fehlt* C; A, BCE bin 4 AE des; E man dô; allem *fehlt* E; A sô 5 sîn *fehlt* A 8 E, BC ich gelige, A ich engelige 9 A sône, E sôn; AE an mîner vro̊ͤde

---

(c) 1,1 A, B Swas, C Was, E Waz; BC nv; B nvͥwer, C nuͥwer, A nivwer, E nůͤwer; B mẹre, CAE mere 2 A dͤs; AE, BC niemen; E frage; AE vro 3 C Ḍẹ Die (De *getilgt*); BC frvͥnde, A frvͥnt, E frůͤnt; B verdrvͥsset, C vᷤdruͥsset, A verdrvzet, E vᷤdrůͤzzet; BAE clage 4 BCA geho̊ͤret, E gẹf̣ṛạgẹṭ geho̊ͤret (efraget *getilgt*); C alleme 5 BC nv; E hân is; B baidvͥ, CE beide, A beidiv; BCAE vn̄ 6 BC was; C miẹr; B laides; B vnverdienet, C vnůᷤdienet, A vnvierdienet; B das, CA dc, E daz 7 A schvld, E schult 8 E hertzeliebe 9 B es; B fro̊ͤden, C fro̊ͤidē, E fraude; C niemā, AE nieman

X

1 Was immer ich jetzt an Neuem verkünde,
danach braucht mich niemand zu fragen: Ich bin nicht froh!
Die Freunde verdrießt meine Klage –
wovon man zu viel hört, damit ist es immer so.
Nun habe ich deswegen beides, Schaden und Spott.
Was mir doch an Leid unverdient – das möge Gott erkennen –
und ohne Schuld widerfährt!
Liege ich nicht bei der Herzenslieben,
so hat niemand Freuden von mir.

1,6 . . . . das möge Gott bedenken
was mich da an Leid überfiel, das weiß Gott alles

MF 165,19 B 33 C 57 A 36 E 307

2 Die hôchgemuoten zîhent mich,
ich minne niht sǫ sę́rę, als ích gebârę, ein wîp.
Siu liegent und unérent sich:
ṣi was mir íe gelîcher mâze sô der lîp.
Nú getrôste si darunder mir nie den muot.
der ungenâden muoz ich und des si mir noch getuot
erbeiten als ich mac.
mír ist eteswenne wol geschehen –
gewinnę aber ích nû niemer guoten tac?

(a) **2**,2 E ichn minne niht ein wîp sô sêre als ich gebâre

4 E sie was mir liep alsam der lîp zwâre
6 E die ungenâde muoz ich hân, die sie mir tuot

(b) **2**,5 A Nie, E Und; si *fehlt* E; C mir darunder, E nie darunder mir 7 E und auch erbeiten 8 AE wol gewesen

---

(c) **2**,3 CA Si, E Sie 4 E ṭaçlîp 5 A getorste . . . mir den; nie *fehlt* A 6 A tuot 8 E etswenne 9 E nimmer

2 Die Hochmütigen bezichtigen mich,
ich liebe eine Frau nicht so sehr, wie ich mich gebärde.
Sie lügen und entehren sich:
sie war mir immer genau so (lieb) wie das Leben.
Nur tröstete sie mir bisher nie den Sinn;
diese Ungnade und auch das, was sie mir noch antut, muß ich
erdulden, so gut ich kann.
Mir ist vormals Gutes widerfahren –
erlebe ich dagegen jetzt nie mehr einen guten Tag?

2,2 ich würde eine Frau nicht so sehr lieben, wie ich vorgäbe
4 sie war mir wahrlich so teuer wie das Leben
6 dies Leid muß ich aushalten, das sie mir antut

MF 165,28 B 34 C 58 A 35 E 308

3 Sô wol dir, wîp, wie reinę ein name!
wie senfte du ze ne*nnen* und zerkenn*en* bist.
Ez wart nie niht sô rehte lobesame,
dâ dú ez an réhte güete kêrest, sô du bist.
Dîn lop mit rede nieman wol vol enden kan.
swes du mit triuwen pfligest, wol ime, der ist ein sælic man
und mac vil gerne leben.
dú gist al der werlte hôhen muot,
maht ouch mir ein wênic fröide geben?

(a) **3**,2 A wie senfte er doch zerkennen und ze nennen ist

(b) **3**,1 C dîn name 2 C, B nemmenne und zerkennenne 3 rehte *fehlt* AE 4 A swa duz, E daz du in rehte 5 wol *fehlt* AE 6 E des; *ime* fehlt A 9 E wanne maht du mir, C maht du mir; ouch *fehlt* E; E lützel frauden

---

(c) **3**,1 AE rein; E namę 2 E samfte; E zůr erkennen 3 E Ezn; CE lobesam, *in* C *Schluß*-e *über der Zeile nachgetragen*, A lobesan 4 C dus; A guote kêrist 5 E nieman mit rede 6 C im 9 A och

3 Heil dir, Frau – welch reines Wort!
Wie wohltuend du auszusprechen und zu erkennen bist!
Es gab niemals etwas so zu Recht Lobenswertes,
wenn du dich mit wahrer Güte verbindest, wie es deine Natur ist.
Dein Lob kann niemand mit Worten voll erfassen.
Wessen du dich in Treue annimmst, wohl ihm, der ist ein glücklicher Mann
und kann sehr freudvoll leben.
Du gibst der ganzen Welt hohen Sinn –
kannst du auch mir ein wenig Freude geben?

3,2 wie angenehm der doch zu erkennen und auszusprechen ist

MF 165,37 B 35 C 59 A 37 E 309

4 Ich hân ein dinc mir fürgeleit,
daz strîtet mit ged*a*nken in dem herzen mîn:
Obę ich ir hôhe werdekeit
mit mînem willen wolte lâzen minre sîn,
Aldę ob ich wolte, daz si grœzer *sî*
und si vil reine sælic wîp stê mîn und aller manne frî.
siu tuon*t* mir beidiu wê,
ich enwirde ir lasters niemer frô,
vergêt si aber mich, daz klagę ich iemer mê.

(a) 4,1 A Ich hân ein dinc mit sorge geleit
und strîte mit gedanken . . .
E Zwei dinc hân ich mir fürgeleit,
die strîtent . . .

(b) 4,5 Alde *fehlt* A, E Oder ob; AE ich daz welle 6 reine *fehlt* AE; E bestê 7 A diu 9 *aber* fehlt AE

(c) 4,2 CAE, B gedenken 3 CE Ob; CA hôhen, E in hôhen wirdekeit 4 E mînen; willen *fehlt* A; B wo̊lte, C wolte lâzen *über der Zeile nachgetragen* 5 C Ald, A Obe; CAE, B wære, *in* C sî *über der Zeile nachgetragen für getilgtes* were 7 CAE, B tuon; A bede, E beide 8 C in wirde, A in wurde, E ich wirde

4 Ich habe mir einen Fall vorgelegt,
der streitet mit Gedanken in meinem Herzen:
Ob ich ihren hohen Wert
willentlich wollte geringer erscheinen lassen,
oder ob ich wollte, daß er (noch) größer sei
und sie, die reine, selig zu preisende Frau, von mir und allen Männern unbehelligt sei.
Sie tun mir beide weh:
Ich würde über ihre Ehrenkränkung nie mehr froh,
übergeht sie mich aber – das beklage ich immerzu.

4,1 Ich habe einen Fall mit Sorgen auseinandergelegt
und streite mit Gedanken darüber . . .
Zwei Fragen habe ich mir vorgelegt,
die streiten . . .

MF 166,7 E 310

(**5**) Ob ich nu tuon und hân getân,
daz ich von rehte ín ir hulden solte sîn
Und si vor aller werlte hân,
waz mac ich des, vergizzet si darunder mîn.
Swér nû giht, daz ich ze spotte künne klagen,
der lấze ím *mîn rede beide* singen unde sagen
und merkẹ *und sagẹ ez frî,*
jố wấ ich ie sprǽchè ein wort,
ezn lígẹ ê *ichz* gespræche herzen bî.

(c) **5**,4 E dor under 6 E im beide mîn rede 7 f. und sage ez frî jô *fehlt* E 8 E wo ich 9 E iz

(5) Wenn ich das nun tue und getan habe,
wodurch ich von Rechts wegen in ihrer Gunst sein sollte
und sie über alles in der Welt erhebe –
was kann ich dafür, vergißt sie mich gleichwohl.
Wer nun sagt, daß ich zum Scherz klagen könne,
der lasse sich mein Gedicht vorsingen und vorsagen
und merke auf und sage es frei heraus –
fürwahr, wo ich je ein Wort gesagt,
das nicht, ehe ich's ausgesprochen, am Herzen gelegen hätte.

XI

MF 159,1 b 1 C 35 A 6 E 297

1 Ich wirbẹ umbẹ allez, daz ein man
ze wérltlı̂̀chen fröiden iemer haben sol:
Daz ist ein wîp, der ich enkan
nâch ir vil grôze*m* werde niht gesprechen wol.
Lóbẹ ich si, sṓ man ander frouwen tuot,
daz genímet si níemer tac von mir *für* guot.
doch swer ich dés, si ist án der stat,
dấs ûz wî́plîchen túgendè*n* nie fuoz getrat.
daz ist iu mat.

(a) 1,6 f. A daz engenimet eth si von mir niht für guot.
doch swer ich des, si stêt noch hiute an der stat
9 E dar ist in mat

(b) 1,2 iemer *fehlt* E 3 E der nieman kan 4 vil *fehlt* E; A wol grôzer werdecheit, E werdekeit; niht *fehlt* E 6 E en nimet; E von mir niht 7 E swüre ich wol 8 A daz ûzer, E dô sie 9 A, bC dâ ist diu mat

---

(c) 1,1 E umme 2 E wereltlîchen frauden 4 C, b grôzen; E noch ir 5 C Lob ich, A Sobich; A and frouwen 6 C genimt; bC ver guot 7 C sist 8 C dâ si; C, b tugende

XI

1 Ich strebe nach allem, was ein Mann
an weltlichen Freuden immer haben muß:
Das ist eine Frau, die ich nicht
ihrem übergroßen Wert gemäß rühmen kann.
Lobe ich sie, wie man andere Damen lobt,
das nimmt sie mir niemals als angemessen ab.
Doch schwöre ich dies: Sie steht an der Stelle,
wo sie aus (dem Bereich) weiblicher Tugenden nie einen Fuß setzte.
Das heißt für euch ›matt‹!

1,6 f. das nimmt sie eben von mir nicht für gut an.
Doch schwöre ich dies: Sie steht noch heute an der Stelle
9 dort sind sie mattgesetzt

MF 159,19 b 2 C 36 A 8 E 299

2 Alsẹ éteswenne mir der lîp
durch sîne bœsẹ unstæte râtet, daz ich var
Und mir gefriundẹ ein ander wîp,
sô wil iedoch daz herze níendèr wan dar.
Wol íme des, dáz ez sô réhte welen kan
und mir der süezen árbèite gan.
doch hân ich mir ein liep erkorn,
deme ich ze dienst, und wær ez al der werlte zorn,
wil sîn geborn.

(a) **2**,9 AE muoz sîn geborn

(b) **2**,1 A Sô; E muot 2 E grôze 3 A ich gefriunde mir 4 E sôn wil; iedoch *fehlt* E; E eht niendert denne dar 5 A Sô wol ime; des *fehlt* A; E der sô; AE reine 6 E daz er mir; A süeze arbeite 7 E des hân; E ein wîp 8 E der ich diene, wær . . .

(c) **2**,1 CE Als; E etswenne 2 CA dur sîn; E râten 5 C im; CAE weln 6 b arbẹte, C arbeit, E erebeite 8 CA dem; CA dienste; CA wære; E werelde

2 Wenn zuweilen mir der Leib
in seinem üblen Wankelmut rät, daß ich fortziehe
und mir eine andere Frau als Freundin nehme,
so will jedoch das Herz nirgends anders hin als dorthin (wo sie ist).
Wohl ihm, daß es so richtig wählen kann
und mir die süße Mühsal gönnt!
Denn schließlich habe ich mir eine Liebe erwählt,
der ich zum Dienst – und wäre es der ganzen Welt zum Unwillen –
geboren sein will.

2,9 geboren sein muß

MF 159,37 b 3 C 37 A 9 E 301

3 Undę íst daz mirs mîn sælde gan,
daz ich âbę ir wol rédendem mundę ein küssen mac ⌊versteln,
Gît got, daz ich ez bringe dan,
sô wíl ich ez tóugenlîchen tragen und íemer heln.
Und ist, daz siz für grôze swære hât
und vêhet mich durch mîne missetât,
waz tuon ich dannę, unsælic man?
dâ nim eht ichz und tragę ez hin wíder, dâ íchz dâ nan,
als ich wol kan.

(a) 3,1 f. E Mac ich daz mirs mîn sælde gan,
ab ir wol redendem munde ein küschen noch versteln
8 f. A dâ hebiz ûf und lege ez hin wider, als ich wol ⌊kan,
dâ ich ez dâ nam
E dâ gên ich und lege ez hin wider, dô iz nam

(b) 3,2 A von ir; wol *fehlt* A 3 A Und daz iz mit mir bringe; Gît got *fehlt* A; E Gît mir; E ich daz 4 A ich wil ez; sô *fehlt* A; ez *fehlt* E 5 A Ist aber daz 7 E wie getuon; A ich sælic man

---

(c) 3,2 C ab; A redin deme; C, b verstelen 4 C ichz; A tougenlîche 5 A si ez 6 A vêhit; CA dur 8 C tragez

3 Und ist's an dem, daß mir's mein Glück vergönnt,
daß ich von ihrem wohl-redenden Mund einen Kuß
(und) gibt Gott, daß ich ihn davonbringe, ⌊stehlen kann,
so will ich ihn heimlich tragen und immer verbergen.
Und ist's an dem, daß sie dies für eine große Schmach
und mich wegen meiner Missetat anfeindet – ⌊hält
was tue ich dann, ich unglücklicher Mann?
Da nehme ich ihn eben und trage ihn wieder dahin
so gut ich eben kann. ⌊zurück, wo ich ihn wegnahm,

3,1 f. Kann ich, wenn es mir mein Glück vergönnt,
von ihrem wohl-redenden Mund noch heute einen
Kuß rauben

8 f. da hebe ich ihn auf und lege ihn wieder hin, so gut
dorthin, wo ich ihn wegnahm ⌊ich eben kann,
da gehe ich und lege ihn wieder hin, wo ich ihn
wegnahm

MF 159,10 b 4 C 38 A 7 E 298

4 Si ist mir liep und dunket mich,
wie ich ir vollecl̂îche gar unmære sî.
Wáz darumbe? daz lîde ich.
ich was ir ie mit stæteclîchen triuwen bî.
Nû waz, ob lîhtẹ ein wunder an ír geschiht,
daz si mich eteswenne gerne siht?
sâ denne lâzẹ ich âne haz,
swer giht, daz imẹ an fröiden sî gelungen baz.
der habẹ im daz.

(a) 4,4 AE und bin ir doch mit triuwen stæteclîchen bî
5 C Und waz, ob lîhte ein wunder an mir beschiht
A Waz, ob ein wunder lîhte an mir geschiht
E Waz, ob ein wunder noch an ir geschiht
7 A denne den lâze ich iemer
8 E swer giht, daz ime zuor werlde ie gelůnge baz

(b) 4,2 AE daz ich; E ir noch völleclîchen unmære sî 3 AE Nû waz 7 E sân daz lâze 8 C frowen

---

(c) 4,2 C volleklîch 6 E etwenne; A gerni 9 CAE ime

4 Sie ist mir lieb, jedoch dünkt mich,
daß ich ihr ganz und gar gleichgültig bin.
Was soll's? Das leide ich!
Ich war ihr immer in beständiger Treue nahe.
Nun, was dann, wenn vielleicht ein Wunder mit ihr
so daß sie mich zuweilen gerne sieht? ⌊geschieht,
Sofort lasse ich dann den frei von Neid,
der sagt, daß ihm besser gelungen sei, Freuden zu
Der halte sich daran. ⌊erlangen.

4,4 und bin ihr doch in Treue beständig nahe ⌈geschieht
5 Und was ist, wenn vielleicht ein Wunder mit mir
Was ist, wenn ein Wunder vielleicht mit mir geschieht
Was ist, wenn ein Wunder noch heute mit ihr
7 dann lasse ich den für immer ⌊geschieht
8 der sagt, daß er in der Welt mehr erreicht habe

MF 159,28 b 5 C 39 A 5 E 300

5 Diu jâr, diu ich nóch ze lebenne hân,
swie vil der wærę, ir wurdę ir niemer tag genomen.
Sô gar bin ich ir undertân,
daz ich niht sanfte û́z ir gnâden mohte komen.
Ich fröiwe mich dés, daz ich ir dienen sol,
si gelốnet mir mit lîhten dingen wol.
geloubę eht mir, swennę ich ir sage
die nốt, díe ich an dem herzen trage
dícke an dem tage.

(a) **5**,7 A geloubet et si mir daz wol, swenne ich ir clage
8 A daz ich die nôt ze herzen von ir schulden tragen
E die nôt, die ich in mîme herzen von ir schulden trage

(b) **5**,1 AE Swaz jâr ich 2 A ir enwurde, E ichn würde; C wurde niemer (*anstelle des fehlenden* ir *eine Lücke*) 3 E Alsô 4 CA ich unsanfte 6 A senften dingen vol 7 E si geloube mir daz ich 9 C in, E dicke mîne tage

---

(c) **5**,9 A deme

5 Die Jahre, die ich noch zu leben habe
– wieviel derer sein mögen – ihr würde davon kein Tag entzogen.
So gänzlich bin ich ihr untertan,
daß ich nicht leichthin aus ihrer Gnade kommen möchte.
Ich freue mich darüber, daß ich ihr dienen darf,
sie lohnt mir durchaus mit geringen Dingen.
Sie möge mir nur glauben, wenn ich ihr sage
von der Not, die ich im Herzen trage
oft am Tage.

5,7 glaubt sie mir das auch wohl, wenn ich ihr klage
8 daß ich die Not im Herzen ihretwegen trage
die Not, die ich ihretwegen in meinem Herzen trage

XII

MF 160,6 b 6 C 40 A 24 E 322

1 Daz beste, daz ie man gesprach
oder íemer mê getuot,
dáz hât mich gemachet rehtelôs.
Got wéiz wol, sít ich si érste gesach,
so het ich ie den muot,
daz ich für si nie déhein wîp erkôs.
Kúndę ich mích daran háben gewendet,
dâ man ez dickę erbôt
mínem lîbe réhte áls ich wolte,
ich hete eteswaz volendet.
ich rüeme âne nôt
mích der wîbe mêre dannę ich solte.
Wár sint komen die sínne mîn?
sól ez mír wol erbóten sîn?
hấn ich tumber góuch sô verjehen?
swáz des wâr ist, daz muoz noch geschehen.

(a) 1,7 E Het ich mînen muot gewendet
9 f. A . . . als ich ez wolte,
sô het ich eteswaz verendet

(b) 1,3 A froidelôs 4 A ich ez eres sach; E an sach 6 E nie wîp ẹṛḳọṣ für sie erkôs 7 A dar hân bewendet 8 E man mirz; A bôt 10 E verendet 11 C rüeme mich 12 mich *fehlt* C 13 E sîn nû; komen *fehlt* E 14 E sô wol e. 15 E wie hân ich mich g. 16 E daz wâr sî; E sol

---

(c) 1,2 E mêr 3 E die hât 4 E ichs; C erst 5 E hete 6 A vur; A nie kein 7 A Kund 8 A manz; E dô 9 E mîme; E reht 10 E etwaz 11 A rüem; E, bCA ân nôt 12 A mê, E mêr denne

XII

1 Das Beste, das je ein Mann sagte
oder jemals sagen wird,
das hat mich rechtlos gemacht.
Gott weiß wohl – seit ich sie zum ersten Mal sah,
da hatte ich hinfort den Willen,
daß ich statt ihrer nie irgendeine (andere) Frau wählte.
Könnte ich mich (doch) dorthin gewendet haben,
wo man es (mir) oft antrug –
mir! –, gerade so, wie ich es wollte,
ich hätte etwas erreicht!
Ich rühme ohne Grund
mich der Frauen, mehr als ich sollte.
Wohin ist mein Verstand gekommen?
Soll es mir etwa angeboten werden?
Habe ich dummer Tor so daneben gesprochen?
Was davon wahr ist, das muß noch geschehen.

1,7 Hätte ich meinen Sinn gewandt
9 f. ... wie ich es wollte,
so hätte ich etwas zu Ende gebracht

MF 160,22 b 7 C 41 A 25 E 325

2 Ein rede ist álsô nâhe komen,
daz sí êrst frâget des,
wáz genâden sî, der ich dâ ger.
Wil si des nû niht haben vernomen,
sô nimet mich wúnder, wes
ich sô maniger swære niht enber,
Díu mir alsô dicke nâhen
án dem herzen *sint*,
dáz ich iemer tág frố belîbe,
sol mich der kumber niht vervâhen.
tǽtę ez dannę ein kint,
dáz sus iemer lébetè nâch wîbe,
Dém woltę ich wol wîzen daz.
mac ich mich noch bedenken baz,
und næme von ir gar den muot?
néinâ herre, joch íst si sô réhte guot.

(a) **2**,12 C daz sich iemer liebet nâch dem wîbe
14 E könde ich mis nû versinnen baz

(b) **2**,1 CAE Mîn 2 E alrerst; des *fehlt* E 3 dâ *fehlt* A 4 A des noch niht hân, E sis noch niht hân 6 E daz ich; A vil m.; E sorgen 7 A mir dicke sêren n.; nâhen *fehlt* E 8 E in dem; C, b lît 9 E des wil ich nimmer, A niemer 10 E daz mich ... niht sol, mich *fehlt* A 12 E daz sô; iemer *fehlt* E; A lebet, E lebt; nâch *fehlt* A 13 A solt; E ich sêre wîzen 14 C mac *getilgt, am Rande dafür* möht, A mohte 15 E gar von ir, C von mir 16 A, b doch sô; rehte *fehlt* AE

(c) **2**,1 CA, b alse; E nâhen 2 A, bC erste 3 CE, bA gnâden; E dô 6 A meneger; E empere 7 AE Die; C, b alse 10 CA, bE vervân 11 E tætez denne 13 A, bC wissen 16 C, bE neine, A nein; CAE jô

2 Eine Rede ist so gut angekommen,
daß sie zum ersten Mal danach fragt,
was das für eine Gnade sei, die ich da begehre.
Will sie dies bis jetzt nicht vernommen haben,
dann nimmt mich wunder, weshalb
ich von so manchem Leid nicht frei bin,
das mir so oft nahe
am Herzen liegt,
so daß ich für jeden Tag froh bin,
an dem mich der Kummer nicht umfängt.
Handelte so jemals ein junger Mensch,
der immer in Sehnsucht nach einer Frau lebte,
dem wollte ich das wohl verweisen.
Kann ich mich noch heute besser besinnen
und wendete von ihr gänzlich meinen Sinn?
Nein, nein, Herr! Ist sie doch so ganz ohne Makel!

2,12 der sich immer einer Frau angenehm macht
14 könnte ich mich nun eines besseren besinnen

MF 160,38 b 8 C 42 A 23 E 323

3 Het ich der guoten ie gelogen,
sô grôz als umbẹ ein hâr,
sô líte ích von schulden ungemach.
Ich weiz wol, waz mich hât betrogen:
dô seit ich ir ze gar
állẹz, daz mir ie von ir geschach,
Únd erbôt mich ir ze sêre.
dố si daz vernam,
daz ích *durch nôt* von ir niht komen kunde,
sí̂t was si mir iemer mêre
ín ir herze*n* gram
únd erbôt mir leit ze alle*r* stund*e*.
Álsô hân ich si verlorn.
nu wil si, dêst ein niuwer zorn,
daz ích si der réde gar begebe.
wéiz got, niemer al die wîle ich lebe.

(a) **3**,6 A swaz mir liebes ie von ir geschach
E waz mir leides ie geschach
7 AE Und ergab mich ir ze sêre (E zehant)

(b) **3**,2 sô grôz als *fehlt* E 8 A sô si 9 MFK, durch nôt *fehlt* bCAE; A niemer von ir 10 AE dô was; iemer mêre *fehlt* E 11 E in dem 12 E tet 15 E mit rede vergebe; gar *fehlt* E 16 al *fehlt* E

(c) **3**,1 A Hette, E Hete 2 E ümme 3 CE lide, A lidde 5 CA dâ 11 C, b herze 12 E leide; E, b ze allen, C zallen, A zaller; AE, bC stunden 13 E alsus 14 A und wil nû; E daz ist 15 A begede 16 E wîl

3 Hätte ich die Edle jemals angelogen,
so geringfügig wie ein Haar,
so erlitte ich mit Recht Ungemach.
Ich weiß wohl, was mich verführt hat:
damals sagte ich ihr zu klar
alles, was mir je von ihr zugefügt wurde,
und bot mich ihr zu offen an.
Als sie das vernahm,
daß ich notgedrungen von ihr nicht wegkommen könnte –
seitdem war sie mir um so mehr
in ihrem Herzen gram
und bereitete mir Leid zu jeder Stunde.
So habe ich sie verloren.
Nun will sie, das ist eine neue Aufwallung,
daß ich sie mit Reden ganz verschone.
Weiß Gott – niemals, so lange ich lebe!

3,6 was mir Angenehmes je von ihr zuteil wurde
was mir an Leid je zuteil wurde
7 und ergab mich ihr zu sehr (sogleich)

MF 161,15 b 9 C 43 A 22 E 324

4 Swie dickȩ ich in den sorgen doch
des morgens bin betaget,
sṓ ez allez slief, daz bî mir lac!
Die *en*wíssen noch enwizzent noch,
war mich mîn herze jaget:
dár ez vil unsanfte komen mac,
Wan si enlât mich von ir scheiden
nóch bî ir bestên,
íe dar under muoz ich gar verderben.
mít den listen, wænȩ ich, beiden
wíl si mich vergên.
hœ́rent wunder kan si alsô werben?
Néin si, weiz got, si enkan!
ich hấn si ein téil gelogen an:
si getét ez níe wán durch daz,
daz si mich wil versúochèn baz.

(b) **4**,1/2 doch des morgens *fehlt* E 3 E allez daz 4 A Si enwisten noch enwizzen, E Die enwesten und enwissen 5 E war nâch mîn 6 A dar ich; E ez doch; vil *fehlt* C 7 Wan *fehlt* AE; E mich noch sch. 8 E bî mir; A belîben 9 E seht sus; ie dar under *fehlt* E; A ich gar 10 A wan 13 E noch enkan 15 A wan umbe daz 16 daz *fehlt* E; E si wil mich; A mich noch

---

(c) **4**,1 b Svie, CAE Wie 2 E betaget *korrigiert aus* betroget 4 b Diene wissen, C Die enwessen 5 CA das (*in* C *aus* was *korrigiert*) 8 E bestê 9 E mạç (*getilgt*) muoz; E verderderben 11 E vergân 12 E hœret; A kans; AE alsus 13 C nekan 14 AE hâns 15 A engetet; E wenne; C dur

4 Wie oft ich doch in Sorgen
des morgens den Tag erlebte,
während alles schlief, was bei mir lag!
Die wußten nicht, noch wissen sie jetzt,
wohin mich mein Herz jagt:
dahin, wohin es recht schwer kommen kann,
denn sie läßt mich nicht von ihr scheiden,
noch bei ihr bleiben:
Immer dazwischen, muß ich gänzlich verderben.
Mit den beiden Mitteln, glaube ich,
will sie mich zugrunde richten.
Hört Verwunderliches – kann sie so handeln?
Nein, weiß Gott, sie kann nicht!
Ich habe ein wenig über sie gelogen:
Sie tat dies nie, außer deshalb,
weil sie mich auf die Probe stellen will.

MF 161,31 b 10 C 44 A 26

5 Dô Liebe kom und mich bestuont,
wie tet *Ge*nâde sô,
daz si ez niht vil endelîch beschiet?
Dố tet ich als alle tuont,
die gerne wæren frô,
wán der Trôst vil manigen wol beriet.
Dáz si mir daz selbe tæte!
ínrehalp der tür
hất si *hiute* leider sich verborgen.
mác si sehen an mîne stæte
und gê durch got her für
únde lœse mich von mînen sorgen.
Wán ich hân mit guoten siten
vil kumberlîche her gebiten,
ob sích diu guote des níht entstât.
ôwê gewaltes, den sí an mir begât.

(a) **5**,4 C Ich bat si reht als alle tuont
A Ich bat si dicke sô die tuont
11 f. CA und gebe durch got
helfe daz (A deich) ich kom ûz sorgen

(b) **5**,3 C niht genædeclîchen schiet, A mich niht gnædeclîchen sch. 6 C wand ir trôst (*korrigiert aus* wan der), A sît daz ir trôst; CA ie beriet 7 CA ouch mir 9 si *fehlt* A; hiute *fehlt* bCA 13 C schœnen s., A schônen s. 14 C sô kumberlîchen, A sô kûmeclîche der g. 15 CA ob des diu liebe (A guote) niht verstât 16 C sô wê, A wê g.; A des ez

---

(c) **5**,2 A tęt; C, bA gnâde 3 A gnedeliclîchen 5 A wâren 6 A menegen 8 C inrethalp, A innerhalp 11 CA dur 15 A des guote diu (diu *durch Verweis umgestellt*) 16 C dens; C gât (*am Rande nachgetragen, Präfix* be- *ausradiert*)

5 Als die Liebe kam und mich überfiel,
was tat die Gnade da,
daß sie dies nicht endlich schlichtete?
Da handelte ich wie alle (handeln),
die gerne glücklich wären,
denn der Trost riet gar manchem wohl dazu.
Daß sie mir doch dasselbe zuteil werden ließe!
Hinter der Tür
hat sie heute leider sich verborgen.
Kann sie meine Treue erblicken,
dann trete sie um Gottes Willen hervor
und erlöse mich von meinen Sorgen!
Denn ich habe mit höfischem Anstand
recht kummervoll bisher gewartet,
ob die Edle dies nicht einsieht.
Ach über die Macht, die sie über mich hat!

5,4 Ich bat sie genau so, wie alle es tun
Ich bat sie oft, so wie die tun
11 f. und gebe um Gottes Willen
Hilfe, daß ich aus Sorgen komme

XIII

MF 163,14 b 11 C 45 E 331

1 Ich weiz den weg nû lange wol,
der von der liebe gât unz an daz leit.
Der ander, der mich wîsen sol
ûz leidȩ in liebe, der íst mir noch únbereit.
Dáz mir von ged*a*nken ist álsȩ unmâzen wê,
des überhœrȩ ich vil und tuon als ich des niht verstê.
gît minne niuwan ungemach,
so müeze minne unsælic sîn.
die selben ich noch ie in bleicher varwe sach.

(b) 1,4 E mir vil ungereit 5 E was unmâzen 6 E tuon reht als ich mis n. 9 E wenne ich si noch in

---

(c) 1,2 gât *fehlt* C, E gêt 4 E liep 5 E daz *korrigiert aus* deiz; E mir wạṣ (was *getilgt*); CE, b gedenken; C als 7 C niht wan, E nür wanne 8 E muoz; E sî 9 E nịẹ (*getilgt*, *am Rande* in *nachgetragen*)

XIII

1 Ich kenne den Weg nun seit langem gut,
der von der Freude bis zum Leid führt.
Der andere, der mich führen soll
aus Leid zur Freude, der ist mir noch ungebahnt.
Daß mir von Gedanken so ohne Maßen weh ist,
das übergehe ich meist und tue so, als ob ich dies nicht verstehe.
Gibt Minne nichts als Unglück,
dann möge Minne verflucht sein!
Eben diese sah ich noch immer in bleicher Farbe.

MF 162,7 b 12 C 47 E 326 A 19

2 Ein wîse man sol niht ze vil
sîn wîp versuochen noch gezîhen, dâst mîn rât,
Von der er sich niht scheiden wil,
und si der wâren schulde ouch deheine hât.
Swér wil al der werlte lüge an ein ende komen,
dér hât imẹ ân nôt ein vil hérzeclîchez leit genomen.
mán sol bœse rede verdagen
und frâgẹ ouch nieman lange des,
dáz er ungerne hœre sagen.

(b) **2**,2 E gezîhen noch versuochen 3 E er doch niht 4 si *fehlt* E; A und er; EA doch keine 5 lüge *fehlt* E; E ze ende 6 vil *fehlt* E; E herzeleit 7 EA bœser rede gedagen 8 und *fehlt* A; ouch *fehlt* E; des *fehlt* E 9 E doch ungerne

---

(c) **2**,1 E Eya, EA wîser 2 b noch (n *über der Zeile nachgetragen*), C noch gẹhẹịẓẹṇ ḍệṣṭ (geheizen dêst *getilgt*); CEA dêst 4 E wârn; A schulden 5 CA lvge 6 CEA im; EA âne; A herzelîchez 7 A wan 8 b niemen

2 Ein weiser Mann soll nicht zu sehr
seine Frau auf die Probe stellen noch beschuldigen, das ist mein Rat,
von der er sich nicht trennen will,
und die auch keine echte Schuld hat.
Wer der Lügenhaftigkeit der ganzen Welt ein Ende machen will,
der hat ohne Not ein herzbedrückendes Leid auf sich genommen.
Man soll zu übler Rede schweigen,
und (man) frage auch niemand lange nach dem,
was er ungern sagen hört.

MF 162,25 b 13 C 48 E 327 A 21

3 Siu jehent, daz stæte sî ein tugent,
der andern frouw*e*, wol im der sîn habe.
Si hât mit stætẹ in mîner jugent
mir gebróchen mit ir schœnen zühten abe,
Daz ich si unz an mînen tôt niemer mê gelobe.
ich síhe wol, swer nû vert sêre wüetende als er tobe,
daz den diu wîp noch minnent ê
dannẹ éinen man, der des niht kan.
ích gesprach *in* nie sô nâhe mê.

(a) **3**,3 f. A si hât mir froide in mîner jugent
mit ir wol schœner zuht gebrochen abe

(b) **3**,2 CEA, b vrowen; A sô wol; AE der si 3 E Die; E frauden an 4 mir *fehlt* E 5 si *fehlt* A; E nimmer wil g., A niemer si g. 6 wol swer *fehlt* C; sêre *fehlt* EA 7 E nû m., A sô m. 9 CEA, b ime

---

(c) **3**,1 CA Si, E Sie; A iegent; E die stete sie ein 2 E sie 8 E denne; A des des 9 A ensprach

3 Sie sagen, daß Beständigkeit eine Tugend sei –
der andern Herrin. Wohl dem, der sie besitzt!
Sie hat mit Beständigkeit in meiner Jugend
mir geschadet mit ihrer höfischen Sittsamkeit,
daß ich sie bis zu meinem Tod nie mehr loben werde.
Ich sehe wohl – wer sich nun sehr verrückt aufführt, als tobe er,
daß den die Frauen noch eher lieben
als einen Mann, der dies nicht kann.
Ich habe ihnen dies nie so offen gesagt.

3,3 f. sie hat mir Freude in meiner Jugend
durch ihr so höfisches Gebaren zerstört

MF 162,16 C 46 E 328 A 20 i 6

(4) War umbe füeget diu mir leit,
von der ich hôhe solte tragen den muot?
Jô, wirbe ich niht mit kündekeit
noch durch versuochen als iedoch vil maniger tuot.
Ich wárt nie rehte frô, wan als*e* ich si sach,
und gíe von herzen gár, swáz mîn munt ie wider si gesprach.
sol nû diu triuwe sîn verlorn,
so darf eht nieman wunder nemen,
hấn ich underwîlent einen kleinen zorn.

(a) 4,2 i durch die ich dicke hôhe trage mînen muot
6 i und gieng mir ie ze herzen waz ich wider siu gesprach
7 i sol daz allez sîn verlorn
9 i hân ich gegen der lieben under wîlen ein gefüegen zorn

(b) 4,1 i Wê warumbe; E füegent sie; i sü mir; A mir diu 2 E von den 3 i Nû wurbe; i durch k. 4 E versuochen sô vil; A alsam v., i alse noch v. 5 A wan sô ich, i wande sô ich sü ansach 6 A sô gie; E swaz ie; ie *fehlt* A 8 E darf des nieman, A es n.; E wunderen; nemen *fehlt* E; i nieman unbillich hân

---

(c) 4,1 E War ümme 3 E Jon; A wirb; E nit, i nüt 4 A dur; A meneger 5 E ichn; A enwart; E wenne; CE als 8 A endarf 9 E underwîln, A underwîlen

(4) Warum fügt die mir Leid zu,
durch die ich meinen Sinn hoch tragen sollte?
Fürwahr, ich werbe nicht mit Kunstfertigkeit
noch um sie auf die Probe zu stellen, wie es doch so mancher macht.
Ich wurde nie recht froh, außer wenn ich sie sah,
und es kam ganz von Herzen, was mein Mund je zu ihr sagte.
Soll nun diese Aufrichtigkeit verloren sein,
dann darf es wirklich niemand wundernehmen,
wenn ich bisweilen einen kleinen Zorn habe.

4,2 deretwegen ich oft hochgemut bin
6 und es ging mir immer zu Herzen, was ich zu ihr sagte
7 soll das alles verloren sein
9 habe ich der Lieben gegenüber manchmal einen gelinden Zorn

MF 163,5 C 60 E 330

(5) Des einen und dekeines mê
wil ich ein meister sîn, al die wî́le ich lebe,
Daz lob wil ich, daz mir bestê
und mir die kunst diu werlt gemeine gebe:
Daz níemàn sîn leit sô schône kan getragen.
dés begêt ein wîp an mir, daz ich náht noch tac niht kan gedagen.
nu hân eht ich sô senften muot,
daz ich ir haz ze fröiden nime.
ôwê, wie rehtę unsanfte daz mír doch tuot.

(a) **5**,4 E und daz man mir dię kunst vor al der werelde gebe 7 E sô bin aber ich sô wol gemuot

---

(b) **5**,2 E muoz 3 daz *fehlt* E 5 E daz niht mannes kan sô schône trage 6 E es begât; E tac noch naht; E mac gedage 9 E doch daz selbe tuot

---

(c) **5**,1 E dekenes (i *über der Zeile nachgetragen*), E deheines 2 E sî die w. 9 E reht

(5) In dem einen und keinem andern mehr
will ich ein Meister sein, solange ich lebe,
von diesem Lob will ich, daß es mir zustehe
und daß mir diese Kunst die Welt einmütig zuspreche:
daß niemand sein Leid so mit Würde tragen kann.
Dies fügt mir eine Frau zu, so daß ich weder Nacht noch Tag schweigen kann.
Nun habe ich aber ein so demütiges Herz,
daß ich ihre Feindschaft als Freude hinnehme.
Ach, wie so recht schmerzlich mir das doch ist!

5,4 und daß man mir die Kunst vor aller Welt zuspreche
7 so bin ich jedoch so frohgemut

MF 162,34 C 61 E 329

(**6**) Ez tuot ein leit nâch liebe wê,
sô tuot ouch lîhtę ein liep nâch leide wol.
Swer welle, daz er frô bestê,
daz einę er dur*ch* daz ander lîden sol,
Mít bescheidenlîcher klage und gár ân arge site.
zer werltę ist niht sô guot, daz ich íe gesach, sô guot gebite.
swer die gedulteclîchen hât,
der kam des ie mit fröiden hin.
alsô dínge ích, daz mîn noch werde rât.

(a) **6**,9 E alsus mac mîn noch werden rât

(b) **6**,1 Ez *fehlt* E 5 gar *fehlt* E 6 E wart nie niht 7 E der die bescheidenlîchen

---

(c) **6**,2 E lîht 3 E wolle 4 E, C dur 8 E komes

(**6**) Es tut Leid nach Freude weh,
ebenso tut vielleicht auch Freude nach Leid wohl.
Wer will, daß er froh bleibe,
muß das eine um des andern willen leiden,
mit einsichtiger Klage und ganz ohne übles Gebaren.
Auf der Welt ist nichts, was ich auch je gesehen habe, so gut wie angemessenes Ausharren.
Wer das geduldig übt,
der kam damit immer mit Freuden voran.
Ebenso hoffe ich, daß auch mir noch geholfen werde.

6,9 so kann mir noch Hilfe zuteil werden

XIV

MF 163,23 b 14 C 49 E 311 A 66

1 Mich hœ́het, daz mich lange hœhen sol,
daz ich nie wîp mit réde verlôs.
Sprách in iemen anders denne wol,
daz was ein schult, die ich níe verkôs.
In wart nie man sô gar unmære,
dér ir lop sô gerne hœrtę und dém ir genâde lieber wære.
iedóch hânt siu den dienest mîn,
wan al mîn trôst und al mîn leben, daz múoz an einem wîbe sîn.

(a) 1,6 E, b der ir êre und ir güete gerner hôrte und sæhe

C dem al ir lob und ouch ir êre lieber wære
A der ir lop gerner hôrte und dem ieman ir gnâde lieber wære
8 E und al mîn trôst und al mîn heil, daz muoz . . .

(b) 1,1 E erhœhen 5 CA, b Ich enwart, E Ich wart nieman-ne; EA sô rehte 7 E nû hât si doch

---

(c) 1,3 EA anders iemen; CA danne 4 C schulde 7 CA doch; A habent; C si; A dienst 8 A eime

XIV

1 Mich erhebt, was mich lange Zeit erheben soll:
daß ich nie eine Frau durch Reden verlor.
Sprach von ihnen einer anders als gut –
das war ein Vergehen, das ich nie verzieh!
Ihnen wurde nie ein Mann so gänzlich gleichgültig,
der ihr Lob so gerne hörte und dem ihre Gnade nicht lieber gewesen wäre.
Dennoch gehört ihnen mein Dienst,
denn all mein Trost und all mein Leben, die müssen einer Frau geweiht sein.

1,6 der von ihrer Ehre und ihrer Güte lieber hörte und sähe
dem all ihr Lob und auch ihre Ehre lieber wäre
der ihr Lob lieber hörte und dem jemals (konjiziert: *iemer*) ihre Gnade lieber wäre
8 und all mein Trost und all mein Heil, die müssen ...

MF 163,32 b 15 C 50 E 312

2 Wie mac mir iemer iht sô liep gesîn,
demẹ ích sô langẹ unmære bin?
Lîdẹ ích die liebe mit dem willen mîn,
sô hân ich niht ze guoten sin.
Ist áber, daz ich éz niht mac erwenden,
sô mohte mir ein wîp ir rât wol enbíeten und ir helfe senden,
und lieze mich verderben niht.
ich hân noch trôst, swie klein er sí: swaz geschéhen sol, dáz geschiht.

(a) **2**,1 f. E Wie mac mir ein wîp sô rehte liep gesîn,
der ich sô gar unmære bin?

(b) **2**,3 E nâch dem 5 E verenden 6 E sô solt ein wîp irn rât mir doch . . .; C wol *nach* helfe *gesetzt* 8 hân *fehlt* C

(c) **2**,2 C dem 4 E sôn hân 5 E daz iz nit mac, C möhte 6 E empieten 8 E waz; E sülle

2 Wie kann mir jemals etwas so lieb sein,
dem ich seit so langer Zeit gleichgültig bin?
Erleide ich diese Liebe mit meinem Willen,
so habe ich keinen allzu klaren Verstand.
Ist es aber so, daß ich es nicht abwenden kann,
so könnte mir eine Frau ihren Rat wohl anbieten und ihre Hilfe senden,
und ließe mich nicht verderben.
Ich habe noch einen Trost, wie klein er auch sei: was geschehen soll, das geschieht.

2,1 f. Wie kann mir eine Frau so recht lieb sein,
der ich so gänzlich gleichgültig bin?

MF 164,30 b 16 C 51 E 315 A 68

3 In disen bœsen ungetriuwen tagen
ist mîn gemach niht guot gewesen.
Wan daz ich leit mit zühten *kan getragen*,
ich enkúnde niemer sîn genesen.
Tǽtę ich nâch léidę als ichz erkenne,
siu liezen mich vil lîhte, díe mich dâ gérne sâhen
und mír vil sanfte wâren bî. ⌊eteswenne
nû múoz ich fröide nœten mich, durch daz ich bî der werlte sî.

(b) **3**,2 E niht ze guot 3 A, bC mit zühten trage, E kan vertragen 6 EA vil schiere 7 A die mir da s. 8 durch *fehlt* E; E mit der w.

(c) **3**,3 E Wenne, A Wan des 4 C in kunde, E ichn könde, A enkonde; A genesin 5 A ich ez 6 CA si, E sie; dâ *fehlt* E; C sę̊hen, A sehen; E etswenne 7 A sempf-te; E warn 8 A froiden; CA dur

3 In diesen schlechten, treulosen Tagen
ist mein Befinden nicht gut gewesen.
Wenn ich mein Leid nicht mit Anstand ertragen könnte –
ich könnte niemals darüber hinwegkommen.
Handelte ich dem Leid gemäß, wie ich es erfahre –
sie verließen mich sehr wahrscheinlich, die mich zuweilen hier gerne sahen
und mich so freundlich umgaben.
Nun muß ich mich zur Freude zwingen, damit ich bei der Welt sein kann.

MF 164,3 b 17 C 52 E 316

4 Der ie die werlt gefröite báz dannẹ ich,
der müeze mit genâden leben.
Der tuoz ouch noch, was sîn verdriuzet mich,
mir hât mîn réde niht wól ergeben:
Ich diende ie, mir lônde niemen.
daz truog ich alsô, daz mîn ungebǽrdè sach lützel iemen,
und daz ich nie von ir geschiet.
si sælic wîp enspreche ›síng‹, níemer mê gesingẹ ich liet.

(b) 4,1 E Der al die welt; E ie baz 3 E wenne ez v. 4 E zuo wol 5 E diende ir ie; E enlônte 6 E truoc aber ich; E gebærde 8 E sie spreche

---

(c) 4,1 E gefrauet; E denne 2 C, bE gnâden 3 b verdrvͤsset 5 C nieman 6 C ieman

4 Der je die Welt besser erfreute als ich,
der möge in Gnaden leben.
Der tue dies auch noch, wenn ich dessen überdrüssig bin.
Mir hat meine Dichtung nichts Gutes erbracht:
ich diente immer, mir lohnte niemand.
Das ertrug ich so, daß meine Verzweiflung kaum jemand sah,
und daß ich nie von ihr schied.
Wenn die glückverheißende Frau nicht spricht ›singe‹ – singe ich nie mehr ein Lied.

MF 164,12 b 18 C 53 E 313 A 65

5 Ich sách si, wær ez al der werlte leit,
die ích doch mit sórgen hân gesehen.
Wol mích sô minneclîcher arebeit,
mir enkúnde niemer baz geschehen.
Darnấch wart mir vil schiere leide,
ich schíet von ir, daz niemer man von wîbe mit der nôt gescheide,
und dáz mir nie sô wê geschach.
owế, dô ich dánnen muoste gân, wie jæmerlîch ich umbesach.

(a) **5,** 6 E . . . daz ich von wîbe nimmer mit der nôt gescheide

---

(b) **5,** 1 A aller der welte 6 von ir daz niemer man *fehlt* A; A niemer mit der nôt 7 EA noch daz; nie *fehlt* C 8 CA danne

---

(c) **5,** 1 CA wære; E werelde 3 E minnenclîcher erbeit, CA arbeit 4 E enkönde, A konde 8 E dannan; EA gên; E ümme sach

5 Ich sah sie – wäre es auch der ganzen Welt zuwider –,
sie, die ich dennoch mit Kummer gesehen habe.
Gepriesen sei eine solche Mühsal aus Liebe!
Mir konnte niemals Besseres widerfahren.
Danach wurde mir sehr bald traurig zumute,
ich schied so von ihr, daß nie mehr ein Mann von einer Frau mit solchem Schmerz scheiden wird,
und daß mir noch nie solches Weh widerfuhr.
Ach, als ich von dannen mußte – wie voll Jammer blickte ich zurück!

5,6 . . . daß ich von einer Frau nie mehr in solcher Not scheiden möge

MF 164,21 b 19 C 54 E 314 A 67

6 Ówê, daz ich einer rede vergaz,
daz tuot mir hiutẹ und iemer wê.
Dô sí mir âne huote vor gesaz,
warúmbe redetẹ ich dố niht mê?
Dô wás eht ích sô frô der *stunde*
únde óuch der wîle, daz mán der guoten mir ze sehenne gunde,
daz ich vor liebe niene sprach.
ez mohtẹ ouch manne noch geschehen, der si sæhẹ, als ích si sach.

(a) **6**,5 f. E Dô wart ich sô frô der stunde
und der kürtzewîle . . .

(b) **6**,2 C tuo 5/6 C, b der wîle / und der vil kurzen stunde 6 A und der vil kurzen wîle; E man mir der guoten wol, C die guoten 8 C möhte manigem noch, A mohte manegem

---

(c) **6**,2 E hůt, A huote 4 E war ümme; C redte, E redet, A redde 5 C Dâ; A was aber ich; C der wịlẹ stunde (wîle *getilgt*) 7 EA niht ensprach 8 C möhte, E möht; b och; E sie ~~s~~ạ sehe (sa *getilgt*)

6 Ach, daß ich zu reden versäumte –
das quält mich heute und immerdar.
Als sie ohne Aufsicht vor mir saß,
warum redete ich da nicht mehr?
Da war ich eben so glücklich über die Stunde
und auch über die Zeit, die man mir vergönnte, die Edle zu sehen,
daß ich vor Freude nicht sprach.
Das könnte auch einem (anderen) Mann geschehen, der sie so sähe, wie ich sie sah.

6,5 f. Da wurde ich so froh über die Stunde
und die kurze Zeit ...

XV

MF 166,16 b 20 C 62 E 291 A 38

1 Der lange süeze kumber mîn
an mîner herzelieben frouwen ist erniuwet.
Wie mohtẹ ein wunder grœzer sîn,
daz mîn verlorner dienest mich sô selten riuwet,
Und ich doch nie den bóten gesach,
der mir ie bræhte trôst von ir, wan leit und ungemach.
wie sol ich iemer dis unsældẹ erwenden?
unmærẹ ich ir, daz ist mir leit.
si wart mir nie sô liep kundẹ ichz verenden.

(b) 1,2 C nâch; E lieben; C derst, A der ist; E verniuwet 4 E mich mîn 5 E Wenne ich noch, A Wan ich noch 6 trôst *fehlt* E 7 A solt; E verenden 9 A volenden

---

(c) 1,1 A suozer 2 A herzelieber; b erniuwẹrt (r *getilgt*) 3 CE möhte; A grôzer 4 A verlorn; C dienst, E dienst sô 5 E ich ḍẹṇ noch (den *getilgt*) 6 E wenne; C ungema (ch *am Zeilenende nachgetragen*) 7 CEA dise; E sælde un *am Rande klein vorangesetzt*) 9 EA si enwart; E könde iz, A kụndiz; C ịçḥ ichz (ich *getilgt*)

XV

1 Mein langwährender süßer Kummer
um meine herzliebe Herrin ist erneuert:
wie könnte ein Wunder größer sein,
als daß mein vergeblicher Dienst mich so selten reut,
obwohl ich doch nie den Boten erblickte,
der mir je Trost von ihr gebracht hätte – statt Leid und Ungemach.
Wie soll ich jemals dieses Unglück ändern?
Bin ich ihr zuwider – das ist mir schmerzlich.
Sie würde mir nie so teuer sein, als wenn ich es zu einem glücklichen Ende gebracht hätte.

MF 166,25 b 21 C 63 E 293 A 39

2 Wâ nû, getriuwer friunde rât?
waz tuon ich des mir liebet, daz mir leiden solte?
Mîn dien*est* spot erworben hât
und anders niht, wan ob ichz noch gel*ou*ben wolte.
Joch wænę ich éz nu gelouben muoz.
des wirt ouch niemer leides mir unzę an mîn ende buoz,
sît si mich házzet, die ích von herzen minne.
mir kund ez níemàn gesagen.
nu bín ich sín vil unsánfte worden inne.

(a) 2,4 E und anders niht, swie clein ich des getruwen wolte
9 E des ich mich unsanfte nu versinne

(b) 2,1 A Wan getriuwet friunde niht; C fründes 2 A wan 4 A niht, obe; noch *fehlt* A 5 E Doch wene is, A Ich wen 6 E wirt mir nimmer sorgen untz 7 E sît mich diu h. 8 E ez konde mir 9 A ich es

---

(c) 2,2 CA ich daz 3 CE, b dienste, A dienst; E erworbet 4 A ich ez; CA, b geloben 5 C Jô 6 CA unz 7 E minneṭ (t *getilgt*) 8 C kunde, A enkunde; CEA, b niemen 9 A innen

2 Wo bleibt er nun, der Rat getreuer Freunde?
Wie verhalte ich mich, daß mir das angenehm ist, was mir verleidet sein sollte?
Mein Dienst hat Spott geerntet
und nichts anderes, wenn ich es nur bis heute hätte glauben mögen.
Doch fürchte ich, ich muß es nun glauben.
Deshalb wird mir auch für mein Leid bis zu meinem Ende niemals Abhilfe,
nachdem die mich haßt, die ich von Herzen liebe.
Mir konnte dies niemand sagen,
nun bin ich dessen auf sehr schmerzliche Weise inne geworden.

2,4 und nichts anderes, wie wenig ich dem trauen wollte
9 wessen ich mich nun schmerzlich gewärtige

MF 166,34 b 22 C 64 E 294 A 40

3 Daz si mich als unwerden habe,
als si mir vor gebâret, daz geloubȩ ich niemer.
Nu lâzȩ ein teil ir zornes abe:
wan endelîchen ir genâden bit ich iemer.
Von ir enmac ich noch ensol.
sô sich genuogȩ ir liebes fröiwent, sô íst mir mit léide
enkan ich anders niht von ir gewinnen. ⌊wol,
ê daz ich ânȩ ir hulde sî,
sô wíl ich ir gǘetȩ und ír gebærde minnen.

(a) 3,3 E Si neme ein teil irs zornes abe
8 f. E ê ich doch ôn ir minne sî,
ich wil ir . . .

(b) 3,2 E sô sie gebâret, ich gelaubs nimmer 3 A Si enlâz 4 A beite 7 CE dâ enkan, A und enkan; A an ir 9 sô *fehlt* A; A ich wil

---

(c) 3,1 b si *über der Zeile nachgetragen*; A alse 2 A alse; A gloube 4 E wenne; A endeclîch; bA gnâden, CE genâde; C bitte 5 A mac 6 A sôs; A gnuoge; b vro̊went, C fro̊went, EA frůnt

3 Daß sie mich für einen so Unwürdigen hält,
wie sie mir vorspielt, das glaube ich niemals.
Nun lasse sie ein wenig von ihrem Zorn ab:
nichts als endlich ihre Gnade erbitte ich immerzu.
Von ihr (loskommen) kann und soll ich nicht!
Wenn sich viele ihrer Liebenswürdigkeit erfreuen,
dann ist mir mit Leid wohl,
da ich anderes nicht von ihr bekommen kann.
Ehe ich ohne ihre Huld bin,
will ich ihren Edelmut und ihr Benehmen lieben.

3,3 Sie nehme einen Teil ihres Zornes zurück
8 f. ehe ich jedoch ohne ihre Minne bin,
will ich ihren ...

MF 167,4 b 23 C 67 E 292 A 41

4 Mőhte si mích daz lâzen gesehen,
wǽre ích ir liep, wie si mich haben wolte,
Und mügę ez anders niht gesche*hen*,
số tuo si doch *reht*, als ob ez wesen solte,
Und lege mích ir wol nấhe bî
und biete mirz ein wî́lè als ez von herzen sî.
gevallę ez dannę uns beiden, sô sî stæt*e*.
verlürę aber ích ir hulde dâ,
sô sî verborn, als ób si ez níe getæt*e*.

(a) 4,3 CEA Sît mir niht anders mac geschehen
4 CA sô tuo gelîche (A gelîch) deme, als ez doch wesen solde
E sô tuo doch eine wîle reht als ob ez wesen solte

(b) 4,1 CEA Mac; CEA mich doch lâzen sehen 2 CA ob (A obe) ich ir wære; A obe si 4 E, reht *fehlt* b 5 CEA, b sô; wol *fehlt* EA 6 CA biete (A biet) ez eine w., E bietez eine w. mir; E als ob ez 8 CEA verliese 9 CA verborgen, E verlorn

---

(c) 4,2 E wer 3 C, b geschen 5 CE nâhen 7 E gevallez; CEA, b stęt 8 A hvde; E dô 9 A also obe, C obe siz, E siz; CEA, b getęt

4 Könnte sie mich das erkennen lassen,
wie sie, wäre ich ihr angenehm, mich behandeln wollte!
Und kann es anders nicht geschehen,
so tue sie doch genau so, wie es sein sollte,
und lege mich ganz nahe zu ihr
und gewähre es mir eine Weile so, wie wenn es von Herzen käme.
Gefiele es dann uns beiden, so sei es von Dauer.
Verlöre ich jedoch dabei ihre Gnade,
so sei es übergangen, als ob sie es nie getan hätte.

4,3 Nachdem mir nichts anderes zuteil werden kann
4 so verhalte sie sich gerade so, als ob es doch sein könnte
so verhalte sie sich eine Weile gerade so, als ob es sein könnte

MF 167,22 b 24 C 65 E 295 (Walther m 10)

5 Owê daz alle die nu lebent,
sô wól hânt befunden, wie mir ist nâch einem wîbe,
Und daz siu mir den rât niht gebent,
daz ich getrœstet wurde noch bî lebendem lîbe.
Joch klagẹ ich niht mîn ungemach,
wan daz den ungetríuwèn ie baz danne mir geschach,
die nie gewunnen leit von senender swære.
wolte gót, erkanden guotiu wîp
ir sumelîcher wérben, wie déme wære.

(b) **5**,2 sô *fehlt* Em; C rehte haben; Em erfunden 3 daz *fehlt* E; E mir niht; E rât engeben; m myr den rât noch ny engeben 4 E werde; noch *fehlt* m; E bî mînem l. 5 Em Sô enklag; Em ich al mîn 6 E und daz 7 Em nôt 8 E got wol erkande, m god wolte ir kenten 9 E sumelîchez werben.

(c) **5**,1 Em leben 2 m eynen 3 C si, E sie 4 m trôstet worde; m lebenden 5 C Jô 6 E denne, m den 7 E seneder, m sender 8 CE guote, m gute 9 m somelighe woruen; CEm dem

5 Ach, daß alle, die jetzt leben,
so gut herausgefunden haben, wie es um mich einer Frau wegen steht,
und daß sie mir den Rat nicht geben,
damit ich getröstet würde noch zu meinen Lebzeiten.
Doch beklage ich mein Unglück nicht,
außer daß es den Unbeständigen immer besser ging als mir,
die nie Leid aus sehnsuchtsvollem Schmerz erfuhren.
Wollte Gott, daß die edlen Frauen durchschauten,
wie es um das Werben einiger von diesen bestellt ist.

MF 167,13 C 66 E 296 A 42 (Walther m 11)

(**6**) Ein rede der líute tuot mir wê,
da enkán ich niht gedulteclîchen zuo gebâren.
Nu tuont siz alle deste mê,
si frâgent mich ze vil von mîner frouwen jâren
Und sprechent, welher tage si sî,
dur daz ich ir sô lange bin gewésen mit triuwen bî.
si sprechent, daz ez möhte mich verdriezen.
nu lâ daz aller beste wîp
ir zuhtelôser frâge mich geniezen.

(a) **6**,1 ff. A Redi der liute tuot mir wê,
daz si zwîfeln mîner frouwen und frâgen,
welcher tage si sî,
dur daz ich ir sô lange bin gewest mit triuwen bî.
och jehent si, solt ich es niemer geniezen,
wan daz ich von ir swære habe.
ez mohte mich von schulden wol erdriezen.

(b) **6**,3 E Dor ümme entuon siz; alle *fehlt* E 4 E sprechen gar ze 5 E frâgent 6 E ir mit triuwen bin gewesen bî 7 E sô sprechen sie des süln mich noch v. 8 E lâze mich; aller *fehlt* E 9 E minneclîchen güete doch g.

(c) **6**,2 E dô, m dar; E gedulteclîch, m geduldichlîken to (*Ende der Aufzeichnung* m); E gebârn 4 E iârn

(**6**) Ein Gerede der Leute tut mir weh,
dazu kann ich mich nicht geduldig verhalten.
Nun tun sie es alle um so mehr:
Sie fragen mich allzu viel nach den Jahren meiner Herrin
und meinen, wie alt sie sei,
da ich ihr so lange in Treue dienstbar gewesen sei.
Sie meinen, daß es mich verdrießen könnte.
Nun möge mich die beste aller Frauen
für ihre ungezogene Frage entschädigen.

6,1 ff. Das Gerede der Leute tut mir weh,
daß sie an meiner Herrin zweifeln und fragen,
wie alt sie sei,
nachdem ich ihr so lange in Treue nahe gewesen sei.
Auch sagen sie, ich werde niemals etwas davon haben,
außer daß ich durch sie Leid erleide.
Es könnte mir mit Recht lästig werden.

XVI

MF 167,31 b 25 C 68

'Siu jéhent, der súmer dér sî hie,
diu wunne, diu sî komen,
und dáz ich mich wól gehábẹ als ê.
Nû râtent unde sprechent wie?
der tôt hât mir benomen,
dáz ich niemer überwinde mê.
Wáz bedarf ich wunneclîcher zît,
sît aller fröiden herre Líutpolt ín der erde lît,
den ich nie tac getrûren sach?
ez hât diu werlt an íme verlorn,
daz ir án einem manne nie sô jâmerlîcher schade geschach.

(c) 1,1 C Si 3 C ịe (i *getilgt*) 8 C Liupolt 10 C im

XVI

Sie sagen, der Sommer, der sei da,
die Freude, die sei gekommen,
und daß ich mich wohl fühlen solle wie ehemals.
Nun ratet (mir) und sagt – wie?
Der Tod hat mich beraubt,
was ich niemals mehr verwinde.
Was bedarf ich freudenreicher Zeit,
nachdem der Herr aller Freuden, Leopold, in der Erde liegt,
den ich nie einen Tag trauern sah?
Es hat die Welt (so viel) an ihm verloren,
daß ihr niemals mit einem Manne ein so bejammernswerter Verlust widerfuhr.

MF 168,6 b 26 C 69 a 44

2 Mir armen wîbe was ze wol,
dô ich gedâhtẹ an in,
und wie mîn teil an sînem lîbe lac.
Daz ich des nû niht haben sol,
des gât mit sorgen hin,
swáz ich iemermê geleben mac.
Míner wunnen spiegel der íst verlorn:
de*n* ich mir héte ze sumerlîcher ougenweidẹ erkorn,
des muoz ich leider ænic sîn.
dô man mir seitẹ, er wære tôt,
ze hant viel mir der muot von *dem* hérzen ûf die sêle mîn.

(a) **2**,3 a wie mîn heil an sîme lîbe lac
5 a sô gât mit jâmer hin
7f. a Der spiegel mîner froiden ist verlorn,
den ich ûz al der werlte mir ze trôste hate erkorn
11 a dô viel mir daz bluot von dem herzen ûf die sêle mîn

(b) **2**,2 a swenne ich 4 a Sît ich 6 a iemer nû 9 leider *fehlt* a; a âne sîn

---

(c) **2**,1 a ir (*Initiale fehlt*) 8 C, b der; a hatte 9 b ẹnic, C enic 11 C, b deme

2 Mir armer Frau war zu wohl,
wenn ich an ihn dachte –
und wie von seinem Leben mein (Lebens-)Anteil abhing.
Daß ich dies nun nicht (mehr) haben soll,
deshalb geht mit Sorgen dahin,
was immer ich fürderhin zu leben habe.
Meiner Freuden Spiegel, der ist verloren:
Den ich mir zur sommerlichen Augenweide erwählt hätte,
den muß ich zu meinem Leid entbehren.
Als man mir sagte, er sei tot,
sogleich fiel mir der Lebensmut vom Herzen auf meine Seele.

2,3 wie mein Heil mit seinem Leben verknüpft war
5 so geht mit Klagen dahin
7f. Der Spiegel meiner Freuden ist verloren,
den ich aus all der Welt mir zum Trost erwählt hatte
11 da fiel mir das Blut vom Herzen auf die Seele

MF 168,18 a 45

(3) Die fröide mir verboten hât
mîns líeben herrẹn tôt,
alsố daz ich ir mêr e*n*bern sol.
Sît des nu niht mac werden rât,
in ringe mịt der nôt,
daz mir mîn klage*n*dez herzẹ ist jâmers vol.
Díu in iemer weinet, daz bin ich,
wan er vil sælic man, jô trôstẹ er wol ze lebende mich,
dẹr ist nu hin. waz tohte ich hie?
wis íme gnædic, herre got,
wan tugenthafter gást kám in dîn gesinde nie.

(c) **3**,1 a ie (*Initiale fehlt*) 3 a erbern 6 a klagedes; iamirs 7 a Du 9 a dohte

(3) Die Freude hat mir versagt
meines geliebten Herren Tod,
so daß ich auf sie fortan verzichten muß.
Seitdem kann es nun dafür keine Abhilfe geben,
als daß ich mit dem Leid ringe,
so daß mir mein klagendes Herz voll Jammer ist.
Die ihn immer beweint, das bin ich;
denn dieser so gesegnete Mann – ja, er tröstete mich wohl, lebte er –,
der ist nun dahin. Was tauge ich noch hier?
Sei ihm gnädig, Herr Gott,
denn ein tugendreicherer Gast kam noch nie in deine Gefolgschaft.

XVII

MF 168,30 b 27 C 70 E 257

1 Ích was frô und bin daz unz an mînen tôt,
mich enwéndẹ es got aleine.
Mích enbeswærẹ ein rehte herzeclîche nôt,
mîn sorgẹ ist anders kleine.
Số daz dannẹ an mir zergât,
sô kumet aber hôher muot, der mich niht trûren lât.

MF 168,36 b 28 C 71 E 258

2 Sô sínge ích *ze*wâre durch mich selben niht,
wan durch der liute frâge,
Díe da jéhent, des mír, ob got wil, niht geschiht,
daz fröiden mich betrâge:
Si ist mir liep und wert als ê,
obẹ ez ir et*el*îchem tætẹ in den ougen wê.

(a) **1**,6 E sô kumet aber ein ander nôt, diu mich niht trûrn lât

---

(b) **1**,3 E beswært; rehte *fehlt* E
2,1 E Jôn; bCE zwâre; E mich eine 4 E fraude 6 E ez auch

(c) **1**,2 E enwendes 3 C herzeclîchiu, E herzelîche 5 E denne 6 C kumt; E trûrn
2,1 C dur 2 E wenne; C dur 3 E daz mir 5 E unde (*ausgeschrieben*); CE, b alse 6 CE ob; E, b etlîchem, C eteslîchem

XVII

1 Ich war froh und bin es bis zu meinem Tod,
wofern mich nicht Gott allein daran hindert.
Beschwert mich nicht eine wirkliche Herzensnot,
ist meine Sorge sonst gering.
Wenn das dann an mir vorübergeht,
dann kommt wieder ein Hochgefühl, das mich nicht trauern läßt.

2 Dann singe ich wahrlich nicht um meiner selbst willen,
als vielmehr der Frage der Leute wegen,
die da sagen – was mir, so Gott will, nicht geschieht –,
daß Freuden mich (wohl) langweilen.
Sie ist mir lieb und wert wie ehedem,
wenn es auch manchem von ihnen in den Augen weh tut.

1,6 dann kommt wieder ein anderes Leid, das mich (auch) nicht traurig macht

MF 169,3 b 29 C 72 E 259

3 Ích wil aller der enbern, die mín enberent,
und dáz tuont âne schulde.
Vínde ích *die* iender, die des an mich gerent,
den díenẹ ich umbẹ ir hulde.
Ích hân iemer einen sin:
er wírt mir niemer liep, demẹ ich unmǽrè bin.

MF 169,2[a] (Walther m 3)

(**4**) Ích wil frô ze liebe mînen friunden sîn
und állen den ze leide,
Díe mir âne schulde tuont ir nîden schîn
und wænent balde, wie ich scheide
Den muot von fröiden umbẹ ir haz.
stérben si von léidè, số enwárt mir ê nie báz.

(a) **3**,3 E Vinde ich die ez mit triuwen an mich gern

(b) **3**,3 die *fehlt* bC 6 E ern wirt

(c) **3**,1 E ch (*Initiale fehlt*); C all der; E empern; C enbernt, E enpern 2 E tuon 3 C gernt 4 C umb, E ümme 6 E mir (m *über der Zeile nachgetragen*); CE dem

Buchstabengetreuer (diplomatischer) Abdruck des m̀-Textes:

Ik wille vro tzo lebe mynē vriunden syn. vn̄ allen den to leyde. de myr ane schulde tůnt yr nyden schyn. vn̄ wenet balde we ik scheyde. den můt von vrouden. vmme yren hatz. sterben se von leyde. so en wart myr e ny batz.

3 Ich will auf alle die verzichten, die auf mich verzichten,
und das ohne Grund tun.
Finde ich (aber) diejenigen irgendwo, die das von mir begehren,
denen diene ich um ihre Gunst.
Ich habe immer eine Meinung:
der wird mir niemals teuer, dem ich gleichgültig bin.

(4) Ich will meinen Freunden zuliebe froh sein
und all denen zum Verdruß,
die mir ohne Grund ihre Mißgunst zu erkennen geben
und dreist hoffen, daß ich abwende
den Sinn von Freuden ihres Hasses wegen.
Mögen sie aus Ärger sterben, so war es mir zu keiner Zeit wohler!

3,3 Finde ich die, die es ehrlich von mir erbitten

XVIII

MF 169,9 b 30 C 73 E 247 (Niune A 44)

1 Mir íst ein nôt vor allem mînem leide,
dóch *durch* disen winter niht.
Wáz darumbe, valwet grüeniu heide,
sólher dinge vil geschiht,
Dér ich aller muoz gedagen.
ích hân mê ze tuonne danne bluomen klagen!

MF 169,15 b 31 C 74 E 249

2 Swíe vil ich gesage guoter mære,
sṓ ist nieman, der mir sage,
Wénnẹ ein ende werde mîner swære,
dár zuo maniger grôzen klage,
Díu mir an daz herze gât.
wól bedörftẹ ich wîser liutẹ an mînen rât.

(a) **2**,1 E Swie dicke ich gefrâge guoter mære

(b) **1**,2 C doh gegen disem; E, durch *fehlt* b, A dur 6 A danne ich bluomen klage
2,2 E der si s.

(c) **1**,1 E mîme, A mîneme (*auf radierter Stelle*) 3 E dor vmme; A valwent; CEA grüene 4 E sülcher, A selcher 6 E mêr, A mêre; C, b tuenne, EA tunne; E denne
2,2 CE, b niemen 3 E ein ṣọṛ ende (sor *getilgt*) 4 C da, E dor 5 E Die 6 C bedorfte, E bedürfte

XVIII

1 Für mich gibt es eine Not vor all meinem Leid,
jedoch nicht wegen diesem Winter.
Was soll's, wenn die grüne Heide fahl wird –
viele solcher Dinge geschehen,
von denen allen ich schweigen muß.
Ich habe mehr zu tun als Blumen zu beklagen!

2 Wie viel ich auch von angenehmen Neuigkeiten spreche,
so gibt es niemand, der mir sagt,
wann ein Ende komme für meine Beschwernis
(und) überdies für manch große Klage,
die mir an das Herz greift.
Wohl hätte ich weise Leute zu meiner Beratung nötig.

2,1 Wie oft ich nach guten Nachrichten frage

MF 169,21 b 32 C 75 E 248 (Niune A 45)

3 Níender vindę ich triuwe, dáz ist ein ende,
da ích si doch gedienet hân.
Gúoten liuten leit ich mîne hende,
wólten siu ûf mir selben gân,
Dés wærę ích vil willig in.
ówê, dáz mir nieman ist als ich im bin.

MF 169,27 b 33 C 76 E 250

4 Wól den ougen, die sô welen kunden,
únd dem herzen, daz mir riet
Án ein wîp, diu hât sich underwunden
gúoter dingę und anders niet.
Swáz ich durch si lîden sol,
dáz ist kumber, den ich harte gerne dol.

(b) 3,1 E Niht envinde ich triuwen, dêst 2 E der ich sô vil g., A dar; si *fehlt* A 3 E valde ich, A leide ich gerne m. 4 E und woltens; C dar uffe g. 6 A ich in bin
4,1 E die daz; C spehen 3 E sich hât 5 E durch die 6 C dast ein k., E ein kummer; harte gerne *fehlt* E

(c) 3,1 C dast, A dêst 4 A wold ins; E selber 5 CEA wer 6 CE, bA niemen; A alse
4,1 E künnen 4 E niht

3 Nirgends finde ich Treue – das ist eben so,
wo ich sie doch verdient habe.
Edlen Menschen legte ich meine Hände unter,
wollten sie auf mir selbst gehen:
dazu wäre ich ihnen ganz willfährig.
Ach, daß niemand zu mir ist wie ich zu ihm!

4 Wohl den Augen, die so wählen konnten,
und dem Herzen, das mir riet
zu einer Frau, die sich geweiht hat
dem Guten und nichts anderem!
Was immer ich ihretwegen leiden muß,
das ist ein Kummer, den ich sehr gerne erdulde.

MF 169,33 E 251

(**5**) Dáz ein man, der ie mit bœsem muote
síne zît gelebet hât,
Nímmèr geláchen wil mín ze guote,
dés wirt mîn vil schône rât:
Swénnẹ ich in erliegen sol,
số gedenkẹ ich: ›ówê, wie getuon ich wol.‹

(5) Daß ein Mann, der immer in übler Laune
seine Zeit hingelebt hat,
niemals mir zum Wohle lachen will –
dafür gibt es für mich recht gute Abhilfe:
Wenn ich ihn durch Lügen gewinnen muß,
dann denke ich: ›Ach, wie handle ich richtig!‹

XIX

MF 170,1 b 34 C 77 E 246

1 Ích wil allez gâhen
zúo der liebe, die ich hân.
Sṓ ist ez niender nâhen,
dáz sich ende noch mîn wân.
Dóch versuochẹ ich ez állẹ tage
und gedíenẹ ir sô, daz si ấnẹ ir danc
mit fröiden muoz erwenden kumber, den ich trage.

(a) 1,4 ff. E daz ich verenden sülle mînen wân.
Doch gesprich ich nimmer niht:
ich erkenne an dir die sinne.
wol bin ich getriuwe, daz si mirz in den ougen siht.

(b) 1,2 E durch die liebe 3 E Ez ist niendert

(c) 1,4 C noh 5 C ichz 6 C ân

XIX

1 Ich will allzeit eilen
zu der Liebe, die ich habe.
Jedoch liegt es keineswegs nahe,
daß meine vergebliche Hoffnung noch einmal ein Ende nehme.
Dennoch versuche ich es alle Tage
und diene ihr so, daß sie (auch) gegen ihre Absicht
durch Freuden den Kummer abwenden muß, den ich leide.

1,4 ff. daß ich mein vergebliches Hoffen zu Ende bringen werde.
Jedoch spreche ich es niemals aus:
ich erkenne an dir die Absicht.
Ich bin so treu, daß sie es mir an den Augen absieht.

MF 170,8 b 35 C 78 E 245 A 70

2 Mích betwanc ein mære,
dáz ich von ir hôrte sagen,
Wíe si ein frouwẹ wære,
díu sich schône kunde tragen.
Dáz versuochẹ ich und ist wâr:
ir kunde nie dehein wîp geschaden,
daz íst wol kleine – sṓ grôz álse umbẹ ein hâr.

(a) **2**,5 ff. E Mîn rede konde ir niht geschaden,
daz ist an mîme dienste schîn,
dṓ von bin ich überladen.
2,5 ff. A Mit ir guote zaller zît.
ir túgent diu zíeret wol ein lant,
dâ vón diu guote nâhẹ an mînem herzen lît.

(b) **2**,2 E höre sagen 4 E und sich; A kan getragen

(c) **2**,4 E konde 5 C, b wâre 6 C kein 7 C als vmb; C, b hâre

2 Mich fesselte eine Kunde,
die ich von ihr sagen hörte,
daß sie eine Frau sei,
die sich höfisch betragen könne.
Das erprobe ich, und es ist wahr:
Ihr könnte nie irgendeine andere Frau schaden,
nicht einmal – und das ist ja wenig – um Haaresbreite.

2,5 ff. Meine Rede konnte ihr nichts anhaben,
das wird an meinem Dienst offenbar,
dadurch bin ich bedrückt.

2,5 ff. mit ihrem Edelmut zu jeder Zeit.
Ihre guten Eigenschaften, die schmücken ein Land wohl,
deshalb liegt mir die Edle sehr am Herzen.

MF 170,15 b 36 C 79 E 242 A 69

3 Swáz in allen landen
mír ze liebe mac geschehen,
Dáz stât in *ir* handen,
anders niemen wíl ich sîn jehen.
Si íst mîn ôsterlîcher tac,
und hấn si in mî́nem herzen liep.
dáz weiz er wol, dem man niht geliegen mac.

MF 170,22 b 37 C 80 E 243

4 Sí hât leider selten
mî́ne klagende rede vernomen.
Dés muoz ich engelten:
níe kundẹ ich ir nâher komen.
Mániger zuo den frouwen gât
und swî́get allen einen tac
und anders niemen sînen willen reden lât.

(a) **3**,4 E nimmer wil ich anders niht gejehen

(b) **3**,2 E heile; C beschehen 3 CA, ir *fehlt* b, E an ir; handen *fehlt* E 4 C ichz verjehen, A ich ez j. 5 CEA, b sô 7 E der wol; C dem ich niht, A deme, AE nieman niht; E verbergen
4,1 leider *fehlt* E 4 E ich konde ir nie sô nâhen k. 7 E der anders

---

(c) **3**,3 EA stêt 4 CA nieman 6 EA hâns; E mîme 7 A geligen
4,2 E vernummen 4 E kummen 5 C Meniger 6 E vnde 7 CE nieman

3 Was auch immer in allen Ländern
mir an Freude zuteil werden kann,
das liegt in ihren Händen,
sonst niemandem will ich das zubilligen.
Sie ist mein österlicher Tag,
und ich habe sie in meinem Herzen lieb.
Das weiß der wohl, dem man nichts vorlügen kann.

4 Sie hat zu meinem Leid niemals
mein klagendes Lied vernommen.
Dafür muß ich büßen:
nie konnte ich ihr näherkommen.
Manch einer geht zu den Damen
und schweigt den ganzen Tag über
und läßt sonst niemand von seinen Wünschen sprechen.

3,4 niemals werde ich etwas anderes sagen

MF 170,29 b 38 C 81 E 244

5 Níemen ímẹ ez vervienge
ze éiner grôzen missetât,
Ób er dannen gienge,
dá er niht ze tuonne hât,
Sprǽchẹ als ein gewizzen man:
›gebíetet ir an mîne stat‹,
daz wǽrẹ ein zuht und stüendẹ im lobelîchen an.

(b) **5**,1 E Nieman immer verweste 2 grôzen *fehlt* E 4 E ze schaffen 5 E Und spræche

---

(c) **5**,1 C Nieman; C im 2 C zeiner 3 E dannan 4 C, b tuenne 7 E wer; C, bE ime

5 Niemand rechnete es ihm an
als eine große Übeltat,
wenn er von dannen ginge,
wo er nichts zu tun hat.
Spräche er wie ein verständiger Mann:
›Erlaubt mir, mich zu entfernen‹,
das wäre ein Anstand und stünde ihm löblich an.

XX

MF 170,36 b 39 C 82

1 Níemen seneder súochę an mich deheinen rât:
ich mác mîn selbes leit erwenden niht.
Nu wǽnę ich iemen grœzer ungelücke hât,
und mán mich doch sô frô darunder siht.
Dâ mérkent doch ein wunder an!
ich sóltę iuch klagen die meisten nôt –
níuwan dáz ich von wíben niht übel reden kan.

MF 171,4 b 40 C 83

2 Sprǽchę ich nú des ich si selten hân gewent,
dar án begiengę ich grôzę unstætekeit.
Ích hân lange wîlę unsanfte mich gesent
und bín doch in der selben arebeit.
Bézzer ist ein herzesêre,
dannę ích von wîben misserede.
ich túon sîn niht, si sint von allem rehte hêre.

(b) 1,3 C wæne ieman

(c) 1,1 C Nieman; C sender 3 C ich nun (ich *durchgestrichen*); C grôzer 5 C merken 6 C solde iv 7 b nvwen, C niwan

2,1 C si *über der Zeile nachgetragen*

XX

1 Kein Sehnsüchtiger suche bei mir irgend einen Rat:
ich kann mein eignes Leid nicht abwenden.
Nun glaube ich, daß niemand größeres Unglück hat,
obwohl man mich doch bisweilen so froh sieht.
Da nehmt doch ein Wunder wahr!
Ich sollte euch die größte Not klagen –
nur daß ich über Frauen nicht schlecht sprechen kann.

2 Sagte ich nun das, woran ich sie nie gewöhnt habe,
damit beginge ich große Untreue.
Ich habe lange Zeit schmerzlich mich gesehnt
und bin dennoch in derselben Not.
Besser ist ein Herzeleid,
als daß ich über Frauen schlecht rede.
Ich tue das nicht. Sie sind mit vollem Recht verehrungswürdig.

MF 171,11 b 41 C 84

3 Ín ist liep daz man siu stæteclîchen bite,
und túot in doch sô wol, daz siu versagent.
Héi, wie manigen muot und wunderlîche site
siu tóugenlî́che ín ir herze tragent!
Swér ir hulde welle hân,
der wésẹ in bî und sprechẹ in wol.
daz tét ich ie, nu kán ez mich léider niht vervân.

MF 171,18 b 42 C 85

4 Dấ ist doch mîn schuldẹ entriuwen niht sô grôz
ạls réhtẹ unsælic ich ze lône bin.
Ích stân aller fröiden réht als éin hant blôz,
und gât mîn dienste wunderlîche hin.
Dáz geschach nie manne mê.
voléndẹ ich eine senede nôt
si getúot mir níemer, mag íchz behüeten, wol noch wê.

(c) **3**,1 C si stæteclîche 2 C si 3 b Hai, C Hey; C, b muote 4 C si; C herzen
4,2 C, b alse; C reht; C ich ḍọc̣ḥ ḅịṇ ze (doch bin *getilgt*) 3 C, b alse 4 C dienst 6 C senende

3 Ihnen ist es lieb, daß man sie beharrlich bitte,
und es tut ihnen doch so wohl, daß sie sich versagen.
Ei, wie manche Laune und wunderliche Sitte
sie heimlich in ihrem Herzen hegen!
Wer ihre Huld gewinnen will,
der bleibe in ihrer Nähe und spreche gut über sie.
Das tat ich immer. Nun kann es mir zu meinem Leid nichts helfen.

4 Hier ist doch, meiner Treu, meine Schuld nicht so groß
wie wahrhaft glücklos ich in der Hoffnung auf Lohn bin.
Ich bin von allen Freuden gerade wie eine Hand entblößt,
und mein Dienst zieht sich seltsam hin.
Das widerfuhr sonst keinem Mann!
Bringe ich eine gewisse sehnsuchtsvolle Not zu einem Ende,
dann wird sie mir, kann ich es verhüten, niemals mehr weder wohl- noch wehtun.

MF 171,25 b 43 C 86

5 Ích bin tump, daz ich sô grôzen kumber klage
und ir des wil deheine schulde geben.
Sît ich si âne̜ ir danc in mînem herzen trage,
waz mac si des, wil ich unsanfte leben?
Daz wirt ir íedoch lîhte leit.
nu múoz ichz doch álsô lâze̜n sîn:
mir machet niemen schaden, wan mîn stætekeit.

(b) **5**,5 C doch vil lîhte

(c) **5**,1 C tumb 3 b trage̜n (n *getilgt*) 7 C nieman

5 Ich bin töricht, daß ich so großen Kummer beklage
und ihr daran irgendeine Schuld geben will.
Nachdem ich sie gegen ihren Willen in meinem Herzen trage –
was kann sie dafür, will ich mühevoll leben?
Das wird ihr jedoch vielleicht leid tun.
Nun muß ich es doch so geschehen lassen:
mir fügt niemand Schaden zu außer meine Beständigkeit.

XXI

MF 171,32 b 44 C 87

1 Lấzę ich mînen dien*est* sô,
dem ich nu lange her gevolget hân,
Số wírdę ich niemer frô.
si muoz gewaltes mê an mir begân,
Dánnę an mannę ie wîp begie,
ê dáz ich mich sî́n geloubę, ich kunde doch gesagen wie.

MF 171,38 b 45 C 88

2 Û́zer hûsę und wider dar în
bin ich beroubet alles des ich hân:
Frốiden und áller der sínne mîn.
daz hât mir ander níemen wan sí getân.
Dáz beredę ich alsę ich sol.
wíl sis lougen sô getriuwę ich mînem rehte wol.

(b) **1**,4 an mir *fehlt* C
2,1 C Ûz ir hûse

(c) **1**,1 C, b dienste 2 b deme 6 C, b gelobe
2,1 C drin 3 C Fröide; C all der 4 C anders; C nieman 5 C als

XXI

1 Lasse ich meinen Dienst in dieser Art,
dem ich nun seit langem nachgekommen bin,
dann werde ich nie mehr froh.
Sie muß mehr an Gewalt mir gegenüber ausüben,
als je gegenüber einem Manne eine Frau ausübte,
ehe ich darauf verzichte; ich könnte aber sagen, wie!

2 Außerhalb des Hauses und auch darin
bin ich alles dessen beraubt, was ich habe:
der Freuden und aller meiner Sinne.
Das hat mir niemand anders als sie angetan.
Das beeide ich, sobald ich muß.
Will sie es leugnen, dann vertraue ich ganz auf mein Recht.

MF 172,5 b 46 C 89

3 ‘Ich bín sô harte niht verzaget,
dáz er mir sô harte solte dröun.
Ich wárt noch nie von im gejaget,
ér móhte sis ze mâze fröun.
Niemer wirdẹ ich âne wer.
bestât er mich, in bedúnket mîn eines lîbes ein ganzez her.’

MF 172,11 b 47 C 90

4 Ích hân ir vil manic jâr
gelebet und sí mir selten einen tac.
Dấ von gewínnẹ ich noch daz hâr,
daz man in wîzer varwe sehen mac.
Ír gewaltes wirdẹ ich grâ.
si móhte sich sî́n gelouben únde zurnde anderswâ.

(b) **3**,2 C sêre 4 C sichs

(c) **3**,2 C droun 4 C möhte; C froun
4,1 C menig 2 C gelebt 6 C möhte 7 C anderswaṛ (r *getilgt*)

3 'Ich bin nicht so sehr mutlos,
daß er mir so streng drohen müßte.
Ich wurde noch nie von ihm verfolgt,
er konnte sich dessen wirklich noch kaum erfreuen.
Niemals werde ich schutzlos:
Greift er mich an, wird ihm meine eine Person wie ein ganzes Heer vorkommen!'

4 Ich habe für sie gar manches Jahr
gelebt – und sie für mich nie einen Tag.
Dadurch bekomme ich noch Haar,
das man in weißer Farbe sehen kann:
Ihrer Gewalttätigkeit wegen werde ich noch grau!
Sie könnte darauf verzichten und anderswo ihren Zorn auslassen.

MF 172,17 b 48 C 91

5 Wǽnet si dáz, daz ich den muot
von ír gescheidę umbę álse lîhten zorn?
Óbe si mír ein leit getuot,
sô bin ich doch ûf anders niht geborn,
Wán daz ich des trôstes lebe,
wíe ich ir gedienę und si mir swærę ein ende gebe.

(b) **5**,1 *ein* daz *fehlt* C

(c) **5**,2 C umb alsô 3 C Ob

5 Glaubt sie, daß ich den Sinn
von ihr abwende wegen so leichtem Zorn?
Wenn sie mir ein Leid antut,
so bin ich doch zu nichts anderem geboren,
als daß ich auf die Hoffnung hin lebe,
wie ich ihr diene und (wie) sie meiner Not ein Ende bereite.

XXII

MF 172,23 b 49 C 92

1 Áls ich mich versinnen kan,
sṓ gestuont diu wérlt nie sô trū́rig mê.
Ich wǽne, íender lebẹ ein man,
dés dinc nā́ch sîn selbes willen gê.
Wán daz ist und was ouch ie,
ánders sô gestuont ez nie,
wán daz beidiu liep und leit zergie.

MF 172,30 b 50 C 93

2 Swer díenet, dā́ man sîn níht verstât,
dér verliuset al sîn arebeit.
Wan éz imẹ anders niht ergât,
dā́ von wahset niuwan herzeleit.
Álsô hat ez mir getân,
der ích vil wol getriuwet hân:
díu hât mich gar ân*e* fröide gelân.

(a) **2,7** C diu wil mich gar ân froide lân

(c) **1,7** C beide
2,2 C erebeit 3 C im 4 b nvwan, C niwan ạṛẹḅ (areb *getilgt*) 5 b ez *über der Zeile nachgetragen* 7 bC ân

XXII

1 Soweit ich mich besinnen kann,
so stand es um die Welt niemals so traurig.
Ich glaube, nirgends lebt ein Mann,
dessen Leben sich nach seinem eigenen Willen entwickelte.
Denn das ist so und war es auch immer,
anders verhielt es sich nie,
außer daß beides – Liebe und Leid – verging.

2 Wer dient, wo man es nicht schätzt,
der verliert alle seine Mühe.
Wenn es ihm nicht anders ergeht,
erwächst daraus nichts als Herzeleid.
Gerade so hat es mir zugefügt
diejenige, der ich voll vertraut habe:
Die hat mich gänzlich ohne Freude gelassen.

2,7 Die will mich ganz ohne Freude lassen

MF 172,37 b 51 C 94

3 Stǽte hilfet, dâ si mac.
dáz ist mir ein spil: si gehalf mich nie.
Mit gúoten triuwen ich ir pflac
sît der zi̋t, daz ich ir kündẹ alrêrst gevie.
Ich wǽne, mich sîn gelouben wil.
néin, sô verlǘr*e* ích ze vil!
íst daz alsố, seht wélch ein kindes spil!

(b) **3**,4 alrêrst *fehlt* C 5 C Ich wæne ich mich

(c) **3**,4 b alrêrst *unter der Zeile nachgetragen* 6 bC verlür

3 Beständigkeit hilft, wo sie will,
das ist für mich wie ein Glücksspiel: sie nützte mir nie.
In wahrer Treue übte ich sie
seit der Zeit, seit der ich erstmals Kunde von ihr erhielt.
Ich fürchte, ich werde darauf verzichten.
Nein, dann verlöre ich zu viel!
Ist das so – seht, welch ein kindisches Treiben!

XXIII

MF 173,6 b 52 C 95

1 Ích sprichẹ iemer, swennẹ ich mac und ouch getar:
›fróuwe, wis genædic mir!‹
Si nímet mîner swachen bet vil kleine war.
dóch sô wil ich dienen ir
Mít den triuwen únd ich meine daz.
únd alsẹ ích ir nie vergaz,
số gestân diu ougen mîn und niemer baz.

MF 173,13 b 53 C 96

2 Swénnẹ ich si mit mîner valschen rede betrüge,
sộ hét ich si unrehtẹ erkant.
Únd gevâhe si mich íemer an déheine*r* lüge,
sấ sô schupfe mich ze hant
Únd geloube niemer mîner klage,
dár zuo níht, dés ich sage.
dấ vo*r* müeze mich gót behüeten alle tage.

(c) **1**,3 C nimt; C swacher 6 C als
2,1 b betrvge, C betruge 2 C unreht 3 C, b deheinen; bC lvge 7 C, b von

XXIII

1 Ich sage jederzeit, wann immer ich kann und mich auch getraue:
›Herrin, sei mir gnädig!‹
Sie nimmt meine bescheidene Bitte fast gar nicht wahr.
Dennoch will ich ihr dienen
in Treue – und ich meine das so.
Und so, wie ich sie nie vergaß,
so mögen dies meine Augen gestehen und niemals anderes.

2 Wenn ich sie jemals mit einer falschen Rede betrügen würde,
dann hätte ich sie unrichtig eingeschätzt.
Und faßte sie mich jemals bei irgendeiner Lüge,
dann bestrafe sie mich sofort
und glaube nie mehr meiner Klage,
(und) überdies nichts, was ich sage.
Davor möge mich Gott alle Tage behüten.

MF 173,20 b 54 C 97

3 Wárt ie guotes und getriuwes mannes rât,
số kum ich mit fröiden hin.
Sí weiz wol, swie lange si mich bitten lât,
dáz ich es dóch der bittende bin.
Ích hân ir gelóbet ze díen*en* vil,
dár zuo, dáz ich ez gérne hil
únd ir iemer umbę ein wort geliegen wil.

MF 173,27 b 55 C 98

4 Wárt ie mannę ein wîp sô liep als si mir ist,
số müezę ích verteilet sîn.
Mániger sprichet, ›si íst mir lieber‹, daz íst ein list.
gót weiz wol den willen mîn,
Wíe hôhę ez mir umbę ir hulde stât
und wíe nâhę ez mír ze herzen gât
ir lóp, daz si umbę álle die welt verdienet hât.

(b) **3**,7 C niemer
4,3 wol *fehlt* C 6 ze herzen *fehlt* C

(c) **3**,4 C ichs 5 C gelobt; C, b dienende 6 C ichz 7 C umb
4,3 C meniger 5 C vmb 7 C vmb al

3 Wurde je einem guten und getreuen Manne geholfen,
dann komme ich mit Freuden voran.
Sie weiß wohl, wie lange sie mich bitten läßt,
damit ich trotz dessen der Bittende bleibe.
Ich habe ihr gelobt, ausdauernd zu dienen,
dazuhin, daß ich es gerne verhehle
und sie niemals auch nur mit einem Wort anlügen will.

4 Wurde je einem Mann eine Frau so lieb, wie sie mir ist,
dann möge ich verdammt sein.
Manch einer sagt: ›Sie ist mir lieber‹ – das ist eine Finte.
Gott kennt meinen Willen wohl,
(und) wie ernst es mir um ihre Gnade ist
und wie nahe mir zu Herzen geht
ihr Lob, das sie um alle Welt verdient hat.

MF 173,34 b 56 C 99

5 Swíe mîn lôn und ouch mîn endẹ an ir gestê,
daz íst mîn all*er* meistiu nôt.
Ze állen zîten fürhtẹ ich, daz si mich vergê,
sṓ wærẹ ich an fröiden tôt.
Dáz sol si bedenken allez ê:
túot si mir ze lange wê,
sṓ gedingẹ ich ûf die sêle niemer mê.

(b) **5**,7 C gediene

(c) **5**,2 b alre, C all 3 C Zallen 4 C wer

5 Wie mein Lohn und auch mein Ende bei ihr stehen,
das ist meine allergrößte Not.
Zu allen Zeiten fürchte ich, daß sie mich meide –
dann wäre ich, was Freude betrifft, tot.
Das alles soll sie vorher bedenken:
Tut sie mir zu lange weh,
so habe ich für meine Seele keine Hoffnung mehr.

XXIV

MF 174,3 b 57 C 100 E 218

1 Ích hân varender fröiden vil,
únd der rehten eine níht, die dâ lánge wer.
Íemer als ich lachen wil,
số seit mir daz herze mîn, daz ichs enber.
Mî́n muot stúont mir eteswennẹ alsô,
dáz ich was mít den anderen frô.
dés enist nu níht, daz was állez dô.

MF 174,10 b 58 C 101 E 219

2 Lî́dẹ ich nôt und arebeit,
díe hân ich mir selben ấnẹ alle schult genomen.
Dícke hât si mir geseit,
dáz ich ez líezẹ, ich enmốhtẹ es niemer ze ende komen,
Únd tuot noch híute, swanne si mich siht
únd mir leit dâ von geschiht.
dáz sî mîn und gébe des níemen niht.

(b) **1**,3 E Immer sô 5 C Mîn ding; mir *fehlt* E
2,2 E gewunnen 3 E mirs verseit 4 E ichn kondes nie zuo e. 5 E sô si 6/7 E daz leit ist mîn und anders niemannes niht

---

(c) **1**,1 C varnder; C fröide, E frauden 2 E were 4 E saget; E is 5 E stuonde etswenne 6 C was ịc̣ḥ wẹ (ich we *getilgt*); CE andern
2,1 E erbeit 2 CE selbe; CE ân; C schulde; mir *fehlt* E 4 CE ichz; C ine mohtes; C zende

XXIV

1 Ich habe vergänglicher Freuden viel,
aber von den wahren nicht eine, die da lange währte.
Immer wenn ich lachen will,
dann sagt mir mein Herz, daß ich sie nicht habe.
Mein Sinn stand mir vormals so,
daß ich mit den andern froh war.
Dies ist nun nicht mehr – das war alles damals.

2 Leide ich Not und Drangsal –
die habe ich mir selbst ohne jegliche Schuld zugezogen.
Oft hat sie mir gesagt,
daß ich es lassen solle, ich könne damit niemals zum Ziel kommen,
und sie sagt es noch heute, wann immer sie mich sieht
und mir Leid dadurch zuteil wird.
Das sei mein, und ich mag niemandem davon etwas abgeben.

MF 174,17 b 59 C 102 E 220

3 Dáz ich ir gedíenetè ie tac,
dés wil si gelouben niht, owê!
Únd swaz ich gesingen mac,
dáz engíhet si níht, daz si daz iht bestê.
Dáz ist mir ein jâmerlîch gewin.
sús sô gât mir mîn lében hin:
séht, wie sælic ich ze lône bin!

MF 174,24 b 60 C 103 E 221

4 Níe wart grœzer ungemach,
dánnẹ ez ist, der mit ged*a*nken umbe gât.
Sít daz si mîn ougẹ ane sach,
díu mich víl unstæten man betwungen hât,
Dér mac ich vergezzen niemer mê.
dáz tuot mír nû vil lî́hte wê.
wế, wan hatẹ ichs dô verlâzen ê!

(a) **4**,5 ff. E Ich konde ir nie vergezzen,
daz tuot mir vil lange wê.
ich het ez baz gelazzen ê.

(b) **3**,1 ir *fehlt* C 2 E sie mir gelouben 3 E ich ir gesagen 6 sô *fehlt* C
4,3 ane *fehlt* E 6 mir *fehlt* C

(c) **3**,1 E gediente 4 E des engiht; E des iht 5 b jamelich (r *über der Zeile nachgetragen*), CE iemerlich 6 E alsus gêt
4,1 b grosser, C groͦsser, E grozzer 2 E denne; CE, b gedenken; E ümme gę̣t (e *getilgt*) 3 C an 7 b hatte, C hat

3 Daß ich ihr jeden Tag diente,
das will sie nicht glauben, ach!
Und was immer ich auch singen mag –
von dem gibt sie nicht zu, daß sie das etwas angehe.
Das ist für mich ein jämmerliches Ergebnis.
So geht mir mein Leben hin:
Seht, wie geschaffen ich für Lohn bin!

4 Nie gab es größeres Ungemach
als das, wenn einer mit Gedanken umgeht.
Seit sie mein Auge erblickte,
sie, die mich so unsteten Mann bezwungen hat –
sie kann ich niemals mehr vergessen.
Das tut mir jetzt sicherlich weh.
Ach, warum hatte ich sie damals nicht früher verlassen!

4,5 ff. Ich konnte sie nie vergessen,
das tut mir sehr lange weh.
Ich hätte es besser früher sein lassen.

MF 174,31 b 61 C 104 E 222

5 Ích hân iemer teil an ir,
dén gib ich níemen, swie frö́med er mir iemer sî.
Ówề, wan wurdę er mir,
dáz ich einen tac belî́be von sórgen frî!
Gót weiz wol, daz ich ir nie vergaz,
únd daz wî́p mir gevíel nie baz.
wírt mir sîn ánders níht, doch sô hấn ich daz.

(a) **5**,2 ff. E des engan ich nieman, swie fremde ez mir sî.
wê, wenne sol geschehen mir,
daz ich einen tac vor mînen sorgen werde frî.

(b) **5**,6 E noch mir wîp geviel 7 sîn *fehlt* CE

(c) **5**,2 C frömde; C mir ṣị iemer (si *getilgt*)

5 Ich habe immer Anteil an ihr,
den gebe ich niemandem, wie fern mir dieser auch immer
Ach, wenn er mir doch (voll) zuteil würde, ⌊sein mag.
damit ich (wenigstens) einen Tag lang von Sorgen frei
Gott weiß wohl, daß ich sie nie vergaß, ⌊bliebe!
und daß mir nie eine Frau besser gefiel.
Wird mir dafür nichts anderes zuteil, so habe ich doch
dies.

5,2 ff. den gönne ich niemandem, wie fern er mir auch
sein mag.
Ach, wann soll es mir beschieden sein,
daß ich einen Tag von meinen Sorgen frei werde?

XXV

MF 175,1 b 62 C 105 E 223

1 Ích gehabe mich wól und enrúochtę iedoch,
óbe mir éin vil lützel wære baz.
Ích bin alles in den sorgen noch.
wírt mir sanfter iht, ich redę ouch daz.
Zúo den sorgen, die ich hân,
íst mîn klagę, ich enhábe der táge die vólle niht,
dáz mir swærę iht mǘge ze herzen gân.

MF 175,8 b 63 C 106 E 224

2 Éz erbarmet mich, dáz siu alle jehent,
dáz ich anders niht wan künne klagen.
Múgent ir míchel wunder an mir sehen?
wáz soltę ích nu singen oder sagen?
Sóltę ich swern, ich enwisse waz?
gesǽhe ich wider abent einen kleinen boten,
sṓ gesang niemán von fröiden baz.

(a) 1,3 f. E Ich bin leider in den triuwen noch.
sô mir nu sanfter wirt sô rede ich daz.
7 E mac die clage iht wol ze herzen gân?
2,2 ff. E ichn könne et nit wanne clagen.
Ôwê, daz siez wunder niht ensehen:
waz mac ich gesingen oder gesagen?

(b) 1,5 E der sorge 6 E sô ist mîn sorge; E ich habe; E niht envollen 7 C mîn swære
2,2 C kvnne wan 5 E sô enwest ich waz 7 CE frouwen

(c) 1,2 CE ob 6 C ine habe; C vollen
2,1 C si, E sie 2 E ichn ẹṇkönne (en *getilgt*) 3 C Mugt 4 CE solt 5 C Solde; C ine wisse 7 C sone g.

XXV

1 Ich befinde mich wohl, und dennoch würde es mich nicht beschweren,
wenn mir ein klein wenig wohler wäre.
Ich bin durchaus noch in Sorgen.
Wird mir etwas leichter, erzähle ich auch das.
Zu den Sorgen, die ich habe,
gehört meine Klage, daß ich der Tage nicht im Überfluß habe,
an denen mir Leid nicht ans Herz greifen kann.

2 Es erbarmt mich, daß alle behaupten,
daß ich nichts anderes könne als klagen.
Könnt ihr große Wunder an mir sehen?
Was sollte ich denn singen oder sagen?
Sollte ich schwören, ich wisse nicht, was?
Erblickte ich gegen Abend einen kleinen Boten,
so würde niemand besser von Freuden singen.

1,3 f. Ich befinde mich zu meinem Leid noch im Treueverhältnis.
Wenn mir nun leichter wird, dann sage ich das.
7 kann die Klage etwa wohl zu Herzen gehn?
2,2 ff. ich könne eben nichts als klagen.
Ach, daß sie das Wunder nicht sehen:
was kann ich singen oder sagen?

MF 175,15 b 64 C 107 E 225

3 Ích bin aller dingẹ ein sælic man,
wán des einen, dâ man lônen sol.
Óbẹ ich dísẹ unsǽldẹ erwenden kan,
sṓ vert éz nâch ungenâden wol.
Mír ist ungelîche deme,
dér sich eteswenne wíder den mórgen fröit.
álsô tætẹ ouch ích, wistẹ ích mit weme.

MF 175,22 b 65 C 108 E 227

4 Tréit mir iemen tougenlîchen haz,
wáz der sîner fröidẹ an mir nu siht!
Wḗ warumbe tǽtẹ aber íemen daz,
wan gót weiz wól, ich entúon doch niemen niht!
Wán sol mir genædic sîn.
mích beginnet noch nâch mînem tôde klagen
mániger, dér nu lîhtẹ enbære mîn.

(b) 3,2 E wenne der einen, der 3 C verwenden; *Zeile fehlt* E 6 E gein dem morgen 7 E tæt ich gerne
4,4 wan *fehlt* E; doch *fehlt* E 6 C doch, noch *fehlt* E 7 maniger *fehlt* E; E nu wol empere

---

(c) 3,3 C Ob 4 E noch vngnaden 5 C vngelich 6 b morgen e; E etwenne; E fraut 7 C weste, E west
4,1 CE ieman 2 bC was *ausgeschrieben*; C sihẹt (*Tilgungspunkt unter* e) 3 E warv̊mme 4 C ine tuon, E ich tet (tuon *klein darübergeschrieben*) 5 E Man 6 E mîme; E clage

3 Ich bin in allen Dingen ein glückhafter Mann,
außer in dem einen, wo man Lohn empfangen soll.
Wenn ich dies Unheil abwenden kann,
dann geht es nach trostloser Zeit gut.
Ich gleiche nicht dem,
der sich zuweilen auf den Morgen freut.
Das täte auch ich, wüßte ich, mit wem.

4 Hegt jemand mir gegenüber heimlichen Haß –
was der nun zu seiner Freude an mir sieht!
Ach, warum sollte aber dies jemand tun,
denn Gott weiß wohl – ich tue doch niemand etwas!
Man soll mir wohlgesonnen sein.
Mich wird noch nach meinem Tode
mancher zu beklagen anheben, der jetzt leichthin meiner entbehrte.

MF 175,29 C 245 E 226

(**5**) Díe ich mir ze frouwen hatę erkorn,
dấ vánt ich niht wan ungemach.
Wáz ich guoter rede hân verlorn!
jấ die besten, die ie man gesprach.
Sí was endelîchen guot.
níeman konde si von lû́ge gespróchen hân,
érn hétę als ich getriuwen muot.

MF 175,36 E 228

(**6**) Ích wil iemer gerner umbe sehen:
ích was mîner fröidę ein téil ze frî.
Mír ist von éiner kleinen rede geschehen,
dáz ich wil wizzen, wer *dâ* bî mir sî.
Úngefüeger liutę ist vil.
sprǽchę ich wider abent lîhtę ein schœn*e* wort,
wáz mac ichs, der mirz verkêren wil.

(b) **5**,1 E zuo frauden 2 E finde
6,4 dâ *fehlt* E

(c) **5**,2 E wenne 4 C man gewan gesprach (gewan *durchgestrichen*) 6 E mohte sie
6,1 E immer; E vͤmme 6 E sprech; E schœn 7 E is

(5) Bei der, die ich mir zur Herrin erkoren hatte,
da fand ich nichts als Drangsal.
Was habe ich an wohlgesetzter Rede an sie verschwendet!
Fürwahr die beste, die je ein Mann vortrug.
Sie war rundweg gut.
Kein anderer könnte sie ohne Falsch gesprochen haben,
er hätte denn wie ich treue Gesinnung.

(6) Ich will lieber immer Umschau halten:
ich war in meiner Freude ein wenig zu unbekümmert.
Mir wird durch eine kleine Äußerung nahegelegt,
daß ich wissen will, wer um mich sei.
Ungehobelter Leute gibt es viel.
Spräche ich gegen Abend vielleicht ein freundliches Wort –
was vermag ich gegen einen, der mir's verdrehen will.

XXVI

MF 176,5 b 66 C 109 (Reinmar der Videler A 8)

1 Áller sældẹ ein sælic wîp,
túo mir sô,
dáz mîn herze hôhe gestê,
Óbẹ ich íe durch dînen lîp
wúrde frô,
dáz des iht an mir zergê.
Ích was ie der dienest dîn.
nű bist dú ez, diu frőide mîn!
sól ich iemer lieben tác oder náht gesehen?
dáz lâ, frouwẹ, an mír geschehen.

MF 176,16 b 67 C 110

2 Fróuwẹ, ich hân durch dich erliten,
dáz nie man
dúrch sîn liep sô vil erleit.
Ích getar dich niht gebiten,
nóch enkan,
túoz durch dîne sælikeit!
Ích bin dîn, du solt mich nern
únd gewaltes in állen wern.
ích hân iemer eine bét, daz du wól gevarst,
und dich baz an mir bewarst.

(b) **1**,1 A selden; ein *fehlt* A 3 C frô bestê, A hôhe stê 6 A an dir 8 A sô bist; ez *fehlt* C 9 A die naht 10 C dc mv̊s (mv̊s *über der Zeile geschrieben*, lâ *gestrichen*); CA dir (*in* C *aus* mir *korrigiert*)
2,8 C gewaltes vor (vor *über der Zeile eingetragen*, in *getilgt*)

(c) **1**,4 C ob; CA dur 8 A dvz 10 A laz
2,9 C nah (t *nachgetragen*)

XXVI

1 Mit allen Glücksgütern gesegnete Frau,
handle an mir so,
daß mein Herz hochauf schlägt,
(und) – wenn ich um deinetwillen
froh wurde –
daß davon nichts bei mir vergeht.
Ich war stets dein Dienstmann.
Nun bist du dies – meine Freude!
Soll ich jemals einen freundlichen Tag oder eine solche Nacht erleben?
Das laß, Herrin, mir zuteil werden.

2 Herrin, ich habe deinetwegen gelitten,
so viel, wie kein Mann
seiner Liebe wegen je erlitt.
Ich wage nicht, dich zu bitten,
noch kann ich dies –
tue es um deiner Herrlichkeit willen!
Ich bin dein, du sollst mich schützen
und sie alle von Gewalt abhalten.
Ich habe immer eine Bitte: daß du dich wohl befindest
und dich besser um mich sorgst.

MF 176,27 b 68 C 111

3 Fróuwẹ, ich hân noch nie getân,
dúnket mich,
dánne diu liebe mir gebôt.
Ích enkund ez nie verlân,
hṓrtẹ ich dich
nénnen, ich *en*wurde rôt.
Swér dô nâhe bî mir stuont,
sṓ die mérkǽre tuont,
dér sach herzeliebe wól an der varwe mîn.
sól ich dâ von schuldig sîn?

MF 176,38 b 69 C 112

4 Ích verdient den kumber nie,
dén ich hân,
wán sô vil, ob daz geschach,
Dáz ich underwîlent gie
fǘr dich stân
únd ich dich vil gerne sach.
Líez ich dô daz ouge mîn
tóugenlîche*n* an daz dîn,
daz brā́hte ích unsanfte dan und lîhte dar.
fróuwe, nam des iemen war?

(b) **3**,1 C mê getan 6 b ich wurde, C ine wurde

(c) **3**,4 C Ine kunde nie 5 C hôrt
4,1 C verdiente 8 C, b tougenlîch

3 Herrin, ich habe noch nie (etwas) getan,
dünkt mich,
als was die Liebe mir gebot.
Ich konnte es nie verhindern –
hörte ich dich
nennen –, daß ich rot wurde.
Wer dann nahe bei mir stand,
wie die Aufpasser es tun,
der sah Herzensliebe wohl an meiner Gesichtsfarbe.
Soll ich deshalb schuldig sein?

4 Ich verdiente den Kummer nie,
den ich leide,
nur insoweit – wenn das vorkam –,
als ich bisweilen hinging,
um vor dich hinzustehen,
und (insoweit) als ich dich so gerne ansah.
Ließ ich dann mein Auge
heimlich zu deinem wandern –
das brachte ich schwer davon weg und leicht hin.
Herrin, nahm das jemand wahr?

XXVII

MF 177,10 b 70 C 113 M Bl. 60[v]

1 'Ságe, *daz* ích dirs iemer lône:
hấst du den vil lieben man gesehen?
Íst ez wâr und lébet er schône,
álse siu ságent und ích dich hœre jehen?'
"Fróuwẹ, ich sach in, er ist frô.
sîn hérze stât, obẹ irz gebietent, iemer hô."

MF 177,16 b 71 C 114

2 'Ích verbiutẹ ime fröide niemer.
lấzẹ eht eine rede, sô túot er wol,
Dés bitẹ ích in hiut und iemer.
démẹ ist álsô, daz mánz versagen sol.'
"Fróuwe, nú verredent iuch niht.
er spríchet: allez daz geschehen sol, dáz geschiht."

(b) **1**,1 b als 3 *und* fehlt M; M sô schône

(c) **1**,1 b diẹrs (e *getilgt*) 3 M iz; C lebt 4 CM als si; M vnde; C ṣạgẹṇ jehen (sagen *getilgt*) 6 CM ob; M ir gebietet
2,1 C im 3 C hiute 4 C dem 5 C niet 6 C geschiet

XXVII

1 ‘Sage, damit ich dir’s immer vergelte:
Hast du den viellieben Mann gesehen?
Ist es wahr, daß er auf höfische Weise lebt,
wie sie sagen und wie ich dich berichten höre?’
“Herrin, ich sah ihn, er ist frohgemut.
Sein Herz ist, wenn Ihr es gebietet, immer hochgestimmt.”

2 ‘Ich verbiete ihm Freude niemals.
Meidet er nur ein Thema, dann handelt er richtig,
darum bitte ich ihn heute und alle Zeit.
Damit ist es so (bewandt), daß man es versagen muß.’
“Herrin, nun redet Euch nicht ins Unrecht.
Er sagt: Alles, was geschehen soll, das geschieht.”

MF 177,22 b 72 C 115

3 ‘Hất aber er gelopt, geselle,
dáz er niemer mê gesinge liet,
Éz ensî, ób ich ins bíten welle?’
“Fróuwẹ, ez was sîn múot, dô ich vón ime schíet.
Óuch mugent írz wol hân vernomen.”
‘owế, gebiutẹ ichz nû, daz mac ze schaden komen.’

MF 177,28 b 73 C 116

4 ‘Íst aber, daz ichz níene gebiute,
số verliusẹ ich mîne sældẹ an ime,
Únd verfluochent mich die liute,
dáz ich al der werltẹ ir fröide nime.
Álrêrst gât mir sorge zuo.
owế, nu enwéiz ich, obẹ ichz lâzẹ oder ób ichz tuo.’

MF 177,34 b 74 C 117

5 ‘Dáz wir wîp niht múgen gewinnen
fríunt mit réde, siu enwéllent dannoch mê,
Dáz müet mích, ich enwíl niht minnen!
stǽten wîben tuot unstæte wê.
Wǽr ich, des ich niene bin,
ụnstǽte, liez er danne mich, sô liez ich in.’

(b) **5**,2 dannoch *fehlt* C

(c) **3**,4 C im 5 C mvgt
4,1 C niht 4 C, b welte; b vro̊de 5 C, b Alrest 6 C nun weiz; C ob
5,2 C frún (t *über der Zeile am Rande nachgetragen*); C sin (e *über der Zeile nachgetragen*) 3 C ine wil 6 C lieze ich ich (*zweites* ich *durchgestrichen*)

3 'Hat er aber gelobt, mein Freund,
daß er niemals mehr ein Lied singe,
es sei denn, daß ich ihn darum bitten wolle?'
"Herrin, es war seine Absicht, als ich von ihm schied.
Auch mögt Ihr's wohl vernommen haben."
'Ach, gebiete ich es nun – das kann Schaden bringen.'

4 'Kommt es aber so weit, daß ich's nicht gebiete,
dann verliere ich meinen guten Einfluß auf ihn,
und mich verfluchen die Leute,
weil ich der ganzen Welt ihre Freude raube.
Zunächst einmal fällt mir Sorge zu!
Ach, nun weiß ich nicht, ob ich's lasse oder ob ich's tue.'

5 'Daß wir Frauen nicht gewinnen können
einen Freund durch freundliche Worte, ohne daß sie mehr wollen,
das bekümmert mich; ich will nicht minnen!
Treuen Frauen tut Untreue weh.
Wäre ich – was ich keineswegs bin –
untreu: Verließe er mich dann, so ließe ich ihn (ziehen).'

XXVIII

MF 178,1 b 75 C 118 E 229 (van Nyphen m 1)

1 'Líeber bote, nu wirbẹ alsô,
síhẹ in schierẹ und sagẹ ime daz:
Vért er wol und ist er frô,
ích lebẹ iemer deste baz.
Ságẹ ime dúrch den willen mîn,
dáz er iemer solhes iht getuo,
dávon wir gescheiden sîn.

(b) 1,2 E gesprich, m sprek en schier 3 E und lebt er ẉọḷ schône (wol *getilgt*) 4 E ich var 5 E Bit in, m und bitte en 6 m nymber des icht tuo; solhes *fehlt* E

(c) 1,1 m Leber; bC botte; m nuo werf 2 C im, m ym 3 E Fert (*über* rt *kleines* e); er *fehlt* C 4 m lebe ym deste 5 C im 6 E immer 7 m davan wer ghescheyden syn

XXVIII

1 'Lieber Bote, nun mache es so,
suche ihn alsbald auf und sage ihm das:
Geht es ihm gut und ist er frohgemut,
dann befinde ich mich immer um so besser.
Sage ihm, daß er um meinetwillen
stets solches unterlassen möge,
wodurch wir getrennt würden.

MF 178,29 b 76 C 119 E 232 (van Nyphen m 5)

2 Dés er gert, daz ist der tôt
únd verderbet manigen lîp.
Bléich und eteswenne rôt,
álse verwet ez diu wîp.
Mínne heizent ez die man,
únde mohte baz unminne sîn.
wế ime, dérs alrê*r*st began!

(a) **2**,5 E Minnen heizet er die man

(b) **2**,2 E hât verderbet 4 E verwet er 6 und *fehlt* Em; E ez möhte, m itz m.; m unminne heytzen 7 E sô wê im

---

(c) **2**,1 E tac (c *zu* o *ergänzt und* t *über der Zeile*) 2 m vorterbet menighen 3 m ichtes wanne 4 CEm alsô; b vęrwet; m de wîp 5 m itz de man 7 CEm im; m deis; C, bEm alrest

2 Was er begehrt, das ist der Tod
und richtet manch einen zugrunde.
Bleich und bisweilen rot –
so läßt es die Frauen aussehen.
Minne nennen es die Männer,
und könnte doch eher Un-Minne sein.
Weh dem, der zuerst damit anfing!

2,5 Lieben heißt er die Männer

MF 178,15 b 77 C 120

3 Ê dáz du íemer ime verjehest,
daz ích ime holdez herze trage,
Sô síhe, dáz du alrḗrst besehest,
únd verníme, waz ích dir sage:
Méin er wol mit triuwen mich,
swáz ime dánne müge ze fröide komen,
dáz mîn êre sî, daz sprich!

MF 178,22 C 121 E 231 (van Nyphen m 3)

(4) Spréchę er, daz er welle her –
dáz ichs iemer lône dir –,
Sṓ bitę ín, daz ers verber,
die réde, dier júngest sprach zuo mir,
Ế daz ich in an gesehe.
wés wil er da mit beswæren mich,
daz níemer doch an mir geschehe?

(b) 3,7 daz mîn êre sî *fehlt* C
4,1 m Spricht her, her wille komen here 4 die *fehlt* Em 5 E Sô mac ich in an gesehen, m Sô mach ik en an gheseen 6 m dorch wat wil her; E beswært er 7 Em daz (m des) doch nimmer mac (m mach) geschehen

---

(c) 3,1 C im 2 C im 3 C sich 4 C vernim 5 C triuwe 6 C im; bC mvge; C fröiden 7 C das prich
4,1 E Sprech; E wölle 2 E iz, m des ik ymber 3 E bit; C, bEm er; E verbere, m bidde en, dat her vorbere 4 E die er, m de her; E jüngest; m to myr 6 C wes wes, E was; E da mite

3 Ehe du ihm jemals gestehst,
daß ich ihm von Herzen gut bin,
so sieh zu, daß du dich zuerst vorsiehst,
und vernimm, was ich dir sage:
Gedenkt er meiner wohl in Treue –
was immer ihm dann zur Freude gereichen könnte
(und) was meine Ehre erlaubt, das sage!

(4) Sagt er, daß er herkommen wolle –
daß ich dir dies immer lohnen könnte! –,
dann bitte ihn, daß er sie unterlasse,
die Worte, die er neulich zu mir sagte,
bevor ich ihn empfange.
Weshalb will er mich mit dem beschweren,
was doch niemals bei mir geschehen wird?

MF 178,8 E 230 (van Nyphen m 2)

(5) Frấgẹ er, wie ich mich gehabe,
gíhe, daz ích mit fröiden lebe.
Swấ du mǘgest, dâ léit in abe,
dáz er mich der rede vergebe.
Ich bin im von herzen holt
und sǽhẹ in gerner denne den liehten tac.
dáz aber dú verswîgen solt!

MF 178,36 E 233 (van Nyphen m 4)

(6) Dáz ich alsô vil dâ von
geréde, dáz íst mir leit,
Wénnẹ ich was vil ungewon
sṓ getâner arebeit,
áls ich tougenlîche trage.
dún*e* solt im niemer niht verjehen
álles, des ich dir gesage!'

(a) **6**,1 f. m Dat her dar zo kan saghen von,
dat tut myr we und ist myr leyt

(b) **5**,2 m sô gih 3 m War du mochst dar leyde en 4 m vorhebe
6,3 m was des vil 4 m sô senentliker 5 m ik nv toghentliken 7 m dir hir nv saghe

---

(c) **5**,1 m Vraghet her dich we ik mich ir habe 2 E frauden, m vrouden 6 m seghe en gherner den dene tach
6,3 m Went 4 E erbeit, m arebeyt 6 E dun, m duen; E nimmer; m icht vorjehen 7 m al

(**5**) Fragt er, wie ich mich befinde,
sage, daß ich in Freuden lebe.
Wo immer du kannst, bringe ihn dazu,
daß er mich mit diesen Worten verschone.
Ich bin ihm von Herzen zugetan
und sähe ihn lieber als den hellen Tag.
Das aber sollst du verschweigen!

(**6**) Daß ich so viel davon
rede, das ist mir leid,
denn ich war nicht sehr gewohnt
an so geartete Mühsal,
wie ich sie heimlich ertrage.
Du sollst ihm niemals irgend etwas verraten
von all dem, was ich dir gesagt habe!'

6,1 f. Daß er davon sprechen kann,
das tut mir weh und ist mir leid

XXIX

MF 179,3 b 78 (E 213) p 33

1 Áls ich werbẹ unde mir mîn herze stê,
álsô müeze mir an fröiden noch beschehen.
Mír ist vil unsanfter nû dan ê:
mî́ner ougen wunne lât mich nieman sehen,
Díe sint mir verboten gar.
nú verbieten alsô dar
und hǘetèn,
dáz siu sich erwǘetèn.
wế, wes nement siu war?

(b) **1**,1 stê *fehlt* p 2 p an der frouwen mîn; noch *fehlt* p 3 p Mir ist hiure unsanfter vil dan ê 5 p Die ist 6 E *beginnt erst mit* alsô dar (fol. 181^r); dar *fehlt* p 8 p ob siu sich verwüete, E sie noch erwüeten 9 p siu denne war

---

(c) **1**,1 p Alse; b vnde (*ausgeschrieben*) 4 p mîn ougen 6 p verbietent 7 p hüetent 9 E nemen

XXIX

1 So, wie ich mich bemühe und wie es mir ums Herz ist,
so möge mir noch Freude zuteil werden.
Mir ist nun viel schmerzlicher zumute als ehedem:
meiner Augen Wonnen läßt mich niemand sehen,
Diese sind mir gänzlich verboten.
Nun mögen sie sie also dort verbieten
und aufpassen,
daß sie nicht in Wut geraten.
Ach, was nehmen sie wahr?

MF 179,12 b 79 E 214

2 Mích genîdet niemer sælic man
úmbe die liebe, díe si an mír erzöuget hât.
Frőid noch trôst ich nie von ir gewan,
wán sô vil, daz mir der muot des hôhe stât,
Dáz ich sís ie getorste biten,
ein wî́p mit alsô reinen siten.
mir wǽrè
lî́p und guot unmǽrè,
hét ich si vermiten.

(a) **2**,3 E Fraude ich selten ie von ir gewan

(b) **2**,2 E durch die; E erzeiget 4 E ob des mîn hertze hôhe 5 E ich ir ie 6–8 E mir were lîp und guot vnmære 9 E het itz vermiten

---

(c) **2**,2 b liebi; E sie; b erzoͤget 4 E wenne so, b soḷ (l *getilgt*)

2 Mich beneidet niemals ein glücklicher Mann
um das Wohlgefallen, das sie mir bezeigt hat.
Weder Freude noch Trost erhielt ich je von ihr,
außer so viel, daß mir mein Herz deshalb erhoben war,
weil ich sie je darum zu bitten wagte,
sie, eine Frau mit so reinen Sitten.
Mir wären
Leben und Gut zuwider,
hätte ich sie unbehelligt gelassen.

2,3 Freude erlebte ich nie durch sie

MF 179,21 b 80 E 215 p 35

3 Ich wǽne ieman lebẹ, er hab ein leit,
dáz vor allem leidẹ im án sîn herze gât.
Owế, war úmbe versprách ich tumber arebeit,
díu mir liebet und doch lobelîchen stât!
Díe versprich ich niemer tac.
ích muoz leben als ich mac.
waz darúmbè
túot got lîht ein wúndèr,
daz sí mir werden mac.

(a) **3**,2 E daz im vor allem leide in sîn herze gât
p daz ime vor alleme leide zuo herzen gât
3 E Wes verkiuse ich denne ein erbeit
7 E darunder p doch darunder
8 E hât noch got ein wunder
p het got ein wunder

(b) **3**,1 p wæne daz nieman 3 p Warumbe verspreche ich danne; ôwê *fehlt* p 4 p und mir höfelîch an stât 6 E als ich pflac 9 si *fehlt* p; E wol werden, p noch w.

(c) **3**,1 p ern; Ep habe 3 p arbeit 4 E lobelîche

3 Ich glaube, niemand lebt, der nicht ein Leid hätte,
das ihm vor allem (anderen) Leid zu Herzen geht.
Ach, warum verschmähte ich Törichter Mühsal,
die mir angenehm ist und auch zum Lobe ansteht!
Die lehne ich niemals mehr auch nur einen Tag lang ab.
Ich muß (nun) leben, wie ich kann.
Was soll's –
vielleicht tut Gott ein Wunder,
daß sie mir zufallen kann.

3,2 Ep das ihm vor allem (anderen) Leid ins Herz dringt

3 Weshalb verzichte ich denn auf eine Mühsal
7 inzwischen doch inzwischen
8 Ep hält Gott (noch) ein Wunder bereit

MF 179,30 b 81 E 216 p 34 s 37[2]

4 Mír ist lieber, daz si mich verber,
únd alsô, daz si mir doch genædic sî,
Dánne si mích und jenen und disen gewer.
séht, sô wurdẹ ich niemer mê vor leide frî.
Níeman sol des gérende sîn,
dáz er spreche ›mîn und dîn
geméinè‹.
ich wíl ez haben éinè:
schádẹ und frume sî mîn.

(a) 4,4 E sô wurde ich von sorgen nimmer frî
p sô enwurde ich niemer tag von sorgen frî
s sône word ich nemmer sorgen vry

(b) 4,1 s vil lieuer; Es ich ir enper (s empere); p siu mîn enber 2 s vnd zi doch mich genedic zi; doch *fehlt* E 3 p Ob siu mich gen und disen und den gewer; und disen *fehlt* Es 5 E darf des 8 E wilz alterseine, p wil siu haben alleine, s wil alleyne 9 Es der sî

(c) 4,3 E Denne, s Dan; s gewere 5 Ep gernde 9 Ep frumme

4 Mir ist lieber, daß sie mich übergeht –
jedoch so, daß sie mir dennoch gewogen ist –
als daß sie mich und jenen und diesen erhört.
Seht, dann würde ich nie mehr frei von Leid.
Niemand sollte das begehren,
daß er sprechen dürfe ›mein und dein gemeinsam‹.
Ich will es allein besitzen:
Schaden und Gewinn seien mein.

4,4 Eps so würde ich nie mehr frei von Sorgen

MF 180,1 b 82

5 Ích was mînes muotes ie sô hêr,
dáz ich in ged*a*nken dicke schône lac.
Dáz wart mir und wart ouch mir niht mêr.
swér daz âne rede niht gelâzen mac,
Dér tuot ǘbel und sǘndet sich.
nídet ér mich, waz ruoch ich.
in gúotè –
sô lébẹ ich in hốhem múotè.
swér nu werbe, der minnẹ als ich.

MF 180,10 b 83

6 Ích bin als ein wilder valk erzogen,
dér durch sînen wilden muot als hôhe gert.
Dér ist alsô hôh über mích geflogen
únde muotet, des er kume wirt gewert.
Und flíuget alsô von mir hin
und díenèt ûf ungewin.
ich túmbèr
lî́dẹ ich senden kúmbèr
des ích gar schuldig bin?

(c) **5**,2 b gedenken dike 3 b och 4 gelaſſen **6**,1 b ain 2 b dvrch 3 v́ber 4 b vñ 5 b flv́get 6 b vf (v-*Schreibung statt* u *auch in den folgenden Wörtern*)

5 Ich war in meinem Herzen immer so hochgestimmt,
daß ich in Gedanken oft angenehm gebettet war.
Das wurde mir zuteil, aber es wurde mir auch nicht mehr zuteil.
Wer dies nicht ohne Spottrede lassen kann,
der handelt übel und versündigt sich.
Beneidet er mich, was kümmert es mich.
In gutem –
so lebe ich hochgemut.
Wer immer nun wirbt, der minne wie ich.

6 Ich bin wie ein wilder Falke erzogen,
der in seinem wilden Sinn so hoch hinaufstrebt.
Der ist so hoch über mich hinausgeflogen
und begehrt, was ihm kaum gewährt wird,
und fliegt so von mir weg
und dient auf Verlust.
Ich Törichter,
leide ich sehnsuchtsvolle Not,
die ich ganz selbst verschuldet habe?

MF 180,19 E 217

(7) Jṓ, engienc ir nie, daz ich gesprach,
sô nā́hèn, daz ez wære ihtes wert.
Sól mich daz verjagen, daz ích sie sach
und ích ouch íhtès dar under hân gegert,
Dáz ich solte hân verswigen?
ówê, wie ist daz gedigen:
unschṓnè!
nā́ch sô kleinem lṓnè
hā́n ich selten noch genigen.

(c) 7,2 E were 4 E auch; E dorvnder 8 E cleime 9 E hon

(7) Fürwahr, es ging ihr nie, was ich sagte,
so nahe, daß es etwas wert gewesen wäre.
Soll mich das vertreiben, daß ich sie sah
und ich auch etwas dabei begehrt habe,
das ich verschwiegen haben sollte?
Ach, wie ist das ausgegangen:
unschön!
Wegen so geringem Lohn
habe ich mich noch selten verneigt.

XXX

MFH 303 / MFK 283 b 84

Ein lieplîch *triuten* und ein friuntlîch umbevâhen,
sólt mir daz von ir geschehen –
Ein küssen und dâ mite niht gâhen –
líeplîch in ir ougen sehen!
Sǘeze minne woltȩ ich prîsen,
kǽm ir lîp mir alse nâhen.
ál mîn trûren wær gelegen.

(b) 1 MF, b trvren

(c) 5 b brisen 6 b nâhe 7 MF, b als

XXX

Ein zärtliches Liebkosen und ein liebevolles Umarmen,
sollte mir das durch sie zuteil werden –
(und) Küssen – und bei all dem ohne Eile –
(und) zärtliches In-ihre-Augen-Blicken!
Süße Minne wollte ich preisen,
käme ihr Leib mir so nahe.
All mein Leiden wäre begraben.

XXXI

(L 72,31) b 85

1 Lángez swîgen hêt ich mir gedâht,
nu múoz ich singen áber als ê.
Dár zuo hânt mich schœne frouwen brâht,
siu mőhten mir gebieten mê.
Swáz ich singę oder ín gesagen,
iedóch sô bitę ichs alle sáment gemeine,
daz síu den mînen kumber klagen.

(L 72,37) b 86

2 Mích nimt wunder, wie mir sî beschehen,
ấn mîn selbes arebeit,
Úmbę ein wîp, diu wíl mich niht ansehen;
die brấht ich an ir werdekeit.
Sît állę ir muot sô hôhe stât,
sô enwéiz ich, wennę ouch mich mîn singen lât,
und áls ir hœhstez lop zergât.

(c) **1**,2 b nv; mvͦs 3 b zvͦ; schoͤne vrowen 4 b svͥ moͤhten 6 b gemaine 7 b clagen
2,2 b arebait 3 b vmbe ain; dvͥ 4 b werdekait 5 b mvͦt 6 b enwais; oͮch 7 b hoͤhstes

XXXI

1 Lange zu schweigen hatte ich mir vorgenommen,
nun muß ich wieder singen wie ehemals.
Dazu haben mich schöne Damen gebracht;
sie könnten mir (noch) mehr abverlangen.
Was immer ich singe oder ihnen sage,
so bitte ich sie nur allesamt,
daß sie meinen Kummer beklagen.

2 Mich verwundert, wie mir geschehen ist
– ohne mein eigenes Zutun –
wegen einer Frau: die will mich nicht beachten;
diese brachte ich zu ihrem Ansehen.
Obgleich ihr ganzer Sinn so hoch steht,
so weiß ich nicht – wenn je meine Gesangskunst mich im Stich läßt –,
ob nicht ebenso ihr höchster Ruhm vergeht.

(L 73,17) b 87

3 Bín ich in ir dienste worden alt,
dâ bí sô junget si niht vil.
Líht ist mir mîn hâr alsô gestalt,
daz sí einen jungen haben wil.
Nû hélf iuch got, her junge man,
daz ír mich rechent an der alten brût,
und sláht mit sumer latten dran!

(c) **3**,2 b iunget 4 b ainen iungen 5 b Nv̍; v̍ch; h^{s} iunge
6 b brv̍t 7 vn̄

3 Bin ich in ihrem Dienst alt geworden,
so wurde sie dabei nicht viel jünger.
Vielleicht ist mein Haar derart,
daß sie einen Jungen haben will.
Dann helf Euch Gott, Herr junger Mann,
damit Ihr mich rächt an der alten Braut,
und schlagt mit frischen Gerten drein!

XXXI a

Walther von der Vogelweide

L 72,31 A 111 C 255 E 83 (xy 30) (Reinmar b 85)

1 Lánge swîgen, des hât ich gedâht,
nu múoz ich singen áber alsę ê.
Dár zuo hábent mich gúote liute brâht,
die műgen mir wol gebieten mê.
Ích sol singen unde sagen,
und swés si gern, daz sol ich tuon.
sô súln si mîne*n* kumber klagen.

L 72,37 A 112 C 256 E 84 (Reinmar b 86)

2 Hœret wunder, wie mir ist gesch*ehen*
vón mîn selbes ar*e*beit:
Mích enwil ein wîp niht anges*ehen*,
die brấht ich in die werdekeit,
Dáz ir muot sô hôhe stât.
jon wéiz si níht, swennę ich mîn singen
lấze, daz ir lop zergât?

(a) **2**,3 C Ein wîp, diu wil mich niht ansehen

(b) **1**,1 E swîgen hete 2 CE wil 4 C mir noch 5 C sol in, E wil 6 E gerne sehen, daz wil 7 E süln aber sie den m.
2,1 C sî 4 C in ir 5 E lop 6 C jâ enweiz 7 C ir werdekeit, E ir lop vil gar zuor gât

---

(c) **1**,2 CE als 3 CE hânt; C mih 4 C mugen 6 C vnde (*ausgeschrieben*); E swas sie 7 C, A mîner
2,1 E Hôret; CE, A geschen 2 C, A arbeit, E erbeit 3 E Michn; E, A angesen 6 C nih (t *hochgestellt*); E wanne

XXXI a

1 Lange zu schweigen, das hatte ich mir vorgenommen,
nun muß ich wieder singen wie ehedem.
Dazu haben mich edle Leute gebracht,
die können mir wohl (noch) mehr abverlangen.
Ich soll singen und sagen,
und was immer sie begehren, das soll ich tun.
Dann sollen sie mein Leid beklagen.

2 Hört nur, was mir zugestoßen ist
durch mein eigenes Bestreben:
Mich will eine Frau nicht beachten;
diese brachte ich zu Ansehen,
so daß ihr Sinn hoch steht.
Ja, weiß sie nicht, daß wenn ich mein Singen
lasse, ihr Ruhm vergeht?

2,3 Eine Frau, die will mich nicht beachten

L 73,5 A 113 C 257 E 87

3 Hérre, waz si flüeche lîden sol,
swennȩ ích nu lâze mînen sanc!
Álle, die nu lóben, daz wéiz ich wol,
die schélten dannȩ âne mîne*n* danc.
Tû́sent herzen wurden frô
von ir gnấden, des engeltent si,
lî́htȩ ich mich von ir alsô.

L 73,11 A 114 C 258 E 86

4 *D*ố mich dûhte, daz si wære guot,
wer wás *ir* bezzer dô dannȩ ich?
Dếst ein ende. swaz si mir getuot,
sô mác si wol verw*æ*nen sich.
Nímet si mích von dirre nôt,
ir l*é*ben hât mî́nes lebennes êre.
stérbet si mích, sô íst si tôt.

(a) **3**,7 E lâzen sie mich verderben sô

(b) **3**,1 C Jâ, herre; C si nu 3 C die si nu lobent, E lebent 4 CE scheltent 6 C des si lîhte engeltent, E die des engelten 7 C scheide ich
4,1 C, A Sô; C mich des 4 E daz mac ouch sie verwenen, C verwênen, A verweinen 6 CE, A loben 7 E stirbe aber ich

---

(c) **3**,4 E denne; CE ân; CE, A mîne 5 C herze; E würden 6 C genâden
4,1 C dûhte des (des *durch zwei Striche vor* dûhte *eingewiesen*) 2 CE, A er; E denne 5 C Nimt 6 E mîns; A lenbennes, CE lebens

3 Herr – was sie Flüche auf sich ziehen wird,
wenn ich nun meinen Sang einstelle!
Alle, die (sie) jetzt loben, das weiß ich wohl,
die schelten dann ohne mein Zutun.
Tausend Herzen wurden froh
durch ihre Gnadenerweise; dafür büßen sie,
löse ich mich auf diese Weise von ihr.

4 Als mich dünkte, daß sie gütig sei,
wer war ihr da geneigter als ich?
Das hat ein Ende. Was immer sie mir antut,
dessen kann sie ebenso gewärtig sein.
Befreit sie mich aus dieser Not,
dann hat ihr Leben teil am Ruhm meines Lebens.
Bringt sie mich zum Sterben, dann ist sie tot.

3,7 lassen sie mich auf diese Weise verderben

L 73,17 A 115 C 259 E 85 (xy 31) (Reinmar b 87)

5 Sóldẹ ich in ir dienste werden alt,
die wî́le junget si niht vil.
Sṓ ist mîn hấr vil lîhtẹ alsô gestalt,
daz sí einen jungen danne wil.
Sô hélfe iuch gót, herre júnger man,
sô réchet mích und gânt
ir álten hût mit sumer latten an!

(b) **5**,1 CE Sol 2 E wîl enjunget 3 E Vil lîhte wirt mîn hâr alsô g. 4 danne *fehlt* E 5 iuch *fehlt* C 7 E die alten

---

(c) **5**,5 E iu; CE her 6 CE gêt 7 C laten

5 Sollte ich in ihrem Dienst alt werden,
derweil verjüngt sie sich nicht sehr.
Dann ist mein Haar vielleicht so beschaffen,
daß sie dann einen Jungen will.
Dann helfe Euch Gott, Herr junger Mann,
dann rächet mich und geht
auf ihre alte Haut mit frischen Gerten los!

XXXI b

Lachmanns Textzeuge y (= Mö-B)

30 Ein langes schweygen hab ich bedacht,
So wil ich aber singen als ee.
Dar zu haben mich die schön frawen bracht,
Die mögen mir wol helfen mee.
So pit ich dich du junger man,
Rich mich an der alten braut
Und schlach mit deiner lautten an.

31 Was ich schaff, so bin ich alt,
Davon so junget sy nit vil.
Das mir mein bart ist so graw gestalt,
Das sy ain Jungen haben wül.
Vor war ich her nun bin ich knecht.
Des ist mir auff düser hochzeyt
Ain alte schüssel worden recht.

Sigle y = Hs. Mö-B, Nicolaus Thomans Weißenhorner Historie, 1536 (Stadtarchiv Weißenhorn Nr. 9); Textabdruck nach: *Walther von der Vogelweide. Die gesamte Überlieferung der Texte und Melodien*, hrsg. von Horst Brunner, Ulrich Müller, Franz V. Spechtler, mit Beiträgen von Helmut Lomnitzer und Hans-Dieter Mück, Göppingen 1977, S. 302, s. a. S. 43*. Der Abdruck der ganzen Möringer-Ballade findet sich in: *Das deutsche Volkslied*, Bd. 1: *Balladen*, Tl. 1, hrsg. von John Meier, Leipzig 1935 (Deutsche Literatur in Entwicklungsreihen), Nr. 8 »Der edle Moringer«, S. 62; Str. 30, 31: S. 69 (textgleich mit dem Abdruck in: *Bragur* 3, 1794, S. 411 ff.).

XXXI b

30 Ein langes Schweigen habe ich beabsichtigt,
jetzt will ich wieder singen wie früher.
Dazu haben mich die schönen Frauen gebracht,
die können mir wohl (noch) mehr helfen.
Nun bitte ich dich, du junger Mann,
räche mich an der alten Braut
und schlage mit deiner Laute drein.

31 Was ich auch tue, jetzt bin ich alt
– dadurch wird sie nicht viel jünger –,
daß mir mein Bart so grau geworden ist
(und) daß sie einen Jungen haben will.
Vormals war ich Herr, jetzt bin ich Knecht,
deshalb ist mir auf dieser Hochzeit
eine alte Schüssel zugeteilt worden.

Anhang

A I

MF 180,28 C 122

1 Durch daz ich fröide hie bevor ie gerne pflac,
sô wundert die liute al*lz* mîns trûrens sêre.
dem ist nu sô, daz ich baz niene mac.
kæmę aber iemer mir ein lebender tac,
ich kan noch, daz ich ie kunde oder mêre.
des geswîgte ich durch die gotes êre,
Der mir sælden hât gegeben sô vil,
ich gouch, als ich des niht erkennen wil.

MF 180,36 C 123

2 Hiure ist fröide manigem man harte unwert:
daz ist iedoch entriuwen âne schulde.
wir solten hiure sîn frôer danne vert.
jô mac ein man erwerben, des er gert,
lop und êre und doch dar zuo gotes hulde.
got helfe im, swer daz mit sorgen dulde.
Jâ enwirt ein dienest niemer guot,
de*n* man sô rehte trûreclîche tuot.

(b) 1,2 C als
2,8 C dem

A I

1 Weil ich Freude hier vormals immer gerne genoß,
deshalb verwundert die Leute freilich mein Trauern sehr.
Dem ist nun so, daß ich anders keineswegs kann.
Käme für mich jemals wieder ein lebensvoller Tag –
ich kann noch, was ich immer konnte und (sogar) mehr.
Damit hörte ich auf der Ehre Gottes wegen,
der mir so viel Seligkeit gegeben hat.
Ich Narr, daß ich dies nicht erkennen will.

2 In diesem Jahr ist Freude für manchen Mann sehr wenig wert.
Das ist jedoch wahrlich ohne Grund.
Wir sollten heuer fröhlicher sein als im vergangenen Jahr.
Fürwahr, es kann ein Mann erreichen, was er begehrt:
Preis und Ehre und überdies Gottes Huld.
Gott helfe dem, der dies mit Furcht erduldet.
Fürwahr, ein Dienst wird niemals gut,
den man so recht traurig leistet.

MF 181,5 C 124

3 Meniger swüere wol, der nu hie bestât,
er hete allen sînen willen mit den wîben.
geloube er mir, daz ez sô lîhte niht ergât,
wil er die, diu sinne und êre hât,
von den beiden alsô lîhte vertrîben.
ir dekeiner darf ûf den trôst belîben.
Weiz got, guotes wîbes vingerlîn,
daz sol niht senfte nu zerwerbenne sîn.

3,1 C swͤre 3 C zergat

3 Mancher schwöre wohl, der nun hier zurückbleibt,
er erreiche seinen vollen Willen bei den Frauen.
Er möge mir glauben, daß es so leicht nicht gelingt,
will er diejenige, die Verstand und Ehre besitzt,
aus diesen beiden so leichthin vertreiben.
Keiner von ihnen braucht in dieser Hoffnung zurückzubleiben.
Weiß Gott, der Ring einer rechtschaffenen Frau,
der darf nicht einfach zu erwerben sein.

A II

MF 181,13 C 125

1 Des táges dô ích daz kriuze nam,
dô huotẹ ich der gedanke mîn,
Als ez dem zeichen wol gezam
und als ein rehter bilgerîn.
Dô wândẹ ich si ze gote alsô bestæten,
daz si íemer vuoz ûz sîme dienste mêr getræten.
nu wellent si áber ir willen hân und ledeclîche varn als ê.
diu sorge diu ist mîn eines niet, si tuot ouch mêre liuten wê.

MF 181,23 C 126

2 Noch vüerẹ ich aller dinge wol,
wan daz gedanke wellent toben.
Dem gote dem ich dâ dienen sol,
den enhelfent si mir niht sô loben,
Als ichs bedorftẹ und ez mîn sælde wære.
si wellent noch allez wider an diu alten mære
und *wænent*, daz ich noch fröide pflege, als ich ir eteswenne pflac.
daz wende, muoter unde maget, sît ichs in niht verbieten mac.

(b) 1,2 C gedankē 5 C sie
2,7 C Vn̄ wen

A II

1 An dem Tag, an dem ich das Kreuz nahm,
da wachte ich über meine Gedanken,
wie es diesem Zeichen wohl anstand
und wie ein rechter Pilger.
Damals glaubte ich, sie so auf Gott zu verpflichten,
daß sie nie mehr einen Fußbreit aus seinem Dienst träten.
Nun wollen sie wieder ihren Willen haben und sich frei bewegen wie früher.
Diese Sorge, die ist die meine nicht allein, sie tut noch mehr Leuten weh.

2 Noch ginge es mir in allen Dingen gut,
wenn nicht die Gedanken sich unsinnig benehmen wollten.
Den Gott, dem ich da zu dienen verpflichtet bin,
den helfen sie mir nicht so zu preisen,
wie ich es nötig hätte und es mein Heil wäre.
Sie wollen noch immer zurück zu den alten Geschichten
und glauben, daß ich mich noch der Freude hingeben wolle, wie ich mich ihr einstmals hingab.
Das wende ab, Mutter und Jungfrau, nachdem ich es ihnen nicht verwehren kann.

MF 181,33 C 127

3 Gedanken nu wil ich niemer gar
verbieten des ir eigen lant,
In erloube in eteswenne dar
und aber wider sâ zehant,
Sô si unser beider friunde dort gegrüezen,
sô kêren dan und helfen mir die sünde büezen,
und sî in allez daz vergeben, swaz si mir haben her getân.
doch fürhte ich ir betrogenheit, daz si mich dicke noch bestân.

MF 182,4 C 128

4 Sô wol dir fröide und wol im sî,
der dîn ein teil gewinnen mac.
Swie gar ich dîn sî worden frî,
doch sach ich eteswenne den tac,
Daz du über naht in mîner pflege wære.
des hân ich aber vergezzen nu mit maniger swære.
die stîge sint mir abe getreten, die mich dâ leiten hin an dich.
mirn hulfe nieman wider ze wege, ern hete mînen dienest und ouch mich.

3 Den Gedanken will ich nun niemals gänzlich
deshalb ihr eigenes Land verbieten [gehen,
und ihnen etwa nicht erlauben, zuweilen dorthin zu
dann jedoch sofort wieder zurückzukommen,
wenn sie unser beider Freunde dort gegrüßt haben,
dann mögen sie umkehren und mir helfen, die Sünden zu büßen,
dann sei ihnen alles das vergeben, was sie mir bisher angetan haben.
Jedoch fürchte ich ihre Torheit, daß sie mir noch oft zur Last fallen.

4 Heil dir, Freude, und Heil auch ihm,
der von dir ein wenig erlangen kann.
Wie sehr ich auch von dir getrennt worden bin,
so habe ich doch einstmals den Tag erlebt,
an dem du über Nacht in meiner Obhut warst.
Das habe ich nun aber vergessen über mancher Beschwernis.
Die Pfade sind mir nicht mehr zugänglich, die mich damals führten zu dir.
Mir wird wohl niemand wieder auf diesen Weg helfen,
es sei denn, er hätte meinen Dienst und auch mich.

Kommentar

Vorbemerkung

Jedem Lied ist eine moderne Gattungsbezeichnung vorangestellt. Aus mhd. Zeit sind zwar – in einem Gedicht Reinmars des Fiedlers (KLD 45,III) – Gattungsbezeichnungen überliefert, es ist aber nicht bekannt, ob und inwieweit ein solcher Gattungskatalog damals bestimmend war. Es ist eher anzunehmen, daß im Mittelalter die Vorstellungen auf diesem Felde ebenso offen waren wie in anderen Bereichen. Ich gehe also von einem eher großflächigen Gattungsraster aus.

Im 1. Abschnitt (1) des Kommentars folgt eine Zusammenstellung der jeweils wichtigsten Aspekte der Überlieferung des betreffenden Liedes.

Im 2. Abschnitt (2) sind einige Interpretationsansätze und Motivparallelen zusammengestellt, die nicht mehr sein wollen als Anregungen zu eigenen Überlegungen, sei es in Übereinstimmung oder im Widerspruch zu dem hier Vorgetragenen.

Im 3. Abschnitt (3) werden das Strophenschema und evtl. Versvarianten notiert.

Im 4. Abschnitt (4) schließlich werden mhd. syntaktische und semantische Eigenheiten (mit Hinweisen auf die mhd. Grammatik von Moser/Schröbler) vermerkt, ebenso Text- und Übersetzungsvarianten.

Ich bin mir darüber im klaren, daß der eine Benutzer gerne weniger, der andere mehr, ein dritter anderes zu den einzelnen Stellen und Punkten vorgefunden hätte. Jedem Kenntnis- und Interessenstand gerecht zu werden ist wohl unmöglich. Der vernünftige Benutzer wird sich durch eine Fehlanzeige nicht entmutigen, sich vielmehr zu eigenem Weitersuchen anregen lassen.

Auf eine durchgehende Auseinandersetzung mit anderen Forschungsmeinungen habe ich nicht nur aus Platzgründen verzichtet: die unterschiedlichen Ergebnisse und Meinungen ergeben sich meist aus den unterschiedlichen Ausgangspunkten.

I

(MF 150,1; MFMT I)

Minnelied

(1) Nur in A und C sind alle drei Strophen gemeinsam überliefert. B bietet unter Reinmar nur Str. **1**. Str. **2** und **3** finden sich dagegen in der Sammlung Friedrichs von Hausen, und zwar in einem offenkundig versehentlichen Einschub, der zwölf Strophen (B 12–23) umfaßt, die in C Reinmar, Rudolf von Rotenburg, dem von Hohenburg zugeschrieben sind. Daß es sich hier um ein Versehen handelt, erhellt vor allem daraus, daß diese Strophenfolge ein vierstrophiges Gedicht Hausens (MF 47,9) in der Mitte teilt (vgl. auch Hau UB, S. 139 f.). In A sind Str. **1** und **2** gegenüber C umgestellt. Wie auch sonst bringt A überdies gelegentlich eigene Wendungen. Bemerkenswert ist, daß B in den Strophen, welche in der Hausen-Sammlung stehen, stellenweise, abweichend vom sonstigen Brauch, ebenfalls eigene Wege geht. Dies läßt sich so deuten – und darauf weist auch der übrige Strophenbestand des Einschubs hin –, daß diese zwei Strophen nicht unmittelbar aus einer Reinmar-Sammlung stammen, sondern über eine Zwischenstufe, etwa die Sammlung eines Nachsängers, in die Hs. B gelangt sind. Die Textänderungen könnten also auf einen Nachsänger zurückgehen. Die sonstigen Textunterschiede zwischen den Hss. bewegen sich im üblichen Rahmen von Abschreibe-Varianten. In B fallen häufige Wort-Auslassungen auf, wenn man von einem festen Strophenrahmen ausgeht.

(2) Dieses Lied enthält mehrere Grundmotive: die absolute Liebesbindung (. . . *nie vergaz*, **1**,2), das rühmende Preisen (**1**,3), die zeitliche Dauer (**1**,6), Leid durch Trennung (**1**,7 ff.), die Einbindung in die Gesellschaft (**2**,1 ff.), Sozialneid (**2**,7), der aber hier als nebensächlich dargestellt wird. Dieses Motiv ist nochmals aufgegriffen in Str. **3** und zurückgewiesen mit Berufung auf höfische Gesinnung und Gesittung (*schœne sinne*, **3**,7). Im Mittelpunkt des Gedichtes steht also das Verhältnis der Minnenden zur Gesellschaft, ihre Beziehung zur Mitwelt mit der Betonung des Eigenrechtes der Minne. Mann und Frau stehen zusammen gegen die Gesellschaft (vgl. z. B. schon bei Meinloh von Sevelingen, vor allem MF 12,1; 13,27; 14,26). Den Abschluß des Liedes bildet eine Sentenz (**3**,8/9), die einen idealen Wunsch ausdrückt.

Das Lied lebt noch ganz aus dem Geist des frühen Sangs, ist Werbelyrik aus einer Position der natürlichen Gleichordnung der Geschlechter.
Die Fassung der Str. **2** in C (*man* statt *ritter*) kann entweder aus Nachlässigkeit entstanden sein (Vertauschung innerhalb eines großräumigen Sinnbezirks) oder aber aus der Generalisierung des Adressatenkreises.
Dieses Gedicht leitet – sei es nun absichtlich oder entsprechend der Entstehungs-Chronologie – zu Recht die Sammlungen Reinmars in B und C ein, denn es verbindet Reinmars Werk mit der älteren Tradition.

(3) Metrisches Schema: 4ma 4mb / 4ma 4mb // 5wc 5wc 3wd 4mx 5wd

Die weiblichen Kadenzen können auch klingend gelesen werden (statt x́x: -́x); damit ergeben sich jeweils geradtaktige Verse (Vier- und Sechsheber). – Setzt man metrischen Gleichlauf der Strophen voraus, dann sind verschiedene Eingriffe metricis causa nötig: Ergänzungen: B **1**,9 (korrigiert nach CA), C **2**,5 (korr. nach B), C **3**,8 (korr. nach AB). Der Wechsel der Quellen ist ein Hinweis darauf, daß es sich hier wohl um Tradierungsfehler handelt. In C **3**,2 steht ein einsilbiger Takt (*verheln*), vgl. dazu VII,**1**,7. Bemerkenswert ist, daß zweisilbige Auftakte nur in den Abgesängen auftreten. Doppelsenkungen (dreisilbige Takte) begegnen in B **1**,2 (geändert nach CA; nicht zwingend), **1**,6, **1**,9 (nach C auch *müet* möglich), **2**,6, **3**,9 (zweisilbig in AB).

(4) **1**,1 *liep* bezeichnet sowohl eine Person als auch das Gefühl; A setzt mit der Wendung *Mîn liep* (›meine Liebste‹) persönlicher ein, aus der Strophenumstellung erklärlich. 3 *singen unde sagen*, Formel für den Vortrag, meint Melodie und Text oder auch poetische und prosaische Sprechweise. 5 *müezen* bezeichnet eine Notwendigkeit oder höhere Bestimmung. 6 *manec*, Grundbedeutung ›viel‹.
7 Ironische Wendung. 8 A *eth*, offensichtliche Verschreibung.
9 Stilfigur des Hysteron-Proteron (das Spätere als Früheres); *sêre* nicht als steigerndes Adv. (›sehr‹), sondern in der Grundbedeutung verstanden (vgl. nhd. ›versehren‹); A *muoget*, umlautlose Form.
2,2 *sælic* ›wert‹; die beiden Adj. stehen für subjektiv-individuellen und objektiv-sozialen Aspekt. 3 *diu liute* meint die höfische Gesellschaft; der Vers betont die Bedeutung der sozialen Einbindung des mittelalterlichen Menschen, bes. in höfischer Zeit; vgl. zur Unmöglichkeit, fern vom Hofe längere Zeit zu leben, die Rückkehr Tristans und Isoldens von der Minnegrotte an Markes Hof. 3/4 Im Mhd.

nachgestellte Relativsätze, im Nhd. als Konditionalsätze wiedergegeben. 4 *êren*, Pl., im Mhd. können Abstrakta auch pluralisch verwendet werden. B im Mhd. mögliche Inkongruenz von Subst. *herzen* (Pl.) und Vb. (Sg.), vgl. M/SCH, § 326. 5 *diu* in A deutet auf ein ausgefallenes *vröide* hin. In C ist dieser Defekt dadurch korrigiert, daß das (neue) Rel.-Pron. (*daz*) auf die Aussagen des Aufgesanges Bezug nimmt. 6 *güete* bezeichnet gutes Tun und Gutsein. 8 *gefüege*, was ›gefügt, passend‹ ist, nicht stört. 9 *werlt*, steht für die höfische Gesellschaft; *lîde*, Konj. Präs., nhd. Konj. Prät., da Ind. und Konj. Präs. gleich lauten.

3,1/2 Zur Übersetzung vgl. die Verdeutlichung in A. 4 Hier wird das Motiv des Minnetoren angesprochen. 6 *wânde*, gnomisches Prät., gebräuchlich bei sentenzhaften Aussagen, im Nhd. dafür Präs.; in *daz* steckt sowohl das alte Dem.-Pron. (›das‹) als auch die neue Konjunktion (›daß‹), welche durch Verschiebung der Satzgrenze entstanden ist (M/SCH, § 358). 7 Wörtl.: außer er pflegte nicht höfischen Sinn; *enpflæge*, Konj. Prät. mit Negation im abhängigen exzipierenden (ausschließenden) Satz (M/SCH, § 340); B *dehein man* greift *ieman* von V. 6 auf. 9 Prinzipielle Sentenz.

Literatur

NAGEL, Bert: *Ein liep ich mir vil nâhe trage* (MF 150,1–27). In: Ruperto-Carola 22 (1970) Bd. 48. S. 27–37.

II

(MF 151,1; MFMT II)

Wechsel

(1) In den Hss. B und C weitgehend identisch überliefert, abgesehen von kleineren Laut- und Schreibvarianten.

(2) In der überlieferten Folge (die in anderen Ausgaben z. T. mit schwachen Gründen geändert ist) bieten die Strophen Einblick in einen Handlungsablauf, von dem Mann und Frau unabhängig voneinander berichten. Am Anfang und Schluß steht die Figur der sehn-

süchtigen und dann gewährenden Frau; diese Frauenstrophen umschließen zwei Mannesstrophen, die von froher Erwartung und Hoffnung getragen sind:
1. Klage der Frau darüber, daß unter den sie umgebenden Leuten der heimlich Erwählte fehle (Motiv der Mißgunst der Umwelt).
2. Mannesstrophe, die von einer inzwischen erfolgten Begegnung kündet, die dem Manne Grund zur immerwährenden Freude liefert, auch wenn er sie vor der Gesellschaft verbergen muß (das Motiv der Mißgunst von Str. **1** ist hier aufgegriffen).
3. Mannesstrophe, in der der Mann seinem Wunsch nach weiteren Gunstbeweisen und der Hoffnung, daß sie ihm zuteil würden, Ausdruck verleiht.
4. Frauenstrophe, in der die Dame zu erkennen gibt, daß sie die Erwartungen des Mannes erfüllen will. Das Leitmotiv für die beiden Strophen (Str. **3** und **4**) ist das Eingangswort *gnâde*.
Der Wechsel besteht aus einer Folge von Monologen, welche die Erwartungen und Zweifel bei der Anknüpfung einer Beziehung ausdrücken. Wie Lied I steht auch dieses Lied noch außerhalb der hoffnungslosen Leiderfahrung der hohen Minne. Auch die Gattung des Wechsels weist in frühhöfische Zeit zurück.

(3) Metrisches Schema: 4ma 4mb / 4ma 4mb // 4mc 3wd 4mc 5wd

Eine Versgrenzenverschiebung in **3**,5.6 (5/2 statt 4/3) hebt den Zentralbegriff *stæte* metrisch heraus. In MFMT wird **3**,5/6 geändert in . . . *daz sî mich lât / geniezen mîner stæte*. Der Auftakt ist im Aufgesang regelmäßig, entweder durchgehend: Str. **1** und **3** (dementsprechend Textänderung in **3**,1), oder wechselnd: Str. **2**,1.3 und Str. **4**,2.4. In **3**,7 entsteht in B (fälschlich) ein abschließender Dreireim durch die Variante *bœse ræte*, wobei V. 5 zur Waise wird.

(4) **1**,3 *ger* < *gern* ›begehren‹. 3/4 Anakoluth, bedingt durch die Spitzenstellung des herausgehobenen Wortes *ritter* (M/SCH, § 381). 6 *als* ›so oft als‹. 8 *nîden*, zu mhd. *nît* ›Haß‹.
2,1/2 Negative Umschreibung für lebenslängliche Freude. 6 ÜV: wie es mir rechtmäßig zustünde. 8 Modalsatz im Ind. ohne Konjunktion nach negiertem Hauptsatz (vgl. M/SCH, §§ 362, 364, 311).
3,5/6 *geniezen* mit Gen.-Obj.
4,3 *triuwen* ›treu sein‹, Vorsilbe *ge-* zum Ausdruck der Intensivierung. 4 *muot*, Gesamtheit des Fühlens und Empfindens. 5 *wes*, 2. Sg. Opt. zu *wesen* ›sein‹. 8 Nhd. ›dies‹ bezieht sich auf V. 6;

vergleichende amplificatio im Überbietungsschema: Die Höhe des Gunsterweises wird mit dem Hinweis auf den Kaiser verdeutlicht, wobei vorausgesetzt ist, daß diesem alle Türen offenstehen. Anakoluth als Ausdruck des scheuen Andeutens. – Der Kaiser als Vergleichsperson für besondere Gunsterweisung begegnet schon bei Friedrich von Hausen (MF 49,17; Hau UB VIII: *der keiser ist in allen landen / kuste er si ze einer stunt / an ir vil rôten munt / er jæhe, ez wære im wol ergangen*), Ulrich von Gutenburg (MF 70,8; SchM, Leich IIa,3, S. 286: *mir wirt von ir vil lîhte geben, / dar nâch ein keiser möhte streben*); vgl. auch Heinrich von Rugge MF 108,5 und Walther von der Vogelweide L 62,36 ff.
Das Motiv des Beischlafes begegnet bei dem angeblich so esoterischen Minnetheoretiker Reinmar relativ häufig, vgl. noch Lied III,**2**; V,**5**; X,**4**; XV,**4**.

III

(MF 152,5; MFMT III)

Erweiterter Wechsel

(1) Die Strophen **1–3** sind in drei Hss. (B, C, E) überliefert, wobei in E Str. **1** und **2** gegenüber BC vertauscht sind; hier folgt außerdem eine Zusatzstrophe (**4**), welche im Abgesang die Verse 7–10 aus Str. **2** (nach BC) bringt. An deren Stelle stehen in der entsprechenden Strophe, welche in E den Anfang bildet (335), Verse, die den Inhalt von V. 6 dieser Strophe variieren. Der Text ist in E auch an anderen Stellen geändert, z. T. auch defekt (**1**,7; **3**,6); dies kann bis zur Störung des Vers- und Reimschemas gehen (**3**,9 f.; **4**,1 f.).

(2) Dieser Wechsel bietet gegenüber Lied II eine Verschiebung der Sprecherkonstellation: zwei (nach E drei) Mannesstrophen steht eine Frauenstrophe gegenüber, die jedoch in allen drei Fassungen in gleicher (dritter) Position bleibt. Der männliche Sprecher ist durch eine absolute Ergebenheit der Dame gegenüber gekennzeichnet (Str. **1**). Die Mitwelt wird zwar angesprochen, aber als beiläufige Instanz abgetan, die entweder nichts ausrichten kann (**1**,6 ff.) oder nichts versteht, da sie äußeren Anschein für den Zustand des Inneren nimmt (Str. **2**). Diese eigenartige Gleichgültigkeit der an sich wichtigen gesellschaftlichen Einbindung gegenüber (vgl. Komm. zu Lied I,**2**,3)

wird erklärt durch die bereits Str. **1** (V. 10) und dann Str. **2**,6 ff. angedeutete Sicherheit, erhört zu werden. Nur in Str. **4** sieht der Mann der Umwelt wegen davon ab, sein Inneres zu zeigen, offensichtlich – vor dem Hintergrund von Str. **3** (Angst der Dame: *sol mich diu werlt alsô vergân*) –, um die Dame nicht zu kompromittieren.
Den optimistischen Mannesstrophen gegenüber ist die Frauenstrophe von Zweifeln durchsetzt (Sorge, keine Wirkung mehr auf den Erwählten auszuüben, Angst vor Konkurrentinnen), die sich allerdings vor dem Hintergrund der Mannesstrophen als überflüssig erweisen. Die Dame braucht zu ihrer Rückversicherung einen Boten, da auch für sie ein direkter Kontakt der Gesellschaft wegen unmöglich ist. Das Gedicht ist ein weiteres Zeugnis für Kommunikationsschwierigkeiten, die einem Gefühlsaustausch außerhalb der Gesellschaft entgegenstehen.

(3) Metrisches Schema: 4ma 4mb / 4ma 4mb // 4mc 5mc 4md 2we 4we 4md

Einsilbige Takte stehen jeweils an betonter Stelle in **1**,6 (*wérlt*), **3**,3 (*dehéinèn*), **3**,9 (*dés*). Bei diesem Gedicht ist der Abgesang um die Hälfte länger als der Aufgesang (vgl. dagegen etwa Lied I und II).

(4) **1**,1 *ledeclîche*, bedeutet sowohl ›aus freien Stücken‹, ›aus freiem Willen‹ als auch ›ungebunden‹, ›frei‹. 3 *ungedâht*, von *denken*, mit negierendem Präfix. 4 *werden*, im Mhd. Vollverb (s. Übers.). 8 *nîden*, substantivierter Inf., vgl. Lied II,**1**,8 und Komm.
2,2 *gedenken*, auch ›Erinnerung‹, ›in Gedanken sein‹, CE *gedanken* ›Gedankenfülle‹, vgl. auch Meinloh von Sevelingen MF 12,27 und Friedrich von Hausen MF 42,10; 45,37; 51,33 (Hau UB I,2; II,1; XIII,1). 3 *gesingen noch gelachen*, die Präfixe können eine Intensivierung meinen. In BC stehen die beiden Verben für eine gehobene Gefühlsäußerung. E hat hier eine prosaischere Fassung (*gesprechen noch gelachen*). 6 *ein fröide*, unbestimmter Art. in Nom. Sg. oft endungslos gebraucht (M/SCH, § 151); E *und*, adversative Funktion: ›wo doch‹, ›wogegen‹ (M/SCH, § 338b und Anm. 1). 7 ÜV: Will die Schöne ihr Versprechen halten. 8 Des Metrums wegen nachgestellt. 10 *frouwen*, kann Dat. Sg. und Pl. sein (schwach flektiert). Der Unterschied zwischen BC (*hât gelegen*) und E (*ist gelegen*) kann vernachlässigt werden. Zum Motiv vgl. Lied II,**4**; V,**5**; X,**4**; XV,**4**.
3,2 *sol*, Präs., im Mhd. Consecutio temporum; *vergân*, eigtl. ›übergehen‹, d. h. wenn die höfische Gesellschaft sie nicht mehr beachtet, fallenläßt (evtl., weil sie zu weit geht), daraufhin bliebe ihr nur noch

das jammervolle Altern. 6 *und sol ime* . . ., von *müet* abhängiger Fragesatz, *und* in der Funktion eines Fragepartikels (vgl. auch M/SCH, § 338), *sol*, im Tempus abhängig von *müet* (M/SCH § 361, Consecutio temporum). 7 Zum Motiv des Boten vgl. auch Dietmar von Aist, MF 32,21 (von ihr geschickt), 32,13; 38,14 (von ihm geschickt), und Reinmar, Lied XXV.

4,4 *ob* ›wenn‹ als konditionale Konjunktion, vgl. M/SCH, § 352,1. ÜV: wenn es sich dabei zeigen sollte, daß ich etwas getan habe, was sie anerkennen kann (er getraut sich allerdings der Welt wegen nicht, dies offen auszusprechen). 7–10 Die Verse entsprechen weitgehend denen von Str. **2** (nach BC), s. d.

IV

(MF 153,14; MFMT V)

Minneklage

(1) In B ist ein fünfstrophiges Gedicht überliefert (B 9–13). Diese Strophen gehören zu einem größeren Komplex gleich oder sehr ähnlich gebauter Strophen, der am umfassendsten in C erhalten ist (C 11–19). Dort erscheinen die fünf B-Strophen in gleicher Reihenfolge, aber nicht direkt aufeinanderfolgend (C 11–13, 15, 19). In A tauchen (in z. T. geänderter Reihung) unter Reinmars Namen sechs Strophen auf (A 28–33), von denen nur drei in B eine Entsprechung haben (A 28–30, gegenüber B in der Reihung **4**, **1**, **2**). In E finden sich insgesamt zwölf Strophen. Drei sind als selbständiges Lied eingetragen (E 284–286 = B 12, 9, 11; Reihung **4**, **1**, **3** gegenüber B). Str. **5** aus der B-Reihe (B 13) ist die vorletzte einer neunstrophigen Folge (E 326–334)[1], die evtl. aus der nachträglichen Kombination zweier Gruppen mit verwandter Strophenstruktur zusammengestellt wurde (in den Strophen 332–334 ist V. 5 jeweils nur drei-, nicht vierhebig). Von dieser Reihe stehen in der C-Folge nur zwei Strophen (E 332 = C 14 und E 333 = C 19).[2]

1 Die Strophen E 326–331 sind in MF unter 162,7–163,14 abgedruckt (s. Lied XIII), E 332/333 unter 152,25 und 152,34, E 334 unter Walther L 71,27.

2 Um den Zusammenhang überschaubar zu machen, sind hier im Anschluß an B alle weiteren C-Strophen aufgeführt.

Dieser Strophenkomplex ist also in keinem der vier Reinmar-Zeugen, den Hss. A, B, C, E, vollständig und gleichgeordnet bewahrt. Gemeinsam sind allen vier Hss. nur zwei Strophen:

MF 153,14 (C 11, B 9, A 29, E 285) und
MF 153,5 (C 15, B 12, A 28, E 284).

Folgende Liedeinheiten sind in den Hss. durch Initialen ausgewiesen:

Reinmar	C	11– 19
	E	284–286
	E	326–334
	(E	332–334 mit leicht variiertem Strophenschema)
Walther	C¹	250–251
	C²	355–358

Nur aus der Strophengleichheit zu erschließende Liedeinheiten:

Reinmar	A	28– 33
	B	9– 13
Walther	A	24– 27

Ein solches, gerade bei Reinmar nicht vereinzeltes, mannigfach differenziertes Überlieferungsgeflecht[3] kann für sich schon einen Eindruck vermitteln, wie ein Berufssänger wie Reinmar einen Kernbestand an Strophen (der am ehesten in B erhalten sein mag) im Laufe der Zeit und für bestimmte Vortragssituationen erweiterte, auch wieder kürzte oder umgruppierte, und so aus einem gewissen Strophenarsenal immer wieder neue Liedeinheiten schuf.[4]

Inwieweit mit den Textänderungen auch Melodievariationen und -änderungen verbunden waren, läßt sich mangels Materials nicht mehr bestimmen.

Die hier vorliegende Überlieferungskonstellation wird nun dadurch zusätzlich kompliziert, daß Walther von der Vogelweide an kennzeichnender Stelle in diesen Strophengruppen auftaucht. Unter seinem Namen überliefert die Hs. C zwei Lieder, deren Strophen bis auf eine mit den unter Reinmar überlieferten Strophen dieses Komplexes

3 Schweikle, Habil.-Schr., S. 211 ff. und passim.

4 Ein solches Variationsprinzip findet sich z. B. noch bei Johann Sebastian Bach in der Form der musikalischen Parodie: So sind etwa vier Stücke aus der weltlichen Kantate »Tönet ihr Pauken« (BWV 214) von 1733 mit geänderten Texten ins Weihnachtsoratorium (1734) übernommen worden; oder: der 1. Chor der weltlichen Kantate BWV 36c von 1725 ist sogar noch dreimal verwendet worden: 1726 in BWV 36a; 1731 in einer Adventskantate BWV 36 und schließlich noch 1735, wieder mit weltlichem Text, in BWV 36b.

gleichlauten: einen zweistrophigen, mit einer Waltherschen Frauenstrophe beginnenden Wechsel (L 71,19):

Str. 1 *Ich hœre ime maniger êren jehen* (C^1 250),
Str. 2 *Wie kumt daz ich sô wol verstân* (C^1 251 = E 334 der Reinmar-Reihe).

Dieser Wechsel erscheint dann in den Walther-Sammlungen in C^2 und in A auf vier Strophen erweitert, wobei es offen ist, ob er aus zwei Frauen- und zwei Mannesstrophen bestehe (so nach MF und hier) oder aus einer Frauenstrophe und drei Mannesstrophen. Die beiden Zusatzstrophen begegnen ebenfalls in der E-Reihe unter Reinmar, ferner in C, eine davon auch in B (C 14 = E 332; C 19 = E 333 = B 13; es ist die Str. **5** des hier abgedruckten Liedes).

Der vierstrophige Wechsel:

MF 152,25 Walther C^2 355 A 24 *Reinmar C^1 14 E 332*

1 'Ich lebte ie nâch der liute sage'
... s. Lied IV,**9**

L 71,19 Walther C^1 250 C^2 356 A 25

2 'Ich hœre ime maniger êren jehen
der mir ein teil gedienet hât.
Der im in sîn herze kan gesehen,
an des genâde suoch ich rât,
Daz er mirz reht erscheine.
nû fürhte aber ich, daz erz mit valsche meine.
taete er mir noch den willen schîn,
hæte ich iht liebers danne den lîp, des müeste er herre sîn.'

MF 152,34 Walther C^2 357 A 26 *Reinmar B 13 $C^1$19 E 333*

3 Ist daz mich dienest helfen sol
... s. Lied IV,**5**

L 71,27 Walther C^1 251 C^2 358 A 27 *Reinmar E 334*

4 Wie kumt, daz ich sô wol verstân
ir rede und si der mîner niht
Und ich doch grœzer swære niht enhân,
wan daz man mich frô dar under siht?
Ein ander man ez lieze.
nû volge aber ich, swie ich es niht genieze,
swaz ich dar umbe swære trage,
dâ spriche ich niemer übel zuo wan sô vil, daz ich ez klage.

Offen ist nun, wie eine solche Strophenkonstellation letztlich zu deuten sei. Es ist anhand der Überlieferungslage nicht zu entscheiden, ob diese Wechsel von Walther oder Reinmar stammen. Zwar stehen beide Wechsel als ganze nur in den Walther-Sammlungen, aber nur eine Strophe (C^1 250 = C^2 356 = A 25) ist eindeutig nur für ihn belegt. Die Überlieferung der anderen Strophen ist etwa gleichwertig (s. Übersicht S. 317).

Gehören diese Strophen Reinmar, hätte Walther, vielleicht im Rahmen der Reinmar-Walther-Fehde, die Wechsel in parodistischer Absicht gefertigt, etwa indem er (im zweistrophigen Wechsel) die tendenziell exponierte Strophe Reinmars *Wie kumt daz ich sô wol verstân / ir rede* (E 334) mit ihrer absoluten Entsagungs- und Leidensbereitschaft aufgegriffen und durch eine neuverfaßte Frauenstrophe konterkarierte und damit Reinmars Minneauffassung persiflierte. Der Effekt könnte in der Diskrepanz der Haltungen der beiden Sprecher – hier die hingabebereite Frau, dort der dies vor lauter Ergebenheitsbeteuerungen nicht bemerkende Mann – gelegen haben. – Im vierstrophigen Wechsel hätte Walther dann mit ähnlicher Absicht außerdem die Reinmarschen Strophen E 332 und 333 aufgenommen.

Nach analogen Prinzipien ist Walther ja auch mit einem anderen Lied Reinmars (*Langez swîgen hêt ich mir gedâht*, s. hier Lied XXXI) verfahren, das er modulierte und erweiterte (L 72,31); ähnlich verfuhr er auch mit Morungens Liebeskriegslied (MF 145,33), während Walther bei einer weiteren Reinmar-Parodie (*Ein man verbiutet âne pfliht*, L 111,23), bei der er ebenfalls seine Gegenmeinung einer *frouwe* in den Mund legt, lediglich die Strophenform und einzelne Wendungen benutzte.[5]

Daß ein so erweitertes Gedicht in Walthers C-Sammlung an zwei Stellen erscheint, ist etwa auch bei L 66,5; L 70,1 u. a. zu beobachten.[6]

Werden die Strophen der Wechsel aber alle W a l t h e r zugeschrieben, wäre zu vermuten, daß Reinmar auch Strophen Walthers vorgetragen habe, daß er etwa drei Strophen aus dem vierstrophigen Wechsel übernahm und daß so diese Strophen auch in seine Überlieferungsbahnen gerieten. Diese zweite Überlegung hat aber nach allem, was

5 Vgl. Günther SCHWEIKLE, »Steckt im *Sumerlaten*-Lied Walthers von der Vogelweide (L 72,31) ein Gedicht Reinmars des Alten?«, in: ZfdPh. 87 (1968) Sh., S. 131–153; G. Sch., »Eine Morungen-Parodie Walthers? Zu MF 145,33«, in: *Mediaevalia litteraria. Festschr. für Helmut de Boor zum 80. Geburtstag*, hrsg. von Ursula Hennig und Herbert Kolb, München 1971, S. 305–314.

6 SCHWEIKLE, Habil.-Schr., S. 139 ff.

man über Walthers Fehdeverhalten erschließen kann, weniger Wahrscheinlichkeit für sich.
Solche handschriftlichen Konstellationen können somit als – wenn auch nur bruchstückhafte – Reflexe des Mit- und Gegeneinander aus dem mittelalterlichen Sängeralltag gesehen werden, der sich kaum in starren Formen abwickelte, sondern aus einem wechselnden, vielschichtigen, mehrdimensionalen Spiel bestanden haben dürfte. Aus einem literarischen ›Ballwechsel‹ der beschriebenen Art scheinen mir die verschiedenen Zuordnungen der Strophen, in Zusammenhang mit dem abgedruckten Lied IV z. B. der Str. **5** (B 13), eher erklärbar zu sein als durch die früher übliche phantasielose Berufung auf Schreiberversehen oder Schreiberwillkür, ohne daß deren Motivation oder Verfahren erklärt würden.
In MFMT erscheint die elfstrophige Reihe in zwei Lieder mit jeweils variierter Abgesangstruktur aufgeteilt: in den vierstrophigen Wechsel der Walther-Sammlung in A (zwei Strophen umgestellt: A 27, 26) als Nr. IV (MF 152,25 ff.) und die übrigen sieben Strophen nach B, A und C (Str. 7) als Nr. V (MF 153,14 ff.).

(2) In der Reinmar-Sammlung der Hs. B eröffnet dieses Lied die Reihe jener Strophen, auf denen Reinmars ›Ruf‹ als Verfasser resignierender Minne-Lamentationen beruht. Es wird beherrscht von der Klage über die Unnahbarkeit der ›Minneherrin‹, die niemandem Anlaß zu Hoffnungen gebe (Str. **2**), von der Klage über das eigene Los (Str. **1**), aber auch von der Anklage gegen sich selbst, der – aus Ängstlichkeit oder Aufregung – eine zur Werbung sich anbietende Gelegenheit nicht zu nützen verstand (Str. **2**).
Weitere, zum Teil originell eingebrachte Motive des hohen Sangs sind die Erinnerung an frühere, fehlgeschlagene Versuche der Werbung (Str. **3**), das Erlebnis des Minnedienstes ›an sich‹ als Quelle des hohen Mutes (trotz der spottenden Gesellschaft) und der sittlichen Läuterung durch die Bescheidung in das Geschick eines Hoffnungslosen (Str. **4** und **5**).
Heraus fällt die im Anschluß an den Bericht der früheren fehlgeschlagenen Liebeshoffnungen (Str. **3**) geäußerte Absicht, sich vom Dienst an der Dame abzuwenden und auf ein besseres, ›lohnenderes‹ Leben – im Dienste der göttlichen Minne? – zu bauen. Denkbar ist dieses Motiv vielleicht im Zusammenhang mit einer Kreuzzugsverpflichtung; vgl. ähnliche Äußerungen bei Friedrich von Hausen MF 46,29 (Hau UB II,4) oder Hartmann von Aue, MF 218,5. Str. **5** dieses Liedes erscheint auch in dem vierstrophigen (parodistischen?) Wechsel

	Reinmar	Reinmar	Reinmar	Reinmar			
MF 153,14	C 11	B 9	A 29	E 285			*Wie ist ime ze muote wundert mich*
MF 153,23	C 12	B 10	A 30	–			*Ich weiz bî mir selben wol, daz ein zage*
MF 153,32	C 13	B 11	–	E 286			*Dô sprechens zît was wider diu wîp*
			Walther		*Walther*		
MF 152,25	C^1 14	–	*A 24*	E 332	*C^2 355*		*Ich lebte ie nâch der liute sage*
						Walther	
L 71,19	–	–	*A 25*	–	*C^2 356*	*C^1 250*	*Ich hœre ime maniger êren jehen*
			Reinmar				
MF 153,5	C 15	B 12	A 28	E 284			*Gewan ich ie deheinen muot*
MF 154,5	C 16	–	A 31	–			*Mîn herze ist swære zaller zît*
MF 154,14	C 17	–	A 32	–			*Mich gerou noch nie daz ich den sin*
MF 154,23	C 18	–	A 33	–			*Got hât gezieret wol ir leben*
			Walther				
MF 152,34	C^1 19	B 13	*A 26*	E 333	*C^2 357*	–	*Ist daz mich dienest helfen sol*
L 71,27			*A 27*	E 334	*C^2 358*	*C^1 251*	*Wie kumt, daz ich sô wol verstân*

Walthers von der Vogelweide. Ihn mochte gerade die Versicherung der hoffnungslosen, aber nichtsdestoweniger unbedingten Hingabe (*und zurnde sis, daz ich ez dannoch tæte ... swaz sô mir geschiht*) gereizt haben, einen solchen Gedankengang in einer eigenen Version (s. Abschn. 1) bloßzustellen, wobei für den Vortrag von Reinmars Strophen an rezitativisch-mimische Karikierung gedacht werden kann, während in der Zusatzstrophe Walthers auch Reminiszenzen an andere Strophen Reinmars eingesetzt sind (z. B. an Lied III,**3**). Ähnlich hat Walther auf vergleichbare Exzentrizitäten Reinmars geantwortet, etwa im Wechsel L 111,23, in dem er Textassoziationen an zwei Lieder Reinmars (MF 159,1 und MF 170,1, s. Komm. zu Lied XI und XIX) zu einer Parodie verarbeitet.
Die weiteren Strophen in der C-Fassung führen in der traditionellen Variationstechnik den Grundgedanken von Str. **5** in B fort, als ob sich der Sänger immer wieder seiner Beständigkeit trotz aller Aussichtslosigkeit auf Erhörung selbst versichern wollte.
Str. **9** in der hier vorliegenden Reihung (die auch als Frauenstrophe aufgefaßt werden kann) ist in C und E an unterschiedlichen Stellen in den Liedablauf eingeschaltet (s. Übersicht S. 317) evtl. jeweils mit der Funktion, die Klage-Intensität zu modifizieren oder zu entschärfen, indem die Minnesituation aus anderer, ›ihrer‹ Sicht beleuchtet wird: Hier erscheint das selbstquälerische Minneleiden als überflüssig – auch das ein Gedanke, den Walther seiner Tendenz nach mit Vergnügen in dem vierstrophigen Wechsel herausgestellt haben mag.

(3) Metrisches Schema: 4ma 4mb / 4ma 4mb // 4wc (5kc) 5wc (6kc) 4md 7md

Während der Aufgesang, wie häufig bei Reinmar, weitgehend regelmäßig gestaltet ist, zeigen sich im Abgesang größere Freiheiten. In E 332–334 zeichnet sich sogar eine etwas andere Struktur ab (3wc 4wc 4md 8md). Walthers Wechsel L 71,19 zeigt eine nochmals leicht abweichende Form des Abgesangs (3wc 5wc 4md 7md).
Solche Variationen eines Grundschemas finden sich in längeren Strophenreihen auch sonst in der Lyrik-Überlieferung. Bei Zusammenschlüssen ursprünglich getrennter Strophenfolgen zu größeren Einheiten bildete offenbar die Aufgesangstruktur die Basis. Der Abgesang konnte dagegen anscheinend auch danach freier gestaltet bleiben.[7] Die Verschiebungen der Versgrenzen im Abgesang berühren nicht die Gesamtzahl der Takte. Solche Variationen innerhalb

7 Schweikle, Habil.-Schr., in der solche Fragen untersucht wurden, passim.

einer bestimmten Reihe finden sich auch sonst im Minnesang (Versgrenzenverschiebung; vgl. SchM, S. 444, 501, 557).

(4) 1,5/6 *tæte – pflæge*, ausgerichtet nach *sæhe*, Opt. Prät., im Mhd. Consecutio temporum. 8 *lebenne*, flektierter Inf. (Dat.), vgl. M/SCH, § 317, evtl. Ausdruck der Dauer; ÜV: . . . wie einem solchen während seines Lebens (zumute) sei, wie ein solcher lebt.
2,1 *zage*, auch ›Feigling‹. 2 *sinnic*, auch ›selbstbewußt‹. 3 *wæne ich*, rückt die Aussage ins Unbestimmte. 6 ÜV: wenn ich dazu Gelegenheit gehabt hätte. Das Motiv des Nicht-Aussprechens dessen, was man auf dem Herzen hat, findet sich nochmals in Lied XIV,6 (MF 164,21) und Lied XIX,4 (MF 170,22), ferner bei Friedrich von Hausen MF 48,32 ff. (Hau UB VII,1), Heinrich von Morungen MF 135,19 (Mor UB XVI,2 und 3) und Walther von der Vogelweide L 115,22 ff. 7 *gesweig*, Präfix *ge-* entweder resultativ: ich habe geschwiegen, oder intensiv: ich schwieg still; *daz* Einleitung einer explikativen Bestimmung, die hier gerade wegen ihrer Redundanz verstärkend oder witzig wirken soll.
3,1 *sprechens zît*, der Zeitpunkt zum Sprechen kann das Jünglingsalter meinen, in dem ein Ritter zu werben beginnt, aber auch allgemein die passende, angemessene Gelegenheit (weniger eine bestimmte ›Sprechstunde‹). 2 *ein*, zur pluralischen Bedeutung vgl. M/SCH, § 393,5; ÜV nach v. ERTZDORFF: da bat ich als ein Veränderter (S. 144 und Anm. 31). 5 *ez* bezieht sich auf das Leid (V. 4). 6 *ez* meint die Bemühungen, den Dienst um die Gunst der Dame. 8 ÜV: . . . mir besser zustatten kommen (heute allerdings abgeschwächte Bedeutung).
4,4 *wænen* mit Gen.-Obj. (*es*). 5/8 *sîn*, jeweils auf *leben* (V. 3) bezogen. 8 ÜV: . . . ich begehrte es niemals besser.
5,4 *ein wille*, auch ›Absicht‹, ›Wille‹ (nämlich ihr immer zu dienen).
5/6 *bæte – tæte*, Opt. Prät., vgl. 1,5/6. 8 Zu der Wendung *lâze ich . . . niht* vgl. Friedrich von Hausen MF 50,32 (Hau UB X,2,6).
6,2 *der schœnen*, mhd. Gen.-Konstruktion. 4 *im*, grammatisch nur auf *herze* (V. 1) zu beziehen; denkbar wäre auch eine Konjektur (allerdings gegen zwei Hss.) *in*, bezogen dann auf *si* (V. 3), die Mißgünstigen. Eine Trennung von *herze* und *ich* (bzw. *sin*, V. 5) findet sich z. B. schon bei Friedrich von Hausen MF 47,9 ff. (Hau UB III). 6 *und* anstelle einer kausalen Konjunktion mit zusammenfassender Begründung (vgl. LEXER, Handwörterbuch); *die lieben*, Akk. Sg. von *liep*, schwach flektiert nach bestimmtem Art. (M/SCH, § 262/263d). 7 Versuch zur Verdeutlichung des *âne mâze* (V. 6), Steige-

rung einer üblichen Wendung der innigen Vertrautheit. ÜV: noch inniger als nur ›von Herzen‹.
7,2 *schœne*, Adj., stark flektiert nach unbestimmtem Art. (*ein*), vgl. M/SCH, § 257: endungslose Form auf *-e* (*-ja/jô*-Stamm); *verlie*, Prät. von *verlâzen* ›überlassen‹. 6 *wünneclîchen* ›wonnereich‹, hier Adv. zu *schône*. 7 *der tugenden*, Gen. Pl., abhängig von *geniezen*.
8,4 *liebes*, Gen. von *liep*, abhängig von *vil*; Grundbedeutung: ›was angenehm, erfreulich ist‹. 5 *sol* kann auch futurische Bedeutung haben. 6 Der Satz hier als Anakoluth weitergeführt. 8 *ze wunsche*, auch ›vollkommen‹, ›ganz und gar‹.
9,1 *sage* ›das, was jemand sagt, erzählt, lehrt‹. 2 ÜV: nur daß sie nicht alle dasselbe sagen. 5 *spotten*, mit Gen. *des* ›darüber‹. 7 *nûn* = *nû en(-weiz)*, *en* Negationspartikel.

Literatur

von Ertzdorff, Xenja: Reinmar von Hagenau: *Wiest ime ze muote wundert mich* (MF 153,14). In: Interpretationen mittelhochdeutscher Lyrik. Hrsg. von Günther Jungbluth. Bad Homburg / Berlin / Zürich 1969. S. 137–152.

V

(MF 154,32; MFMT VIa, VIb)

Anti-Tagelied

(1) In der Hs. B steht nur ein Grundbestand von drei Strophen, die durch Kornreim verknüpft sind. In C treten zwei weitere Strophen (ohne Kornreim) hinzu; die zweite ist eine Frauenstrophe. Durch diese abschließende Frauenstrophe (**5**) wird das Lied zu einem erweiterten Wechsel wie Lied III (oder die Erweiterung von Lied IV). Auch dieses B-Lied gehört demnach in den Kreis der Lieder, die im Laufe der Zeit durch weitere Strophen ergänzt wurden oder durch Umstellung (und Umpolung: E, s. Abschn. 2) einen anderen Charakter erhalten konnten.
Von den fünf C-Strophen finden sich in A und E jeweils vier: In A fehlt Str. **2** (nach BC), in E Str. **4** (nach C). Während A die gleiche

Reihenfolge der Strophen aufweist, stellt E um (**3**, **5**, **2**, **1** gegenüber C). A und E bringen außerdem größere Textvarianten in Str. **1**, **3** und **5**.
In MFMT sind eine fünfstrophige Fassung (inkonsequent wechselnd nach A und B [Str. **2**]) und eine vierstrophige (nach E) abgedruckt.

(2) In der Fassung der Hs. B bildet die Tageliedsituation Anfang und Schluß des Liedes. Sie ist hier allerdings Motiv einer ›Fehlanzeige‹ und wird so zum eindringlichen Bild eines aussichtslosen Minne-Daseins, dem nur der Rückblick auf bessere Zeiten (**1**,5 f.) und der ›Ersatztrost‹ durch die Vögel bleibt. Wie in Lied IV (Str. **1**) wird das Gefühl der Erfolglosigkeit durch den Vergleich mit Glücklicheren noch trübseliger. Die Formulierung in **2**,5 *swie lange ich was* läßt noch eine andere Deutung zu als die in der Übersetzung angesprochene: evtl. im Sinne von ›solange ich auch fern war‹: dann könnte damit ein gewichtigerer Trennungsgrund, etwa die Abwesenheit durch einen Kriegs- oder Kreuzzug, gemeint sein.
Zwei Positionen werden immerzu variiert: die der Hoffnungslosigkeit, für die in Str. **3** geradezu die personifizierte Liebe beschworen wird, und die der unbedingten Beständigkeit, die trotz allen Enttäuschungen nicht in Frage gestellt wird (wie etwa kurz in Lied IV,**3**).
Die Motivik der Strophen setzt die Kenntnis des Tageliedtypus voraus: gewisse Wortkombinationen (*tagen – ôwê*) klingen etwa an den Tageliedwechsel Heinrichs von Morungen an. Dies könnte für die literarhistorische Einordnung des Liedes bedeutsam sein.
In C wird die Minneklage zunächst mit gängigen Motiven fortgeführt: Die Nichtbeachtung durch die Gesellschaft und durch die Dame kommt dem Liebenden wie Verdammnis vor (*unsælicheit*; vgl. zur konstitutiven gesellschaftlichen Einbindung auch I,**2** und II,**3**). Aus dieser verzweiflungsvollen Lage resultiert die Appellation an Gott um Kraft zum Ausharren. Solche Treuebekenntnisse führen über den Minnebereich hinaus: Sie sind auf alle sozialen und religiösen Bindungen übertragbar.
Reinmar wollte – und konnte – seinem Publikum wohl nicht immer nur solche Ausweglosigkeiten vor Augen führen: Durch die abschließende Frauenstrophe in C (und A) wird der Klage-Monolog nicht nur zum Wechsel; dadurch öffnet sich auch der Blick für eine verheißungsvolle Gegenseite: Die vom Sänger aus gesehene Unmöglichkeit eines Tagelied-Erlebnisses (bes. Str. **1–3**) wird durch den ausdrücklichen Wunsch der Dame (**5**,7) eben doch als erreichbar erwiesen. Ein solcher Gedichtverlauf wird darüber hinaus wiederum zum Zeugnis

dafür, daß Minnesang immer auch allgemein Klage über mangelnde Kommunikation formuliert.
Die Frauenstrophe erscheint in E als Mannesstrophe an zweiter Stelle dieser Reihe, d. h., die Leidsituationen sind jeweils zwischen Mann und Frau austauschbar, auch in der Phase der sogenannten Hohen Minne. Das Lied erscheint so als Monolog (wie in B).
Dieses Lied wird gelegentlich auch als Tagelied-›Parodie‹ bezeichnet, weil es die Grundsituation in ihr Gegenteil verkehrt (Parodie im Sinne von Gegen-Sang), wobei auch eine denkbare komische Wirkungsabsicht von den Vortragsumständen abhängig gewesen sein könnte, allerdings anders als bei dem sozialen Umkehrbild in der Tagelied-Parodie eines Steinmar im 13. Jh.
Das Thema des Anti-Tageliedes (freudloses Erwachen) findet sich bei Reinmar noch in Lied XII,**4** (MF 161,15) und XXV,**3** (MF 175,15), im 13. Jh. u. a. bei Wahsmuot von Kunzich (KLD, Lied V) und dem Markgrafen Heinrich von Missen (KLD, Lied I).

(3) Metrisches Schema: 4ma 5mb / 4ma 5mb // 5mc 7mc 6md 3mx (K) 6md

Taktüberfüllungen sind häufig; in **1**,7 ist sogar ein viersilbiger Takt anzusetzen (evtl. Betonungsversetzung *iemér*). Durch immerhin mehrere sonst durchaus selbständige Hss. nahegelegt sind Versgrenzenverschiebungen in **1**,5.6 (6/6 statt 5/7), **4**,8.9 (4/5 statt 3/6) und **5**,6.7 (6/7 statt 7/6). Wie z. T. auch bei anderen Liedern zu beobachten (vgl. z. B. Lied IV), erscheint die Struktur im Abgesang nicht ebenso klar wie im Aufgesang. Eine offene Frage ist, ob die Form-Abweichungen in Str. **5** in AC nicht als Kennzeichen der Frauenstrophe gedacht waren.
Abgeschlossen wird jede Strophe durch eine Waisenterzine, deren Waise in den drei ersten Strophen, in E in allen vier, zum Kornreim wird. In Str. E 288 ist der letzte Paarreim (CA *nôt : rôt*) durch Wortvertauschung im selben Sinnbezirk gestört: *swære* statt *nôt*. – In C und A wird in der letzten Strophe die Waisenterzine zum Dreireim.
Der Kornreim mag ein deutlicher Hinweis darauf sein, daß der Ausgangspunkt dieser Strophenreihe eine kürzere Kernfassung war (wie auch bei manchen anderen Gedichten zu vermuten), die dann erst im Laufe der Zeit beliebig erweitert und variiert wurde.

(4) **1**,1 *iender*, räumliches und modales Adv.: ›irgendwo‹, ›irgendwie‹; ÜV: Immer wenn es tagt. 3 *klage*, meint im Mhd. sowohl den Ausdruck der Klage als auch deren Anlaß, Ursache. 4 *ez*, bezogen

auf das Tagen; E *er*, bezogen auf den Tag (V. 1); *gehelfen, ge-*: Intensiv-Präfix. 5 *pflegen* mit Gen.: BC *sîn*, A *es*, E *is* < *ich es* (M/SCH, § 146 B, Anm. 11). 6 A *wac* < *wegen* (starkes Vb.) ›Gewicht haben‹, ›lasten‹. 7 *trœsten* mit Gen.-Obj., vgl. auch **2**,9. 8 *helfe*, meint das Entgegenkommen der Dame. 9 *sumer unde winter*, topische Doppelformel für ›Jahr‹.

2,2 ÜV: . . . in sich nach ihm verzehrender (sehnsüchtiger) Sorge. 5 *was* < *wesen* ›sein‹ (Vollverb), möglich ist auch ›so lange ich fern war‹, oder auch ›um sie war‹; *daz* bezieht sich auf das beklagte Verhalten (*getrûren nie*, V. 4); *ie*, zu analogen Fällen des negierten Gebrauchs von *ie* vgl. M/SCH, § 335. 8 *den strît lâzen*, mhd. idiomatische Wendung: ›den Kampfplatz räumen‹. 9 *dinc*, eigtl. ›Rechtssache, Rechtsstreit‹, vgl. lat. *causa*.

3,1 *liebe*, Personifikation; *varnde guot*, gehört neben *êre* und *got* zu einer gebräuchlichen mittelalterlichen Gütertrias, vgl. Walther von der Vogelweide, 1. Reichston (L 8,14). 3 *der*, bezogen auf *liebe* (V. 1), hier abstrakt verstanden. 5 *wænen*, eigtl. ›glauben‹, ›ahnen‹; E *ez*, bezogen auf das V. 3 f. geschilderte Verhalten. 6 *sich verstân*, mhd. reflexiv, ›verstehen‹, ›merken‹. 7 *si* kann sich auf die *liebe* beziehen, aber auch die (gleichgültige) Geliebte meinen. 8 *zît*, gemeint ist die erfüllte Lebens- und Jahreszeit. 9 *selten*, unter Umständen Litotes oder Euphemismus für ›nie‹.

4,2 *vil lützel*, euphemistisch für ›nichts‹. 5 ÜV: dorthin gerichtet habe, wo es mir viel wert, allein angemessen scheint. 6 *unde*, konzessive Konjunktion (M/SCH, § 338b, Anm. 1). 8 *bewarn*, im Sinne von ›sich vorsehen, daß er standhaft bleibt, aushält‹.

5,2 *dîn*, bezogen auf *trûren unde klagen* (V. 1), die als personifizierte Einheit aufgefaßt sind. 6 *triuwen*, mhd. Pl.; *gruoz*, neben ›Gruß‹ auch ›das Ansprechen‹, ›im Gespräch Entgegenkommen‹. 7 *læge*, Konj. Prät. mit prospektiv-futurischer Bedeutung nach konditionalem Vordersatz (M/SCH, § 363c und § 369 AA 1).

Literatur

MÜLLER, Ulrich: Ovid ›Amores‹ – alba – tageliet. Typ und Gegentyp des ›Tageliedes‹ in der Liebesdichtung der Antike und des Mittelalters. In: DVjs. 45 (1971) S. 451–480, bes. S. 463 f.

MOHR, Wolfgang: Spiegelungen des Tagelieds. In: Mediaevalia litteraria. Festschr. für Helmut de Boor zum 80. Geburtstag. Hrsg.

von Ursula Hennig und Herbert Kolb. München 1971. S. 287–304. [Grundlegend.]

Hagenlocher, Albrecht: Das ›Tagelied‹ Reinmars des Alten (MF 154,32). Zur Umwandlung einer literarischen Form. In: ZfdPh. 96 (1977) S. 76–89.

Hoffmann, Werner: Tageliedkritik und Tageliedparodie in mittelhochdeutscher Zeit. In: GRM 66 (1985) S. 157–178, bes. S. 169f.

Vgl. auch: Wolf, Alois: Variation und Integration. Beobachtungen zu hochmittelalterlichen Tageliedern. Darmstadt 1979.

VI

(MF 156,10; MFMT VII)

Minnevision

(1) In den Hss. B und C in bemerkenswert gleichem Wortlaut überliefert.

(2) Nach Inhalt und Form (s. Abschn. 3) singuläre Strophe: Der Sänger klagt nicht wie üblich, sondern blickt auf einer Heimreise erwartungsfroh in die nahe Zukunft und erbittet von Gott eine glückliche Ankunft. In einem Gedankenspiel malt er sich die erwünschten Freuden aus, wobei er nun die Frau in leidvoller Sehnsucht nach ihm sieht, aus der er sie erlösen will (V. 12, 14) – in eklatanter Umkehrung der sonstigen Hohe-Minne-Topik, bes. der Reinmars, vgl. etwa das Anti-Tagelied V, Str. **1** und **2**. In dieser Mannesstrophe finden sich die Motive versammelt, die sonst eigentlich die Kennzeichen von Frauenstrophen sind, in denen männliche Wunschvorstellungen formuliert werden.
Ein eindrucksvolles poetisches Bild entsteht durch den Vergleich der sich frei entfaltenden Sehnsucht mit dem in den Lüften schwebenden Falken und Adler. Der Falke als Symbol hochfliegender Wünsche findet sich bei Reinmar nochmals in Lied XXIX,**6** (MF 180,10); ähnlich erscheint er bei Dietmar von Aist (MF 37,4; SchM VI) als Symbol der freien Partnerwahl, hier einer Frau in den Mund gelegt. In ambiguoser Funktion begegnet er schon bei Kürenberg (MF 8,33 und 9,5; SchM VIII und IX). – Vergleichbar sind auch Verse Heinrichs von

Morungen, etwa *ich var, als ich vliegen kunne, mit gedanken iemer umbe si* (MF 125,19 ff.; Mor UB IV,1).
Die lange Liebesnacht wird mit einer Wendung angedeutet, die sich wörtlich auch bei Dietmar von Aist findet (MF 35,20; SchM V,1,5). Zum Motiv selbst vgl. ebenfalls Dietmar (MF 39,30; SchM XIV,1), bezeichnenderweise eine Frauenstrophe. Das Motiv des Gedankenspiels und der Sehnsucht aus der Ferne ist auch bei Friedrich von Hausen gestaltet, so in MF 43,10 (SchM VII,1; Hau UB Ia), in 48,23 (SchM XI; Hau UB VI: Traumvision mit negativer Wendung) und MF 51,33 (SchM XVIII; Hau UB XIII: resignierter Rückzug in reine Gedanklichkeit).

(3) Monostrophe: Paarreim-Strophe aus dreizehn Vierhebern, einem Dreiheber (V. 7), einem Sechsheber (V. 14) und einem Achtheber (V. 16), schon von der Form her bei Reinmar singulär (vgl. zum Paarreim bei Reinmar noch MF 182,14). V. 7 zeigt in beiden Hss. nur drei Hebungen. MF stellt durch ergänztes *unde* (*vinde*) einen Vierheber her. Die kürzere Versfassung könnte aber auch zur weiteren Differenzierung des metrischen Gleichlaufs gewollt sein, denn dieser Vers bildet die Mitte des Vierheberteiles: sechs Vierheber gehen voraus, sechs folgen.

(4) 1 *liebe*, Grundbedeutung ›Angenehmes‹, ›Erfreuliches‹, Subst. zum Adj. *liep*, Gegensatz zu *leit*. 2 *sich heben*, auch ›sich aufmachen‹; *spil* ›Tanz‹, ›Zeitvertreib‹, ›Unterhaltung‹, ›Liebesspiel‹. 4 *tuot*, pleonastisch gesetzt des Reimes wegen, greift auf *swinget* (V. 3) zurück. 6 *joch*, Interj. mit Inversion, vgl. etwa auch Lied XII,**2**,18; *liez* < *lâzen* ›lassen‹, ›zurück-, verlassen‹ (s. V. 8). 8 *lie*, Prät. zur Kurzform *lân* (zu *lâzen*). 11 *müezen*, Grundbedeutung ›göttlich bestimmt sein‹. 12 *büezen* ›besser machen‹, Vb. zu *baz* ›besser‹.

VII

(MF 157,1; MFMT VIII)

Minneklage

(1) Die Hs. B überliefert ein dreistrophiges Lied, das in C, A und E auf fünf Strophen erweitert ist (vgl. das Anti-Tagelied V), wobei B, C und E jeweils mit derselben Strophe beginnen, sodann aber die Strophen anders gruppieren:

B 18	19	20	–	–
(1)	(2)	(3)	[4]	[5]
C 1	3	4	2	5
A 2	1	5	3	4
E 1	5	2	3	4

In MFMT sind die Strophen nach A gereiht (Nr. VIII).
In den verschiedenen Hss. fallen bei diesem Gedicht mehrere Verbesserungen und fehlende Zeilen (Hs. A **4**,7, Hs. E **2**,6) auf, s. App.

(2) Das erste Lied der Hohen Minne in dieser Reihe, in welchem in allen überlieferten Fassungen die weibliche Gegenseite nicht mehr direkt zu Wort kommt. Die B-Fassung durchziehen zwei Motive: der Nutzen des angemessenen Gebrauchs des Rednertalentes bzw. der Sängergabe beim Werben und der Gegensatz zwischen richtiger Einsicht und ›falschem‹ Handeln, zwischen Theorie und Praxis. In allen drei Strophen ist von einem Zuviel an *klage* die Rede, die bei der Dame Überdruß hervorruft (vgl. auch Lied X,**1** oder XXV,**2** – im Gegensatz dazu etwa die gleichfalls falsche Sprachlosigkeit in Lied XIV,**6** oder IV,**2**, oder MF 194,34, in welchem beide Motive angesprochen werden). – Eingeflochten sind daneben die gängigen Motive der Dame als alleinige potentielle Freudenspenderin (Str. **2**), des treuen Ausharrens trotz nur vager Hoffnung (Str. **3**), das Bewußtsein, dadurch das soziale Prestige und das ethische Selbstgefühl zu steigern (**3**): vgl. dazu grundsätzlicher Albrecht von Johansdorf MF 94,14 (SchM XII,7,6): *Daz ir deste werder sint und dâ bî hôchgemuot*. Gerahmt wird die Strophenfolge durch die Erkenntnis, auch im Alter nicht weiser zu werden (**1**,1 f.) und dadurch als Minnetor zu erscheinen (**3**,10).
In den Fassungen A, C und E wird dieses geschlossene Konzept erweitert durch zwei Strophen, die sich im selben Motivrahmen bewegen: Den Bereich ›Theorie und Praxis‹ berührt der (jugendliche?) Unglaube an die Macht der Minne und die tatsächliche Erfahrung (Str. **4**): vgl. dazu etwa Friedrich von Hausen MF 53,15 (SchM XVII; Hau UB XII) *Waz mag daz sîn, daz diu werlt heizet minne?* – Str. **5** handelt wiederum von der Wirkungslosigkeit seines Sanges, von dessen Trefflichkeit er jedoch so überzeugt ist, daß er seine Kunst einem Glücklicheren zur Verfügung stellen will.
Das Lied in C endet mit dieser Strophe, womit ebenfalls eine thematische Anfang-Schluß-Responsion gegeben ist. A beginnt mit Str. **2** und endet mit dem Minnetorenmotiv; die resignierende Klage steht in der Mitte des Liedes (Str. **4**). Die Fassung in E beginnt mit den *rede-*

Strophen und endet mit Str. **4** in Resignation (*vil lîhte ân allen trôst zergân*).

(3) Metrisches Schema: 4ma 6mb / 4ma 6mb // 4mc 6mc / 6md 4me 4me 4md

In B zeigt der Abgesang von Str. **3** das Reimschema d e d e (vgl. Lied VIII). Dies könnte eine ursprüngliche Reimfolge sein (Anschluß von *tuo*, V. 8, an *entuot*, V. 7), die dann bei einer nachträglichen Eingliederung der Strophe in eine neue Gedichteinheit in C, A und E an das Schema der übrigen angeglichen wurde.

(4) **1**,2 *hiure*, von ahd. *hiu jâru* ›in diesem Jahr‹; *vert*, synkopierte Form zu dem temporal verstandenen Adv. *verne*, *vernet*, *vernent*, Nebenform zu *verre* mit lokaler Bedeutung ›fern‹. 3 *klage*, s. Komm. zu V,1,3. 5 *und*, adversativ gebraucht. 7 *verheln*, im Mhd. mit Akk.-Obj. (*si*), im Nhd. mit Dat.-Obj.; *war*, E *gewar* < *werren*, starkes Vb. der 3. Klasse, intrans. mit Dat.-Obj., ›stören‹, ›hindern‹, ›(be)kümmern‹. 9 *ez*, Akk. zu *hœren*, möglich auch *es*, Gen. im Sinne von ›davon‹. 10 *nîgen*, Zeichen des Grußes, des Dankes, der Unterwerfung; *dar* ›dorthin (wo sie steht)‹.
2,1 *gesanc*, Perfektbedeutung durch *ge-* (M/SCH, § 302b). 2 *wân*, im Unterschied zu *hoffenunge* eine unsichere, fragwürdige Erwartung. 3 E *und*, Ersatzform für eine andere Konjunktion; E *joch*, Interj. 4 *wunder*, 3. Pers. Sg. Opt. Präs., apokopierte Form von *wundern*. 6 *wenne* < *wanne*, Interr.-Pron.; *spilnde*, adjektivisch gebrauchtes Part. zu *spiln* ›Scherz treiben‹, vgl. *miteinander spiln* ›beischlafen‹. 8–10 Konditionales Satzgefüge mit Konj. Präs. in den Vordersätzen (V. 8, 9) und Ind. Präs. im Nachsatz (M/SCH, § 369,4); *anders* ›sonst‹, ›übrigens‹, verstärkend zum Ausdruck der Resignation.
3,5 Im Sinne von ›solange ich lebe‹; solche ›umständlichen‹ Wendungen finden sich bei Reinmar auch sonst, vgl. etwa Lied II,**2**,2. 8 *tuo*, 3. Pers. Sg. Opt. Präs., zur Ersparung des Pers.-Pron. (wie hier), vgl. M/SCH, § 270; dieselbe Form auch beim folgenden Vb. (V. 9). 9 *für guot nemen* ›hinnehmen‹. 10 *tôren*, schwach flektiert, CAE *tôre*, stark flektiert.
4,1 *wære*, 3. Pers. Sg. Konj. Prät., abhängig von *wânde* (Consecutio temporum). 2 *die*, Rel.-Pron., im Mhd. indirekt auf *ir (spot)*, V. 1, d. h. der Mitglieder der Gesellschaft, bezogen; im Nhd. entweder durch verdeutlichende Umschreibung ›für diejenigen, welche . . .‹ oder durch temporale Konjunktion ›wenn ich jemand . . .‹ auszu-

drücken. 3 *semmir got* < *sam mir got* ›wie mir Gott . . .‹, elliptische Beteuerung ›wie‹ oder ›so wahr mir Gott helfe‹. 8 *mîn*, mhd. Gen.-Obj., nhd. Akk.-Obj. 9 *gar*, verstärkendes Adv., wohl des Reimes wegen gesetzt, in der Übers. zu *ân* (V. 10) gestellt.
5,5 *und*, adversative Konjunktion. 7 *engan* < *günnen* ›gönnen‹; *vergât*, mhd. mit Akk.-Obj. 10 *langer tage*, im Sinne von ›öde und leer sich hinschleppende Tage‹, vgl. Lied V,**1**.

VIII

(MF 158,1; MFMT IX)

Minneklage

(1) Die Hs. B überliefert auch von diesem Lied nur drei Strophen, während in C, A und E jeweils vier Strophen stehen. In der Strophenreihung gehen zwar C und A parallel – E reiht in umgekehrter Folge (gegenüber B) –, in den Textfassungen finden sich aber auch bemerkenswerte Gemeinsamkeiten zwischen A und E (Str. **1** und **3**). MFMT reiht nach AC, wobei Str. **1** und **4** nach A, Str. **2** und **3** nach C gelesen werden.

(2) Dieses Lied setzt ein mit dem (in je fünf Versen vorgetragenen) Gegensatz von glücklicher und unglücklicher Minne und versucht dann (Str. **2**) eine existentiell begründete Rechtfertigung der Unterwerfung unter eine sich versagende Dame: Nicht nur die (Lebens-) Freude, auch das Leben selbst hängt von ihr ab: *stirbet si, sô bin ich tôt* (**2**,8). Diese Wendung weist über Reinmars Werk hinaus. Sie wird – als extreme Steigerung eines gängigen Hohe-Minne-Topos – von Walther von der Vogelweide in seinem Lied *Lange swîgen des hât ich gedâht* aufgegriffen und parodierend umgekehrt: *stirbe aber ich, sô ist si tôt* (E, vgl. auch L 73,16, CA *sterbet si mich, sô ist si tôt*; vgl. aber auch L 86,34). Dies führt in den Bereich der Reinmar-Walther-Fehde (vgl. Lied XXXI). Str. **3** beginnt sentenzenhaft: *Gnâde ist endelîche dâ* – es gibt Gnade, und formuliert eine vage Hoffnung, endet aber in der Annahme des Leidschicksals. Die ebenfalls sentenzenhafte Schlußwendung weist auf den Schluß von Str. **1** zurück und rundet durch diese Anfang-Schluß-Bindung die B-Fassung ab.
Die Zusatzstrophe in CAE greift das Motiv des Gegensatzes zwischen glücklich und unglücklich Liebenden auf und steigert in heraus-

fordernd pointierten Fragen sein Glücksverlangen bis zu einem abstrusen Wettangebot. V. **4**,2, der Spott der Glücklichen, verweist auf Lied VII,**1** und X,**1**.

(3) Metrisches Schema: 4ma 6mb / 4ma 6mb // 6mc 6mc / 4md 4me 4md 4me

Die Strophenform ähnelt derjenigen von Lied VII bis auf V. 5 (6mc statt 4mc) und das Reimschema im Abgesang (V. 7–10 *d e d e* statt *d e e d*), das sich allerdings so auch in Str. **3** von Lied VII in der B-Fassung findet. In jeder Strophe beginnen je zwei Verse hintereinander mit demselben Wort (Str. **1**: V. 5/6 *wie*; Str. **2**: V. 3/4 *daz*; Str. **3**: V. 7/8 *ich*; Str. **4**: V. 3/4 *waz*).

(4) **1**,1 *ie* ›immer‹, hier temporale Verallgemeinerung. 2 *zît*, Bedeutung reicht von ›Zeitalter‹ über ›Lebens- und Jahreszeit‹ bis zu ›Zeitpunkt‹. 3 *sende*, synkopiertes Part. Präs., Vollform *senende* zum Vb. *senen* ›sehnen‹. 4 *und* als konditionale Konjunktion gesetzt. 7 *verdâht sîn* ›in Gedanken verloren sein‹; A *wan*, hier Kurzform für *wanne/wenne* (E). 8 Pers.-Pron. zu *wirde* kann fehlen (M/SCH, § 270). 9 *liep*, kann Gefühl und Person meinen.
2,2 A *die wîle und*, mhd. idiomatische Wendung ›solange‹ (M/SCH, § 343); *gern* ›begehren‹, ›verlangen‹, A *gernden*, substantiviertes Part. Präs., Gen. Pl.; *muot* ›Kraft des Denkens, Fühlens und Wollens‹; *werlt*, gemeint ist hier die Anerkennung durch die höfische Welt, die Gesellschaft. 3 *gelt*, Grundbedeutung ›Vergeltung‹, ›Vergütung‹, ›Entlohnung‹, aber auch ›Realisierung‹ (eines Wertes). 4 *sælden*, Gen. Pl., im Mhd. können Abstrakta noch pluralisch gebraucht werden.
3,1 *endelîchen*, Adv., ›was am Ende vorhanden ist‹; 1/2 *gnâde*, in V. 1 absolut, in V. 2 pluralisch und personal auf ›sie‹ bezogen. 2 E *mîme*, Kontraktion von *mîneme* ›meinem‹. 6 *der mîner einiu* (zum Adj. *eine* ›allein‹) bezieht sich auf *arebeit* (V. 5); ÜV: . . . allein gegeben sein; diese schwierige Konstruktion ist in E scheinbar verständlicher gemacht; *sol . . . ist*, nhd. konditional wiedergegeben. 10 Anakoluth, *doch* zur Bezeichnung eines Gegensatzes; *ichz* < *ich ez*, bezogen auf die aufgewandte Mühe.
4,2 ÜV: . . . die hochgemut sind. 5 *sôst*, Kontraktion aus *sô ist*. 7 *wan*, Kurzform von *wande* ›warum nicht‹. 9 *stê*, Konj. Präs. als Ausdruck einer voluntativen Aussage (M/SCH, § 312), im Nhd. entspricht der Konj. Prät. als Ausdruck der Potentialität; *er*, bezieht sich auf den Ungenannten, mit dem er die Wette eingehen will.

IX

(MF 165,1; MFMT XIII,7)

Minnelied

(1) In B als Einzelstrophe (B 31) überliefert, in C im Anschluß an Lied XIV (C 49–54; 55), mit metrischer Angleichung und inhaltlicher Variante.

(2) Einstrophiges Lied, das in seiner hoffnungsfrohen Stimmung im Einklang mit der Natur und durch die besondere Gestaltung des Frauenbildes aus den sie umgebenden Liedern herausfällt. Bemerkenswert ist hier die Unterscheidung zwischen äußerer Schönheit und den höher bewerteten inneren Werten, ein Thema, das mit anderer Akzentsetzung auch bei Walther von der Vogelweide begegnet (vgl. *Herzeliebez frowelîn*, L 50,1, und *Ein niuwer sumer, ein niuwe zît*, L 92,9). Den Schluß kennzeichnet der Unsagbarkeitstopos, der bei Reinmar vor allem im großen Preislied X (Str. 3,5) im Mittelpunkt steht.
In der Hs. C ist die Strophe an Lied XIV angehängt, wobei nicht nur eine formale Angleichung versucht ist (s. Abschn. 3), sondern teilweise auch inhaltlich die Differenzierung des Frauenbildes, die Unterscheidung innerer und äußerer Qualitäten, entsprechend dem konventionellen Frauenbild beseitigt ist. Die Strophe paßt zu Lied XIV eigentlich nur als hoffnungstragender Ausklang, kann aber kaum in die Strophenreihe eingefügt werden wie in MF.

(3) Metrisches Schema: 5ma 4mb / 5ma 4mb // 5wc 5wc 4md 6md

Der Aufgesang entspricht dem von Lied XIV; der Abgesang ist in der Fassung C teilweise diesem Lied angeglichen: 5wc 6wc 4md 8md.

(4) 1 ÜV: Ich bin über die langen Tage des Sommers so froh. 2 *hügen*, eigtl. ›denken‹, ›(nach-)sinnen‹. 2/3 Angesprochen sind Denken, Fühlen und Wollen. 4 *dâ*, vor konsonantisch anlautendem Folgewort statt *dâr*; C *mein* < *meinen* ›seine Gedanken auf etwas richten‹. 5 *und*, in B adversativ gesetzt. 7/8 *wil aber . . . des wirt*, mhd. Ind. Präs., nhd. Konj. Prät., vgl. M/SCH, § 338. 7 C *aber* hier zur Überleitung zusätzlicher Gesichtspunkte einer Aussage. 8 *gedagen*, Intensivform von *dagen* ›schweigen‹ mit Gen.-Obj. (B *sîn*, C *es* = *ichs*), vgl. M/SCH, § 146 B, Anm. 11; C *erheben* mit Gen.-Obj. *es* (*ichs*).

X

(MF 165,10; MFMT XIV)

Frauenpreislied

(1) Von diesem in vier Hss. (A, B, C, E) überlieferten Lied stehen die vier gemeinsamen Strophen, abweichend vom Üblichen, in BCE in gleicher Reihenfolge. Nur in A sind die zweite und dritte Strophe vertauscht (A 35, 36 ≙ B 34, B 33). Auch sonst ist dieser stark argumentative Text in der mehrfachen Überlieferung bemerkenswert gleichlautend erhalten; die einzig beachtenswerte Variante begegnet in E 309 (Str. 4,1 *zwei dinc* gegen *ein dinc* BCA), die allerdings den Gedankengang nicht wesentlich verändert. Die gute Überlieferung dokumentiert sich auch in den sorgfältigen Korrekturen in C (s. App.). In E folgt noch eine fünfte Strophe, bei welcher in der Waisenterzine offenbar einige Wörter fehlen (s. meinen Ergänzungsvorschlag). In C folgen noch zwei Strophen (C 60, 61), die jedoch nach der Parallelüberlieferung in E wohl zu Lied XIII gehören (s. d.).

(2) Dieses Frauenpreislied nimmt im Werk Reinmars eine ähnlich zentrale Stelle ein wie das Lied (mit der Venus-Vision) *Ich wæne nieman lebe, der mînen kumber weine* (MF 138,17; Mor UB XXII) im Liedercorpus Heinrichs von Morungen oder *Zwô fuoge hân ich doch* (L 47,36) in dem Walthers von der Vogelweide. In diesen Liedern wird die jeweilige Minnekonzeption der Dichter in besonderem Maße deutlich, ihre Stellung zur Gesellschaft und die Art und Weise, sich mit Minne und Welt auseinanderzusetzen. Auf Schlagwörter reduziert – es offenbaren sich hier der Sensualist Morungen, der pessimistische Spiritualist Reinmar und der selbstbewußte Realist Walther. – Vgl. dazu auch Wolfram von Eschenbach, *Parzival* 116,13 ff.
Schon im Mittelalter wurde dieses Lied offenbar als kennzeichnend für Reinmar empfunden, denn Walther von der Vogelweide zitiert in seinem Nachruf auf Reinmar (L 82,24) die Eingangszeile der dritten Strophe wörtlich nach der Hs. A(a):

Und hetest anders niht wan eine rede gesungen,
›Sô wol dir, wîp, wie reine dîn name‹, dû hetest an ir lob alse gestriten,
daz elliu wîp dir iemer genâden solten biten.

(Anhang a der Hs. A, Str. 22, normalisiert)

Und hättest du nichts anderes als dieses eine Lied gesungen:
›Heil dir, Frau, wie edel ist dein Name‹, du hättest dich für ihr Lob so eingesetzt,
daß alle Frauen für dich immer um Gnade bitten müßten.

Dieser Reinmar-Strophe entsprechen in Walthers Frauenpreislied (L 47,36) die Zeilen:

Wîp muoz iemer sîn der wîbe hôhste name,
und tiuret baz danne frouwe, als ichz erkenne.

(C 163, normalisiert)

›Frau‹ muß immer der Frauen höchste Bezeichnung sein,
denn sie gibt höheren Wert als ›Dame‹, wie ich das verstehe.

Reinmars Lied setzt mit einer Ankündigung ein, die in Walthers bekanntem Lied *Ir sult sprechen willekomen: der iu mære bringet, daz bin ich* (L 56,14) wohl ein beabsichtigtes Gegenstück hat. Beide Lieder gipfeln in einem Frauenpreis. Während aber Walther hier den weitgereisten Kenner der höfischen Welt hervorkehrt, zieht sich Reinmar in die Höhen der Abstraktion zurück. Nicht mit Selbstbewußtsein wie Walther tritt er seinem Publikum gegenüber, sondern in introvertierter Verletzlichkeit: Die Freunde sind seiner ewigen Klagen überdrüssig; diese bringen ihm nicht nur Spott ein, auch ihre Echtheit wird bezweifelt, wodurch sie in den Ruch des rein Artifiziellen, des ästhetischen Selbstzwecks geraten. Die beiden ersten Strophen gelten der Zurückweisung dieses Vorwurfs: Neben der Beteuerung der Echtheit seiner Gefühle formuliert Reinmar ausdrücklich den Wunsch des *bîligens* (Str. **1**) und eine Laudatio temporis acti (Str. **2**) zum Beweis der realen Beweggründe seiner Klagen. Die in E das Lied abschließende Str. **5** greift den Vorwurf des nur *ze spotte* – zum Scherz, ohne innere Beteiligung – *klagen* nochmals auf und führt als weiteren Rechtfertigungsgrund die Gefühlstiefe seiner Kunst an.

In den *hôchgemuoten* (**2**) wollten manche Interpreten direkt Walther von der Vogelweide und seinen Anhängerkreis sehen, deren Minne-Auffassung nun Reinmar in Str. **3** die seine entgegenstellt: Er setzt zu einem gedanklichen Höhenflug mit dem absoluten Preis der Idee des *wîbes*, des Weiblichen, an, zu einer aus diesem Begriff entwickelten Minne-Utopie, fast im Sinne eines Begriffsrealismus (s. Nominalismusstreit).

In gewisser Weise mit der Realität konfrontiert wird die Idee dann in Str. **4**, in welcher Reinmar die Technik der Disputatio aufgreift, die dilemmatische Behandlung des Problems der letztlichen Unvereinbarkeit absoluter Idealität (*si . . . stê mîn und aller manne frî*) und der natürlichen Realität, des Wunsches nach Erfüllung, der ›irdischen Berührung‹. Diese Antinomie ist indes nicht zu lösen. Die Klage bleibt. – Die Strophe erinnert in der Darstellungstechnik an eine im Provençalischen verbreitete lyrische Gattung, das Partimen (für das es in der mhd. Lyrik eigenartigerweise keine eigentliche Entsprechung gibt), in welchem ein Dilemma, eine offene Streitfrage, ohne daß am Schluß eine Entscheidung zwischen den gegensätzlichen Aspekten getroffen werden könnte, in ihrem Für und Wider durchgespielt wird.

Ein besonderer Reiz ist in beiden Strophen das eigentümliche Changieren des jeweils mit *du* Angesprochenen zwischen verschiedenen Realitätsgraden: von einer alle Werte in sich vereinigenden Abstraktion (*name*, Wort, Begriff) über eine allgemein Freude spendende Instanz bis zu einem scheinbar konkreten Partner; vgl. z. B. den Wechsel der Adressatin vom abstrakten zum anschaulichen Gegenüber (Vorstellung, Personifikation), evtl. bis zu einer konkreten Person in Str. **3**. So erhält das Gedicht, wie auch der Minnesang allgemein, Vorstellungsdimensionen, welche die Texte mit ganz unterschiedlichen Sinngehalten füllen können – je nach Publikum und Vortragssituation. Eigenartig oszilliert auch der Begriff *fröide* zwischen Liebesfreude, Freude an der Kunst und durch die Kunst oder gesellschaftlichem Hochgefühl.

Str. **5** der Hs. E leitet wieder in den Bereich des realen Werbens hinüber und kehrt damit zum Ausgangspunkt des Liedes zurück: Die Mißachtung durch die Dame begründet die immerwährende Klage.

Das Gedicht wird meist in Zusammenhang mit der Reinmar-Walther-Fehde gesehen (vgl. dazu auch bes. das folgende Lied XI). Die Wendung *dâ du ez an rehte güete kêrest* (X,**3**,4) scheint Walther in seinem Nachruf etwas vieldeutig und vielgedeutet ebenfalls aufzugreifen, wenn er mit Spitze gegen den Rivalen konstatiert: *sô du ez ze guoten dingen woltes kêren* (C 31, a 22). Man wollte darin einen persönlichen Reflex der Auseinandersetzungen zwischen den beiden Protagonisten des höfischen Minnesangs sehen.

Motivliche Parallelen zu Str. **4** finden sich bei Friedrich von Hausen MF 50,19 (SchM XV,1; Hau UB X,1); bei Reinmar selbst in Lied XXIX,**4** (MF 179,30) oder Heinrich von Rugge MF 101,7. Zum Motiv vom Wort, das dem Herzen naheliegt, vgl. auch Heinrich von Morungen MF 126,1 (Mor UB IV,4).

Zu dem für Reinmars Werk kennzeichnenden Topos vom vielen und zu vielen Reden s. u. a. noch Lied VII,**1** und **2** (MF 157,1; 156,27), Lied VIII,**4** (MF 158,11), Lied XIV,**1** und **4** (MF 163,23; 164,3), Lied XXV,**2** (MF 175,8) und bes. MF 197,9 (zugleich mit dem Vorwurf der Unechtheit seiner Aussage). Der Unsagbarkeitstopos begegnet auch in Lied IX (MF 165,1).

(3) Metrisches Schema: 4ma 6mb / 4ma 6mb // 6mc 7mc 3md 5mx 5md

In jeder Strophe ist V. 8 jeweils auftaktlos (in der defekten Str. **5** konjiziert). Jeweils zwei Verse ergeben eine Periode von zehn Takten, mit Ausnahme des 1. Verses des Abgesangs, der als Sechsheber isoliert steht. Dies könnte ein Hinweis auf die Melodiestruktur sein. In Str. **4** findet sich im Abgesang zweimal eine Versgrenzenverschiebung: Überliefert ist für V. 5 und 6: 5/8 statt 6/7, für V. 8 und 9: 4/6 statt 5/5 (vgl. z. B. Friedrich von Hausen MF 51,13 [Hau UB XI und Komm. S. 157]). Für Str. **3** ist ein überfüllter Vers (3) überliefert, der durch Streichung von *rehte* auf ›normale‹ Länge gebracht werden könnte (wie in AE). Da diese Überfüllung aber in zwei Hss. steht, welche gerade bei dieser Strophe sonst nicht immer parallel gehen (s. V. 2), könnte es sich auch um eine ursprüngliche emphatische Variante handeln.

(4) **1**,1 *mære* ›Geschichte‹, ›Erzählung‹, auch ›Neuigkeit‹, daher hier nicht übersetzt. 5 *sîn* statt älterem Gen. des Pers.-Pron. *es* ›dessen‹. 6 E *undergên* ›worunter gehen‹, ›unterlaufen‹, ›überkommen‹. 8 *herzeliebe*, sicher absichtlich so offen formuliert, kann Person und Gefühl meinen. 9 ÜV: so wird von mir niemand etwas Freudiges hören.
2,1 *die hôchgemuoten*, auch (ohne Vorwurf) ›die Hochgemuten, Glücklichen‹. 5 *darunder*, Adv., lokal (›dabei‹) und temporal (›seither‹, ›bisher‹) zu verstehen. 7 *erbeiten*, eigtl. ›erwarten (in Geduld)‹.
3,1 *name* ›Begriff‹, ›Inbegriff‹, ›Idee‹. 2 *nennen und zerkennen*, umfassen die sinnliche und geistige Komponente, d. h. die lautliche Form des Wortes (es klingt schön) und seinen Gehalt. 3 *nie niht*, doppelte Verneinung, der im Nhd. eine Negationspartikel und das positive Pron. ›etwas‹ entspricht (M/SCH, § 332). 4 Gemeint ist: wenn das Wort jemand mit wahrer Güte bezeichnet, wie es der Begriff ›*wîp*‹ impliziert. 6 *du*, Übergang vom Wort bzw. von dem Begriff ›*wîp*‹ zur Idee, Vorstellung oder Personifikation von *wîp*.
4,1 *dinc* ›Rechts-Sache‹, gemeint ist eine dilemmatische Frage, ein Problem mit zwei Seiten, vgl. Fassung E. 4 *minre* ›minder‹, ›klei-

ner‹. 6 ÜV: und sie unerreichbar über mir und allen Männern stehe. 7 *siu* bezieht sich auf die gegensätzlichen, in V. 3–7 ausgebreiteten Alternativen. 8 *laster* ›was die Ehre kränkt‹, ›Makel‹. 9 *vergên* ›vorüber-, über-, auseinandergehen‹; Satz im Mhd. Ind. Präs.

5,1 *tuon*, im Mhd. intrans. gesetzt. 4 *darunder*, hier konzessiv aufgefaßt, vgl. dagegen **2**,5. 6 *rede*, Text eines Liedes im Gegensatz zur *wîse*, der Melodie; *beide singen unde sagen*, eigtl. ›sowohl singen als auch (vor-)sagen‹. 8/9 Im Mhd. Konj. Prät.

Literatur

BÜSCHER, Karl: *Sô wol dir wîp, wie reine ein nam!* In: Beitr. 66 (1942) S. 338–343.

WAPNEWSKI, Peter: Reinmars Rechtfertigung. Zu MF 196,35 und 165,10. In: Mediaeval German studies. Presented to Frederick Norman by his students, colleagues, and friends. London 1965. S. 71–83. Wiederabgedr. in: P. W.: Waz ist minne. Studien zur mittelhochdeutschen Lyrik. München ²1979. S. 181–194.

KASTEN, Ingrid: *geteiltez spil* und Reinmars Dilemma MF 165,37. Zum Einfluß des altprovenzalischen dilemmatischen Streitgedichts auf die mittelhochdeutsche Literatur. In: Euph. 74 (1980) S. 16–54.

XI

(MF 159,1; MFMT X)

Frauenpreislied

(1) Eines der wenigen Gedichte Reinmars, das in vier Hss. mit demselben Strophenbestand überliefert ist. A und E weichen allerdings in der Strophenfolge von bC ab (in A **5**, **1**, **4**, **2**, **3**, in E **1**, **4**, **2**, **5**, **3**). In allen Strophen zeigen A und E jeweils auch beachtenswerte Textvarianten.

(2) Die Motivfolge dieses Liedes erscheint recht sprunghaft. Es beginnt mit der für den Hohen Sang typischen Demutsformel, die in einen fast extremen Unsagbarkeitstopos übergeht und in einem über-

steigerten Frauenlob auf Kosten aller anderen Frauen, die er ›mattsetzt‹, gipfelt. Der diese Provokation enthaltende, herausfordernd kurze Schlußvers ist in der Fassung A unmittelbar an das Publikum gerichtet, was, wenn man die Vortragssituation einbezieht, eine zusätzliche Verschärfung sein konnte.

Nach diesem Aplomb (in drei von vier Hss. [bCE] beginnt das Lied mit dieser Strophe [in A ist es Str. **2**]) kehrt Reinmar zu traditionellen Variationen des Frauenpreises zurück. In Str. **2** erscheint der Topos des Versuchs einer Trennung aufgespalten in zwei Extrempositionen: Der Leib plädiert für eine Loslösung und tritt dem Herzen gegenüber, das in Treue ausharren will. Das lyrische Ich stellt sich jedoch auf die Seite des Herzens, wobei auf die existentielle Komponente des Minnedienstes abgehoben wird. Eine ähnliche Konstellation findet sich auch im Kreuzlied Friedrichs von Hausen, nur daß sich hier das lyrische Ich auf die Seite des *lîbes* schlägt, der durch die Kreuzzugsverpflichtung im Dienste Gottes fortstrebt (vgl. MF 47,9; Hau UB III, zum Thema des existentiellen Zwiespalts vor allem Komm. S. 140 f.).

Die bedingungslose Unterwerfung unter die Gnade der Dame wird in Str. **4** und **5** bekräftigt mit den Topoi der gläubigen Hoffnung auf ein Wunder, der Gleichgültigkeit gegenüber glücklicheren Konkurrenten, des lebenslangen Dienstes und der Bescheidung mit kleinen Gunstbeweisen. Aus diesen Beteuerungen absoluter Dienstergebenheit bricht Str. **3** mit dem Motiv des Kußraubes aus, das scherzhaft-ironisch ausgespielt wird.

Dieses Lied ist eines der beiden Reinmar-Gedichte (das andere ist Lied XIX; MF 170,1), auf die sich das Spottlied L 111,23 (C 379, 380) Walthers von der Vogelweide ausdrücklich bezieht, einmal durch die Übernahme kennzeichnender Zitate oder Bildvorstellungen, zum andern durch die Aufnahme der Strophenform des vorliegenden Liedes XI. Diese Formübernahme wird in der Hs. C – eine ganz singuläre Erscheinung – vor dem Walther-Text expressis verbis angegeben: *In dem dône. Ich wirbe umb allez daz ein man.*[8] Allerdings scheint Walther die Strophenform der Vorlage, wie in mittelalterlicher Kunst auch sonst zu beobachten, nicht sklavisch übernommen zu haben, was sich am besten an der Variation der Schlußzeilen der Waltherschen Strophen offenbart (Drei- statt Zweiheber).

8 Eine vergleichbare Angabe findet sich in der Hs. C noch beim Marner vor C 59 (recte 71): *In dem dôn. Der êren spiegel ist diu schame.*

Walther greift nun überdies die beiden herausragenden Motive dieses Reinmar-Liedes (den extremen Frauenpreis durch Mattsetzung aller anderen und den Kußraub, s. Komm. zur Stelle) auf und polemisiert dagegen in einem eigenen Wechsel. Die Mattsetzung wird durch den männlichen Sprecher zurückgewiesen, gegen den Kußraub verwahrt sich die Dame. Einbezogen in die Polemik wird ein ebenfalls übersteigertes Bild Reinmars aus Lied XIX als wörtliches Zitat in indirekter Rede: Reinmar: *si ist mîn ôsterlîcher tac* (MF 170,19) – Walther: *si sî sîn ôsterlîcher tac* (L 111,26).

Walther von der Vogelweide

C 379 (L 111,23)

In dem dône. Ich wirbe umb allez daz ein man

1 *Ein man verbiutet ein spil âne pfliht*
des im nieman wol gefolgen mag:
Er giht wenne sîn ouge ein wîb ersiht,
si sî sîn ôsterlîcher tag.
Wie wære uns andern liuten sô geschehen,
solten wir im alle sînes willen jehen
ich bin der eine, derz versprechen muoz,
bezzer wære mîner frouwen senfter gruoz.
da ist mates buoz.

C 380 (L 111,32)

2 *'Ich bin ein wîb, ein wîb dâ her gewesen,*
sô stæte an êre und ouch alsô wol gemuot.
Ich triuwe ouch noch vil wol genesen
daz mir mit solhem stelne nieman keinen schaden tuot.
Swer aber küssen hie ze mir gewinnen wil,
der werbe ez mit fuoge und ander spil.
ist, daz ez im wirt ie sâ
er muoz sîn iemer sîn mîn dieb und habe imz dâ
und lege ez anderswâ.'

(3) Metrisches Schema: 4ma 6mb / 4ma 6mb // 5mc 5mc 4md 6md / 2md

In Str. **5** ist eine Versgrenzenverschiebung anzusetzen: **5**,8.9 (5/3 statt 6/2; vgl. auch etwa Lied II,**3**; IV; V,**1**,4.5; X,**4**).

(4) **1**,4 *wol gesprechen* ›gut über jemanden sprechen‹, ›preisen‹. 6 *nie(mer) tac* ›niemals‹; A *eth*, Verstärkungspartikel, ›bloß‹, ›eben‹,

›halt‹. 7 *swern* mit Gen.-Obj. *des*; *an der stat*, gemeint ist: ihr kommt ein solcher Rang zu, daß sie über alle Zweifel und Anfechtungen erhaben ist, vgl. dazu auch Lied X,3; vgl. zum Ersatz von ›ist‹ durch ›steht‹ die Fassung E. 8 *dâs* aus *dâ si* ›wo sie‹, vgl. Hs. C. 8/9 Hier liegt eine Bildkontamination vor: der Pfad der Tugend, von dem sie keinen Fußbreit abweicht, zum andern das Bild der in unangreifbarer Position auf einem Schachbrett stehenden Dame; vgl. ähnlich Ulrich von Gutenburg MF 72,26 f. 9 Der Vers wendet sich unmittelbar an ein Publikum, während E eine neutrale Feststellung bietet; *dar* (E) bezieht sich auf *stat* (V. 7), d. h., an dieser Stelle sind die andern ausgeschaltet. Die Frage ist, ob die Fassung bC (immerhin in zwei nicht durchweg gleichlautenden Hss. erhalten) nicht auch einen Sinn gibt, etwa so, daß *diu*, ein alter Instrumentalis, hier als Steigerungspartikel fungierte. Der Sinn wäre dann ›da sind die anderen um so mehr mattgesetzt‹. – Vgl. dazu auch Wolfram von Eschenbach, *Parzival* 115,60.

2,1 *lîp*, Grundbedeutung ›Leben‹; hier ist die konkrete Erscheinung, die Person, der Leib, gemeint im Gegensatz zum *herzen* (V. 4), dem Bereich des Seelischen. Dieser Gegensatz begegnet in vergleichbarer Weise etwa auch bei Friedrich von Hausen MF 47,9 (SchM IX; Hau UB III). 2 *var* < *varn* ›sich wegbewegen‹. 5 ÜV: Gepriesen sei es dafür (*des*). 6 *süeziu arbeit*, Oxymoron; *gan* < *günnen* mit Gen.-Obj. (vgl. auch 3,1). 7 *doch*, leitet hier einen begründenden Satz ein. 8 *und*, nach M/SCH, § 338 Anm. 1, konzessiv aufgefaßt.

3,1 E *daz*, zur vielseitigen Verwendung der Konjunktion im Mhd. vgl. M/SCH, § 358. 2 E *noch*, mit temporaler Komponente. 2/3 Der Kuß wird vergegenständlicht. Wie auf die Mattsetzung (Str. 1) nimmt Walther von der Vogelweide in seinem Anti-Reinmar-Lied L 111,23 auch auf diese Reinmar-Stelle Bezug, charakteristischerweise in einer Frauenstrophe (L 111,32), in der die Dame den ›Dieb‹ tadelt, der nicht *mit fuoge* zu werben verstehe. Er greift das Motiv, nun in doppeldeutiger Funktion (*küssen* ›Kuß‹ und *küssen* ›Kissen‹), nochmals in L 54,7 auf, spricht in seinem Bestreben, Reinmar korrigierend zu überbieten, allerdings von *lîhen* ›leihen‹, was einen weiteren Aspekt eröffnet: *daz [küssen] sol si lîhen mir: swie dicke sô siz wider wil, sô gibe ichz ir.* Das Motiv des Kußraubes begegnet auch bei Heinrich von Morungen (allerdings ohne Rückgabe, MF 142,6 ff.; Mor UB XXVII,1,7 ff.), ferner in der prov. Lyrik bei Peirol (*Gran talan ai qu'un baisar*), wobei allerdings eine direkte Übernahme Rein-

mars[9] bei den offenen Textbezügen nicht nachzuweisen ist. Beide Dichter könnten auch auf eine gemeinsame dritte Quelle zurückgegriffen haben. – Das Motiv des heilenden Kusses verwendet Friedrich von Hausen (MF 49,13; SchM XIII; Hau UB VIII). 3 *gît* < *gibit* ›gibt‹. 4 *heln* ›verhehlen‹. 6 *vêhet* < *vêhen* ›befehden‹. 8 *ichz* < *ich ez* (vgl. A, V. 9), *ez* bezogen auf *küssen* (neutr.), V. 2; *dâ*, ist zuerst Relativum, dann Ortsadverb (›dort‹); *nan* ›nahm‹, zum auslautenden *n* vgl. M/SCH, § 85, s. dagegen die Fassung AE.
4,1 *und*, adversative Bedeutung, vgl. M/SCH, § 338b. 2 *wie*, kann hier in der Bedeutung von *daz* stehen; *sî*, Konj., im Mhd. im abhängigen Satz nach *dunken* (vgl. M/SCH, § 349). 3 *waz darumbe* . . . und *nû waz* . . . (V. 5) Aposiopese (beredtes Verstummen). 4 *stæteclîchen*, in bC Adj., in AE Adv. 7 *lâzen* als Vollverb aufgefaßt. 8 ÜV: . . . daß er mehr an Freuden errungen habe. 9 *haben*, Grundbedeutung ›halten‹.
5,2 *ir*, Pers.-Pron. Dat. Sg. fem., bezogen auf ›sie‹; *ir* Gen. Pl., bezogen auf *diu jâr*. 6 Der Satz ist ironisch aufzufassen: er erhält wenigstens geringfügigen Lohn, Kleinigkeiten. 7 *geloube*, Konj. Präs., zur Aussparung des Subj. in solchen Fällen vgl. M/SCH, § 270. 8 E *mîme*, kontrahierte Form von *mîneme*.

Literatur

Wapnewski, Peter: Der Sänger und die Dame. Zu Walthers Schachlied (111,23). In: Euph. 60 (1966) S. 1–29. Wiederabgedr. in: P. W.: Waz ist minne. Studien zur mittelhochdeutschen Lyrik. München ^{2}1979. S. 74–108.

Birkhan, Helmut: Reimar, Walther und die Minne. Zur ersten Dichterfehde am Wiener Hof. In: Beitr. (Tüb.) 93 (1971) S. 168–212.

9 So Anna Lüderitz, *Die Liebestheorie der Provençalen bei den Minnesingern der Stauferzeit*, Berlin/Leipzig 1904, Nachdr. Nendeln 1976, S. 58; vgl. auch Friedrich Diez, *Die Poesie der Troubadours*, 2., verm. Aufl. von Karl Bartsch, Leipzig 1882, Nachdr. Hildesheim 1966, I S. 250 ff. und II S. 138.

XII

(MF 160,6; MFMT XI)

Minneklage

(1) Das Lied ist in den Hss. B(b), C und A mit fünf Strophen überliefert, in E mit vier. bC reihen gleich; in A stehen die Strophen in der Folge **4**, **3**, **1**, **2**, **5** (nach bC); in E fehlt Str. **5**, die übrigen reihen **1**, **3**, **4**, **2**.
Der Text ist im Abgesang gelegentlich ungenau, was mit der etwas komplizierten Form zusammenhängen könnte (s. Abschn. 3). Diese Verwerfungen müssen indes auf eine ältere Überlieferungsstufe zurückgehen, da die Eintragungen in den erhaltenen Hss. öfters Korrekturen aufweisen (s. App.), die zeigen, daß die Schreiber durchaus bemüht waren, ihre Vorlagen korrekt wiederzugeben (dies gilt allerdings nicht immer für E).

(2) Es gibt Lieder, welche durch thematische Besonderheiten bemerkenswert sind (z. B. Lied X oder auch XI), und solche wie dieses, bei denen eher formale Eigenheiten hervorstechen. Die Thematik dieser Strophen bewegt sich im üblichen Klagerahmen, wobei die Positionen jeweils schwanken zwischen Aussage und Revocatio, durch die das Lied einen ironisch-distanzierenden Zug erhält (vgl. z. B. auch die vielen rhetorischen Fragen), auffallend z. B. schon in Str. **1**, wo ›er‹ einerseits auf mögliche Erfolge anderswo abhebt, dies jedoch sogleich widerruft.
Dominierend ist auch in diesem Lied ein Reinmarsches Grundthema, die Ohnmacht, ja Verderblichkeit seiner von ihm selbst hoch eingeschätzten (*daz beste, daz ie man gesprach*, **1**,1), jedoch häufig zu offenherzigen oder unbedachten Rede. Vgl. dazu etwa auch Lied VII,**1** und **5**; VIII,**4**; X,**1**; XIV,**4** oder XXIX,**3** oder auch Heinrichs von Veldeke Liedwechsel MF 56,1/57,18 (SchM I/II).
Weiter sind hier als immer wiederkehrende Themen des Minnesangs verarbeitet: 1. die Bindung an die eine Dame von allem Anfang an (Str. **1**, **4**), 2. die Unmöglichkeit, sich von ihr zu trennen (Str. **4**, **5**), gelegentlich verbunden mit Überlegungen, sich von ihr loszureißen (Str. **1**, **2**, **4**), 3. die Überzeugung, das Leid diene der Läuterung (Str. **4**), die bereits beim Burggrafen von Rietenberg ähnlich formuliert ist (MF 19,17; SchM IV,2) und etwa auch bei Albrecht von Johansdorf begegnet (MF 94,9 ff.; SchM XIII).

In der letzten Strophe personifiziert der Dichter die Mächte, von denen er Erlösung hofft: Liebe, Gnade, Trost. Originell ist das Bild der sich hinter einer Tür versteckenden Gnade – oder ist es die Liebe? Nicht nur hier ist die Aussage so schwebend wie der Versgang. Vor allem ist nicht immer sofort deutlich, worauf sich ein relativ häufig an entscheidender Stelle gesetztes *ez* jeweils beziehe.
Schwankend zwischen Ernst und Ironie sind auch die abschließenden Ausrufe in Str. **2** (*neinâ herre*), Str. **3** (*weiz got*) und Str. **5** (*ôwê gewaltes*).
Stärkere thematische Bezüge ergeben sich zu Lied XXVIII (s. d.).

(3) Es ist dies, neben der paargereimten Monostrophe VI, Reinmars Lied (in Stollenstruktur) mit der größten Verszahl pro Strophe (16). Schon der Aufgesang hebt sich von den übrigen Gedichten durch singuläre dreizeilige Stollen ab. Der Abgesang beginnt mit einer Periode gleicher Grundstruktur wie der Aufgesang und endet mit einer Reimpaarperiode mit Schlußbeschwerung (Fünfheber).

Metrisches Schema: 4ma 3mb 5mc / 4ma 3mb 5mc // 4wd 3me 2wf + 3wg / 4wd 3me 2wf + 3wg / 4mh 4mh 4mi 5mi

An den Zäsuren der jeweils zweigeteilten Verse 9 und 12 tritt Mittelreim auf, in Str. **3** und **5** gestört. In Str. **3** hat V. 9 in b weder Mittelreim noch die richtige Taktzahl. In der Fassung A stimmt diese zwar, es fehlt aber der Mittelreim. Die Herstellung des Strophenschemas in b durch eine Konjektur (*durch nôt*) erfordert daher nicht unbedingt einen Reim, sowenig wie in Str. **5** (Konjekturversuch mit *hiute*). Man könnte in Str. **5** aber auch etwa an ein Mittelreimwort *bœse* (V. 9) auf *lœse* (V. 12) denken. MFK ergänzt hier doppelt: *hât si tiure* (V. 9) – *gebe stiure* (V. 12), das überlieferte *helfe* bzw. *unde lœse* (b) wird dafür gestrichen. Haupt meinte noch, es fehle etwas wie *diu liebe* oder *diu guote*, also eine Ergänzung ebenfalls ohne Reimbezug.
Vielleicht zeugen solche Unterschiede in den überlieferten Formen von einer Umstrukturierung des Grundschemas in statu nascendi, wie dies auch in Lied MF 187,31 zu beobachten ist, wo ein Mittelreim ebenfalls (noch) nicht in allen Strophen durchgeführt ist.
Einsilbige Takte und Doppelsenkungen begegnen beliebig. Zusammen mit den auffallend häufigen Enjambements verleihen sie dem Versgang etwas Bewegtes, Schwebendes.

(4) 1,2 *getuot*, steht für das bereits gesetzte Vb., Präfixkompositum mit *ge-* zur Kennzeichnung der futurischen Bedeutung (M/SCH,

§ 297,4a). 5 *muot*, Kraft des Denkens, Fühlens, Wollens (so auch V. 7 E). 6 *erkôs* < *erkiesen* ›erwählen‹ (3. Pers. Sg. Ind. Prät.), im Nhd. Konj. 9 *mînem lîbe*, steht für die Person, mit Pers.-Pron. zu übersetzen. 13 *sinne*, Pl. von *sin* ›Besinnung‹, ›Verstand‹. 14 *ez*, greift *ez* V. 8 auf, Bedeutung absichtlich offengelassen, nach MOHR evtl. das *bîligen.* 16 *des*, bezogen auf das Gesagte (V. 1 ff.).

2,1 *nâhe komen*, im Sinne von ›hat so getroffen, eingeschlagen‹. 3 *genâden*, Gen. Pl., ›Gnaden-, Gunst-Erweise‹. 6 *enber* < *enbern* ›entbehren‹. 10 *vervâhen* ›fassen‹, ›erfassen‹, ›in Beschlag legen‹. 11 *danne* ›dann‹, kann auch nur den Fortschritt der Rede bezeichnen, hier sinngemäß ›jemals‹; *kint*, umfaßt im mhd. Sprachgebrauch das Lebensalter bis etwa zum 20. Jahre, meint einen Unerfahrenen. 12 *leben nâch wîbe*, idiomatische Wendung. 13 *wîzen* ›jemandem einen Verweis geben‹, ›jemandem einen Vorwurf machen‹. 14 E *mis* < *mich es* (Gen.). 16 *neinâ herre*, Selbstanrede, *â* Verstärkungspartikel, hier durch Wiederholung ausgedrückt; *joch*, Interj. der Bekräftigung mit Inversion.

3,1 *liegen* mit Gen.-Obj. ›jemanden anlügen‹ (vgl. dagegen Str. **4**,14). 2 ÜV: auch nur im geringsten; das Bild ist im Nhd. sprachlich nicht mehr möglich; vgl. dieselbe Wendung in Lied XIX,**2**,7. 4 ÜV: . . . was mich um den Erfolg betrogen, was mir geschadet hat. 9 *kunde* ›konnte‹ (Ind.) oder ›könnte‹ (Opt.); offen ist, ob ein Verhalten in der Vergangenheit angesprochen wird oder eine Möglichkeit. 14 *zorn* ›Zorn‹, ›zornige Äußerung‹, hier ironische Färbung. 14/15 Auf diese Stelle scheint sich die dritte Strophe im Frauenlied MF 186,19 (nur in C überliefert) zu beziehen.

'Als ich eteswenne in mîme zorne sprach,
daz er die rede vermite,
iemer dur sîn selbes güete,
Sô hât er, daz ichz an manne nie gesach,
sô jæmerlîche site,
daz ez mich zwâre müete,
Unde iedoch sô sêre niht, daz ers iht genieze.
mir ist lieber, daz er bite, danne ob er sîn sprechen lieze.'

'Als ich vormals in meinem Zorn sagte,
daß er die Rede unterlassen solle,
einfach um seines eigenen Wertes willen,
da zeigte er, wie ich es bei einem Mann nie sah,
so klägliches Gebaren,
daß es mich ehrlich bekümmerte,

aber doch nicht so sehr, daß er etwas davon gehabt hätte.
Mir ist es lieber, daß er bitte, als daß er sein Sprechen einstellte.'

(C 157, MF 187,1)

4,2 *betagen* ›Tag werden‹, im Nhd. nicht mehr auf Personen beziehbar. 3 Evtl. kulturgeschichtlicher Hinweis auf damals übliche Sammelschlafstätten. 4 *wissen*, Pl. Prät. zum Präterito-Präs. *weiz* (Inf. *wizzen*); andere übliche Prät.-Formen sind *wessen* (C) und *westen* (E), *wisten* (A), sekundäre Analogiebildungen zu den schwachen Verben; *noch* ›jetzt‹, ›noch (heute)‹. 9 *dar under*, lokale und temporale Bedeutung möglich. 10 *list* ›Weisheit‹, ›Schlauheit‹, ›Kunstgriff‹, ›Zaubermittel‹. 12 *hœrent*, 2. Pers. Pl. Präs., Endung wie 3. Pers. Pl., üblich im Alem. und Südrheinfränk., evtl ein Hinweis auf die Herkunft Reinmars; *wunder* ›was Verwunderung, Erstaunen erregt‹. 14 *liegen an*, abweichend vom Nhd. ›Verlogenes, Unwahres über jemand sagen‹. 16 *baz* ›besser‹ (nicht übersetzt).

5,1 Die Zentralbegriffe in V. 1, 2 und 6 erscheinen als Personifikationen. 3 *endelîch* ›was am Ende kommt‹, ›schließlich‹, ›endgültig‹, ›wahrhaft‹. 8 *inrehalp* ›innerhalb‹, andere Raumvorstellung! 9 *si*, wohl auf *Genâde* (V. 2) zu beziehen. 11 *und*, bezeichnet hier einen zeitlichen Bezug (M/SCH, § 357,3). 14 *her*, räumliche und zeitliche Bedeutung möglich. 15 *entstân* mit Gen. ›merken‹, ›verstehen‹, ›einsehen‹. 16 *gewaltes*, Gen. auf eine Interj. (M/SCH, § 223).

XIII

(MF 163,14; MFMT XII)

Minneklage

(1) Das Lied ist in B(b) mit drei Strophen überliefert, ebenso in A, wobei aber nur zwei Strophen in B eine Entsprechung haben (Reihenfolge **2**, [**4**], **3**). Die Hss. C und E enthalten jeweils sechs Strophen. In E sind diese fortlaufend eingetragen in der Folge **2**, **3**, [**4**], [**6**], [**5**], **1**. – In C tauchen die beiden letzten Strophen an späterer Stelle des Reinmar-Corpus auf, und zwar als Str. **5** und **6** (C 60, 61) des Frauenpreislieds X (C 56–59, MF 165,10), mit dem sie, mit Varianten, dieselbe Strophenstruktur gemein haben. Die Reihenfolge der Strophen in C weicht von der in b ab (einer der selteneren Fälle): **1**, [**4**], **2**, **3**. Der

Aufgesang ist bei beiden Liedern (X und XIII) im wesentlichen gleich. Beim Abgesang bewegt sich die Variationsbreite in dem Rahmen, der auch bei andern Liedern zu beobachten ist. So wäre durchaus denkbar, daß die beiden Strophen C 60, 61 auch im Zusammenhang mit Lied X und nach dessen Melodie vorgetragen worden sind. Der Inhalt der Strophen widerspricht einer solchen Annahme nicht.
Daß die Strophen C 60, 61 aber doch zu diesem Lied XIII (MF 163,14) gehören, beweist einmal die Fassung E, in der sie nicht angefügt, sondern in den übrigen Liedablauf eingeordnet sind (s. o.), zum andern die Überlieferung von Lied X, das in A und b nur vier Strophen aufweist.
Eine Sonderstellung nimmt der Überlieferungszeuge i ein. Str. **4** steht anonym in einer kleineren Liedsammlung, die in der *Parzival*-Hs. des Claus Wisse und Philipp Colin (nach 1330, heute Fürstlich Fürstenbergische Hofbibliothek Donaueschingen) zwischen den beiden *Parzival*-Redaktionen eingetragen ist. Sie enthält insgesamt sieben Strophen von Reinmar, Walther von der Vogelweide, Gottfried von Neifen und Walther von Mezze.

(2) Dieses Lied besteht wie so viele Minnelieder aus inhaltlich abgeschlossenen, thematisch etwas heterogenen Einzelstrophen, welche je nach Zusammenstellung einen anderen Grundtenor ergeben (s. Rupp).
Das dreistrophige Lied in b ist geprägt durch tiefe Resignation. In Str. **1** klingen drei Motive an, die für Reinmar typisch sind: die Austragung des Leids im Gedanklichen (vgl. schon Meinloh von Sevelingen und Friedrich von Hausen), der Versuch, es mit Würde zu tragen (tun, als ob man es nicht verstehe, vgl. auch Lied XIV,**3** und XX), und die Affinität von Liebe = Leid, die sich als Krankheit, als Todesbestimmtheit äußert (vgl. dazu auch Lied XXVIII,**2** und prinzipiell Gottfried von Straßburg, *Tristan*).
Zu dieser Leidstrophe tritt in Str. **2** unvermittelt eine abgeklärte Minnelehre, die davor warnt, die Dame mit Mißtrauen zu verfolgen und übler Nachrede Gehör zu schenken. Sie erinnert an ähnliche Lehren bei Meinloh von Sevelingen (MF 14,14; SchM V) oder Heinrich von Veldeke (MF 61,25, SchM XI; MF 65,21, SchM XXIV). Die Mitte zwischen Resignation und Belehrung hält die folgende Strophe, welche die Doppelwertigkeit der im höfischen Wertekatalog so hochgeschätzten Tugend der *stæte* beklagt, die sowohl Freude als auch Leid bringen kann – wenn sie nämlich die Umworbene zur Standhaftigkeit

gegenüber Werbungen anleitet. Die b-Reihe schließt mit einem weiteren resignativen Aspekt, der schon in Str. **1** anklang und evtl. auch eine Zeittendenz anklagt: Die laute, unhöfische Art des Werbens *âne mâze* garantiert mehr Erfolg als das verinnerlichte Leiden.
Die Zusatzstrophe (**4**) bestätigt diese Erfahrung: Gerade das nach der Theorie (Str. **2**) geübte höfisch-zurückhaltende Werben bleibt ohne Erfolg. Die Sanftmut, die sich in der ironischen Wendung des *kleinen* Zorns dokumentiert (s. auch Str. **3** und **5**), hat aber eine Kehrseite: Sie ist gepaart mit Selbstbewußtsein. Dieses zeigt sich in der thematisch wiederum etwas isoliert stehenden Str. **5** (s. ihre Eingliederung in die Fassungen C und E), in der Reinmar das Lob der Welt für seine ›Kunst des Leidens‹ einfordert. Die Strophe ist eine der Kernstrophen für Reinmars Minnestil, seine Bereitschaft zum Leiden und die Ästhetisierung und damit Sublimierung dieses Leids. Str. **6** ist wie Str. **2** direkte Minnedidaxe. Als Schlußstrophe der Fassung C gibt sie dieser einen positiven Abschluß.
Str. **2** dieses Liedes ist neben XI,**3** (s. d.) der einzige Text dieser Reihe, bei welchem die Forschung gedankliche Bezüge zu einem nordfrz. Lied glaubte feststellen zu können: Str. **2** des Liedes *Bien cuidai toute ma vie* (RS 1232) des Trouvères Gace Brulé enthält dieselbe Minnelehre, wenn auch in anderer Form. Frank vermutet,[10] daß evtl. der höfische Roman *Guillaume de Dole* (geschrieben um 1212!), in welchem die fragliche nordfrz. Strophe zitiert ist, die Vermittlerrolle gespielt habe (S. 187).

(3) Stollenstrophen, bei denen aber nur die Vierheber (jeweils V. 1, 3, 7, 8) durchweg klar ausgeprägt sind. Bei allen längeren Versen gibt es dagegen in den überlieferten Fassungen Schwankungsbreiten, beim letzten Vers (9) bei alternierender Lesung sogar Unterschiede bis zu drei Hebungszahlen: Er ist in Str. **2** vierhebig (so auch MF), in Str. **3**, **5** und **6** fünfhebig, in Str. **1** und **4** sechshebig. Solche Unterschiede lassen sich allerdings durch Annahme von zweisilbigem Auftakt und dreisilbigen Binnentakten lösen. Dies gilt auch jeweils für V. 5 (sechs- oder siebenhebig) und V. 6 (sieben- oder achthebig).
Eigenartig ist aber die Diskrepanz jeweils zwischen V. 2 und 4: Läßt sich V. 2 ohne Schwierigkeiten durchweg fünfhebig lesen (Ausnahme **2**,2, s. u.), so liegt bei V. 4 durchweg Sechshebigkeit näher. Nun kann jeweils ein Takt durch Ansetzen von mehrsilbigen Auf- oder Binnentakten getilgt werden, doch sollten solche konsequent längeren Verse

10 István Frank, *Trouvères et Minnesänger. Recueil de textes*, Saarbrücken 1952, S. 120–125 (Text), S. 186 f. (Komm.).

zu denken geben. Könnte evtl. so etwas vorliegen wie eine Schlußbeschwerung beim Aufgesang? Eine offene Frage. Auch andere Abweichungen vom Schema könnten expressive Funktion haben, so etwa die Verlängerung von V. 2 in Str. **2** durch *sîn wîp*, das bisher in den Ausgaben gegen alle Hss. getilgt wurde (dagegen RUPP).

Als strophische Grundstruktur bietet sich an: 4ma 5mb / 4ma 5/6mb // 7mc 7mc 4md 4mx 5/6md

Versgrenzenverschiebungen könnten in **4**,5.6 und **5**,5.6 vorliegen (6/8 statt 7/7).

(4) **1**,2 *liebe*, im Gegensatz zu *leit*, hat allgemeinere Bedeutung als im Nhd. 5 Zu *gedanken* als Leidbringer vgl. schon Meinloh von Sevelingen MF 12,29 (SchM VII,2): *ich trûre mit gedanken*. 6 *des überhœre*, andere Bildvorstellung: die Äußerungen der Gedanken werden überhört. 8 *müeze*, Konj. Präs. von *müezen* ›sollen‹, ›mögen‹, ›dürfen‹. 9 *varwe* ›Farbe‹, ›Aussehen‹.
2,1 *wîse*, im Nom. mask. Sg. steht oft die unflektierte Form des starken Adj. (Endung auf *-e*, da *ja/jô*-Stamm); in AE steht die flektierte Form *wîser*. 4 *der wâren schulde*, mhd. *ô*-Stamm, nhd. gemischte Deklination, Genitivus partitivus, abhängig von *deheine*. 7 ÜV: Man soll übler Nachrede mit Schweigen begegnen, oder: Man soll böses Gerede zum Schweigen bringen. 9 *hœre*, mhd. Konj. Präs. ›hören mag‹.
3,2 *andern*, bezogen auf *tugent* (V. 1); *frouwe*, Stelle nach CEA aufgefaßt; vgl. dazu aber RUPP, der versucht, auch die b-Fassung *frouwen* zu verstehen: »Beständigkeit sei eine Tugend der anderen Damen«; *sîn*, Genitivus partitivus zum Pers.-Pron. der 3. Pers., bezieht sich auf *stæte* (V. 1), in AE verdeutlicht: *si*. Für diese Stelle bietet RUPP zwei andere Varianten an: *sin* = *si en(habe)* oder *sin* ›Verstand‹; er übersetzt dann: »wohl dem, der sie nicht hat« oder »der Verstand hat« (S. 86). 3 *si*, bezogen auf die Dame. 4 *abe brechen* ›Abbruch tun‹; A *schœner*, starke Adj.-Flexion, Dat. Sg. 5 *si*, bezogen auf *stæte* (V. 3); *gelobe*, futurische Komponente durch das Präfix *ge-* ausgedrückt (M/SCH, § 297,4). 6 *vert* < *varn* ›sich bewegen‹, ›sich verhalten, benehmen‹. 9 *nâhe* ›nahe‹, ›in tief berührender Weise‹; die Fassung in b gibt keinen rechten Sinn (so auch RUPP); der Vers ist überdies gegenüber den andern um einen Takt kürzer – vielleicht ein Überlieferungsdefekt?
4,4 *versuochen*, auch ›in Versuchung führen‹. 7 *triuwe* ›Treue‹, ›Verbundenheit‹. 9 i *gefüege* ›was sich einfügt‹, ›schicklich‹.

5,5 *schône* ›auf höfische, geziemende, angemessene Weise‹. 6 *des*, Genitivus partitivus des Dem.-Pron., bezogen auf *leit* (V. 5). 7 *senften muot*, wörtl. ›sanftes Gemüt‹.
6,3 *welle*, 3. Pers. Konj. Präs., verstärkt im Mhd. die voluntative Bedeutung (M/SCH, § 312a). 4 *sol* < *soln* ›bestimmt sein‹, ›müssen‹, ›sollen‹. 6 *gebite*, starkes Fem., ›geduldiges Warten‹. 9 *mîn*, Gen. des Poss.-Pron.

Literatur

NEUMANN, Friedrich: Reinmars Lied: *Ein wîser man sol nicht ze vil* (MF 162,7). In: Interpretationen mittelhochdeutscher Lyrik. Hrsg. von Günther Jungbluth. Bad Homburg / Berlin / Zürich 1969. S. 153–168.

RUPP, Heinz: Reinmars Lied Nr. 12 und die Reinmar-Philologie. In: GLL 34 (1980) S. 81–93.

XIV

(MF 163,23; MFMT XIII)

Minneklage

(1) In den Hss. B (b) und C sind (in gleicher Reihenfolge) sechs Strophen überliefert, ebenso in E, hier jedoch teilweise umgestellt (**1**, **2**, **5**, **6**, **3**, **4**); A bringt nur die Strophen **1**, **3**, **5** und **6** aus der bC-Reihe in der Reihung **2**, **4**, **1**, **3**. In C folgt unmittelbar noch eine weitere Strophe (C 55), die in der Hs. B an anderer Stelle (B 31) und mit z. T. anderem Wortlaut und anderer Metrik als einstrophiges Lied aufgeführt ist (Lied IX, s. d.).
In MFMT stehen die sechs Strophen, gereiht nach E, und der Zusatzstrophe nach C, wobei jeweils folgende ›Leithandschriften‹ als Textgrundlage gewählt sind: A 66, b 15, b 18, A 67, A 68, b 17, C 55.
Mit dem sechsstrophigen Lied endet in der Sammlung b eine Eintragungsserie. Danach sind auf dieser Seite vier Zeilen freigelassen – zu wenig für eine eventuelle Nachtragsstrophe, da die vorhergehenden Strophen jeweils sechs bis sieben Zeilen umfassen. Lied XV setzt erst auf der folgenden Seite neu ein.

(2) Im Mittelpunkt dieses Gedichts steht das Motiv der Läuterung (*mich hœhet* . . ., Str. **1**), das in Str. **3** in eine gültige Formulierung gebracht wird (*wan daz ich leit mit zühten kan getragen*) und variiert in Str. **4** wiederkehrt (*daz [leit] truog ich alsô, daz mîn ungebærde sach lützel iemen*) und das auch in der nur in C und E überlieferten Strophe MF 163,5 prägnant ausgedrückt wird:

des einen und deheines mê
wil ich ein meister sîn al die wîle ich lebe,
daz lop wil ich, daz mir bestê
und mir die kunst diu werlt gemeine gebe:
daz nieman sîn leit sô schône kan getragen (nach C).

In dem einen – und sonst in keinem –
will ich ein Meister sein, solange ich lebe;
von diesem Lob will ich, daß es mir zukomme
und diese Kunst die Welt mir zutraue:
daß niemand sein Leid auf so geziemende Weise ertragen kann.

Die hier geäußerte Einstellung zur Minne führt zu einer für den Hohen Sang typischen Haltung, die Stärke und Selbstbewußtsein immer mehr aus der Sublimierung des Liebesleides zieht. Voraussetzung ist die Absicht, trotz aller Enttäuschungen treu auszuharren (Str. **1**, **4**), die Annahme des Liebesleides als Schicksal (Str. **2**); Basis des Selbstwertgefühls ist das Bewußtsein absolut korrekten ›höfischen‹ Verhaltens, das ihn nicht nur vor sich selbst erhöht, sondern zugleich ihm ermöglicht, in der Gesellschaft weiter einen Platz einzunehmen (Str. **3**). Zusätzlich gestärkt wird dieses Selbstwertgefühl in diesem Lied durch ein stolzes Wissen um das eigene formvollendete Werben, das sowohl seine Rede als auch im weiteren Sinne seine Kunst einschließt (*nie wîp mit rede verlôs*, Str. **1**). Das Eingeständnis stetigen Mißerfolges seiner Kunst führt hier nun nicht, wie meist üblich, zu weiteren Klagen, sondern gipfelt – mit Blick auf mögliche Erfolgreichere – in einer selbstbewußten Trotzgebärde, der Streikandrohung (die allerdings von der Dame abgewendet werden könnte; vgl. dazu auch Heinrich von Morungen, MF 123,22 und 128,5 ff.; Mor UB II,2 und VII,2).
Neben das Motiv des gesellschaftsbezogenen (öffentlichen) Sanges (*rede*, *liet*) in Str. **1** und **4** tritt in Str. **6** die *rede* als privates Sich-Aussprechen. Der Klagetopos, daß er in einem günstigen Augenblick ohne Zeugen zu sprechen versäumte, findet sich ähnlich wieder bei Heinrich von Morungen (MF 135,19 ff., 136,9 ff. und 141,26 ff.) und

spielt auch in der Reinmar-Walther-Fehde eine Rolle (vgl. dazu Lied XIX und Walther von der Vogelweide L 115,22). Str. **5** könnte dem Wortbestand nach (s. Abschn. 3) eine Tageliedsituation widerspiegeln. Der Kontext des ganzen Liedes, aber auch die enge formale Bindung an Str. **6** (die eine ›harmlose‹ Begegnung schildert) spricht aber eher gegen diese Annahme (so auch MOHR, Spiegelungen des Tageliedes; s. Komm. zu Lied V).
In Anspielung und Selbstzitat greift Reinmar in Lied XXVII (MF 177,10), in dem eine Frau mit einem Boten spricht, auf Wendungen dieses Liedes zurück, vgl.

XIV,**2**,8 *swaz geschehen sol, daz geschiht.*
XXVII,**2**,6 *er sprichet: allez daz geschehen sol, daz geschiht*
XIV,**4**,8 *si sælic wîp enspreche ›sing‹, niemer mê gesinge ich liet*
XXVII,**3**,1–3 *Hat aber er gelopt, geselle,*
daz er niemer mê gesinge liet,
Ez ensî, ob ich ins biten welle?

(3) Metrisches Schema: 5ma 4mb / 5ma 4mb // 4wc 8wc 4md 8md

Wegen des Versparallelismus im Abgesang ist es eine offene Frage, ob in V. 5 und 6 jeweils klingende Kadenzen (5k 9k) angesetzt werden können. Das Schema ist nicht in allen Strophen und Textfassungen gleich gut bewahrt (am besten noch in b und C). Auffallend ist eine enge formale Bindung zwischen Str. **5** und **6** (die nur in A nicht aufeinanderfolgen), welche eine Begegnung zwischen Sänger und Dame ohne Zeugen schildern: 1. die Schlußzeile der fünften Strophe und die Anfangszeile der sechsten beginnen jeweils mit *owê* (Anfang-Schluß-Bindung); 2. das Vb. *sach* (< *sehen*) eröffnet und beschließt dieses Strophenpaar (**5**,1–**6**,8); überdies reimen die beiden letzten Verse des Abgesanges untereinander: **5**,7/8 *geschach* : *umbesach* – **6**,7/8 *sprach* : *sach*.

(4) **1**,1 *lange*, Adv., ›seit langem‹ oder ›lange Zeit‹. 2 *rede*, auch ›Text eines Liedes‹, ›Worte‹; *verlôs* < *verliesen*, hier ›durch Worte beleidigen, zu nahe treten‹. 3 *in*, Wechsel vom Sg. in V. 2 (*nie wîp*) in einen generellen Pl. 4 Anakoluth. 5/6 Syntaktische Dissimilation (M/SCH, § 383) auf Grund einer eventuellen Verwerfung des überlieferten Textes. In b, das an sich einen guten Sinn liefert, ging sogar das Reimwort verloren. Die etwas sprunghafte Gedankenführung wurde wohl in keiner der erhaltenen Hss. richtig bewahrt, da der Satz bereits mißverständlich beginnt: *in* = Pers.-Pron. Dat. Pl. (so CA) oder Kontraktion von *ich en-* (so bE). Erhalten ist lediglich noch

ein gewisses Wortgerüst (s. App.), so daß ich hier, abweichend von meiner sonstigen Methode, ebenfalls zu einer Handschriftenkombination meine Zuflucht nehmen mußte. 7 *hânt siu*, Aussage wieder auf alle Frauen bezogen wie in V. 3 und 5 (*in*). 8 Inkongruenz von doppeltem Subj. (Pl.) und nachfolgendem Relativbezug (Sg.), vgl. M/SCH, § 326.

2,5 *ez*, bezogen auf die Aussage in V. 3 f.

3,2 *gemach*, eigtl. ›Ruhe, Behagen‹ und ›Ort, wo man ruht, sich befindet‹. 3 *wan daz* ›wenn nicht wäre, daß . . .‹, Einleitung einer exzipierend-einschränkenden Aussage (M/SCH, § 358,4 Anm. 2). 4 *sîn*, Gen.-Obj. zu *genesen*, bezogen auf *leit* (V. 3).

4,3 *wan*, Kurzform von *wanne*, vgl. dagegen *wan* in **3**,3; *sîn*, Gen.-Obj. zu *verdriezen*; gemeint: wenn er der Aufgabe, die Welt zu erfreuen, überdrüssig ist. 4 *rede*, s. Komm. zu **1**,2. 8 Konditionale Konstruktion, im Mhd. durch Konj. ausgedrückt (M/SCH, § 338).

5,2 *sorgen*, mhd. Dat. Pl. 3 *wol mich*, elliptischer Ausruf, eigtl. ›heil mir (auf Grund von . . .)‹. 6 *gescheide*, Präfix-Kompositum mit futurischer Bedeutung (M/SCH, § 297a) oder Opt. Präs. im abhängigen Modalsatz (M/SCH, § 356), vgl. Übers. der Variante in E.

6,1 *rede*, hier Subst., das normale Sprechen, Sich-Aussprechen im Gegensatz zum öffentlichen Singen, Rezitieren, zur Dichtung wie in **1**,2 und **4**,4. 5/6 *stunde* meint den Zeitpunkt, *wîle* die zeitliche Dauer der Begegnung, *kürtzewîle* (E) bedeutet auch ›Vergnügen‹. 6 *daz*, auf den ganzen vorhergehenden Satz bezogen, im Mhd. syntaktische Inkongruenz, im Nhd. genauerer Bezug auf *stunde* und *wîle*; *der guoten*, Gen.-Obj. zu *günnen*; *sehenne*, flektierter Inf. (Dat.) nach *ze*, zu seinem Gebrauch vgl. M/SCH, § 318.

XV

(MF 166,16; MFMT XV)

Minneklage

(1) Die Handschriften B (b) und A überliefern je fünf Strophen; in A fehlt Str. b **5**. Str. A **5** entspricht der Zusatzstrophe der sechsstrophigen Fassung des Liedes in C und E (A 42 = C 66, E 296).

Die Überlieferungskonstellation weicht etwas von derjenigen der anderen Lieder Reinmars ab: C zeigt nicht durchweg dieselbe Strophenfolge wie b (C: **1**, **2**, **3**, **5**, [**6**], **4**), dafür stimmt nun hier A mit b überein (abgesehen von der b 24 entsprechenden fehlenden fünften Strophe); A 42 ist offensichtlich gestört, vielleicht eine Niederschrift aus einem unvollkommenen Gedächtnis. E zeigt, wie oft üblich, z. T. eine eigene Reihenfolge (**1**, **4**, **2**, **3**, **5**, [**6**]) und weicht auch in den Textfassungen etwas stärker von den übrigen Hss. ab (Str. **2** und **3**). Bei Str. **4** gehen stellenweise CA und auch E eigene Wege. Eine Sonderstellung nimmt die Überlieferung in m ein: Diese sogenannten Möserschen Bruchstücke (14. Jh.) einer niederdt. Hs. führen die Strophe MF 167,22 (5) ganz und zwei Zeilen von Strophe MF 167,13 (6) unter dem Namen Walthers von der Vogelweide auf.

(2) Bei diesem Lied stehen zwei Themen im Mittelpunkt: das Paradoxon, daß ›er‹ am Liebesleid geradezu Gefallen findet (*so ist mir mit leide wol*, Str. **3**; vgl. dazu schon Lied XIII,**5**,8 *daz ich ir haz ze froiden nime*), und der ausdauernde Dienst trotz offenbarer Aussichtslosigkeit einer Erhörung (vergebliches Warten auf einen Glücksboten, Str. **1**; Spott der andern, Str. **2**; Ratlosigkeit auch der Freunde, Str. **2** und **5**).
Höhepunkt des Liedes ist indes das Gedankenspiel mit einer Probenacht mit der schelmischen Zusicherung, bei Nichtgefallen den Versuch eben der Vergessenheit anheimfallen zu lassen (Str. **4**). Dies entspricht dem ebenso launig gemeinten Rückgabeangebot beim Kußraub in Lied XI,**3**. Der Vorschlag einer Probenacht findet sich auch im Elbenlied Heinrichs von Morungen, MF 126,8 ff. (Mor UB V,2).
Einen weiteren bitteren Aspekt des Minneleidens formuliert die Abschlußstrophe des b-Liedes: die Erfahrung, daß gerade die Unbescheidenen, Wankelmütigen bei den Frauen mehr Erfolg zu haben scheinen; auch dies Motiv findet sich schon in Lied XIII,**3** (hier sind es die laut sich als Verzweifelte Gebärdenden).
Die Zusatzstrophe in C (EA) illustriert das Str. **2** beklagte spöttische Gebaren der Umwelt: die Frage nach dem Alter der Dame – eine ungalante Folgerung aus dem ständigen Jammern über die schon so lange unerfüllt gebliebene Werbung. Eine ähnlich direkte Frage nach der umworbenen Dame findet sich bei Walther von der Vogelweide, L 63,32: *Si frâgent unde frâgent aber alze vil / von mîner frowen, wer si sî.* Während aber Walther selbstbewußt antwortet, gibt Reinmar nur indirekt zu erkennen, daß er den in Lied XIII,**2** ausgesprochenen

Rat, *man sol bœse rede verdagen*, befolgt, nicht ohne dabei einen Dankeserweis der so Geschmähten zu erhoffen. Beide Passagen konterkarieren die Abstraktheit der Klagen in manchen Liedern, indem sie die Sänger hier in eine konkrete Umwelt zu stellen versuchen.

(3) Metrisches Schema: 4ma 6wb / 4ma 6wb // 4mc 7mc / 5wd 4mx 5wd

Der Versgang dieser Strophen ist in allen Hss. bemerkenswert klar ausgeprägt (etwa im Unterschied zu Lied XIII). In 4,4 ist *rehte* (E) des Versschemas wegen ergänzt.

(4) 1,5 *und*, hier konzessive Bedeutung (M/SCH, § 338b). 7 *dis*, apokopierte Form von *dise* ›diese‹, so CEA. 8 *unmæren*, intrans. Vb., ›zuwider sein, werden, machen‹. 9 Im Mhd. Ind. Prät. im Vorder- und Nachsatz zur Bezeichnung eines Konditionalverhältnisses in einem hypothetischen Satzgefüge (M/SCH, § 369).
2,1 *wâ nû*, elliptischer Satz. 2 *des*, Gen. des Dem.-Pron. in der Funktion einer Kombination von Adv. (›darin‹, ›in dieser Sache‹) und Konjunktion (›daß‹), ebenso *daz* = ›das, was‹. 4 *wan* ›nur‹, *ob* ›wenn‹; der Vers ist, obwohl die Bedeutung der einzelnen Wörter klar ist, nicht ganz einfach zu übersetzen. MFMT bietet an ›wenn ich bisher schon geneigt war, das zu glauben‹ (nach v. KRAUS, RU I, S. 30). 5 *wæne* ›fürchte, vermute *ich*‹, Ersparung des pronominalen Subj., wenn das folgende Vb. dasselbe Subj. hat (M/SCH, § 270b).
8 *ez*, bezieht sich auf die Frage *waz tuon ich*? (V. 2).
3,3 *lâze*, zur Ersparung des pronominalen Subj. (›sie‹) vgl. M/SCH, § 270. 6 *liebes*, Gen. Sg. des substantivierten Adj. *liep* ›angenehm‹, ›erfreulich‹, ›lieb‹. 9 *güete und gebærde*, innere und äußere (soziale) Vorzüge.
4,7 *gevalle*, mhd. Konj. Präs. mit Anfangstellung des Vb. zur Bezeichnung eines Konditionalsatzes, im Nhd. Konj. Prät. (M/SCH, § 338a); *stæte*, kann Adj. oder Subst. sein: ›dauerhaft‹, ›Dauer‹, ›Bestand‹. 9 *verbern* ›nicht haben‹, ›unterlassen‹, ›aufgeben‹.
5,2 ÜV: ... wie ich mich nach einer Frau sehne, wie ich nach einer Frau verlange. 4 *bî lebendem lîbe*, wörtl. ›bei lebendigem Leibe‹.
9 *sumelîcher*, Gen. Pl. von *sumelîch* ›irgendeiner‹, ›mancher‹.
6,2 A *zwîfeln* mit Gen.-Obj. 3 *tuont*, bezieht sich auf *rede* (V. 1).
4 *vil*, kann auch temporale (›oft‹) oder intensive (›dringlich‹) Bedeutung haben. 5 *tage*, auch ›Lebensalter‹, vgl. nhd. ›betagt‹; ÜV: ... welchen Alters sie sei; A *solt*, mit futurischer Bedeutung. 7 *ez*, hier bezogen auf V. 6: das treue Dienen; *ez* kann auch auf V. 1, das

Gerede, bezogen sein, zu übersetzen dann ›sie sprechen so [zuchtlos, frech], daß es mich verdrießen könnte‹; A *erdriezen* ›lästig werden‹. 8 *lâ*, Kurzform von *lâzen* ›lassen‹. 8/9 ÜV: Nun lasse mich die beste aller Frauen ihrer zuchtlosen Frage wegen (ihre Huld) genießen.

XVI

(MF 167,31; MFMT XVI)

Sogenannte Witwenklage

(1) Die bisherigen Editionen dieses Liedes erwecken den Anschein, als sei ein dreistrophiges Reinmar-Lied überliefert. Tatsächlich sind aber zwei zweistrophige Fassungen erhalten, BC und A, die nur eine Strophe gemeinsam haben:

b 25	C 68	
b 26	C 69	a 44
		a 45

Die Fassung in C steht in einer namentlich ausgewiesenen Sammlung, die in B in einer Gedichtfolge (b), die eindeutig als Reinmar-Liedercorpus zu identifizieren ist. Die Fassung der Hs. A findet sich in einem Anhang (a), in welchem Strophen verschiedener Autoren ohne Verfasserkennzeichnung versammelt sind. Dieser Tatbestand scheint mir für die Deutung dieses Liedes von grundlegender Bedeutung zu sein (s. Abschn. 2).

(2) Das zweistrophige Lied in BC ist eine Totenklage. Str. **2** ist eindeutig einer Frau in den Mund gelegt; in Str. **1** könnte auch ein Mann einen Gönner und Freund beklagen. Dieses Lied ist durch einen jahreszeitlichen Bezug und die Namensnennung des Beklagten (Str. 1) ausgezeichnet. Die Klage wird in Gegensatz zur Jahreszeit, dem Sommer, der Zeit der Freude, gesetzt, ein Topos, der den Schmerz und die Trauer um so wirkungsvoller erscheinen läßt, zumal der Verstorbene selbst Zentrum der Lebensfreude aller und selbst stets freudvoll gewesen sei: *den ich nie tac getrûren sach*.
Gibt Str. **1** eher den äußeren Aspekt des Verlustes, berührt die Frauenklage in Str. **2** persönlichere Bereiche und enthüllt ein Bild tiefster Verbundenheit: Der Verlust des Mannes ist der Verlust der eigenen

Mitte der Frau, eines zentralen Teils ihres Lebens (daher könnte die Fassung b sogar als intensiver denn a mit dem scheinbar naheliegenderen *heil* angesehen werden). Als Beispiel für die enge Bindung dient das Spiegelgleichnis: Ihre Freude spiegelte sich in ihm (seinen Augen?), der zugleich die Quelle ihrer Freuden, ihre Augenweide, war. Mit dieser Strophe beginnt Fassung a. Sie ist also von vornherein eine Frauenklage, die in der folgenden, nur hier überlieferten Strophe wieder mehr die allgemeinen Aspekte (Not, Jammer, Weinen, Freudlosigkeit) eines Verlustes aufführt und im Gebetanruf endet. Ein Name ist in dieser Fassung a nicht genannt.

Dieses Lied spielt auf Grund der Namensnennung in Str. **1** (bC) für die literarhistorische Fixierung des Lebens Reinmars eine ebenso bedeutsame wie fatale Rolle. Auf ihm wird zu einem Teil Reinmars Position eines Hofsängers am Wiener Hof gegründet (s. Einl. S. 16 ff.). Auch wenn einmal als gesichert angenommen wird, daß mit dem genannten *Liutpolt* der österreichische Herzog Leopold V. (1177–94) gemeint sei (das Lied ließe sich dann eindeutig auf 1195 datieren), lassen sich gegen das Postulat, die Strophen seien das Werk eines Hofdichters, folgende Einwände ins Feld führen: 1. Das Lied ist Rollenlyrik, einer Frau in den Mund gelegt (Str. **1** auf jeden Fall nicht dem Dichter) und damit nicht gerade ein Zeugnis unmittelbar persönlicher Betroffenheit des Dichters. Es scheint eher als ein Auftragswerk oder zumindest im Sinne der Herzoginwitwe Helena verfaßt worden zu sein. Denn 2. eine offizielle oder auch nur halboffizielle Hofklage hätte wohl nicht erst so lange Zeit nach dem Todesfall erscheinen dürfen: Leopold starb am 31. Dezember 1194; das Lied setzt aber ein mit einem Bezug zum Sommer (*Siu jehent, der sumer der sî hie*). Wenn das Lied im Sommer 1195 in Wien entstand und vorgetragen wurde und auf den Tod Leopolds V. Bezug nimmt, hatte es wohl eher die Funktion, den wegen des Trauerjahres gebotenen Ausfall sommerlicher Festlichkeiten zu begründen. Dazu könnte Reinmar eventuell die im Nachtrag der Hs. A erhaltene neutrale Fassung einer Witwenklage für den speziellen Fall in Wien ausgestaltet haben.

Die schwierigen politischen Zeitumstände des Todes Leopolds V. sind in dieses Lied nicht eingegangen: Leopold war exkommuniziert. In englischen Quellen wird sein qualvoller Tod (Wundbrand nach einem Sturz vom Pferd bei einem Ausritt am zweiten Weihnachtsfeiertag, um *exercitio et ludo militari tempus deducere*[11]) als göttliche

11 Magnus von Reichersberg, *Chronica*; zit. nach: Ashcroft, S. 226.

Vergeltung für die Gefangennahme des englischen Königs Richard Löwenherz auf dessen Rückkehr vom dritten Kreuzzug 1192 und dessen Auslieferung an Kaiser Heinrich VI. 1193 gedeutet. 1195 mußte sich Leopolds Nachfolger, Friedrich I., unter Bannandrohung einer demütigenden Sühnung der Taten seines Vaters unterwerfen, was sich auf Wirtschaft, dynastisches Prestige und gesellschaftliche Moral negativ auswirkte. Keine Andeutung davon in Reinmars Lied.[12] Die Strophen beklagen nur einen persönlichen Verlust, keinen politischen. Auch der Schlußvers von Str. **1** (bC) bewegt sich im Rahmen der gattungstypischen Klagehyperbolik.
Manche Interpreten überlegten sich auch, wer in den drei Strophen des von ihnen als Einheit angesetzten Liedes jeweils spreche. HAUPT, BARTSCH und E. SCHMIDT wollten Str. **1** als Rede des Dichters sehen und nur Str. **2** und **3** als Frauenstrophen. HAUPT wies diese dabei der Frau Welt als Klagender zu, wogegen aber die Verse **2**,11 (MF 168,16 f.) und, wie schon SCHMIDT bemerkte, **3**,8 f. (MF 168,25 f.) sprechen. BURDACH legte dann im Rahmen seiner biographischen Lebensdeutungen alle drei Strophen der Herzoginwitwe Helena in den Mund.
In Reinmars Witwenklage will man überdies gewöhnlich Einflüsse der Frauenklage Hartmanns von Aue *Diz wæren wunneclîche tage* (MF 217,14) sehen. Aber das zeitliche Verhältnis ist durchaus offen, und auch die thematischen Bezüge bleiben in der üblichen, durch den Anlaß abgesteckten Motivik.

(3) Metrisches Schema: 4ma 3mb 5mc / 4ma 3mb 5mc // 5md 7md / 4me 4mx 7me

(4) **1**,4 *râtent – sprechent*, 2. Pers. Pl. Ind. Präs. (Form wie 3. Pers. Pl., vgl. V. 1 *jehent*), alem. und südrheinfränk. Sonderform, vgl. auch XII,**4**,12 *hœrent* (M/SCH, § 155). 6 *daz*, vereinigt im Mhd. Dem.- und Rel.-Pron.: ›das, was‹.
2,3 a *sîme*, Kontraktion aus *sîneme* ›seinem‹. 9 *ænic sîn* ›los, ledig sein‹ mit Gen. (*des*). 11 Die Bildvorstellung ist die, daß der Lebensmut, dessen Sitz im Herzen (zugleich Sitz der Liebe) ist, nun sinkt auf ein tiefer liegendes Organ, evtl. die Leber oder Milz – nach mittelalterlicher Vorstellung Sitz der Melancholie, hier vielleicht allgemein gedacht als Sitz der Seele, des Bereichs der Gefühle, die nun schmerzlich herabgestimmt werden. – Im allgemeinen wird die Variante in a

12 ASHCROFT interpretiert das Lied allerdings als Versuch einer Rehabilitierung Leopolds unter Ausschaltung der politischen Dimension.

bevorzugt: *viel daz bluot* ... MFMT konjiziert hier überdies mit Haupt und Vogt (MF) gegen alle drei Handschriften *wiel*, Prät. von *wallen*: zu übersetzen etwa ›da wallte mir das Blut vom Herzen über die Seele‹, ähnlich Wehrli (s. S. 72): »da wogte mir alsbald das Blut vom Herzen über meine Seele hin«. Hier wäre also ein höher als das Herz gelegener Sitz der Seele anzunehmen. Die Fassung a verweist aber mit *viel* doch wohl auf ein ebenso einprägsames Bild: das Blutstropfen weinende Herz.
3,3 *ir*, Gen. Sg. des Poss.-Pron., abhängig von *enbern*, bezogen auf *fröide* (V. 1). 4 *sît*, kann mit Inversion stehen. 5 *in* < *ichn* (= *ich en-*), Negation und Vb. im Konj. drückt im abhängigen konjunktionslosen Satz die konsekutive Relation zum Vordersatz aus. 4–6 Das Satzgefüge bereitet in seiner syntaktischen Struktur Schwierigkeiten; die Abhängigkeit der beiden Konsekutivsätze (V. 5 und 6) ist offenbar nicht gleich bezeichnet. In den Übersetzungen Wehrlis und Brackerts (s. S. 72) ist V. 7 als Konsekutivsatz in das Gefüge einbezogen, obwohl der mhd. Text sich dagegen sperrt: mit V. 7 beginnt ein neuer Hauptsatz. 8 *sælic* ›glückspendend‹, ›glückverheißend‹, ›mit Glücksgütern gesegnet‹; *ze lebende* ›als lebend‹, ›als Lebender‹, *ze*, Präp. zur Bezeichnung einer Zeitdauer, so auch das damit verbundene Part. Präs. 9 *tohte* < *tugen* ›taugen‹, im Mhd. Prät. zur Bezeichnung einer irrealen Frage. 10 *wis*, Imp. zum Verbum substantivum ›sein‹, vom Suppletiv-Vb. *wesen* gebildet. 11 *tugenthafter*, Komp. mit Abfall der zweiten *-er*-Endung (vgl. M/SCH, § 24,3).

Literatur

Schweikle, Günther: War Reinmar ›von Hagenau‹ Hofsänger zu Wien? In: Gestaltungsgeschichte und Gesellschaftsgeschichte. Fritz Martini zum 60. Geburtstag. In Zsarb. mit Käte Hamburger hrsg. von Helmut Kreuzer. Stuttgart 1969. S. 1–31.

Ashcroft, Jeffrey: Der Minnesänger und die Freude des Hofes. Zu Reinmars Kreuzliedern und Witwenklage. In: Poesie und Gebrauchsliteratur im deutschen Mittelalter. Würzburger Colloquium 1978. Hrsg. von Volker Honemann [u. a.]. Tübingen 1979. S. 219–238.

XVII

(MF 168,30; MFMT XVII)

Trutzlied

(1) Das Lied ist in allen drei Hss. relativ gleichlautend und – bemerkenswert – in gleicher Strophenfolge überliefert. Es steht mitten im jeweiligen Liedercorpus. Trotz der guten Bezeugung für Reinmar soll es nach v. KRAUS u. a. unecht sein. Die Gründe sind nicht nachvollziehbar (»finde ich nichts von Reinmars Art«; RU I, S. 70) oder doppelwertig, so daß sich eine Auseinandersetzung erübrigt (vgl. dazu MAURER, ›Pseudoreimare‹, S. 137 ff.).
Die Hs. m enthält eine Strophe unter Walthers Namen, die seit BURDACH gewöhnlich zu Reinmars Lied gestellt wird; formal entspricht sie diesem; außerdem greift sie die Anfangswörter von Str. **3** auf (*Ich wil*); s. dazu Abschn. 2.

(2) Dieses Lied setzt sich von den vorhergehenden durch drei Momente ab: 1. die kurze Strophenform (die im folgenden dann noch öfters begegnen wird), 2. einen durchgehenden Gedankengang (vgl. dazu auch die einheitliche Strophenfolge in allen drei Hss.) und 3. durch ein betontes Bekenntnis zum Frohsinn, der sich durch nichts irritieren lassen will (vgl. dazu als eklatanten Gegensatz etwa Lied X,**1** oder XIII,**1** und die vielen Minneklagen).
Thema dieses Liedes ist nicht das Verhältnis zu einer Dame, sondern zur Gesellschaft. Er sieht diese in zwei Lager gespalten, in die ihm Wohlwollenden und die Neider und Spötter mit ihren törichten Fragen (Str. **2**), gegen die er sich auch sonst wendet (vgl. u. a. Lied I; X,**1**; XV,**6**). Recht selbstbewußt umreißt er seine Einstellung zu diesen Gruppen unter der Devise der Gegenseitigkeit (Str. **3**; diese Einstellung des ›Wie du mir, so ich dir‹ findet sich – auf die Dame bezogen! – auch etwa bei Walther von der Vogelweide: L 49,20 *daz kît ›mir ist umbe dich / rehte als dir ist umbe mich‹*, oder Hartmann von Aue: MF 216,37 *Ze vrowen habe ich einen sin: / als si mir sint, als bin ich in*). – Str. **4** variiert in einem einzigen Satz (V. 1–5) diesen pragmatischen Grundsatz und gipfelt schließlich in einer extrem provokanten, eigentlich nur Walther zuzutrauenden Pointe. Dabei werden thematische und formale Wendungen aus den Strophen **1–3** aufgegriffen. Diese Technik ist kennzeichnend für die Parodien Walthers, so z. B. für die zu Reinmars Lied XXXI, ist aber auch bei Walther L 111,23 in bezug auf Reinmars Lieder XI und XIX zu beobachten oder bei

Walthers Umgestaltung eines Morungen-Liedes (MF 145,33). Diese Beobachtungen geben der Überlieferung, welche die Strophe Walther zuweist, mehr Wahrscheinlichkeit als der Hypothese der früheren Forschung. Das Lied gehört damit doch wohl in den Kreis der Reinmar-Walther-Fehde. Ebenso spricht die dreifache Überlieferung der Strophen **1–3** für Reinmar als Verfasser. Reinmar hatte ganz offensichtlich neben seinen programmatisch-gedanklichen Liedern in differenzierteren Großstrophen auch formal und thematisch leichtere, unkompliziertere Ware im Repertoire – die nicht minder beliebt gewesen zu sein scheint (s. a. Lied XVIII).

(3) Metrisches Schema: 6ma 4kb / 6ma 4kb // 4mc 7mc

Die weibliche Kadenz in V. 2 und 4, welche sich in Str. **2**, abweichend von Str. **1** und **3**, ergäbe, spricht wohl gegen die Aufteilung von V. 6 in zwei Kurzverse (4 und 3) und für seine Deutung als Langvers. In Str. **3** und **4** ist der letzte Vers nur mit Hilfe eines einsilbigen Taktes (**3**,6 *un-mǽrè*, **4**,6 *léidè*), der ein sinngemäß herausragendes Wort betrifft, auf die vom Schema geforderten sieben Hebungen zu bringen.
Des Metrums wegen sind Vollformen eingesetzt in V. **2**,1 (*zewâre*) und **2**,6 (*etelîchem*); in **3**,3 ist *die* ergänzt, das evtl. des folgenden *die* wegen ausgefallen sein könnte (vgl. auch Hs. E). – Die Strophen **1** und **3** sind durch Strophenanapher (*Ich*) verbunden. Str. **4** greift den Verseingang von Str. **3** auf. Die Eingangszeile von Str. **2** schließt an den Abgesang von Str. **1** an (*sô*).

(4) **1**,2/3 *enwende/enbeswære*, das konditionale Verhältnis im Mhd. jeweils durch Negationspartikel und Konj. ausgedrückt. 5/6 *sô – sô*, kennzeichnet ein konditional-temporales Satzverhältnis: ›wenn – dann‹. 5 *zergât* < *zergân* ›auseinandergehen‹, ›vergehen‹, ›aufhören‹.
2,1 *sô* deutet eine temporale Relation an wie in V. **1**,6. 4 *fröiden*, Gen. Sg., hier schwach flektiert, abhängig von *betrâgen*. 6 *ir*, Gen. Pl. des Pers.-Pron.; *tæte*, Konj. Prät. zur Bezeichnung einer Potentialität.
3,1 *enbern* mit Gen.-Obj.: *aller der – mîn*. 3 *gerent* < *gern* ›begehren‹ mit Gen.-Obj. *des*, zu beziehen auf *dienen* (V. 4); E *mit triuwen* < *triuwe* ›Aufrichtigkeit‹, ›Treue‹.
4,4 *balde*, kann temporale Bedeutung (›sogleich‹) oder modale (›kühn‹, ›dreist‹) haben. 6 *sterben*, Konj. Präs. mit voluntativer Bedeutung.

XVIII

(MF 169,9; MFMT XVIII)

Minne- und Gesellschaftsklage

(1) In B und C sind vier Strophen in gleicher Reihenfolge und weitgehend gleichlautend überliefert. E bringt ein fünfstrophiges Lied, in dem Str. **2** und **3** vertauscht sind (**1**, **3**, **2**, **4**, [**5**]). Die Strophen **1** und **3** stehen überdies in der Hs. A in der Sammlung Niunes; sie stimmen im Wortlaut weitgehend zu E. In diesen beiden Strophen erscheint die Minne- und Gesellschaftsklage auf eine Klage um verlorene *triuwe* verkürzt.
Die Aufnahme dieser beiden Strophen in das Repertoire eines Nachsängers könnte ein Hinweis darauf sein, welche Texte auf eine breite Resonanz hoffen durften. Dieser könnte unter Umständen auch die einfache Form entgegengekommen sein.
Auch dieses Lied wurde von v. Kraus ob seiner »verzweifelten Familienähnlichkeit« mit MF 168,30 (XVII) für unecht erklärt und Reinmar ›abgesprochen‹.

(2) Die Not, die der Dichter in abschätzigem Ton über die Winterklagen stellt (Str. **1**), bleibt zunächst unbestimmt: Klagt er über die Härte einer Dame oder über die Hofgesellschaft, die ihn trotz seiner Verdienste im Stich läßt (Str. **2**)? Auch Str. **3** ist auf beide Instanzen zu beziehen: Die Klage um verlorene Treue muß alle treffen, die seine Dienstbereitschaft nicht anerkennen. Die etwas selbstgefällige Klage am Schluß von Str. **3** erinnert an Lied XVII,**3**; allerdings ist das dortige Selbstbewußtsein hier zum Selbstmitleid geworden. Erst Str. **4** löst die ambivalente Spannung, indem sie die Klagen in Str. **2** und **3** der Gesellschaft zuweist, denn hier in Str. **4** nimmt er das Leid, das die Dame ihm bereitet, im Stile des Hohen Minnesangs auf sich. So bietet die Fassung b eine Mischung von traditioneller Minneklage und Gesellschaftsanklage, die in der Tendenz mit Lied XVII übereinstimmt.
E fügt dem Lied noch eine Strophe an, die sich gegen Übelwollende, vielleicht schlechte Mäzene richtet, bei denen alle Mittel erlaubt sind, um sie freundlicher zu stimmen, geneigter zu machen. Die Strophe könnte aber auch als Frauenstrophe aufgefaßt werden.
Auch dieses Lied montiert zahlreiche im Minnesang übliche Versatzstücke. So ist der positive oder negative Vergleich mit einer bestimmten Jahreszeit ein Verfahren, das sich bei Reinmar selbst etwa in Lied

IX, aber auch schon bei Dietmar von Aist MF 35,16 (SchM V,1), MF 37,18 (SchM VII), MF 37,30 (SchM XI,1), MF 39,30 (SchM XIV,1) oder Heinrich von Veldeke MF 58,23 (SchM III,2), MF 59,11 (SchM IV,2), MF 64,26 (SchM XX) und Heinrich von Morungen MF 140,32 (Mor UB XXV,1) findet.
Feste Topoi sind auch der bei anderen Ratsuchende (Reinmar, Lied XV,**2**), die Bereitschaft, jedes Leid der Dame wegen zu ertragen, und die Klage über mangelnde Gegenseitigkeit, zwei der Hauptthemen Reinmars, und schließlich das Lob der Augen und des Herzens für die richtige Wahl, vgl. – allerdings mit anderer Gewichtung – etwa auch Friedrich von Hausen MF 43,17 (SchM VII,1,8; Hau UB I,4,6) *den ougen mîn muoz dicke schaden, daz si sô rehte habent erkorn* und Reinmar selbst Lied XI,**2**.

(3) Metrisches Schema: 6ka 4mb / 6ka 4mb // 4mc 6mc

(4) **1**,1 *vor*, im Sinne von ›größer als alles andere Leid‹. 2 *durch* mit Akk.-Obj., nhd. ›wegen‹ mit Dat.-Obj. 3 *valwet*, Anfangstellung des Vb. zur Kennzeichnung eines Konditionalsatzes (M/SCH, § 338). 4 *solher dinge*, Gen. Pl., abhängig von *vil.* 5 *gedagen* ›schweigen‹ mit Gen.-Obj. (*der – aller*). 6 *ze tuonne*, flektierter Inf. (vgl. M/SCH, § 318).
2,2 *sage*, Konj. im Nachsatz nach negiertem Vordersatz (M/SCH, § 362). 4 *maniger grôzen*, Gen. Sg. fem., *maniger*: starke Adj.-Flexion; *grôzen*: schwache Adj.-Flexion; zu verschiedenen Flexionsformen bei mehreren aufeinanderfolgenden Adj., vgl. M/SCH, § 258. 6 *an mînen rât*, dahinter könnte die Vorstellung eines Ratsgremiums stehen.
3,1 ÜV: . . . das ist ein Ziel. 2 *da* < *dar*, Rel.- und Dem.-Pron., hier mit kausaler Implikation. 3 *leit* < *legit*, 3. Pers. Ind. Präs. von *legen*. 3/4 Gemeint ist: reiche ich meine Hände, wenn sie sich meiner Person bedienen wollen; bes. Ausdruck demütiger Hingabe, zum Bild vgl. Heinrich von Rugge MF 105,31 f.: *ê daz er unsanfte müese gên, / ûf mîner hant wolt ich in tragen*, geht evtl. auf Mt. 4,6 (oder Ps. 91,12) zurück.
4,3 *ein wîp, diu*, Setzung des natürlichen Geschlechts (*diu*) statt des grammatischen (*daz*) bei Rel.-Pron. (vgl. M/SCH, § 327). 4 *guoter dinge*, Gen. Pl., abhängig von *underwinden* (V. 3), ›gute Dinge‹, ›edle Taten‹. 6 *dol* < *doln* ›ertragen‹, ›erdulden‹.
5,1 *muot*, umfaßt alle Gemütsäußerungen, evtl. ist hier mit *bœsem muote* auch ›böse Absicht‹ gemeint. 3 *gelachen mîn ze guote*; *mîn* Dat.-Obj. (s. Übers.); ÜV: niemals gutmütig meinetwegen (oder:

über mich) lachen will; *mîn*, Gen.-Obj., *ze guote* ›in guter Absicht‹, ›auf gutmütige Art‹; dies paßte evtl. besser zur ÜV V. 1. 5 *erliegen*, Präfix-Form zu *liegen* ›lügen‹.

XIX

(MF 170,1; MFMT XIX)

Minneklage

(1) Das fünfstrophige Lied ist in B, C und E überliefert, in BC weitgehend gleichlautend und in gleicher Strophenfolge; E dagegen ordnet die Strophen nicht nur anders (**3**, **4**, **5**, **2**, **1**), sondern bietet in Str. **1** und **2** (E **3** und **4**) auch einen anderslautenden Abgesang. In A stehen nur die Strophen bC **2** und **3** in umgekehrter Reihenfolge. Str. **2** hat hier ebenfalls einen textlich von bC (und E) abweichenden Abgesang. Sie bilden den Schluß der Reinmar-Sammlung in A.
Diese Überlieferungskonstellation läßt verschiedene Deutungen zu. Nordmeyer hielt nur die Strophen bC **1–3** für echt, E für eine Umdichtung (neue Abgesänge) mit zwei Zusatzstrophen (**4**, **5**), die ein auf Vollständigkeit erpichter Schreiber in bC an das Reinmar-Lied angefügt habe. Da das Gedicht zahlreiche, für den Hohen Sang typische Motive originell formuliert, zudem als eines der Fehdegedichte vielleicht besonderes Interesse auf sich zog, bietet sich auch eine andere Erklärung an: Das Lied könnte in Reinmars Repertoire längere Zeit einen bedeutsamen Rang innegehabt haben – mit den sich daraus ergebenden häufigen Variationsgelegenheiten, die A und E dokumentieren.

(2) Wie so viele Lieder Reinmars eine Minneklage, die aber sowohl durch ihre anspruchslose, aber rhythmisch bewegte, musikalische Form als auch durch das spöttische Interesse, das Walther von der Vogelweide an ihr nahm, eine herausragende Stellung in Reinmars Liedercorpus einnimmt. Kennzeichnend ist die hyperbolische Übersteigerung der Lobtopik in Str. **3**, durch welche die Dame dem *ôsterlîchen tac*, dem Auferstehungsfest, gleichgesetzt und damit in religiöse Bereiche entrückt wird. Wie in Lied XI, **1**, in der berühmten Mattsetzung, geschieht auch dies auf Kosten anderer Frauen. Dieser Ausschließlichkeitsanspruch (und zugleich die leidende Unterwerfung des Liebenden) reizte offensichtlich Walther zu seinem bekannten

polemischen Lied L 111,23, in dem er sowohl die Mattsetzung als auch den Ostervergleich parodiert, letzteren in sprachlich verzerrender Nachäffung *si sî sîn ôsterlîcher tac* (Text s. S. 337, Komm. zu Lied XI).
Ein zweites Kennzeichen des Liedes ist die für Reinmar ungewohnte, spöttisch bis aggressiv-ärgerliche Wendung gegen Konkurrenten bei der Werbung in Str. **4** und **5**. Von ihnen wird z. T. angenommen, Reinmar habe sie evtl. gegen Walther gerichtet. Spöttisch Bezug genommen wäre dann auf Walthers Bekenntnis L 115,22 (oder ähnlich L 121,24), im Angesicht der Dame nicht mehr zu wissen, was er sagen wollte. Allerdings findet sich das Motiv des verstummten oder verstummenden Anbeters – auf den Sänger selbst angewendet – bei Reinmar auch in Lied IV,**2** (MF 153,23), XIV,**6** (MF 164,21), ferner bei Heinrich von Morungen MF 135,19 (Mor UB XVI,2); MF 136,15 f. (Mor UB XVII,2,7 f.) und MF 141,32 f. (Mor UB XXVI,2,7 ff.) oder etwa Ulrich von Gutenburg MF 72,1. Seine Tradition – wie auch die anderer Motive des Minnesangs – reicht bis in die Antike zurück, vgl. z. B. Catull (1. Jh. v. Chr.), *An Lesbia*, oder Ovid (um die Zeitenwende), *Metamorphosen* IV,675 (Befreiung der Andromeda durch Perseus). Ob es sich dabei um literarhistorische Abhängigkeiten handle oder um Polygenese auf Grund derselben Erfahrungskonstellationen, muß offenbleiben.[13]
Im übrigen versammelt dieses Lied zahlreiche gängige Motive des Hohen Sanges: 1. die Hoffnung auf Gunst durch ausdauernden Dienst (**1**,5), 2. die Fernliebe (**2**), die sich schon bei dem Provenzalen Jaufre Rudel, bei Meinloh von Sevelingen (MF 11,1; SchM I,1) oder Heinrich von Rugge (MF 110,34) findet, 3. die Hartherzigkeit oder Gleichgültigkeit der Dame, ein häufiges Motiv bei Reinmar selbst (vgl. Lied V,**2**.**4**; X,**2**; XI,**4**; XII,**3**; XIV,**2**; XV,**2** u. a.), wie auch 4. die Nutzlosigkeit des Singens (**4**,1–4; vgl. auch VII,**1**.**2**.**5**; XIV,**4**) oder 5. das Leid als Freude (**1**,7; vgl. auch XIII,**5**) und 6. die Dame als alleinige Freudenspenderin (**3**, und ähnlich in fast allen Liedern des Hohen Sanges).

(3) Metrisches Schema: 4ka 4mb / 4ka 4mb // 4mc 4mx 6mc

(4) **1**,1 *allez*, Akk. Sg. neutr. zu *al*, adverbialer Kasus mit temporaler Bedeutung. 2 *liebe*, kann eine Person oder das Gefühl meinen. 4 *wân* ›ungewisse Meinung, Vermutung, Hoffnung‹. 5 E *nimmer*

13 Zur Verbreitung des Motivs vgl. Arnold BERGER, »Die volkstümlichen grundlagen des minnesangs«, in: ZfdPh. 19 (1887) S. 465.

niht, im Mhd. doppelte Verneinung im Sinne einer gesteigerten einfachen. 6 *danc* ›Gedanke‹, ›Wille‹, ›Absicht‹; in E direkte Rede.

2,3/4 *wære – kunde*, im Mhd. Konj. Prät., abhängig von *hôrte*, V. 2 (Consecutio temporum). 6 A *tugent*, Subst. zu *tugen* ›taugen‹, umfaßt, was ethisch und sozial tauglich ist; da das nhd. Wort das Ergebnis einer Bedeutungsverengung ist, hier Pl. gesetzt. 7 Umschreibung für eine minimale Größe, mit ironischem Wortspiel *kleine – sô grôz* (vgl. auch Lied XII,**3**,1 f.).

3,5 Auf diesen Vers bezieht sich Walther in seinem polemischen Lied L 111,23 im Zitat in indirekter Rede (s. Komm. zu Lied XI), vgl. Einl. S. 21. Das Bild bedeutet zunächst, daß die Dame für ihn eine Freude sei wie Ostern, d. h. wie das Erwachen der Natur und der Sommerhoffnung. Der *ôsterlîche tac* steht aber auch metaphorisch für höchste Freude überhaupt, vgl. lat. *gaudium paschalis* (›Osterfreude‹), eine Wendung, die in die Marienverehrung weist. Reinmars Neigung zur Hyperbolik kann gerade auch die religiöse Komponente des Begriffs ›Ostern‹ – Auferstehung – umfassen (d. h., die Existenz der wie Maria zu verehrenden Dame erweckt ihn erst zum wirklichen Leben, vgl. auch umgekehrt Lied VIII,**2**,8 *stirbet si, sô bin ich tôt*), was Walthers Polemik erklärte. Das Bild selbst findet sich, allerdings ohne provokanten Vergleich, auch bei Heinrich von Morungen MF 140,15 *si ist des liehten meien schîn / und mîn ôsterlîcher tac.* 6 Ersparung des pronominalen Subj., vgl. M/SCH § 270. 7 *er ..., dem ...* Paraphrase für Gott; in bEA steht eine allgemeine Wendung (*man, nieman*), in C ist sie persönlich gefaßt: *dem ich niht ...*

4,2 *rede*, meint Inhalt, Text eines Liedes.

5,1 *vervienge* < *vervâhen, vervân*, starkes Vb. der 7. Klasse, ›fassen‹, ›erfassen‹, ›aufnehmen‹, ›beurteilen‹. 4 *ze tuonne*, vgl. Komm. zu XVIII,**1**,6. 5 *spræche*, vgl. Komm. zu **3**,6; *gewizzen*, Part. Prät. zum Präterito-Präs. *wizzen* (*weiz*) ›wissen, verstehen‹, hier nach unbestimmtem Art. als starkes (endungsloses) Adj. gebraucht (M/SCH, § 257c). 6 *einem an eine stat gebieten* ›jemand an einen Ort befehlen‹, d. h. jemandem erlauben, sich zu entfernen.

Literatur

Nordmeyer, Henry W.: Der Ursprung der Reinmar-Walther-Fehde. Ein Problem der Textkritik. In: JEGPh. 28 (1929) S. 203–214. Wiederabgedr. in: Walther von der Vogelweide. Hrsg. von Siegfried Beyschlag. Darmstadt 1971. S. 95–108.

BIRKHAN, Helmut: *Manger zuo den vrouwen gât* ... Zur Textkritik und Interpretation von Reimars Lied 170,1 in MF. In: Sprachkunst 2 (1971) S. 81–92.

XX

(MF 170,36; MFMT XX)

Minne- und Gesellschaftsklage

(1) Mit diesem Text beginnt eine Reihe von Liedern, die fast gleichlautend und in gleicher Strophenfolge nur in zwei Hss. (B und C) überliefert sind, Werke ohne besonderes Profil, die vielleicht einer Schaffensphase Reinmars zugehören, die nur in die BC-Tradition mündete.

(2) Dieses Lied ist eine fast stringent aufgebaute Minneklage, in der reizvoll die Widersprüche, Paradoxa oder Antinomien ausgespielt werden, die für den Minnesang konstitutiv sind.
Str. **1** schlägt sogleich das Leidthema an, verbunden mit der für Reinmar typischen »Haltung des ›schönen Trauerns‹« (DE BOOR), dessen Meister zu sein er in der Kernstrophe MF 163,5 (Lied XIII,**5**) *Des einen und dekeines mê* fordert. Paradoxa sind dann die Freude am Leid (Str. **1**), die Klage über Liebesschmerz und zugleich Lobpreisung der Verursacherinnen (**1**, **2**), das Wissen um die richtige Werbung und das Eingeständnis der Erfolglosigkeit damit (**3**), die Beherrschung wichtiger höfischer Tugenden (*stætekeit*), die zugleich Ursache großer Nachteile sein können (**2**, **5**), die Schuldzuweisung (**4**) und umgehende Rücknahme der Schuld (**5**). Auch die Frauen werden in das Geflecht der Widersprüche einbezogen (**3**): Ihr Wunsch, im höfischen Stil umworben zu werden, nur um sich gerade diesem zu versagen, wird in leiser Ironie aufgegriffen (**3**,4 f.) – obwohl der Sänger eigentlich jegliches *missereden* für seine Person ablehnt.
Als typisch für Reinmar wäre noch anzumerken: die hyperbolische Darstellung sowohl des eigenen Zustandes (als des elendesten überhaupt, **1**,3; **4**,5) als auch der Frauen, die aller Kritik entrückt werden (**2**,7; **5**), ferner die reine Gedanklichkeit der Darstellung ohne poetische Bilder (abgesehen evtl. vom Vergleich **4**,3 *hant blôz*). DE BOOR weist auf die vielen Konjunktive und Konditionalsätze hin (S. 49).

(3) Metrisches Schema: 6ma 5mb / 6ma 5mb // 4mc 4mx 6mc

(4) **1**,1 ÜV: Niemand, der Sehnsucht fühlt ... Das Motiv des *senens* und seiner Ableitungen spielt bes. in Gottfrieds von Straßburg *Tristan* eine Rolle, vgl. V. 84 ff. 3 *wæne ich*, Ersparung eines von zwei aufeinanderstoßenden gleichen Pers.-Pron. als Subjekte zweier verschiedener Verben, vgl. M/SCH, § 270b. 4 *und*, kennzeichnet hier einen konzessiven Bezug. 5 Zusammen gehören: *dâ* (< *dâr*) und *an*.

2,1 *selten* als Litotes ›nie‹. 5 *herzesêre*, Kompositum mit *sêren* ›versehren‹, ›verletzen‹.

3,4 *herze*, Akk. Sg., schwache Deklination, im Mhd. nach Präp. *in* auch Akk.-Obj. möglich. 6 *wese*, Konj. Präs. von *wesen* ›bleiben‹, ›sich aufhalten‹; *in sprechen* (*in* = Dat. Pl. des Pers.-Pron.) ›über sie sprechen‹; ÜV: ... und lobe sie (WEHRLI: s. S. 72). 7 *vervân* < *vervâhen* ›verfangen‹, ›erreichen‹, ›gewinnen‹, ›helfen‹, im Mhd. trans.

4,2 *ze* < *zuo* ›in Richtung, Hinblick auf etwas‹. 3 *hant blôz*, mhd. idiomatischer Vergleich für Blank-, Bloßsein. 5 *mê* < *mêre*, Adv., ›mehr‹, ›außerdem‹, ›noch‹. 6 *eine*, hervorhebender Gebrauch des unbestimmten Art., vgl. M/SCH, § 293,5; ÜV: ... diese eine ... Not ... 7 *si*, bezieht sich auf *senede nôt* (V. 6); *getuot*, Präfixkompositum mit futurischer Bedeutung (M/SCH, § 297,4), eine evtl. ironisch-utopische Perspektive.

5,6 *ichz* < *ich ez*, *ez* bezogen auf *leben* (V. 4).

Literatur

DE BOOR, Helmut: Reinmar von Hagenau: *Niemen seneder suoche*. In: Die deutsche Lyrik. Form und Geschichte. Hrsg. von Benno von Wiese. Bd. 1. Düsseldorf 1956. S. 48–51.

XXI

(MF 171,32; MFMT XXI)

Minneklage. Erweiterter Wechsel

(1) Das Lied ist in B (b) und C in gleicher Reihenfolge und fast gleichlautend überliefert (s. Lied XX).

(2) Eine von Auflehnungsversuchen geprägte Minneklage. Eingerahmt werden sie von zwei Strophen mit den traditionellen Motiven der Dienstergebenheit *ûf wân* (**1**, **5**). In Str. **2** und **4** beklagt der Mann dann seine Einbußen – Lebensfreude und klaren Verstand (**2**) und seine von Liebesgram grau gewordenen Haare (**4**) – z. T. mit Termini der Rechtssprache (**2**). Den Mittelpunkt des Liedes (**3**) bildet eine trotzige Selbstverteidigung der Dame, die sich der Liebeskriegsterminologie (*dröuen, gejagen, bestân, wer, her*) bedient. Diese aufgebrachte Haltung der Dame, auf die Begriffe wie *gewalt* (**1**, **4**), *berouben* (**2**), *zurnen, zorn* (**4**, **3**) vor- bzw. zurückverweisen, und etwa das Ausspielen der grauen Haare geben dem Lied eine komische Note.

(3) Metrisches Schema: 4ma 5mb / 4ma 5mb // 4mc 7mc

In V. **1**,3 Reim zwischen dem ersten und letzten Wort der Verszeile (*sô : frô*), sogenannter Pausenreim.

(4) **1**,1 *sô*, auch ›dergestalt‹, ›dermaßen‹. 2 *dem*, bezogen auf *dienest* (V. 1). 4/5 *begân – begie*, grammatische Figur. 6 *sich gelouben* ›verzichten‹, im Mhd. mit Gen.-Obj. *sîn* = Suppletivform zu *es* (Gen. Sg. des Pers.-Pron. der 3. Pers. mask. und neutr.). Zum offenen Satzverhältnis vgl. M/SCH, § 336.
2,1 *wider* ›wiederum‹, ›auch‹. 5/6 Rechtsterminologie, wie BURDACH, Reinmar und Walther, S. 45, feststellte; vgl. schon BERGER (s. Komm. zu Lied XIX), S. 467.
3,3 *bejagen*, auch im Sinne von ›gerichtlich verfolgen, beklagen‹, so BERGER. 4 *ze mâze* ›entsprechend‹, in ironischer Bedeutung ›wenig‹. 6 Nachsatz mit futurischer Komponente, s. Übers. Vgl. auch Hartmann von Aue, *Iwein*, V. 4657.
4,2 *selten*, Litotes, gemeint ist ›nie‹. 3/4 Umständliche Paraphrase für ›ihretwegen werde ich noch graue Haare bekommen‹. Zum Motiv der grauen Haare vgl. Lied XXXI (= Walther von der Vogelweide L 73,17), außerdem Reinmar MF 185,5 und Walther L 57,31; überdies MF 104,8 (sog. Reinmar-Rugge-Liederbuch) und Heinrich von Veldeke MF 62,19 (SchM XIII). 5 *gewaltes*, Gen. Sg., gemeint ist die Macht, die sie, hier negativ gesehen (s. V. **3**,6), über ihn ausübt; ein Bild aus der Liebeskriegstopik. 6 *sich gelouben*, s. **1**,6.
5,1 *daz, daz*, zeigt die doppelte Funktion und Bedeutung von *daz* als Dem.-Pron. und als Konjunktion. 6 *swære*, Gen. Sg., starkes Fem., wörtl.: mir ein Ende bereite meiner Not.

XXII

(MF 172,23; MFMT XXII)

Welt- und Minneklage

(1) Die drei Strophen sind in den Hss. B(b) und C in gleicher Folge und in weitgehend gleichem Wortlaut überliefert (vgl. auch Lied XX).

(2) Auch dieses Lied montiert gängige Klagemotive. Hier allerdings sind es zunächst Topoi einer resignativen Weltklage (**1**), die allgemein die Dienstbereitschaft einschließt. Erst im zweiten Teil von Str. **2** schwingt das Lied um in eine persönliche Minneklage, die in Str. **3** schließlich in eine elegisch-ironische Wendung gegen einen Zentralbegriff der Minne, die *stæte*, mündet – nicht ohne schließliche Revocatio (**3**,6).

(3) Metrisches Schema: 4ma 5mb / 4ma 5mb // 4mc 4mc 5mc

In **3**,6 habe ich des Metrums wegen gegen beide Hss. ein auslautendes *-e* ergänzt (*verlüre*). Denkbar wäre aber auch versetzte Betonung (*vérlür ích*).

(4) **1**,2 *nie . . . mê* ›nie mehr‹, ›niemals‹. 3 *iender*, negative Bedeutung in Sätzen (meist im Konj.), die von *wænen* abhängen (M/SCH, § 334). 4 *dinc*, juristischer Begriff: ›Rechtsfall‹, ›Angelegenheit‹, ›Geschäft‹, ›(Lebens-)Umstände‹ (geht zurück auf die germanische Thing-Versammlung, in der solche Fälle behandelt wurden); *gê*, Konj. Präs. von *gên*, *gân* ›gehen‹, ›geschehen‹; ÜV: dem es nach seinen Wünschen erginge. 6 *sô*, relative Partikel. 7 Inkongruenz von Subj. *beidiu* (Nom. Pl. neutr.) und Präd. (*gie* < *gân*, 3. Pers. Sg.), die mit *beidiu* bezeichneten Begriffe *liep und leit* als Einheit genommen.
2,1 *verstât* < *verstân* mit Gen. ›verständig sein‹; *sîn*, Gen. Sg. für *es* (s. XXI,1,6). 6 *der*, steht für Dem.- und Rel.-Pron.: nhd. ›diejenige, der ich . . .‹.
3,1 *mac* < *mugen* ›vermögen‹, ›Ursache haben‹, ›der Möglichkeit gemäß wollen‹, ›mögen‹. 2 ÜV: das ist mir zu unsicher; *helfen* mit Akk.-Obj. ›nützen‹ (dagegen *helfen* mit Dat.-Obj. ›helfen‹). 5 *wæne, mich . . .*, Ersparung des mit dem Subj. des Hauptsatzes identischen pronominalen Subj. (M/SCH, § 270); *sich gelouben* mit Gen.-Obj. (*sîn*) ›verzichten auf‹; *sîn* bezieht sich auf *stæte* (V. 1).

XXIII

(MF 173,6; MFMT XXIII)

Minneklage

(1) Wie die Lieder XX–XXII ist dieses Lied in den Hss. B und C in gleicher Strophenfolge und weitgehend gleichem Wortlaut überliefert, vgl. Lied XX, Komm., Abschn. 1.

(2) Klagelied um das Problem des Dienstes: Trotz ›richtiger‹ Werbung, zu der Ausdauer (**1**,4; **3**,5), Verschwiegenheit (**3**,6) und Aufrichtigkeit (**2**; **3**,7) gehören, fürchtet der Sänger, ohne Hoffnung bleiben zu müssen. Tiefendimension erhält das an sich mit den üblichen Topoi gestaltete Lied durch die Koppelung des ersehnten Minnelohnes an das Seelenheil (vgl. bereits die Anrufung Gottes in **2**,7 und **4**,4), wodurch hinter dem Minnelied ein Weltklagelied aufscheint.

(3) Metrisches Schema: 6ma 4mb / 6ma 4mb // 5mc 4mc 6mc
Lied mit trochäischem Duktus wie XXIV und XXV.

(4) **1**,2 *wis*, 2. Pers. Imp. Sg. zum Verbum substantivum ›sein‹, vom Suppletiv-Vb. *wesen*. 3 *war nemen* mit Gen.-Obj.; *bet*, Nebenform von *bete, bette*. 4 *sô*, relative Partikel. 5 *triuwen*, im Mhd. Pl. im Sinne von ›mit den verläßlichen, beständigen Handlungen‹, M/SCH, § 357,3: ›mit der aufrichtigen Gesinnung‹; *meinen* mit Akk. ›seine Gedanken auf etwas richten‹, ›lieben‹; ÜV: ich bleibe dabei; das ist mir wichtig; wie ich das im Sinne trage (so auch M/SCH, ebd.). 6 *vergezzen* mit Gen.-Obj. (*ir*); kann sich auf die *frouwe* (V. 2) oder die *triuwe* (V. 5) beziehen. 7 *gestân*, 3. Pers. Pl. Konj. Präs., ›standhalten‹, ›sich stellen‹, ›gestehen‹; *baz*, eigtl. ›besser‹, ›mehr‹; dieser Satz bereitet einige Schwierigkeiten, da die Idiomatik nicht ganz einsichtig ist, vgl. die ebenfalls nicht ganz befriedigenden Erklärungsversuche bei BURDACH, Reinmar und Walther, S. 215 f.; MFU, S. 366, und MFMT I, S. 337. ÜV: so mögen sich meine Augen verhalten und niemals anders (besser).
2,4 *schupfen*, Rechtsterminus: mit einer *schupfe* (Wippe) bestrafen, d. h. ins Wasser schnellen lassen, vgl. BURDACH, S. 46, Anm.; *sâ ... ze hant* ›sofort‹ (Pleonasmus); Ersparung des pronominalen Subj., wenn es bereits bei einem anderen Vb. (*gevâhe si*, V. 3) steht (M/SCH, § 270).
3,1 *rât werden* ›Hilfe zuteil werden‹; *guotes und getriuwes*, Gen.-Attribute zu *mannes*. 4 *es*, Gen. des Pron. der 3. Pers. neutr.,

bezieht sich auf V. 3. 6 *hil* < *heln* ›geheim halten‹, ›verhehlen‹. 7 Zu *iemer* mit negativem Sinne vgl. M/SCH, § 335.
4,3 *list* ›Weisheit‹, ›Klugheit‹, auch ›schlaue Absicht oder Handlung‹. 6 *ez*, nimmt das Subst. *lop* von V. 7 vorweg (vgl. dazu auch M/SCH, § 274b), in der Übers. weggelassen.
5,1 *gestê*, Konj. Präs. zu *gestên, gestân*; im Mhd. Inkongruenz von Subj. (Pl., 2 Wörter) und Präd. (Sg.), vgl. etwa auch XXII,**1**,7.

XXIV

(MF 174,3; MFMT XXIV)

Minneklage

(1) Das Lied ist in den Hss. B, C und E in gleicher Strophenzahl und -folge (b 57–61; C 100–104; E 218–222) überliefert. E weicht allerdings an mehreren Stellen gravierend vom Wortlaut in BC ab, in **4**,5 ff. dazuhin unter Verletzung der Vers- und Reimstruktur (s. App.).

(2) Dies ist wohl die Klage mit der größten Selbstaufgabe: Der Sänger ist bereit, gleichsam den Klang der Münze für diese selbst zu nehmen, d. h. bereits die Ablehnung seines Dienstangebots durch die Dame, das dadurch entstehende Leid, als ›Gabe‹ zu akzeptieren (vgl. dazu auch Lied XIII,**5**: *daz ich ir haz ze fröiden nime*), die er mit niemandem teilen möchte, wie er zweimal mit fast denselben Worten beteuert (**2**,7 und **5**,2), oder sich mit seinem Wohlgefallen an der Erwählten zu begnügen. Nur schwach wird diese selbstverleugnende Haltung durch eine Laudatio temporis acti (**1**,5 ff.) oder durch den Ansatz zu einer Revocatio (**4**,7) konterkariert. Den Mittelpunkt des Liedes bildet das Eingeständnis der Nutzlosigkeit seines Bemühens (seines Singens!, vgl. Lied VII,**1** und **5**; XII,**3**; XIV,**4**: *mir hât mîn rede niht wol ergeben*) und die halbironische Feststellung, daß gerade er für das vorenthaltene Glück vorbestimmt sei (**3**,7).
Typisch für Reinmar ist das Motiv der das Leid verstärkenden Reflexion (**4**,1 f.); zur gedanklichen Vertiefung der Minne vgl. auch Meinloh von Sevelingen MF 12,27 (SchM VII) und Friedrich von Hausen MF 51,33 (SchM XVIII,1.4; Hau UB XIII,1.4) und Reinmar selbst (XIII,**1**,5 ff. u. a.).

(3) Metrisches Schema: 4ma 6mb / 4ma 6mb // 5mc 4mc 5mc

Das Lied ist durchgehend auftaktlos, hat also trochäischen Versgang. – In **3**,1.2 Versgrenzenverschiebung (5/5 statt 4/6).

(4) **1**,1 *hân*, Kontraktionsform zu *haben* mit Gen. (*fröiden*); *varender* ›beweglich‹, ›flüchtig‹, flektiertes Part. Präs. zu *varn* ›sich bewegen‹. 2 *und* als adversative Konjunktionen gesetzt; *rehten*, eigtl. *rehten fröiden*, Gen. Pl., *wer* < *wern*, Konj. Präs., im Nhd. Konj. Prät. ›währen würde‹. 4 *ichs* = *ich si* (bezogen auf *eine*, V. 2); *enber* < *enbern* ›entbehren‹, ›missen‹. 5 ÜV: mir war früher so zumute.
2,4 *lieze, enmöhte*, Konj. Prät., abhängig von *hât geseit* (V. 3), Consecutio temporum; im Nhd. Konj. Präs. in indirekter Rede. 5 *tuot*, greift *geseit* von V. 3 auf; zum fehlenden Pers.-Pron. vgl. Komm. zu Lied XXIII,**2**,4 (vgl. auch M/SCH, § 270). 7 *daz* bezieht sich resignierend auf *leit* (V. 6); *gebe* Konj. Präs., Ersparung des pronominalen Subj. (*ich*); *niht*, hier in der Bedeutung von ›etwas‹, Häufung von Negationen, die im Mhd. anders aufgefaßt wird (M/SCH, § 332).
3,2 *gelouben* mit Gen.-Obj. (*des*). 5 *jâmerlîch*, nach unbestimmtem Art. unflektierte Adj.-Form möglich (M/SCH, § 257). 6 *sus sô*, Verdoppelung zur Intensivierung. 7 *sælic* : *sælde* (›Segen, Glück, Heil‹) besitzend oder verdienend; ÜV: . . . wie ich eigentlich vom Schicksal (vom Glück) für Lohn vorbestimmt bin; oder, ironisch: . . . wie ich mit Lohn gesegnet bin.
4,1 *grœzer*, unflektiertes Adj. (M/SCH, § 257). 2 *der*, Rel.-Pron. als Einleitung eines Konditionalsatzes (vgl. M/SCH, § 347). 3–5 Der Satz wird syntaktisch ›unrichtig‹ fortgeführt: Anakoluth. 6 *vil lîhte*, hier als ironische Litotes gesetzt, vgl. dagegen Fassung E. 7 *wan*, in imperativer Frage Bedeutung ›warum nicht‹ (M/SCH, § 313).
5,1 *teil*, in BC mask., vgl. V. 2: *er*, in E neutr., vgl. V. 2: *ez*. 2 *frömed, frömde* (C) ›fremd‹; ÜV: . . . wie wenig er mir auch gehören mag. 3 *wan*, entspricht lat. *utinam*, der Einleitung von Wunschsätzen: ›wenn doch . . .‹. 4 E *frî vor*, im Mhd. neben *frî von* (bC) möglich. 7 *sîn*, Gen. des Pers.-Pron., bezogen auf den vorhergehenden Satz.

XXV

(MF 175,1; MFMT XXV)

Minneklage

(1) Das Lied ist in den Hss. B(b), C und E überliefert. Die vier b-Strophen finden sich in gleicher Reihenfolge auch in C. E bietet ein sechsstrophiges Lied, in welchem die Strophe bC 4 an 5. Stelle steht (Reihung E: **1**, **2**, **3**, [**5**], **4**, [**6**]). Die E 4 entsprechende Strophe erscheint in C an viel späterem Ort in der Reinmar-Sammlung, nach Ausweis der Initialenauszeichnung als Eingangsstrophe zu vier Strophen, die nur in C überliefert sind, mit anderer Strophenstruktur (4 6 / 4 6 // 4 4 7), MF 197,15. Allerdings hat die Strophe am dortigen Ort thematisch ihre Berechtigung: Die Klage über die verschwendete Rede erscheint als Grund für die Eingangsbehauptung MF 197,15 *Kæm ich nû von dirre nôt / ich enbegunde es niemer mê*. Der Schluß dieses Lieds greift dann selbstbewußt wieder auf die vorangestellte Redestrophe zurück: *wil si aber eines rede vernemen / sô liegent si alle unde hân ich wâr*. Die Strophe wäre also in C nicht falsch eingetragen, sondern evtl. als Prolog zu diesem anders strukturierten Lied gestellt worden.
Die Varianten in E bleiben in Str. b **1–4** im selben Sinnbezirk. Einschneidender ist die Wortvariante der vierten E-Strophe: **5**,1 *fröide* statt C *frouwe*, womit statt der direkten Nennung die erhoffte Auswirkung genannt wird.

(2) Charakteristisch für diese Minneklage ist ein distanzierend-ironischer Unterton. Die Strophen **1** und **3** setzen ein mit einer Reflexion der Befindlichkeit des Sängers, die dem ›normalen‹ Erwartungshorizont (daß es ihm nämlich schlecht gehe) widerspricht (vgl. ähnlich IV,**4** oder XXIV,**1**). Zentrum ist die für Reinmar typische Selbstverteidigung gegen den Vorwurf ständigen Klagens (*die friunde verdriuzet mîner klage*, X,**1**), hier mit provokanten Gegenfragen, wie ähnlich auch in VIII,**4**. Das Lied schließt in b mit einer selbstbewußten Voraussage nachträglicher Anerkennung, die man sowohl auf die Person als auch auf das Werk beziehen kann (**4**,6/7). Die Worte könnte Walther bei seiner Nachrufstrophe L 83,1 im Ohr gehabt haben.
Eingefügt in diese Themenkreise sind als einprägsame Bilder: die Verdeutlichung der Intensität des Minneleids, das ihn ›nur wenige Tage‹ (d. h. gar nicht) freilasse (**1**,6 f., vgl. ähnlich XII,**2**), der vergebens erwartete Bote (**2**,6 f., ähnlich XV,**1**), der negative Vergleich mit

jemandem, der sich auf den nächsten Tag freuen kann (**3**,5 ff.). Die Interpretation dieser Anspielungen als Bezugsrahmen des Liedes oder als »explizit zitiertes Kontrastphänomen« zur Tageliedsituation[14] strapaziert aber doch wohl diese leichthin gesetzten Anspielungen, ebenso wie eine an Serena und Alba gemahnende Deutung der Wörter *tage* (**1**), *abent* (**2**), *morgen* (**3**) in den ersten drei Strophen.[15]
Die in der Fassung C evtl. als Liedabschluß zu denkende Str. C 245 (**5**) hebt die Aufrichtigkeit und Formvollendung seiner *rede* heraus (vgl. ähnlich XII,**1**: *daz beste, daz ie man gesprach*, auch X,**5**; XIII). Die Schlußstrophe der Fassung E (**6**) variiert das Künstler-Rezipienten-Thema, hier die absichtlich mißverstehenden Neider und Spötter (evtl. auch die *hochgemuoten*, X,**2**) betreffend, auch dies ein häufiges Motiv bei Reinmar.
Die Versuche, durch Strophenumstellungen die sogenannte Todesstrophe (bC **4**) an den Schluß eines sechsstrophigen Liedes zu rücken (vgl. MFU, S. 368), mißachten die Überlieferungskonstellationen, die zeigen, daß die thematisch meist in sich abgeschlossenen Strophen immer wieder anders zu neuen thematischen Folgen gruppiert werden konnten.

(3) Metrisches Schema: 5ma 5mb / 5ma 5mb // 4mc 6mx 5mc

(4) **1**,1 *ruochen* ›seine Gedanken auf etwas richten‹, ›besorgt sein‹; *en-*, Verneinungspartikel. 3 *alles*, adverbialer Gen., modal: ›ganz und gar‹, temporal: ›immerfort‹; E *triuwen*, mhd. Dat. Pl. 4 *iht* ›irgend‹, vor oder nach Komp. ›etwas‹. 6 *ich enhabe* . . ., Objektsatz im Konj., abhängig von Wendungen des Sagens usw. (M/SCH, § 339); *die volle* ›Fülle, Überfluß‹ mit Gen. *der tage*. 7 *daz* . . ., Satz zur Erläuterung eines vorhergehenden Satzgliedes (*der tage*), vgl. M/SCH, § 358; zur syntaktischen Funktion von *daz* vgl. auch § 350; *iht*, in mit *daz* eingeleiteten Nebensätzen nach voraufgehendem negierten Satz (V. 6) im Sinne von ›nicht‹ (M/SCH, § 334).
2,1 ÜV: Es berührt mich unangenehm . . . 3 *mugent*, 2. Pers. Pl. (statt *muget*), alem.-südrheinfränk. Besonderheit; ÜV: Wundert euch das bei mir so sehr? 5 *enwisse*, Konj. Prät., abhängig von *solte* (Consecutio temporum), im Nhd. Konj. Präs. in indirekter Rede.

14 So, allerdings sehr vorsichtig, Renate Hausner, *Tagelieder und motivverwandte Texte des Mittelalters und der frühen Neuzeit*, Bd. 1, Göppingen 1983, S. XXXIV sowie Anm. 76 und 77.
15 Alois Wolf, *Variation und Integration. Bemerkungen zu hochmittelalterlichen Tageliedern*, Darmstadt 1979, S. 64 f.

7 *gesang*, Ind. Prät. mit resultativer Bedeutung, ausgedrückt durch Präfix *ge-*, im Nhd. Konditionalis.
3,4 *vert* < *varn* ›sich bewegen‹, ›gehen‹; *ungenâden* ›trostloser Zustand‹. 5 ÜV: Mir ist nicht wie dem.
4,1 *treit*, Kontraktionsform zu *tragit*, 3. Pers. Sg. Ind. Präs. zu *tragen*. 4 Mehrfache Verneinung im Nhd. aufgelöst, vgl. M/SCH, § 332. 5 *wan*, bes. im Alem. gebräuchliche Nebenform zu *man*, s. dagegen Hs. E. 6 *beginnet*, Präs. mit futurischer Bedeutung (M/SCH, § 297,4). 7 *enbære*, Konj. Prät. von *enbern* ›entbehren‹, ›missen‹.
5,1 *die*, vereinigt Dem.- und Rel.-Pron. 4 *besten*, schwach flektiertes Adj., bezogen auf *rede* (fem.), vgl. M/SCH, § 257. 5 *endelîchen* ›von Anfang bis Ende‹, ›endgültig‹, ›wahrhaftig‹, adverbial gebrauchtes Adj. im Dat. Pl. 6 *von lüge*, Präp. *von* u. a. zur Bezeichnung einer Absonderung. 7 *ern hete*, Konj. mit Negation zur Einleitung abhängiger Sätze mit exzipierender (ausschließender) Aussage (M/SCH, § 340).
6,2 *mîner fröide*, modaler Gen. 4 ÜV: . . . wer zu mir hält (so MFMT). 5 *vil* mit Gen.-Obj. 6 *schœne*, nach unbestimmtem Art. meist starke Flexion, hier endungslose Form (M/SCH, § 258).
7 *ichs* = *ich es*, Gen. (›dessen‹); ÜV: was kann ich dafür, wenn es mir einer verdrehen will; hier Konditionalsatz, eingeleitet mit Rel.-Pron. (M/SCH, § 347).

Literatur

NORDMEYER, Henry W.: Fehde und Minne bei Reinmar von Hagenau. MF 175,1. In: JEGPh. 29 (1930) S. 18–40.

XXVI

(MF 176,5; MFMT XXVI)

Minnelied

(1) Die vier Liedstrophen sind in B und C weitgehend gleich überliefert. Str. **1** erscheint außerdem vereinzelt in A in der Sammlung Reinmars des Fiedlers mit nur wenigen Textabweichungen, die in **1**,4 und 10 mit C übereinstimmen. In C ist nach der vierten Strophe Platz im

Umfang einer (fortlaufend geschriebenen) Strophe freigelassen (je drei Zeilen am Ende der Seite und am Beginn der folgenden). Dies läßt vermuten, daß der Sammler von einer weiteren Strophe Kenntnis hatte. Obwohl als »ganz allerliebst« empfunden, wurde das Lied vor allem wegen »Ungeschicklichkeiten im Ausdruck« – trotz Reinmarscher Phraseologie – von Marlene HAUPT und v. KRAUS einem ›Pseudo-Reinmar‹ zugewiesen, da die »feingeschliffene Technik und der zierliche Inhalt« nicht zu Reinmars Persönlichkeit passe (RU I, S. 73 f.; MFU, S. 372–374).

(2) Gehört zu den wenigen Liedern Reinmars, bei denen offensichtlich der Form mehr Bedeutung zugemessen wurde als dem Inhalt (vgl. ähnlich Lied XII), einer der Gründe, warum das Lied für unecht erklärt wurde. – Das rhythmisch schwingende Lied setzt in den ersten drei Strophen jeweils mit einer Anrufung der ›Herrin‹ ein und bewegt sich vom gebethaft distanzierenden Anfang hin zu Bitten um Gnadenerweise der Minneherrin, wobei neben den abstrakten Minnetugenden wie Dienstergebenheit (**1**, **2**) und Leidensfähigkeit (**2**) auch hübsche konkrete Verhaltensweisen angeführt werden: das Erröten bei der Nennung der Dame (**3**), das Sich-in-die-Nähe-Drängen (**4**,1–6), die Kontaktsuche mit den Augen (**4**,6 ff.), ein Motiv, das sich mit anderer Nuancierung schon bei Kürenberg (MF 10,1; SchM XIII) findet (vgl. auch Gottfried von Straßburg, *Tristan* 12976 ff.).

(3) Metrisches Schema: 4ma 2mb 4mc / 4ma 2mb 4mc // 4md 4md / 6me 4me

Durch zahlreiche Enjambements vor allem in den Aufgesängen wirkt das Lied überaus geschmeidig.

(4) **1**,1 *sælde* (ahd. *salida*), ein Zentralbegriff der höfischen Dichtung, umfaßt Segen, Heil, Glück, Herrlichkeit, *sælic* ›zur *sælde* bestimmt‹ oder ›*sælde* verleihend‹. 4 *lîp* ›Leben‹, ›Person‹, auch Umschreibung für Pers.-Pron. 6 *des*, Genitivus partitivus; *iht*, verneinende Bedeutung in Finalsätzen (M/SCH, § 334,1). 8 *ez*, antizipiert das folgende Prädikatsnomen zum Zwecke der Hervorhebung (M/SCH, § 274b). 10 Fassung C erscheint stringenter: das muß, Herrin, durch dich geschehen; der vorhergehende Satz ist dann als Konditionalsatz aufzufassen.

2,2/3 Die mhd. Syntax ist im Nhd. nicht genau nachzubilden. 3 *erleit*, Prät. zu *erlîden* (starkes Vb. der 1. Klasse). 6 *tuoz* = *tuo*

ez. 7 *nern* ›retten‹, ›heilen‹, ›(er)nähren‹. 8 *in* ›ihnen‹, Dat.-Obj. zu *wern* ›schützen‹, ›verteidigen‹, ›hindern‹.
3,4 *verlân* < *verlâzen* ›ver-, unterlassen‹. 6 *enwurde*, in abhängigen, konjunktionslosen Sätzen steht Negation *ne-* (*en-*), wenn der übergeordnete Satz formal negiert ist (*nie verlân*, V. 4), obwohl der abhängige Satz positiv ist (M/SCH, § 334,3). 9 *varwe* ›Farbe‹, auch ›Aussehen‹.
4,6 *und*, greift die Konjunktion *daz* von V. 4 auf. 7 *liez* < *lâzen*, im Nhd. braucht ›lassen‹ als Hilfsverbum eine Ergänzung. 10 *war nemen* mit Gen.-Obj. (*des*).

Literatur

Nordmeyer, Henry W.: Hohe Minne bei Reinmar von Hagenau. MF 176,5. In: Corona. Studies in celebration of Samuel Singer. Ed. by Arno Schirokauer und Wolfgang Paulsen. Durham (N. C.) 1941. S. 158–182.

XXVII

(MF 177,10; MFMT XXVII)

Dialoglied

(1) In den beiden Hss. B und C sind die fünf Strophen fast gleichlautend überliefert. Str. 1 erscheint überdies anonym in der Hs. M (*Carmina burana*; Ausg. A. Hilka / O. Schumann / B. Bischoff, 1930–70, Nr. 147a; Ausg. J. A. Schmeller, 1847, Nr. 110a), wie die Initialen ausweisen, als integrierte Abschlußstrophe einer lat. Liebesklage, obwohl diese formal anders (in zehnzeiligen rhythmischen Strophen) strukturiert ist: *Si de more / cum honore / lete viverem / . . .* (Wenn nach Fug ich, / ohne Trug ich / froh zu leben wüßt' / . . .). Der lat. wie mhd. Text ist mit Neumen versehen.[16] Bemerkenswert ist die ebenfalls weitgehende textliche und formale Übereinstimmung der Strophe mit der Fassung bC.

16 Vgl. dazu: Ulrich Müller, »Mehrsprachigkeit und Sprachmischung als poetische Technik: Barbarolexis in den *Carmina Burana*«, in: *Europäische Mehrsprachigkeit. Festschr. für Mario Wandruszka*, hrsg. von Wolfgang Pöckl,

(2) Das Lied erinnert in der Gesprächsstruktur an das Dialoglied Albrechts von Johansdorf *Ich vant si âne huote* (MF 93,12; SchM XIII). Dieses Lied schließt sich u. a. an Lied XIV an, in dem ein selbstbewußter Mann bei aller Dienstbereitschaft die ethische Sublimierung und Ästhetisierung seines Minneleids verkündet (. . . *ich leit mit zühten kan getragen*, XIV,**3**), wodurch er dennoch *schône leben*, d. h. nach höfischen Regeln in der Gesellschaft sich bewegen könne. Darauf bezieht sich die erste Frage der Dame: *lebet er schône?* Der Bote, der zunächst ihre Verantwortung für das Verhalten des Mannes betont (**1**,6), antwortet auf die erste Abwehrhaltung der Dame tadelnd mit einem direkten Zitat aus den Mannesstrophen von Lied XIV: *er sprichet: allez daz geschehen sol, daz geschiht* (XXVII,**2**,6 ≙ *ich hân noch trôst, swie klein er sî: swaz geschehen sol, daz geschiht*, XIV,**2**,8). Sodann nimmt die Dame Bezug auf die harsche Streikandrohung des Mannes in Lied XIV,**4**,8 (*si sælic wîp enspreche ›sing‹, niemer mê gesinge ich liet*) mit der Frage: *Hât aber er gelopt, geselle, / daz er niemer mê gesinge liet, / Ez ensî, ob ich ins biten welle?* (XXVII,**3**,1–3). Der der Bestätigung des Boten folgende Monolog der Dame erörtert eine spezifische Minnesang-Aporie: Erlaubt sie das Werben durch Singen, muß sie Nachteile befürchten, erlaubt sie es nicht, ebenfalls – und nicht nur für sich, sondern auch für die Gesellschaft (vgl. drastischer bei Walther von der Vogelweide, Lied XXXIa,**3**; L 73,5). Da ein Ausweg im Sinne der Dame – Minne als ästhetisches Spiel, als nur verbaler Vollzug – nicht möglich scheint, bleibt nur der Verzicht. Vgl. ähnlich Lied XXVIII und schon bei Friedrich von Hausen MF 54,19 (SchM XX,2; Hau UB XX,2).
Der Bote, seit Kürenberg Motiv und Strukturelement der Liebeslyrik, tritt bei Reinmar erstmals in neuer künstlerischer Funktion auf: Er erscheint als selbständig agierende Figur, die überdies Anwalt und Fürsprecher des Mannes ist.[17]

(3) Metrisches Schema: 5ka 5mb / 5ka 5mb // 4mc 6mc

Tübingen 1981, S. 87–104; Ursula AARBURG, »Melodien zum frühen deutschen Minnesang«, in: ZfdA 87 (1956/57), Neufass. in: *Der deutsche Minnesang. Aufsätze zu seiner Erforschung*, hrsg. von Hans Fromm, Darmstadt [5]1972 (WdF 15), S. 378–423, hier 380 f.

17 Vgl. zu diesem Problemkreis: Franz Viktor SPECHTLER, »Die Stilisierung der Distanz. Zur Rolle des Boten im Minnesang bis Walther und bei Ulrich von Liechtenstein«, in: *Peripherie und Zentrum. Studien zur österreichischen Literatur. Festschr. für Adalbert Schmidt*, hrsg. von Gerlinde Weiss und Klaus Zelewitz, Salzburg [u. a.] 1971, S. 285–309, bes. S. 293 ff.

Die Strophen sind formal eng verknüpft: Str. **1–3** durch die Redeeinleitung des Boten mit *Frouwe* (in Str. **1** und **2** jeweils V. 5, in Str. **3** V. 4), Str. **3** und **4** durch den ähnlichen Eingang *Hât aber* (**3**,1) – *Ist aber* (**4**,1) und das den jeweiligen Schlußvers einleitende *owê*. – Dieselbe Strophenform (ohne inhaltliche Bezüge oder Anspielungen) zeigt ein Lied Walthers von der Vogelweide: *Junger man, wis hôhes muotes* (L 91,17).

(4) **1**,1 *lônen* mit Dat. und Gen.-Obj. *dirs* = *dir es*. 3 *und* (mit Inversion), leitet hier einen Objektsatz ein, nhd. Konjunktion ›daß‹; *schône leben* ›dem höfischen Komment gemäß leben‹. 5 ÜV: ... er ist guter Dinge. 6 *gebietent*, zur Form vgl. Komm. zu XXV,**2**,3 u. ö.
2,2 *rede* ›Rede‹, ›Erzählung‹, ›Gedicht‹, ›Inhalt einer Rede‹. 5 ÜV: Herrin, nun verrennt Euch nicht.
3,3 *ins* = *in es* (Gen.).
4,2 *sælde an ime*, gemeint ist das ihm durch das gegenseitige Verhältnis zuteil werdende Glück oder Hochgefühl.
5,2 *mit rede*, ÜV: auf vernünftige Weise; *enwellent*, die Negation *en-* drückt das Abhängigkeitsverhältnis vom vorigen Satz aus, im nhd. Nebensatz ist keine grammatische Negation nötig. Nach M/SCH, § 334,3, wäre an sich Konj. zu erwarten. 5 *niene*, verstärktes *niht*.

XXVIII

(MF 178,1; MFMT XXVIII)

Botenauftrag · Frauenlied

(1) In der Hs. B(b) ist ein dreistrophiges Lied notiert. C bringt diese Strophen in derselben Reihung mit einer Zusatzstrophe [4]. In E stehen insgesamt fünf Strophen, von denen aber nur zwei in der b-Fassung, eine weitere in der Zusatzstrophe C eine Entsprechung haben. Str. **3** der bC-Fassung fehlt in E. Reihung in E gegenüber bC: **1**, (**5**), [**4**], **2**, (**6**). Die fünf E-Strophen erscheinen außerdem in der Hs. m, dem sogenannten Möserschen Bruchstück einer niederdt. Hs. unter dem Namen *van Nyphen* (wohl Gottfried von Neifen, der um 1220/30 dichtete) mit niederdt. Lautstand und mit z. T. eigenem Wortlaut. Gegenüber E sind nur die beiden letzten Strophen umgestellt.

1	b 75	C 118	E 229	m 1
2	b 76	C 119	E 232	m 5
3	b 77	C 120	–	–
[4]		C 121	E 231	m 3
(5)			E 230	m 2
(6)			E 233	m 4

Die in sich schlüssige Fassung E übernehmen MF und MFMT, die in E fehlende Str. **3** der Fassung bC fügen sie an dritter Stelle ein.

(2) Frauenlied in Form einer Boten-Unterweisung. Zentrum des dreistrophigen Liedes in b ist die (in Str. **2** begründete) Ermahnung an den Geliebten, alles zu unterlassen, was das physische und gesellschaftliche Befinden der Dame beeinträchtigen könnte, und an den Boten, Zugeständnisse nur nach Prüfung und innerhalb des gesellschaftlich Zulässigen (*daz mîn êre sî*) zu machen. – In der Zusatzstrophe in C wird die Antwort auf eine mögliche Erklärung des Mannes vorformuliert: Die hier erwähnte ungebührliche *rede* bei einer früheren Begegnung könnte sich auf eine *rede*-Situation beziehen, wie sie Lied VII,**1**; XIV,**4** oder **5**, Lied XXVII,**3** oder etwa XXIX,**7** erwähnt. – In dem in E erhaltenen Lied mit zwei weiteren Zusatzstrophen und neuer Reihung schwanken die Aussagen zwischen Bekenntnis und Zurücknahmen – und gipfeln in einer totalen Revocatio in der Schlußstrophe. Spechtler (s. Komm. zu Lied XXVII) sieht darin eine besonders kunstreiche Verwendung des Botenmotivs: Während der Einsatz der Botenrolle meist die a priori gesetzte Distanz zwischen den Protagonisten der Hohen Minne verringert, wird durch die völlige Zurücknahme hier diese Distanz »in aller Schärfe« wiederhergestellt. Vgl. den Boten bei Meinloh von Sevelingen MF 11,14 und 14,1 (SchM III und XII), Dietmar von Aist MF 32,21 und 38,14 (SchM II,2 und XI,3), dann, mit gegensätzlicher Tendenz, bei Walther von der Vogelweide L 112,35 und MF 214,34 (in MFMT unter Hartmann von Aue, Lied XII; in Lachmanns Walther-Ausgabe 1965, S. 164).
Die negativen Folgen gegenseitiger Minne formulieren ähnlich die Frauenstrophen Friedrichs von Hausen MF 54,10 und 54,19 (SchM XX,1 und 2; Hau UB XX,1 und 2) oder Heinrichs von Veldeke MF 57,18 und 67,17 (SchM II und XXXII,2). Gegen die Versuchung durch eine beschwörende *rede* wehrt sich auch die Dame in Albrechts von Johansdorf Dialoglied MF 93,12 (SchM XIII): *iuwer süezen dœne wolten krenken mînen stæten lîp*, und sie verbietet ihm: *daz ir iuwer wortel gegen mir bolt* (»daß Ihr Eure Wörtlein gegen mich schleudert«).

(3) Metrisches Schema: 4ma 4mb / 4ma 4mb // 4mc 5mx 4mc

Str. **3** fällt durch Auftakt- und Binnentaktgestaltung aus dem Schema heraus.

(4) **1**,1 *wirbe* < *werben* ›bewegen‹, ›sich umtun‹, ›sich bemühen‹. 3/4 Konditionales Satzverhältnis, ausgedrückt durch Anfangstellung des Vb., Nachsatz im Mhd. ohne Konjunktion (M/SCH, § 338). 5 *durch den willen mîn* gehört gedanklich zum Folgesatz. 6 *iht* ›etwas‹, in *daz*-Sätzen jedoch negative Bedeutung: *iht getuon* ›nicht(s) tun‹ (M/SCH, § 334). 7 *sîn*, Konj. Präs. des Vb. ›sein‹.
2,2 *lîp*, Grundbedeutung ›Leben‹, dann ›Person‹, auch nur Ersatzform für das Pers.-Pron. 4 *verwen*, eigtl. ›färben‹, ›ein Aussehen geben‹. 5 E *er*, wohl bezogen auf *tôt* (V. 1). 6 *unde*, hier mit adversativer Funktion: ›und doch‹. 7 *ders* = *der es* (›dessen‹, ›damit‹).
3,2 Eigtl. ›. . . daß ich für ihn ein geneigtes Herz (in mir) trage‹. 3 *besehen* ›(die Situation oder ihn) prüfen‹. 5 Wortstellung des Fragesatzes, aber mit Verben im Konj. dient der Kennzeichnung eines konditionalen Verhältnisses, vgl. M/SCH, §§ 338 und 369, vgl. so auch **4**,1 und **5**,1.
4,1 Vgl. **3**,5. 2 Eingeschobener voluntativer Finalsatz: *daz* in der Bedeutung ›wäre es doch so, damit . . .‹. 3 *ers* = *er si*, *si* antizipiert *rede* von V. 4 zum Zwecke der Hervorhebung (M/SCH, § 274b). 4 *rede* ›Rede‹, ›Sprache‹, ›Rechenschaft‹, auch Inhalt einer Rede, ›Thema‹ und das, woraus sie besteht, ›Worte‹. 5 *ane sehen*, eigtl. ›ansehen‹.
5,1 Vgl. **3**,5. 3 *leiten* ›führen‹, ›lenken‹. 6 *lieht*, Epitheton ornans zu *tac*.
6,3 *wenne, wande*, Konjunktion ›denn‹, ›weil‹; *ungewon*, Adj., ›nicht gewöhnt‹, spätmhd. Part. zu *gewonen* ›gewöhnt sein‹. 6 Häufung von Verneinung, *niht* in diesem Falle im Sinne von *iht* ›etwas‹, vgl. M/SCH, § 332. 7 *alles*, Gen. zu *al*.

XXIX

(MF 179,3; MFMT XXIX)

Minneklage

(1) Das Lied ist in b mit sechs Strophen erhalten, der einzige Fall in der B-Überlieferung, daß die Hs. mehr Strophen enthält als andere. In E steht ein fünfstrophiges Lied, dessen erste Strophe unvollständig ist (sie beginnt oben an der Seite mit V. 6 *alsô*...), da in der Hs. zwischen der Walther- und Reinmar-Sammlung mutmaßlich 7 Blätter verloren sind. Str. **1–4** entsprechen der Fassung b, Str. b **5** und **6** fehlen, dafür folgt eine weitere, nur hier in E erhaltene zusätzliche Strophe, E 217 (**7**). Die Strophen bE **1**, **3** und **4** erscheinen auch in p, einer Sammel-Hs. aus der Mitte des 14. Jh.s (wie E), neben Strophen von Walther von der Vogelweide, Gottfried von Neifen, Neidhart, dem Marner, Hadloub (Reihung: **1**, **4**, **3**). Str. **4** taucht ferner in der niederdt. Haager Lieder-Hs. s (um 1400) auf, auch hier neben Texten von Walther, Frauenlob u. a. Diese beiden Überlieferungszeugen sind ohne Namensnennung.

(2) Minneklage, welche – in jeweils in sich geschlossenen Strophen – eine ganze Reihe von Topoi versammelt, wie sie auch in anderen Reinmar-Gedichten und bei anderen Minnesängern vor und während der Zeit Reinmars begegnen. Für Reinmar auffallend ist lediglich die Wendung gegen die *huote* (**1**,5 ff.), ein Motiv, das in der Reinmar-Sammlung der Hs. B nur noch in XXVI,**3** begegnet, während es besonders im frühen Minnesang recht häufig ist (vgl. etwa bei Friedrich von Hausen, s. dazu Hau UB, S. 29).
Dagegen ist das damit z. T. verwandte Motiv des Spottes der Gesellschaft und die eigene, mehr oder weniger selbstsichere Rechtfertigung (**1**,7 und **5**,4) ein Hauptthema in Reinmars Lyrik (vgl. etwa Lied I,**3**; VIII,**4**; X,**1.2.5**; XV,**2**; XVII,**4**; XIX,**4.5**; XXV,**4.6**). Ebenso charakteristisch ist für ihn die klare Ausprägung der Hohen-Minne-Konzeption: das Bekenntnis zum Dienst an sich seiner ethisch-erhöhenden Wirkung wegen, auch ohne Erhörung, oder die Klage, daß der Dienst in Frage gestellt wurde (**2**,3 f.; **3**,4; **6**,3, vgl. ähnlich in IV,**5**; VIII,**2.3**; XI,**5**; XIII,**5**; XIX,**1**). Dieser Zusammenhang rechtfertigt auch die Anrufung Gottes (**3**,8, vgl. auch XXIV,**5** und ähnlich in vielen Liedern der Hohen Minne, z. B. bei Friedrich von Hausen MF 47,9; SchM IX; Hau UB III). Typisch für Reinmar ist ferner der Rückzug ins Gedankliche (**5**,1–3, ähnlich III,**2** oder XXIV,**4**), ein

Wesensmerkmal, das ihn mit Friedrich von Hausen verbindet (vgl. u. a. MF 51,33 oder MF 48,23; SchM XVIII, XI; Hau UB XIII, VI).

Ein bei Reinmar weniger häufiges, im Minnesang allgemein aber beliebtes Motiv ist die Dame als Wonne der Augen (**1**,4, ähnlich noch XVIII,**4**, dann etwa bei Heinrich von Morungen MF 127,6 f.; Mor UB VIa,1). – Ein in Lied X,**4** formuliertes Minnedilemma wird hier (Str. **4**) zugunsten des Verzichts entschieden: ebenfalls ein Aspekt der Hohen Minne (vgl. ähnlich bei Friedrich von Hausen MF 50,19; SchM XV; Hau UB X).

Eine reiche Tradition hat der Falke als Symbol des Gefühlsaufschwungs und der Freiheit der Wahl (**6**,1 ff.), vgl. auch Lied VI und schon Kürenberg (MF 8,33; SchM VIII), Dietmar von Aist (MF 37,4; SchM VI). – Schließlich ist die Hartherzigkeit oder Gleichgültigkeit der Dame der stetige Klagetopos aller Minnelieder, so in **2**,1–3 und als Gesamtthema der nur in E erhaltenen Strophe (**7**), hier verwoben mit dem bei Reinmar ebenfalls dominierenden Thema der vertanen, weil wirkungslosen, ja die Dame beleidigenden *rede*, vgl. ähnlich etwa Lied VII,**1**; XII,**3**; XXIII,**1**; XXIV,**3** oder XXV,**5** und etwa Morungen MF 127,1 und 140,25 (Mor UB VIa und XXIV,3).

Die in **7**,3 angedeutete Verbannung des Sängers aus der Nähe der Dame könnte im Anschluß an einen Vortrag von Liedern wie XIV (Streikandrohung) oder dem Botendialog XXVII eine effektvolle dramatische Wirkung ergeben haben.

(3) Metrisches Schema: 5ma 6mb / 5ma 6mb // 4mc 4mc / 2kd 4kd 3mc

In Str. **3** ist im Abgesang der klingende Reim gestört (*darumbe* : *wunder*), vgl. dagegen E und p (*darunder* : *wunder*). In dieser Strophe sowie in Str. **5** fallen überdies rührende Reime an derselben Stelle auf (**3**,6/9 *mac* : *mac*, **5**,6/9 *ich* : *ich*).

(4) **1**,2 *müeze*, Konj. Präs. zu *müezen* ›sollen‹, ›mögen‹, ›können‹. 4 *wunne*, Akk. Pl., gemeint ist die Dame. 5 *die*, bezogen auf *wunne*. 6 *verbieten*, 3. Pers. Pl. Konj. Präs., zum Fehlen des pronominalen Subj. s. M/SCH, § 270. 8 *sich erwüeten* ›toll werden‹; in *daz*-Sätzen, die von Verben mit prohibitiver Bedeutung (wie *hüeten*) abhängen, kann eine im Nhd. erwartete Negation fehlen (M/SCH, § 334,2). 9 *siu*, Nom. Pl. neutr., bezogen auf *ougen* (V. 4).

2,1/2 Ironischer Satz; 3 E *selten ie*, euphemistisch für ›nie‹. 5 *sis* = *si es* (*es*, Gen. neutr. des Pers.-Pron., bezieht sich auf V. 2; *si*, Prolepsis von *wîp* (V. 6) zur Hervorhebung. 7 *wære*, im Mhd. Inkongruenz zwischen Präd. und Subj., möglich bei voranstehendem Vb. (M/SCH, § 326). 8 *lîp und guot*, Doppelformel, evtl. als Sg. aufgefaßt (s. V. 7).

3,1 *ieman*, negative Bedeutung im abhängigen Satz (M/SCH, § 289b); *er hab . . .*, zum Fehlen der Negation in abhängigen konjunktivischen Sätzen mit exzipierender Bedeutung und ohne Konjunktion vgl. M/SCH, § 340. 3 *versprechen* ›durch Reden ablehnen, verweigern, verschmähen‹. 4 *doch*, kann auch nur den Nachsatz verstärken. 5 *niemer tac*, auch nur ›niemals mehr‹, vgl. **4**,4 Hs. p. 9 *si*, bezieht sich wohl auf *arebeit* (V. 3).

4,1/3 Konjunktivsätze, abhängig von unpersönlichen Wendungen (z. B. *mir ist lieber*), vgl. M/SCH, § 376. 2 *und*, hier adversative Funktion. 5 *des* ›dessen‹, Gen. Sg. von *daz*; *gerende*, flektiertes Part.-Präs. 9 *schade und frume*, evtl. als Sg. aufgefaßte Doppelformel, vgl. **2**,7/8.

5,1 *hêr* ›erhaben‹, ›freudig‹, mit Gen. ›froh über‹, ›stolz auf‹. 4 *âne rede*, gemeint ist ›ohne darüber kritisch oder spöttisch zu sprechen‹.

6,1 *erzogen*, hier eigtl. ein Füllwort, gemeint ist ›er ist wie ein wilder Falke‹, vgl. V. 3 *mich*; *wilde* ›ungezähmt‹, ›unstet‹, ›seltsam‹. 6 *ûf*, ›in Erwartung auf‹, ›auf das Risiko hin‹.

7,6 *gedigen* < *gedîhen* ›gedeihen‹, ›geraten‹. 8/9 *nâch . . . genigen* < *nîgen nâch* ›sich (ver)neigen vor‹, ›danken für‹, im Mhd. wird die Vorstellung der Bewegung (*nâch*) noch deutlich.

Literatur

Nordmeyer, Henry W.: Der hohe Mut bei Reinmar von Hagenau. MF 179,3. In: JEGPh. 31 (1932) S. 360–394.

XXX

(MFH 303 / MFK 283; MFMT LXI)

Minnestrophe

(1) Einzelstrophe, nur in b erhalten, ihrer Form und Textfassung nach wohl aus dem Gedächtnis niedergeschrieben. Eine evtl. zu-

grunde liegende regelmäßigere Stollenstrophe erhält man, wenn in V. 1 die beiden Adjektive gestrichen werden und in V. 5 durch *pflegen* (statt *prîsen*) ein Reim auf V. 7 (*gelegen*) hergestellt wird (dann mit Gen. *süezer minne*), so schon MFH. Einer anderen Überlieferungsstufe gehört V. 1 *trûren* (statt MFH *triuten*) an. Hier ist evtl. eine Verlesung des Schreibers von b anzunehmen, d. h., der Gedächtniseintrag wäre dann auf einer Vorstufe von b anzusetzen. Dieser Eintrag mag ein Beispiel dafür sein, wie ein Text aussehen konnte, wenn er so tradiert wurde, wie es die LACHMANN-Philologie gewöhnlich annimmt – nämlich: nur sinngemäße Niederschrift aus dem Gedächtnis und unaufmerksame Schreiber. – Die Strophe wird seit MFH als ›unecht‹ eingestuft, auch noch von MFMT (›Pseudo-Reinmar‹ LXI) und MAURER (›Pseudoreimare‹, S. 97).

(2) Leicht hingeworfen wirkende Strophe, die die Momente einer zärtlichen Begegnung beschwört. Man könnte überlegen, ob die Korrektur V. 1 *triuten* statt *trûren* notwendig sei: Zu Reinmars Minne-(Leid-)Konzeption würde eine Antinomie *trûren / umbevâhen* – im Glück das Leid anwesend – durchaus passen, zumal auf diese Weise eine Anfang-Schluß-Korrespondenz gegeben wäre.

(3) Metrisches Schema: A 6wa 4mb / A 4wa 4mb // 4wc 4wa 4mb'

Die durchscheinende Grundstruktur, eine Stollenstrophe aus isometrischen Versen (4wa 4mb / 4wa 4mb // 4mc 4wa 4mc), ist verunklärt durch die Überlänge von V. 1 und die gestörten Reime der Verse 5–7. Sie könnte durch wenige Eingriffe wiederhergestellt werden, s. Abschn. 1.

(4) 1 ÜV nach b: Ein zärtliches Traurigsein, Leiden . . . 1/4 Anakoluthische Reihung, Aufzählung der in *daz* (V. 2) enthaltenen Vorstellungen. 3 *gâhen*, Vb., ›eilen‹. 5 *prîsen*, MFMT erwägen auch *brîsen* ›einschnüren‹, ›einfassen‹. 6 *ir lîp* könnte auch Umschreibung für die Person sein, ÜV: käme sie mir . . .; *nâhen*, im Reim auf *gâhen*, adverbialer Akk., in der Hs. kann hier ein Nasalstrich vergessen sein. 7 *al*, Hs. b *als*, MFMT lesen hier *allz* = *allez*.

XXXI – XXXIa (L 72,31) – XXXIb

Minnesatire

(1) Kein anderes Lied dieser Sammlung ist in einer so großen Zahl mittelalterlicher Textzeugen bewahrt, allerdings in drei verschiedenen Fassungen: 1. ein dreistrophiges Lied in der mutmaßlichen Reinmar-Sammlung b, 2. ein fünfstrophiges Lied in den Handschriften A, C und E unter dem Namen Walthers von der Vogelweide, 3. zwei Strophen, die b 85 und 87 (bzw. C 255/259, A 111/115 und E 83/85) entsprechen, integriert in die spätmittelalterliche anonyme *Ballade vom edlen Möringer*, die zwischen 1459 und 1536 in vier spätmittelalterlichen Hss. (Mö-A, -B, -C, -De) und in neun Drucken (Mö-D, -E, -F, -G, -H, -I, -K, -L, [-M]) überliefert ist.

Reinmar	Walther			anonym
b 85	C 255	A 111	E 83	xy 30
86	256	112	84	–
–	257	113	87	–
–	258	114	86	–
87	259	115	85	31

Die LACHMANN-Philologie deutete die Überlieferungslage so, daß sie von einem Walther-Lied CA ausging und die erhaltenen Texte nur für mehr oder weniger veränderte oder defekte (in b überdies falsch zugeordnete) Ableger des einen Waltherschen Originaltextes ansah. Der handschriftliche Befund läßt sich aber auch so deuten, daß die Hs. B(b) ein ursprüngliches Reinmar-Lied bewahrt, das Walther erweitert und pointiert hat (s. dazu Abschn. 2).

A und C reihen die beiden zusätzlichen Strophen nach den beiden ersten, b entsprechenden Strophen ein, in E dagegen sind sie in umgekehrter Reihenfolge an die drei Strophen der b-Reihung angehängt. Anders als sonst in diesem Überlieferungsspektrum steht A näher bei b. Dies könnte so gedeutet werden, daß A eine frühe Stufe der Adaptation des Reinmar-Liedes durch Walther repräsentiert, während dann C und E Fassungen bieten, die sich stärker vom Ausgangstext Reinmars entfernen, in E sogar durch Änderung der Strophenreihung. Interessant mag auch noch sein, daß die Strophen in der Möringer-Ballade auf die b-Fassung zurückgehen, evtl. ein Hinweis darauf, daß diese Fassung mündlich weiter verbreitet war, als die singuläre Überlieferung in b vermuten läßt.

(2) Das in b überlieferte Lied greift das Thema der Sangesverweigerung auf, das bei Reinmar auch in Lied XIV,**4** und wieder im Botendialog XXVII angeschlagen wird. Die dort angedeuteten Motive (Wiederaufnahme des Sangs nur auf Bitten der einen Dame, Überlegungen der Dame über die Folgen eines Sangesverbots für die Freuden des Hofes) erscheinen hier wieder: In Lied XXXI folgt der Sänger den Bitten ›anderer‹ Damen, sie mit seiner Kunst wieder zu erfreuen (Str. **1**), er legt jedoch in Str. **2** den Grund seines vorigen Schweigens dar: *ein wîp, diu wil mich niht ansehen*, und gibt hier nun selbstbewußt – wenn auch in vorsichtiger Frage – zu bedenken, daß evtl. das Ansehen dieser Dame nur durch seinen preisenden Sang begründet sein könnte. – Str. **3** scheint nach diesem Ausfall vordergründig zu einer rüden Schmähung fortzuschreiten: Variiert wird der im Minnesang öfters begegnende Topos von der langen Dauer des ungelohnten Dienstes, während dem auch die Dame nicht jünger werde (vgl. auch Lied XV,**6**), verwoben mit der Klage des grau werdenden Haares (so auch Lied XXI,**4** oder etwa Heinrich von Veldeke MF 62,11; SchM XIII). Die Wendung, daß die Zeit auch an ›ihr‹ nicht spurlos vorübergehe, könnte ein Hinweis darauf sein, wie diese *frouwe* zu verstehen sei – nämlich als Frau Welt. Somit verriete sich das Lied als Weltklage, wie sie ähnlich auch bei Walther von der Vogelweide in Lied L 52,23 angestimmt wird.

Dieses dreistrophige Lied wurde eventuell im Rahmen der Reinmar-Walther-Fehde von Walther von der Vogelweide aufgegriffen und parodierend erweitert (Fassung ACE). Schon der (geringe) Formunterschied der zwei Lieder (vgl. Abschn. 3 und das ähnliche Phänomen in der Walther-Parodie von Lied XI, s. d.) und die auffallenden Textunterschiede zwischen den beiden Fassungen der drei sich entsprechenden Strophen tragen deutlich die Handschrift der polemisch-ironischen Fechtkunst Walthers.

Herauszuheben sind die Nuancierungen, meist durch direktere Wendungen, des ursprünglichen Reinmar-Textes, vgl. etwa die Verse **1**,4 oder **1**,6/7, **2**,2.3 oder vor allem in **2**,6/7 Reinmars umständlich und vorsichtig passiv gesetztes *sô enweiz ich, wenne ouch mich mîn singen lât* . . . und Walthers aggressives *jon weiz si niht, swenne ich mîn singen lâze* . . ., oder in Str. **3** Reinmars Rückblick *Bin ich in ir dienste worden alt* und Walthers futurische Drohung *Solde ich in ir dienste werden alt*, oder die rüde Zuspitzung von Reinmars ambiguoser *alten brût* zur *alten hût*.

Die beiden Zusatzstrophen zeigen die auch sonst bekannte Parodietechnik Walthers, wie er sie etwa bei Lied L 111,23 offenbart (vgl.

dazu Komm. zu Lied XI) oder bei seiner Parodie des Liebeskriegsliedes Heinrichs von Morungen MF 145,33 (Mor UB XXXIII).[18] So schließen sich die Verse der ersten Zusatzstrophe an Reinmars Schlußzeile der Str. XIV,**4** an: *si sælic wîp enspreche ›sing‹, niemer mê gesinge ich liet*, und beschreiben in deutlichen Worten die in Reinmars Botendialog XXVII,**3** an die Streikandrohung geknüpften Befürchtungen der Dame, den Hof seiner Freude zu berauben. Die zweite Zusatzstrophe zeigt wiederum Walthers Selbsteinschätzung und Auffassung des Minnesangs: Hinter der Ankündigung *swaz si mir getuot, sô mac si wol verwænen sich* (**4**,3/4) erscheint im positiven wie negativen Sinne der Ruhm bzw. der gesellschaftliche Tod der Dame an die Kunst des Sängers gebunden. Dabei ist die letzte Zeile dieser Strophe, *sterbet si mich, sô ist si tôt*, eine selbstbewußt-aggressive Umkehrung der für Reinmar typischen Klagewendung in Lied VIII,**2**,8: *stirbet si, sô bin ich tôt.*

v. Kraus ignoriert den Unterschied zwischen der zurückhaltenderen Fassung b und der aggressiveren, ja rüden Fassung ACE. Er faßt die fünfstrophige Fassung als ein Walthersches »Meisterwerk literarischer Bosheit« auf, als Parodie auf die Reinmar-Lieder VIII, XII, XIX und XXI (RU III, S. 14 f.; WU, S. 293). Wenn er aber feststellt, Walther spreche in diesem Lied in der Maske Reinmars, bestätigt er genau den hier aufgewiesenen Tatbestand. Allerdings, die naheliegende Folgerung, daß Walther ein Lied Reinmars parodierend erweitert haben könnte – diese Vorstellung war ihm auf Grund seiner Annahme einer einzigen Originalfassung verwehrt.

(3) XXXI Metrisches Schema: 5ma 4mb / 5ma 4mb // 4mc 5w/mx 4mc

Im Abgesang liegt in der Waisenzeile von Str. **1** ein Kadenzenwechsel vor: weiblich statt wie sonst in allen Versen männlich.

XXXIa Metrisches Schema: 5ma 4mb / 5ma 4mb (wie in Lied XXXI) // 4mc 4w/mx 4mc

Kadenzenwechsel (weiblich statt männlich) jeweils im Waisenvers: Str. **2**,6 und **4**,6. Versgrenzenverschiebung: **5**,3.5 (3/5 statt 4/4); in der Walther-Ausgabe Lachmanns sind V. 5 und 6 zu einem Langvers zusammengefaßt.

18 Vgl. Schweikle, »Eine Morungen-Parodie Walthers? Zu MF 145,33« (s. Komm. zu Lied IV, Anm. 5).

(4) XXXI 1,1 *swîgen*, Subst., eigtl. ›langes Schweigen‹. 5 *gesagen*, 1. Pers. Sg. Ind. Präs. kann westalem. auch auf *-en* enden (vgl. M/SCH, § 155, Anm. 1). 5/6 Anakoluthische Satzfügung. 6 *iedoch*, verstärktes *doch*, das selbst wieder nur die Funktion der verstärkenden Betonung eines Nachsatzes haben kann, hier mit ›nur‹ übersetzt; *ichs = ich si*; *alle sament gemeine*, tautologische Fügung zur Sinnverstärkung.

2,1 *sî*, Konj. zum Vb. ›sein‹, abhängig von der unpersönlichen Wendung des Vordersatzes (M/SCH, § 376). 3 *diu*, Rel.-Pron. 4 *die*, Dem.-Pron. 5 *sît*, eigtl. kausal ›da‹, ›weil‹ oder temporal ›seitdem‹, hier konzessive Nuance ›obgleich‹ (M/SCH, § 354). 6 *ouch*, kann verstärkende Funktion haben: ›je‹. 7 *und*, in syntaktischer Funktion ›ob nicht‹ (M/SCH, § 338); *lop* ›Lob‹, ›Lobpreis‹, aber auch das Ergebnis davon.

3,5 *nû*, kann auch nur das Fortsxchreiten der Rede bezeichnen; *junge*, schwach flektiertes Adj. 6 *rechent*, 2. Pers. Imp. Pl., starkes Vb., Endung *-ent* besondere alem. und südrheinfränk. Eigenheit (M/SCH, § 155, Anm. 3); *brût*, kann sowohl die Anverlobte als auch die Jungvermählte bezeichnen, aber auch eine Beischläferin (Hure). 7 *slaht* < *slahen*, starkes Vb. der 6. Klasse; *sumer latten* ›im Sommer austreibende junge Schößlinge‹, *latte*, Verstümmelung aus *lote* (fem.) ›Zweig‹, ›Schößling‹ zu ahd. *liotan* ›wachsen‹, ›sprossen‹, »schon im mhd. mit [. . .] *latte* [langes, schmales Holz] zusammengeworfen« (Jacob und Wilhelm Grimm, *Deutsches Wörterbuch*, Bd. 12, Leipzig 1885, Sp. 280). Der Begriff kann auf die besondere Schmerzhaftigkeit des Züchtigungsmittels abzielen, es kann aber auch eine Anspielung auf die Unreife des Erwählten mitschwingen (vgl. auch Heinrich von Veldeke, MF 62,11; SchM XIII), es kann – mit obszönem Beiklang – aber vor allem gemeint sein, daß der Junge sie überfordern könnte. Hier kam es wohl auch auf die Art des Vortrages an.

XXXIa 1,1 *swîgen*, Vb., im Unterschied zu XXXI,1,1. 3 *guot*, hier sozial gemeint. 5 *singen unde sagen*, Formel, die sich auf Melodie und Text eines Liedes bezieht.

2,1 *wunder*, eigtl. ›Wunderbares‹, ›Seltsames‹. 2 *arebeit* ›Mühsal, die man auf sich genommen hat‹. 6 *jon = jô en*, *en* Verneinungspartikel.

3,3 *loben*, Konj. Präs., bezeichnet eine nur zu vermutende Aussage ›loben mögen‹. 4 *danc* ›Gedanke‹, ›Absicht‹. 6 *gnâden*, Dat. Pl., gemeint sind ihre Gnadenerweisungen ihm, dem Sänger, gegenüber.

4,4 *sich verwænen* ›glauben‹, ›erwarten‹. 6 *êre*, ›Ehrerbietung‹, ›Verehrung‹, ›Preis‹, eine für Walthers Selbstbewußtsein kennzeichnende Aussage. *hât* < *haben* ›besitzen‹, ›inne haben‹.
5,5 *junger*, stark flektiertes Adj., vgl. dagegen XXXI,3,5. 6 *gânt*, 2. Pers. Imp. Pl. von *gân* ›gehen‹.

XXXIb 30,7 *schlach*, mhd. *slahen* (vgl. b *slaht*) ›schlagen‹; *deiner lautten*, die Änderung (statt *sumerlatten*) entspringt der Einpassung der Strophe in den Kontext, in dem Gottfried von Neifen als junger Minnesänger auftritt.

Literatur

Schweikle, Günther: Steckt im *Sumerlaten*-Lied Walthers von der Vogelweide (L 72,31) ein Gedicht Reinmars des Alten? In: ZfdPh. 87 (1968) Sh. S. 131–153.

Anhang: A I – A II

Kreuzlieder

(MF 180,28; MFMT XXX – MF 181,13; MFMT XXXI)

Diese beiden nur in der Reinmar-Sammlung der Hs. C überlieferten Kreuzlieder verknüpfen die Kreuzzugs- mit der Minnethematik wie diejenigen Friedrichs von Hausen, Albrechts von Johansdorf, Hartmanns von Aue und Heinrichs von Rugge. Abgesehen von dieser generellen Gemeinsamkeit, setzen sich aber die Lieder Reinmars doch in eigenwilliger Weise von jenen ab: Reinmars Lieder sind keine reinen Abschiedsklagen. Sie thematisieren die Empfindungen eines Mannes, für den die Trennung bereits vollzogen ist und der sich jetzt mit der neuen Situation auseinandersetzt: der Hoffnung auf künftige irdische Freuden und einem schlechten Gewissen, nicht mit voller Überzeugung bei der Sache zu sein. Eine gedrückte zweiflerische Stimmung durchzieht die Strophen.
Auffallend ist der Mangel an Entschlossenheit für die Kreuzzugsidee, wie sie etwa in den Liedern Hausens (MF 47,9; SchM IX; Hau UB III), Hartmanns (MF 209,25; 211,20; 218,5) oder auch Johansdorfs (MF 89,21, 86,1; SchM IV, I) zum Ausdruck kommt. Die Berufun-

gen auf Verheißungen wirken manchmal eher ironisch als motivierend.
Das Kreuzlied A I spricht nach einer persönlichen, wehmütigen Eingangsstrophe von allgemeinen Befürchtungen im Zusammenhang mit der Kreuzfahrt. Auf diese skeptischen Äußerungen folgt jeweils in den Schlußversen eine – allerdings nur halbherzig wirkende – Revocatio.
Das Kreuzlied A II nimmt das Thema der Str. 1 von A I auf. An die Stelle der *lîp* – *herze*-Dualität in Hausens Lied MF 47,9 tritt hier ein Widerstreit zwischen dem Ich und seinen Gedanken, die sich gegen eine volle Bejahung des Kreuzdienstes stemmen, obwohl immer wieder die Sündenlast und die Verheißungen ihrer Vergebung beschworen werden. Eine solch schwierige Lösung von der Heimat thematisiert auch Johansdorf in MF 87,29 (SchM II).
Auch sonst finden sich in der Lyrik der Zeit Stimmen, die in ähnlicher Weise eine wenig große Begeisterung für den Kreuzzug bekunden, etwa – wenn auch in sofort widerrufener Zurückhaltung – bei Johansdorf MF 89,21 (SchM IV). Gegen potentielle ›Kreuzzugsgewinnler‹ wendet sich Friedrich von Hausen in MF 48,13 (SchM X,2; Hau UB IV,2) und MF 53,31 (SchM VI; Hau UB XVIII) und Heinrich von Rugge im Kreuzleich MF 96,1. Diese kritischen Offenbarungen sind wohl lyrische Reflexe einer offensichtlich allgemein verbreiteten skeptischen Einstellung gegenüber solchen Kriegszügen. Sie könnten auch eine Erklärung dafür liefern, daß die Gefolgschaft Barbarossas auf seinem unglücklichen Zug ins Heilige Land (3. Kreuzzug) kleiner war, als dieser offenbar erwartet hatte.
Eine Datierung der Lieder ist schwierig. Gehören sie noch zum dritten Kreuzzug oder eher zur Sühnekreuzfahrt Friedrichs von Österreich 1197, wie ASHCROFT (allerdings ausgehend von der Wiener Stellung Reinmars) vermutet (s. Komm. zu Lied XVI)?
Lied A I (z. T. auch A II) ist von der früheren Forschung mit letztlich nichtssagenden Gründen Reinmar ›abgesprochen‹ worden (wegen der Strophenform und Motivparallelen zum Leich Rugges, s. MFMT I, App.). Als typisch für Reinmar wurde dann allerdings auch wieder angesehen, daß er in A I,1,1 f. sich zuerst dafür interessiere, was die Leute von seinem derzeitigen *trûren* halten (MF zur Stelle); auch die dreimalige Berufung auf die *gedanken* in A II,**1–3** spreche für Reinmar.

Metrische Struktur: A I 6ma 6kb / 6ma 5ma / 6kb 6kb / 5mc 5mc. – Diese den Rahmen sonstiger Strophenschemata sprengende Form (keine Stollenstrophe) könnte geradezu symbolische Bedeutung für die auch sonst aus dem Rahmen fallende Thematik haben.

A II 4ma 4mb / 4ma 4mb // 6kc 7kc / 8md 8md.

Erläuterungen: A I **1**,2 *allz* < *allez*, Adv., ›immer, freilich‹, MFK *al.* 4 f. Anakoluthische Satzfügung. **2**,6 *daz*, bezogen auf das Ziel der Kreuzfahrt. **3**,6 *darf* < *dürfen* ›Grund, Ursache haben‹. 8 *sol* < *soln*, auch ›dürfen, sollen‹.

A II **2**,3 *dem gote*, im Mhd. bezogen auf den unmittelbar folgenden Relativsatz. **3**,2 In MFMT andere Auffassung von *des* (*dês* = *daz ist*). 3 *in* < *ichn* (= *ich en-*). 4 Elliptische Konstruktion (Vb. fehlt). 4–6 Constructio apo koinu? 6 Bei den optativischen Verben fehlt jeweils das Pronomen (*si*).

Literatur

Kreuzzugsdichtung. Hrsg. von Ulrich MÜLLER. Tübingen 1969. ^{2}1979.

DITTRICH, Marie-Luise: Reinmars Kreuzlied (MF 181,13). In: Festschr. für Ludwig Wolff. Hrsg. von Werner Schröder. Neumünster 1962. S. 241–264.

ASHCROFT, Jeffrey: Der Minnesänger und die Freude des Hofes. Zu Reinmars Kreuzliedern und Witwenklage. In: Poesie und Gebrauchsliteratur im deutschen Mittelalter. Würzburger Colloquium 1978. Hrsg. von Volker Honemann [u. a.]. Tübingen 1979. S. 219–238.

Abkürzungen grammatischer u. a. Begriffe

Adj.	Adjektiv	md.	mitteldeutsch
Adv.	Adverb	mhd.	mittelhochdeutsch
afrz.	altfranzösisch	mlat.	mittellateinisch
ahd.	althochdeutsch	neutr.	neutrum
Akk.	Akkusativ	nhd.	neuhochdeutsch
alem.	alemannisch	Nom.	Nominativ
App.	Apparat	obd.	oberdeutsch
Art.	Artikel	Obj.	Objekt
bair.	bairisch	Opt.	Optativ
Dat.	Dativ	Part.	Partizip
Dekl.	Deklination	Perf.	Perfekt
Dem.-Pron.	Demonstrativpronomen	Pers.	Person
		Pers.-Pron.	Personalpronomen
dt.	deutsch	Pl.	Plural
fem.	femininum	Poss.-Pron.	Possessivpronomen
fränk.	fränkisch	Präd.	Prädikat
frz.	französisch	Präp.	Präposition
Gen.	Genitiv	Präs.	Präsens
germ.	germanisch	Prät.	Präteritum
Hs(s).	Handschrift(en)	Pron.	Pronomen
Imp.	Imperativ	prov.	provençalisch
Ind.	Indikativ	Rel.-Pron.	Relativpronomen
Interj.	Interjektion	rhein.	rheinisch
Interr.-Pron.	Interrogativpronomen	Sg.	Singular
intrans.	intransitiv	Str.	Strophe(n)
ital.	italienisch	Subj.	Subjekt
Komm.	Kommentar	Subst.	Substantiv
Komp.	Komparativ	Übers.	Übersetzung
Konj.	Konjunktiv	ÜV	Übersetzungsvariante
lat.	lateinisch	V.	Vers
mask.	maskulinum	Vb.	Verb

Abgekürzt zitierte Literatur und Zeitschriften

ABäG — Amsterdamer Beiträge zur älteren Germanistik
AfK — Archiv für Kulturgeschichte
AG — Acta Germanica
Archiv — Archiv für das Studium der neueren Sprachen und Literaturen
Beitr. — Beiträge zur Geschichte der deutschen Sprache und Literatur; seit Jg. 1955 Tübingen und Halle
DE BOOR, Lit.-Gesch. — Helmut DE BOOR: Die höfische Literatur. Vorbereitung. Blüte. Ausklang. 1170–1250. In: H. DE B. / Richard NEWALD: Geschichte der deutschen Literatur von den Anfängen bis zur Gegenwart. Bd. 2. München 1953. [Unveränd. Nachdrucke bis [10]1978, seit [4]1960 mit einem bibliogr. Anh. von Dieter HAACKE.]
DU — Der Deutschunterricht
DVjs. — Deutsche Vierteljahrsschrift für Literaturwissenschaft und Geistesgeschichte
Euph. — Euphorion. Zeitschrift für Literaturgeschichte
GLL — German Life and Letters
GQ — The German Quarterly
GRM — Germanisch-Romanische Monatsschrift
Hau UB — Friedrich von Hausen: Lieder. Mhd. / Nhd. Text, Übers. und Komm. von Günther SCHWEIKLE. Stuttgart 1984. (Reclams Universal-Bibliothek. 8023 [3].)
JEGPh. — Journal of English and Germanic Philology
KLD — Deutsche Liederdichter des 13. Jahrhunderts. Hrsg. von Carl VON KRAUS. Bd. 1: Text. Tübingen 1952. Bd. 2: Kommentar. Bes. von Hugo KUHN. Ebd. 1958. – Bd. 1. 2. 2. Aufl. Durchges. von Gisela KORNRUMPF. Ebd. 1978.
L — Die Gedichte Walthers von der Vogelweide. Hrsg. von Karl LACHMANN. 13., auf Grund der 10. von Carl VON KRAUS bearb. Ausg. neu hrsg. von Hugo KUHN. Berlin 1965.
LEXER, Handwörterbuch — Matthias LEXER: Mittelhochdeutsches Handwörterbuch [...]. 3 Bde. Leipzig 1872–78. Nachdr. Stuttgart 1965.
LiLi — Zeitschrift für Literaturwissenschaft und Linguistik
MF — Des Minnesangs Frühling (meist MFK)

MFH Des Minnesangs Frühling. Hrsg. von Karl Lachmann und Moriz Haupt. Leipzig 1857.

MFK Des Minnesangs Frühling. Nach Karl Lachmann, Moriz Haupt und Friedrich Vogt neu bearb. von Carl von Kraus. Leipzig 1940. 35. Aufl. Stuttgart 1970.

MFMT Des Minnesangs Frühling. Unter Benutzung der Ausgaben von Karl Lachmann und Moriz Haupt, Friedrich Vogt und Carl von Kraus bearb. von Hugo Moser und Helmut Tervooren. 36., neugestaltete und erw. Aufl. Bd. 1: Texte. Bd. 2: Editionsprinzipien, Melodien, Handschriften, Erläuterungen. Stuttgart 1977. – Bd. 1. 37., rev. Aufl. 1982.

MFU Karl von Kraus: Des Minnesangs Frühling. Untersuchungen. Leipzig 1939.

MFV Des Minnesangs Frühling. Mit Bezeichnung der Abweichungen von Lachmann und Haupt und unter Beifügung ihrer Anmerkungen neu bearb. von Friedrich Vogt. Leipzig 1911. 3., bearb. Aufl. 1920.

MLR Modern Language Review

M/SCH Hermann Paul: Mittelhochdeutsche Grammatik. 20. Aufl. Bearb. von Hugo Moser und Ingeborg Schröbler. Tübingen 1969.

Mor UB Heinrich von Morungen: Lieder. Mhd. / Nhd. Text, Übers. und Komm. von Helmut Tervooren. Stuttgart 1975 [u. ö.]. (Reclams Universal-Bibliothek. 9797[4].)

PC Alfred Pillet / Henry Carstens: Bibliographie der Troubadours. Halle 1933.

RS Gaston Raynaud: Bibliographie des chansonniers français des XIIIe et XIVe siècles. 2 Bde. Paris 1884. Neu bearb. und erg. von Hans Spanke u. d. T.: G. Raynauds Bibliographie des altfranzösischen Liedes Tl. 1 [mehr nicht ersch.]. Leiden 1955.

RU Karl von Kraus: Die Lieder Reimars des Alten. Tl. 1: Die einzelnen Lieder. Tl. 2: Die Reihenfolge der Lieder. Tl. 3: Reimar und Walther. München 1919.

Schweikle, Habil.-Schr. Günther Schweikle: Reinmar der Alte. Grenzen und Möglichkeiten einer Minnesangphilologie. Habil.-Schr. Tübingen 1965. [Masch.]

SchM Günther Schweikle: Die mittelhochdeutsche Minnelyrik. [Bd.] I: Die frühe Minnelyrik. Texte und Übertragungen, Einführung und Kommentar. Darmstadt 1977.

SMS	Die Schweizer Minnesänger. Hrsg. von Karl BARTSCH. Frauenfeld 1886. Nachdr. Darmstadt 1964.
VL^2	Die deutsche Literatur des Mittelalters. 2., völlig neu bearb. Aufl. Hrsg. von Kurt RUH [u. a.]. Berlin / New York 1978 ff.
WdF	Wege der Forschung
WU	Karl VON KRAUS: Walther von der Vogelweide. Untersuchungen. Berlin/Leipzig 1935.
WZUR	Wissenschaftliche Zeitschrift der Universität Rostock
ZfdA	Zeitschrift für deutsches Altertum und deutsche Literatur
ZfdPh.	Zeitschrift für deutsche Philologie

Literaturhinweise

I. Einführende Literatur zum Minnesang

Für die bis 1968 erschienene Literatur sei verwiesen auf:

TERVOOREN, Helmut: Bibliographie zum Minnesang und zu den Dichtern aus *Des Minnesangs Frühling*. Berlin 1969.

*

DRONKE, Peter: The Medieval Lyric. London 1968. Dt. u. d. T.: Die Lyrik des Mittelalters. Eine Einführung. Aus dem Engl. übertr. von Peter Hasler. München 1973.

BRÜNDL, Peter: *unde bringe den wehsel, als ich wæn, durch ir liebe ze grabe.* Eine Studie zur Rolle des Sängers im Minnesang von Kaiser Heinrich bis Neidhart von Reuental. In: DVjs. 44 (1970) S. 409–432.

KÖHLER, Erich: Vergleichende soziologische Betrachtungen zum romanischen und zum deutschen Minnesang. In: Berliner Germanistentag 1968. Vorträge und Berichte. Hrsg. von Karl Heinz Borck und Rudolf Henß. Heidelberg 1970. S. 63–76.

BERTAU, Karl: Deutsche Literatur im europäischen Mittelalter. Bd. 1: 800–1197. München 1972. S. 485–765.

WALLBAUM, Christel: Studien zur Funktion des Minnesangs in der Gesellschaft des 12. und 13. Jahrhunderts. Diss. Berlin 1972.

KIRCHER, Alois: Dichter und Konvention. Zum gesellschaftlichen Realitätsproblem der deutschen Lyrik um 1200 bei Walther von der Vogelweide und seinen Zeitgenossen. Düsseldorf 1973.

WACHINGER, Burghart: Sängerkrieg. Untersuchungen zur Spruchdichtung des 13. Jahrhunderts. München 1973. [Grundsätzlich zu Sängerkriegen.]

HOFMANN, Winfried: Die Minnefeinde in der deutschen Liebesdichtung des 12. und 13. Jahrhunderts. Coburg 1974.

MANSON, Eleonore: Motivationen der Minne in der höfischen Liebeslyrik. In: AG 9 (1974) S. 25–46.

WENZEL, Horst: Frauendienst und Gottesdienst. Studien zur Minne-Ideologie. Berlin 1974.

WISNIEWSKI, Roswitha: *werdekeit* und Hierarchie. Zur soziologischen Interpretation des Minnesangs. In: Strukturen und Interpretationen. Studien zur deutschen Philologie. Hrsg. von Alfred Ebenbauer [u. a.]. Wien/Stuttgart 1974. S. 340–379.

SCHNELL, Rüdiger: Ovids *Ars amatoria* und die höfische Minnetheorie. In: Euph. 69 (1975) S. 132–159.

WAPNEWSKI, Peter: *Waz ist minne*. Studien zur mittelhochdeutschen Lyrik. München 1975. ²1979.

ZIEGLER, Vickie L.: The Leitword in ›Minnesang‹: Stilistic analysis and textual criticism. Pennsylvania State University 1975.

HEINEN, Hubert: Observations on the role in Minnesang: In: JEGPh. 75 (1976) S. 198–208.

KLEINSCHMIDT, Erich: Minnesang als höfisches Zeremonialhandeln. In: AfK 58 (1976) S. 35–76. – Tl. III wiederabgedr. in: Der deutsche Minnesang. Aufsätze zu seiner Erforschung. Hrsg. von Hans Fromm. Bd. 2. Darmstadt 1985. (WdF 608.) S. 134–159.

KUHN, Hugo: Determinanten der Minne. In: LiLi 7 (1977) H. 26. S. 83–94.

LIEBERTZ-GRÜN, Ursula: Zur Soziologie des ›amour courtois‹. Umrisse der Forschung. Heidelberg 1977.

TUBACH, Frederic C.: Struktur im Widerspruch. Studien zum Minnesang. Tübingen 1977.

BRÄUER, Rolf: Literatursoziologische Probleme der Minnelyrik. In: WZUR 27 (1978) s. 85–88.

SANDER-SCHAUBER, Irma: Zur Entwicklung des Minnebegriffs vor Walther von der Vogelweide. München 1978.

BLANK, Walter: Deutsche Minnesangparodien. In: Poesie und Gebrauchsliteratur im deutschen Mittelalter. Würzburger Colloquium. Hrsg. von Volker Honemann [u. a.]. Tübingen 1979. S. 205–217.

SCHNELL, Rüdiger: Hohe und niedere Minne. In: ZfdPh. 98 (1979) S. 19–52.

SCHWEIKLE, Günther: Der Stauferhof und die mittelhochdeutsche Lyrik, im besonderen zur Reinmar-Walther-Fehde und zu Hartmanns *herre*. In: Stauferzeit. Geschichte, Literatur, Kunst. Hrsg. von Rüdiger Krohn [u. a.]. Stuttgart 1979. S. 245–259.

THUM, Bernd: Aufbruch und Verweigerung. Literatur und Geschichte am Oberrhein im hohen Mittelalter. Aspekte eines geschichtlichen Kulturraums. 2 Bde. Waldkirch 1979–80.

EHLERT, Trude: Konvention – Variation – Innovation. Ein struktureller Vergleich von Liedern aus ›des Minnesangs Frühling‹ und Walther von der Vogelweide. Berlin 1980.

FRENZEL, Peter: Contrary forces and patterns of antagonism in Minnesang. In: Court and Poet. Selected proceedings of the 3rd congress of the International Courtly Literature Society. Liverpool 1980. S. 141–154.

Kaiser, Gert: Minnesang – Ritterideal und Ministerialität. In: Adelsherrschaft und Literatur. Hrsg. von Horst Wenzel. Bern / Frankfurt a. M. / Las Vegas 1980. S. 181–208. Wiederabgedr. in: Der deutsche Minnesang. Aufsätze zu seiner Erforschung. Hrsg. von Hans Fromm. Bd. 2. Darmstadt 1985. (WdF 608.) S. 160–184.

Salem, Laila: Die Frau in den Liedern des ›Hohen Minnesangs‹. Forschungskritik und Textanalyse. Bern / Frankfurt a. M. / Cirencester 1980.

Schweikle, Günther: Die *frouwe* der Minnesänger. Zu Realitätsgehalt und Ethos des Minnesangs im 12. Jahrhundert. In: ZfdA 109 (1980) S. 91–116. Wiederabgedr. in: Der deutsche Minnesang. Aufsätze zu seiner Erforschung. Hrsg. von Hans Fromm. Bd. 2. Darmstadt 1985. (WdF 608.) S. 238–272.

Dinzelbacher, Peter: Über die Entdeckung der Liebe im Hochmittelalter. In: Saeculum 32 (1981) S. 185–208.

Haubrichs, Wolfgang: Deutsche Lyrik. In: Neues Handbuch der Literaturwissenschaft. Hrsg. von Klaus von See. Bd. 7: Europäisches Hochmittelalter. Hrsg. von Henning Krauß. Wiesbaden 1981. S. 61–120.

Frenzel, Peter: Minnesang: The conjunction of singing and loving in German courtly song. In: GQ 55 (1982) S. 336–348.

Räkel, Hans-Herbert: ›Höfische Strophenkunst‹. In: ZfdA 111 (1982) S. 193–219.

Schweikle, Günther: Mittelalterliche Realität in deutscher höfischer Lyrik und Epik um 1200. In: GRM 63 (1982) S. 265–285.

Bumke, Joachim: Liebe und Ehebruch in der höfischen Gesellschaft. In: Liebe als Literatur. Aufsätze zur erotischen Dichtung in Deutschland. Hrsg. von Rüdiger Krohn. München 1983. S. 25–45.

Heinen, Hubert: Context and coherence: Observations on mouvance in Minnesang. Talk given at the 13th International Congress of the Medieval Institute. Kalamazoo (Mich.) 1983.

Müller, Ulrich: Die mittelhochdeutsche Lyrik. In: Lyrik des Mittelalters. Probleme und Interpretationen. Hrsg. von Heinz Bergner. Bd. 2. Stuttgart 1983. S. 7–227.

Müller, Ulrich: Das Mittelalter. In: Geschichte der deutschen Lyrik vom Mittelalter bis zur Gegenwart. Hrsg. von Walter Hinderer. Stuttgart 1983. S. 20–48.

Röll, Walter: Zum Zitieren als Kunstmittel in der älteren deutschen Lyrik. In: Beitr. (Tüb.) 105 (1983) S. 66–79.

SCHWEIKLE, Günther: Das Klischee in der (mediaevistischen) Literaturgeschichtsschreibung, aufgezeigt am ahd. Reimvers und am mhd. Minnesang. In: Literatur und Sprache im historischen Prozeß. Vorträge des Deutschen Germanistentages Aachen 1982. Hrsg. von Thomas Cramer. Bd. 1: Literatur. Tübingen 1983. S. 57–76.

FISCHER, Karl-Hubert: Zwischen Minne und Gott. Die geistesgeschichtlichen Voraussetzungen des deutschen Minnesangs mit besonderer Berücksichtigung der Frömmigkeitsgeschichte. Bern / Frankfurt a. M. / New York 1985.

Parodie und Polemik in mittelhochdeutscher Dichtung. 100 Texte von Kürenberg bis Frauenlob samt dem Wartburgkrieg nach der Großen Heidelberger Liederhandschrift C. Hrsg. von Günther SCHWEIKLE unter Mitarb. von Rolf D. FAY. Stuttgart 1986.

*

Der deutsche Minnesang. Aufsätze zu seiner Erforschung. Hrsg. von Hans Fromm. Bd. 1. Darmstadt 1961. [5]1972. (WdF 15.) Bd. 2. Ebd. 1985. (WdF 608.)

II. Reinmar

Faksimiles der Handschriften, diplomatische Abdrucke, Ausgaben: s. S. 59 ff.

*

HEFFNER, R.-M. S. / PETERSEN, Kathe: A Word Index to *Des Minnesangs Frühling*. University of Wisconsin 1942.

BULST, Walther: Wörterbuch zu den Liedern Reinmars des Alten. Göttingen 1934.

*

TERVOOREN, Helmut: Bibliographie zum Minnesang und zu den Dichtern aus *Des Minnesangs Frühling*. Berlin 1969. Nr. XXI, S. 76–80. – Aus den hier aufgeführten Publikationen seien besonders hervorgehoben:

KRAUS, Karl VON: Die Lieder Reimars des Alten. Tl. 1: Die einzelnen Lieder. Tl. 2: Die Reihenfolge der Lieder. Tl. 3: Reimar und Walther. München 1919.

BURDACH, Konrad: Reinmar der Alte und Walther von der Vogelweide. Halle (Saale) ²1928. Nachdr. Hildesheim / New York 1976.

HAUPT, Marlene: Reimar der Alte und Walther von der Vogelweide. Gießen 1938.

KRAUS, Karl VON: Des Minnesangs Frühling. Untersuchungen. Leipzig 1939. 2. Aufl. [mit den Anm. von MFK ³⁰1950], durch Reg. erschlossen und um einen Literaturschlüssel erg. hrsg. von Helmut TERVOOREN und Hugo MOSER. 2 Bde. Stuttgart 1981.

SCHNEIDER, Hermann: Die Lieder Reimars des Alten. Ein Versuch. In: DVjs. 17 (1939) S. 312–343. Wiederabgedr. in: H. Sch.: Kleinere Schriften zur germanischen Heldensage und Literatur des Mittelalters. Berlin 1962. S. 233–258.

MAURER, Friedrich: Die ›Pseudoreimare‹. Fragen der Echtheit, der Chronologie und des ›Zyklus‹ im Liedercorpus Reinmars des Alten. Heidelberg 1966.

*

SCHWEIKLE, Günther: Reinmar der Alte. Grenzen und Möglichkeiten einer Minnesangphilologie. Habil.-Schr. Tübingen 1965. [Masch.]

BERTAU, Karl: Überlieferung und Authentizität bei den Liedern Reinmars des Alten. In: ZfdPh. 88 (1969) S. 389–400.

ZIEGLER, Vickie Lynne: Reinmar von Hagenau and his school. A study in leitword-technique. Yale University 1970.

BIRKHAN, Helmut: Reimar, Walther und die Minne. Zur ersten Dichterfehde am Wiener Hof. In: Beitr. (Tüb.) 93 (1971) S. 168–212.

ASHCROFT, Jeffrey: Crabbed age and youth: The self-stylisations of Reinmar and Walther. In: GLL 28 (1974/75) S. 187–199.

JACKSON, William E.: Reinmar der Alte in literary history: a critique and a proposal. In: Colloquia Germanica 9 (1975) S. 177–204.

SCHMALTZ, Wiebke: Reinmar der Alte. Beiträge zur poetischen Technik. Göppingen 1975.

STANGE, Manfred: Reinmars Lyrik. Forschungskritik und Überlegungen zu einem neuen Verständnis Reinmars des Alten. Amsterdam 1977.

JACKSON, William E.: Reinmar der Alte: The Minnesänger as dramatic poet. In: Studies in honour of Otto Springer. Ed. by Stephen J. Kaplowitt. Pittsburgh 1978. S. 149–158.

JACKSON, William E.: Reinmar's women. A study of the woman's song (›Frauenlied‹ and ›Frauenstrophe‹) of Reinmar der Alte. Amsterdam 1981.

Wieczorek, Jerry: Die literarische Fehde um den Minne- und Meistersang. In: Germanica Wratislaviensia 45 (1981) S. 75–86.
Ashcroft, Jeffrey: ›Venus clerk‹: Reinmar in the *Carmina Burana*. In: MLR 77 (1982) S. 618–628.
Ranawake, Silvia: Gab es eine Reinmar-Fehde? Zu der These von Walthers Wendung gegen die Konventionen der hohen Minne. In: Oxford German Studies 13 (1982) S. 7–35.
Stevens, Adrian: ›Dîn wol redender munt‹: Reinmar der Alte als Minnesänger. In: Minnesang in Österreich. Hrsg. von Helmut Birkhan. Wien 1983. S. 176–196.
Schweikle, Günther: Die Fehde zwischen Walther von der Vogelweide und Reinmar dem Alten. Ein Beispiel germanistischer Legendenbildung. In: ZfdA 115 (1986) S. 235–253.

Nachtrag 2002

Von Mayte Fleischer, Tübingen

Goldin, Frederick: Walther versus Reinmar. The regeneration of poetic language in medieval German literature. In: Vernacular poetics in the Middle Age. Kalamazoo 1984. S. 57–92.
Tervooren, Helmut: Brauchen wir ein neues Reinmar-Bild? In: GRM 36 (1986) S. 255–266.
Kasten, Ingrid: Frauendienst bei Trobadors und Minnesängern. Zur Entwicklung und Adaption eines literarischen Konzepts. Heidelberg 1986.
Kasten, Ingrid: Weibliches Rollenverständnis in den Frauenliedern Reinmars und der Comtessa de Dia. In: GRM 37 (1987) S. 131–146.
Popper, Hans: Harmonious verse composition – hair-splitting dialectic. A study of the art of Reinmar von Hagenau, with special reference to MF 179,3–180,27. In: GLL 41 (1987/88) S. 342–348.
Eikelmann, Manfred: Denkformen im Minnesang. Tübingen 1988.
Krohn, Rüdiger: Ergänzung im Gegensang. Anmerkungen zu Reinmars (?) Lied *Herre, wer hât sie begozzen*. In: Ist zwîvel herzen nâchgebûr. Festschrift für Günther Schweikle. Hrsg. von Rüdiger Krüger [u. a.]. Stuttgart 1989. S. 43–62.
Müller, Ulrich: Was wäre, wenn Reinmar doch Hofsänger zu Wien gewesen wäre? In: Ebd. S. 255–272.
Mertens, Volker: Alte Damen und junge Männer. Spiegelungen

von Walthers ›*sumerlaten*-Lied‹. In: Walther von der Vogelweide. Hamburger Kolloquium 1988. Festschrift für Karl-Heinz Borck. Hrsg. von Jan-Dirk Müller und Franz Josef Worstbrock. Stuttgart 1989. S. 197–215.

JACKSON, William E.: Reinmar der Alte and the Woman as Courtly Victim. In: New Images of Medieval Women. Ed. by Edelgard E. DuBruck. Lewiston (NY) 1989. S. 73–101.

SCHWEIKLE, Günther: Reinmar der Alte. In: VL². Bd. 7 (1989) Sp. 1180–91.

TERVOOREN, Helmut: Reinmar und Walther: Überlegungen zu einem autonomen Reinmar-Bild. In: Walther von der Vogelweide. Beiträge zu Leben und Werk. Hrsg. von Hans-Dieter Mück. Stuttgart 1989. S. 89–105.

TERVOOREN, Helmut: Lied und Kommentar. Überlegungen zur Kommentierung mittelhochdeutscher Liebeslyrik. In: DU 41 (1989) S. 74–89.

WILLMS, Eva: Liebesleid und Sangeslust. Untersuchungen zur deutschen Liebeslyrik des späten 12. und frühen 13. Jahrhunderts. München/Zürich 1990.

TERVOOREN, Helmut: Reinmar-Studien. Ein Kommentar zu den »unechten« Liedern Reinmars des Alten. Stuttgart 1991.

JACKSON, William E.: Das Kreuzzugmotiv in Reinmars Lyrik. In: GRM 74 (1993) S. 144–166.

BEHR, Hans-Joachim: Die Aporie als Denkform: zur Verwendung konventioneller Sprach- und Literaturmuster in den Liedern Reinmars (von Hagenau). In: ZfdPh. 112 (1993) S. 344–357.

BRANDT, Rüdiger: ›Liebe auf Zeit‹. Ansätze von Privatheitsvorstellungen in Reinmar d. A. XV,6? In: Ebd. S. 105–111.

MURRAY, Alan V.: *Ich clage din edel kunst daz si ist verdorben*: did Walther really lament for the death of Reinmar? In: Archiv 230 (1993) S. 365–371.

KASTEN, Ingrid: Das Frauenlied: Reinmar, *lieber bote, nu wirp alsô*. In: Gedichte und Interpretationen. Mittelalter. Hrsg. von Helmut Tervooren. Stuttgart 1993. S. 111–128.

TAKEKAWA, Akio: Zur These von Reinmar dem Alten als Hofsänger zu Wien: unter besonderer Berücksichtigung der Gegenargumente von G. Schweikle. In: Altgermanistik in Japan. Hrsg. von Keiji Akai. Göppingen 1993. S. 75–92.

HÄNDL, Claudia: Lo »Schachlied« di Walther von der Vogelweide e la sua relazione con il »Lied X« di Reinmar. In: Studi medievali. Ser. 3. 34 (1993/94) S. 573–594.

Obermaier, Sabine: Von Nachtigallen und Handwerkern. ›Dichtung über Dichtung‹ in Minnesang und Sangspruchdichtung. Tübingen 1995. [Zu Reinmar bes. S. 64–89.]

Berthelot, Anne: Peire Vidal, Reinmar l'Ancien, et Walther von der Vogelweide: du ›Baiser vole‹ au ›Preislied‹. In: Walther von der Vogelweide. Actes du Colloque du Centre d'Etudes Médiévales de l'Université de Picardie Jules Verne 1995. Ed. par Danielle Buschinger et Wolfgang Spiewok. Greifswald 1995. S. 31–40.

Heinen, Hubert: Reinmar als Narziss. Zu MF 145,1e. In: *Da hæret ouch geloube zuo*. Überlieferungs- und Echtheitsfragen zum Minnesang. Festcolloquium für Günther Schweikle. Hrsg. von Rüdiger Krohn in Zs.arb. mit Wulf-Otto Dreeßen. Stuttgart/Leipzig 1995. S. 51–64.

Bennewitz, Ingrid: Ein Schachmatt der Minnesang-Philologie? Reinmars Lied MF 159,1 im Kontext der handschriftlichen Überlieferung. In: ABäG 43/44 (1995) S. 7–11.

Hübner, Gert: Frauenpreis. Studien zur Funktion der laudativen Rede in der mittelhochdeutschen Minnekanzone. 2 Bde. Baden-Baden 1996. [Zu Reinmar: Bd. 1, S. 101–140; Bd. 2, S. 423–438].

Ashcroft, Jeffrey: *Obe ichz lâze oder ob ichz tuo*. Zur Entstehung und Funktion des dilemmatischen Frauenmonologs (Reinmar, Walther und [Pseudo-]Hausen). In: Lied im deutschen Mittelalter. Chiemsee-Colloquium 1991. Hrsg. von Cyril Edwards [u. a.]. Tübingen 1996. S. 57–65.

Ashcroft, Jeffrey: *Wenn unde wie man singen solte*: Sängerpersona und Gattungsbewußtsein (zu Rugge/Reinmar MF 108,22, Walther L. 110,13 und Hartmann MF 215,14). In: Wechselspiele: Kommunikationsformen und Gattungsinterferenzen mittelhochdeutscher Lyrik. Hrsg. von Michael Schilling und Peter Strohschneider. Heidelberg 1996. (GRM. Beih. 13.) S. 123–152.

Zeyen, Stefan: ... *daz tet der liebe dorn*. Erotische Metaphorik in der deutschsprachigen Lyrik des 12.–14. Jahrhunderts. Essen 1996.

Köhler, Jens: Der Wechsel. Textstruktur und Funktion einer mittelhochdeutschen Liedgattung. Heidelberg 1997. [Zu Reinmar: S. 178–205].

Ehlert, Trude: Männerrollen und Frauenrollen im Hohen Minnesang: kontrastiv oder komplementär? In: Verstehen durch Vernunft. Festschrift für Werner Hoffmann. Hrsg. von Burkhardt Krause. Wien 1997. S. 41–58.

Reichert, Hermann: Gewollte oder ungewollte Mißverständnisse um 1200? In: Ebd. S. 279–301.

Stein, Alexandra: *vntz daz sin hant den spiegel gar zerbrach*. Reflexionen über die Destruktion virtueller Realität in *hern reymars* ›Mir ist geschehen als eime kindeline‹. In: Erkennen und Erinnern in Kunst und Literatur. Kolloquium Reisensburg 1996. In Verb. mit Wolfgang Frühwald hrsg. von Dietmar Peil [u. a.]. Tübingen 1998. S. 147–168.

Cramer, Thomas: *Waz hilfet âne sinne kunst?* Lyrik im 13. Jahrhundert. Studien zu ihrer Ästhetik. Berlin 1998.

Peschel-Rentsch, Dietmar: Über Werben, Liebe und Begehren in Reinmars Lied: *Als ich werbe und mir min herze ste*. In. D. P.-R.: Pferdemänner. Sieben Essays über Sozialisation und ihre Wirkung in mittelalterlicher Literatur. Erlangen [u. a.] 1998. S. 65–82.

Hausmann, Albrecht: Reinmar der Alte als Autor. Untersuchungen zur Überlieferung und zur programmatischen Identiät. Tübingen 1999.

Müller, Jan-Dirk: Performativer Selbstwiderspruch: zu einer Redefigur bei Reinmar. In: Beitr. 121 (1999) S. 379–405.

Schnell, Rüdiger: Frauenlied, Manneslied und Wechsel im deutschen Minnesang. Überlegungen zu ›gender‹ und Gattung. In: ZfdA 128 (1999) S. 127–184.

Bauschke, Ricarda: Die ›Reinmar-Lieder‹ Walthers von der Vogelweide. Heidelberg 1999. (GRM. Beih. 15.)

Haferland, Harald: Hohe Minne. Zur Beschreibung der Minnekanzone. Berlin 2000. Beih. zur ZfdPh. 10.) [Zu Reinmar: S. 338–373].

Liebertz-Grün, Ursula: Ambivalenz, poetologische Selbstreflexion und inszenierte Sexualität: die Tagelieder Reinmars des Alten, Walthers von der Vogelweide und Wolframs von Eschenbach. In: Sexualität im Gedicht. 11. Kolloquium der Forschungsstelle für europäische Lyrik. Hrsg. von Theo Stemmler und Stefan Horlacher. Tübingen 2000. S. 65–81.

Wolf, Alois: Venus versus Orpheus. Reinmar, Walther, Gottfried und die ›Renaissance des 12. Jahrhunderts‹. In: Sprache und Dichtung in Vorderösterreich. Symposion für Achim Masser 1998. Hrsg. von Guntram A. Plangg und Eugen Thurnher. Innsbruck 2000. S. 75–98.

*

Zu Einzelproblemen s. den jeweiligen Abschnitt in Einleitung und Kommentar.

Verzeichnis der Strophenanfänge